痴心三部曲（三）

圆 梦

李健伟　朱六轩　著

郑州大学出版社

目　录

1

现在却要丢掉客户,季健中心里在滴血。迷惘困顿中,刘振国一句"有问题不找市长找市场"的话,让季健中信心倍增。但是,要恢复鲁阳炭材往日的辉煌,让谁来担此重任呢?

重建良好的银企关系,努力实现双赢。

作废品时,对于能否继续合作下去,心里矛盾重重,并深刻地认识到炭材厂虽然已经走出了国门,但并未走向世界。

年,中原民众"插大旗,随红军"武装反抗国民党反动统治,郑文甲抛却一切,积极参与,血染他乡。站在郑文甲的坟头扪心自问,郑家的后人无愧于逝者,无愧于时代。

第一章　按住葫芦起来瓢

令社会各界尤其是工商界精英们不寒而栗的亚洲金融危机余威尚存。在这波猝不及防、来势凶猛的金融危机大潮中，中共鲁阳县委书记刘振国虽然从组织领导、制度创新、关口前移和跟踪问效等多方面入手，促进和加快企业转换机制，优化经济发展环境，但最终仍未能遏制住企业经济下滑势头。根据组织上的安排，刘振国离开鲁阳，到中央党校学习去了。

一看老书记走了，不知什么原因，新书记迟迟没到，云霄翔的心止不住就狂跳起来。一个翻来覆去的恶念，就是如何趁此良机，拿下耐火材料厂那块黄金地段的地皮。

现在，虽然耐火厂的法人已经换成了周菊，但这只是云霄翔谋划中的第一步，真正目的是要将耐火厂的土地据为己有。但要达到这个目的，他心里最大的忌讳就是季健中。因为季健中为搞活炭材厂，投入得太多，另外他也不可能轻易丢下身后有巨大资源的耐火厂。

云霄翔认定，只有季健中趴下了，他才能真正地飞黄腾达。因此，云霄翔时时发出"既生云，何生季"的感慨。

早先，有刘振国在，他有贼心却没有贼胆。现在县委书记职位空缺，县长咬定"旅游富县"那个大目标，有关政府方面的工作，均由封春发具体负责。况且，为着跟旅游开发配套工程尽快发挥效益，周县长眼下又带着有关部门领导到南方考察学习去了。在这个空当里，封春发还真的是大权在握。为此，云霄翔这就越发地急不可待了。

为了找到豁子，打开突破口，云霄翔就悄悄给颇懂一点摄影技术的朱秋三打了个电话，交代了一番。朱秋三遂开着车一路狂奔，于入夜时分便到了位于鹰城郊区的新星炉衬材料有限公司门前。

一看新涂了油漆的铁艺大门打里边锁着，车间内灯火通明，一帮人正在热火朝天地挑灯夜战。朱秋三看看远近没人，遂举起他早就准备好的照相机，先是对着大门拍了两张，接着又把镜头拉近，朝着生产现场猛拍了一气。拍罢正要走，又担心画面没拍清楚，这就又停下来。推推大门，看看也就一拃那么大个缝隙，觉得钻不过去，这个外号"猴子"的家伙遂把相机往怀里一塞，很容易就从外边翻过大门到了院子里。由于做了充分的准备，相机里装的是高速胶卷，这就什么都不用担心便抵近又拍了一番，其中几张恰巧是季健中正在指挥着汗流浃背的工人热火朝天的生产场景。于是，经过云霄翔的一番准备，谣言便随之四起。

就在炭材厂家属院几棵香樟树下，正在躺椅上闭目养神的"耗子"卢先光，从人称"跟屁虫"元根壮手里接过照片一看，先是愣了下神，接着忽就折起身来，惊诧地道："姓季的跑了，这是把炭材厂的钱给卷走了呀！"

惊诧中，企业停产后没事干，正在甩扑克牌往脸上贴纸条的一帮下岗工人传看了照片，他们不明真相，立时火起，便嚷嚷开来。

"别倔头"鲍克强道："这下糟了，炭材厂成了空壳啦！"

"破罐子"王克夫道："季健中也太黑了，卷走钱不说，他肯定把设备也鼓捣走了，炭材厂想恢复生产，门儿都没有！"

看看火被他点起来了，元根壮嘿嘿一笑，鹦鹉学舌道："这是侵占国有财产呀！"

特别是"黑高参"诸葛哲，接过照片仔细一看，先是冷笑一声，接下来便鼓动道："有本事的都跟着跑了，我们这些没本事的就等着喝西北风吧！"

听了这话，卢先光粗野地骂了一声，喊叫道："这也太不够意思了，喊叫着吭钱吭钱，原来是让这帮人把老子当冤大头耍了。不中，必须讨个说法。"

一旁，诸葛哲听了，看了眼面前的一帮人，这就把他的"黑高参"能耐使了出来。他微眯着眼，慢条斯理地道："一告都能赢，只是树叶掉了都怕砸住头，谁撑头呢?"

听了这话，"破罐子"王克夫啪地摔了手中的扑克，对卢先光道:"耗子，这事你要不管，我们这些人可没法活呀!"

卢先光吐了口唾沫，带着脏话道:"呸! 妈的，当一辈子眼子了，再要当下去就得饿死。他姓季的能把事情干出来，难道老子还不能喊叫两声叫叫屈吗? 没人撑头是吧，老子不怕。老子撑头，告他们去!"

听了"耗子"这话，这帮情绪十分激愤的人当即商定，联络下岗工人上访告状。那阵势，就像是他们刚刚甩出的扑克牌——来了个王炸。

立时，季健中易地办厂的消息仿佛炸锅了一般传播开来。

这个时候，躲在暗地里的云霄翔心花怒放。

可是，就在元根壮拿着照片在炭材厂家属院鼓动卢先光一帮人上访告状的次日，新任县委书记梁源突然到了。

对此，云霄翔有些措手不及。为着一探究竟，云霄翔便把封春发拉到温泉山庄。原本，在鲁阳这片天地里，不管是明里，还是在暗中，大家都觉得，县委书记位置空下来了，一般情况下，县委副书记、县长接任书记的可能性就很大。如此一来，县长高升了，他封春发这个常务副县长自然就能扶正。

此刻，一看对方当县长的事没戏了心里不是滋味，而嘴里则一个劲儿抱怨，云霄翔顺势为对方鸣了不平，最后说:"周县长没动窝，位置腾不出来咱没当上县长，这是上头有些人瞎了眼。不过，往深处想想，也不见得都是坏事。"扭头见对方愣愣地盯着他看，就接道，"鲁阳这地方，也不是谁来都能干成事的。"

在云霄翔心里，就封春发的为人，他有一明一暗两个方面的考虑。明里，他认为，刘振国上边有根子，他不敢妄动。现在刘振国走了，而封春发又早被他喂熟了，封春发当了县长，权力自然更大。若要那样的话，他云霄翔还能有什么事情办不成呢? 暗里，他觉得，就封春发那德行，要是真的让其当上了县长，那才是真的有人眼瞎了。因为封春发手抓口满的，就是一只吞钱兽，别人永远都不可能满足他。

云霄翔与封春发碰了杯，吱一声喝干了杯中的酒，道:"扶不起的阿斗走了，周县长的心思又全都在旅游业上，撇下眼前这个烂摊子，我们这些下边的人，是有冤不敢诉呀！"

"冤？有什么冤？"封春发瞪着被酒精烧红的眼睛问。

"多了，我不是给您汇报过嘛！"云霄翔道，"别的不讲，单说炭材厂，季健中在那儿把持着，先是掏空了耐火材料厂，这事您知道，是您亲自宣布又让分离出去了。眼下，听说炭材厂的机器设备都被他倒腾走了，在外边又办了一个厂子，自己干去了。"

封春发一听这话，勃然大怒。他沉思一下，盯住问道："是真的吗？"

一看火被点起来了，云霄翔从提包里掏出照片，说："千真万确呀！"

看了照片，联想到季健中三番五次给他难堪不说，还竟敢当着周菊一帮人的面呛他，封春发心里的气就不打一处来。他冷笑了下，随之啪的一声把照片往桌子上摔去，吼叫道："好哇，他这是侵吞国有资产，胆子也太大了！"想了下，又道，"这么大的事，作为主管部门，经贸委那帮人怎么也没吭一声儿呀？"

"经贸委……"云霄翔故意把话说半截打住，以引起对方的注意。

封春发见此一愣，道："经贸委怎么了？"

云霄翔两手一摊，做出无可奈何的样子，既诉苦又不无挑拨地道："姓季的就是从经贸委出来的，都是老关系。"想起早年间经贸委把住没让他进机关那回事，仇恨立时就又来了，遂冷笑一声，道，"有这帮蠢材当道，鲁阳经济能搞好就怪了。"给经贸委泼了脏水，又立时把火引向季健中，道，"再说了，姓季的是县长助理，又是人大代表，这不是也吭人敢惹嘛！"

"反了他啦！"封春发恨得咬牙。在他心里，正愁找不到碴儿收拾季健中，此刻终于扒住豁子了，他是无论如何也不会放过季健中的。可是，顺理成章的事没有弄成，他就想看新任县委书记梁源的笑话。于是，他扑哧一笑，对云霄翔道："有关部门没动静，难道厂里职工都那么没有觉悟？眼睁睁看着让人把机器设备鼓捣走了，他们都能不吭不哈吗？"

"哪能啊！"云霄翔道，"炭材厂是国有企业，厂里职工觉悟高了去了。一看机器装备被姓季的鼓捣走了，一个个早都急红了眼，正准备上访告状哪!"

"好!"封春发不无怨恨地道,"梁书记来了,新官上任,借把火给他烧。"

台上台下明里暗里做好充分准备后,瞅准新任县委书记梁源要下基层调研了,云霄翔就让元根壮给炭材厂的卢先光捎信,然后又亲自给耐火材料厂的周菊一帮人打了电话,说可以开始了。于是,"耗子"卢先光领着"别倔头"鲍克强、"破罐子"王克夫一帮人,和着周菊领的人齐聚在大街上。他们打着"侵吞国有财产,法理不容,人鬼共愤"白地黑字的大横幅,来了个拦路喊冤,把季健中告到了新任县委书记梁源面前,并递上了举报材料。说季健中把炭材厂的设备化整为零搬到外地,并且把炭材厂本应签的合同拱手让出去从中牟利,同时揭发季健中贪污、受贿等"九大"罪状。而且喊明叫响,要工作,要饭吃,公开向政府施压,大有不把季健中扳倒决不罢休之势。

刚刚来到要调研的县经贸委大门前,就有人递上揭发材料,梁源心里禁不住咯噔一沉。粗略地看了下卢先光一帮人搞的控告信,又抬头看了看十分扎眼的横幅,梁源心头之火腾腾地往上蹿。说实话,这个年轻的县委书记,来鲁阳履新,他是要干一番事业的,他容不得弄虚作假和腐败之事发生,更何况自己刚刚到任,"三把火"正没地方烧,这就刚好遇到了茬口。问问身边的封春发,他能有好言吗?于是,梁源书记当即表态说:"大伙儿放心,只要反映的问题属实,县委一定会还同志们一个公道。"

梁源的出身跟封春发不一样,他是干部家庭出身,爹是掂枪杆子一路打出来的,是共和国的功臣。他毕业于河南大学,攻读的是工商管理专业,不仅有经济头脑,而且有实干精神。加上良好的家风,心里有着强烈的为人民服务的意识,梁源到鲁阳履新,是来完成抱负的。况且,梁源原先就职的地方经济发达,日子过得富庶。到任后,一听机关工作人员的工资都欠了好几个月了,他知道自己肩头的责任有多重。在接下来的时间里,面对卢先光等人的举报信,想想原先的利税大户,眼下全线停产,欠了一屁股债,厂长不仅不坚守岗位,而且卷着钱跑了不说,还易地又办了一个厂子,把税源也带走了,梁源怒不可遏。腾出身来,当即就到封春发的办公室，愤愤然表态道："周县长正在组织旅游项目攻坚战不能分心，依我看，此事要严肃追究，而且要作为典型，在全县狠狠地敲打敲打。莫说是县长助理，就是皇亲国戚，该怎么处理就怎么处理。在这件事上，县委、县政府绝不能心慈手软，姑息迁就！"

也就隔了几日，在上半年全县经济工作会议上，副县长李延强刚刚通报完经济运行情况，封春发就把话筒挪到了面前。他干咳了一声，清了清嗓子，先讲了当前不容乐观的经济形势，然后话锋一转，遂咬牙切齿地拍着桌子，痛批一些企业的厂长目无法纪，把企业挖空了不说，又卷着钱带着合同到外地办企业去了。作为常务副县长，标榜自己是鲁阳人民公仆的封春发表示，对那些掏空了企业的厂长，他是深恶痛绝的，并表明立场，要严惩不贷。显然，封春发这是借着梁源初来乍到之机，把新官上任的第一把火，给引到炭材厂，烧到季健中身上了。

当然，作为县委书记，一听和自己俩伙计的在大是大非面前，这么义愤填膺，这么与自己配合，而且又跟得这么紧，心里自然高兴。于是，待封春发话音刚一落地，梁源为严肃此事，也从党纪国法的高度给予补充和强调，不仅要人们引以为戒，还号召大伙儿勇敢地站出来，同不法行为作斗争。

这虽然是不点名的批评，但与会的党员干部，无一不知道县委、县政府盯住的企业是哪家，要严惩的厂长是何人。

在接到会议通知后，由于在炭材厂负责的常务副厂长肖汉伟在外地讨账无法回来，安心平遂赶回来参加了这次大会。一听县领导捕风捉影如此批评训斥，当时气得脸都青了。

等到会议结束，一看梁源坐上车出了院子，安心平蹬起自行车一路狂奔，在后边紧追不舍。

安心平撵到县委机关，走到梁源办公室门口一看，云霄翔正一副幸灾乐祸的样子，指手画脚地和书记说得热闹。

满身大汗的安心平，是要找县委书记反映情况澄清事实的。撇开发小什么的统统不说，单说二人在一起俩班子整整十年了，季健中是个什么人他再清楚不过了。

为着企业的发展，季健中献给企业的不仅仅是汗水，更多的是心血。就像是一支蜡烛，把自己燃尽了熬干了，那是多大的牺牲啊！与其说是易地办厂，不如说是曲线救厂。那是万般无奈之下的权宜之计，是困境中的最后一搏呀！但，就是这一搏，莫说没把厂里的钱卷走，就是连厂里的一颗螺丝钉也从没动过呀！作为党员，也作为炭材厂的一员，他觉得有责任让新来的县委书记明白真相。

可是，一看到云霄翔不知何时竟成了县委书记的座上宾，安心平的心绪立时大乱。而且也觉得就当下这情况，你就是把天说转了，书记也不一定能听你的。想起"君子坦荡荡，小人长戚戚"这句老话，凭着安心平的脾气，他就想扑上去狠揍云霄翔一顿。可他知道这是在什么地方，更知道揍是解决不了问题的。就在梁源书记办公室外不远的地方，安心平笑容可掬地把云霄翔叫到跟前，然后脸色突然一变，气狠狠地压低了声音道："老二，你已经够了，一句话都听不进去，不知你怎么就这么绝情。"安心平说完，转身要走，却被云霄翔一把拉住。

"绝情?!"云霄翔见秘书拿着文件朝梁源的办公室这边走过来了，他怕招人注意，急忙把安心平拉进旁边的洗手间里，唾沫星子喷大远，咬牙切齿地道，"大哥，他早就和我割袍断义、恩断义绝了。我和老三之间的恩怨解不开了。"这么说了，想想对方得了好处，又一直和季健中走得近，心里的火气怎么也压不住，就道，"你不要费心了，也不要再劝我。我们俩之间的事，你不要管，也管不好。"

一听这话，安心平知道因为当年那个回城指标，对方一直耿耿于怀，又怎么都解释不了，无奈地道："好、好，是我向着他。"盯着对方看了，又忍不住敲打道，"说话办事，那得凭良心才行。世上没有后悔药，别把路堵绝啦！"

"把路堵绝的是他。"欲走，云霄翔又冷笑一声道，"你当大哥的，就等着看他什么下场吧！"

看着云霄翔十分神气地走了，安心平气得差一点一头栽倒在地。稳了下神，他转过身噔噔噔来到梁源的办公室里。见秘书正弯着腰在桌子跟前同书记说事，安心平几近粗野地伸手把秘书拨到一边，喊了声"梁书记"，脸红脖子粗、毫不顾忌地直接指责道："炭材厂季健中不是那号人。"见梁源和秘书愣住了，安心平又接着说："人是跑了，但那是被逼无奈。而且他不仅没有动炭材厂的一草一木，还在千方百计地想办法救活厂子。"

见梁源没有吭声，秘书忙向安心平递了个眼色，试图把安心平叫到一边。见安心平不理会，他就直接把人往一旁拉拉，又压低了声音，提醒道："安厂长，梁书记才来，你怎么能这样和书记说话呀?!"

安心平想解释，可他在气头上已没有再解释的心情了，遂哼了一声，扭头走了。

也就是大会的第二天，梁源亲自过问，县纪委牵头，由经贸委、审计局和县工会等多部门组成的联合调查组，杀气腾腾地来到了炭材厂。

大概是没人告诉调查组实情，找不到季健中现在何处，调查工作无法开展，他们就生出个法子。他们把厂里的广播喇叭打开，反复通知，限二十四小时内，要季健中回厂说明情况，否则后果自负。

次日，调查组组长冯建义，一看季健中到了面前，他嘿嘿一笑，道："催你回来，其实是为你好。"见健中愣愣地看他，又道，"你不要这样看我，社会在变，我也在变。"

那日，就是南方院的老头儿老太太们，到县委信访办集体上访，冯建义想借机报复，言明要"双规"季健中，被刘振国书记阻止后，在姓冯的心里还真的不太服气。可是，走出县委机关大院的冯建义，想想刘振国的一番话，就像是在一堆燃得正旺的柴火上猛地浇了一盆水，腾腾上蹿的火焰立时就给浇得没了生气。刘振国之所以要这样做，一是尽可能地保护干部，维护党和政府的形象。二是为着在企业最困难的时候，让像蜡烛一样就要燃尽自己的季健中，不至于那么雪上加霜。为此，刘振国又紧跟着拜访了鲁阳的人民功臣——安兆良。

说起安兆良，他十五六岁就跟着冯建义的老父亲当徒弟。朝鲜战争爆发后，安兆良丢下货郎担，报名参加了志愿军，肩膀上的骨头缝里留下块美国佬的弹片至今没法取出。冯建义的父亲一生最高荣誉是省劳模，而安兆良戴着军功章退伍回归本行后，则荣获过"全国供销社系统标兵"称号。安兆良虽然和冯建义的老父亲一样都识字不多，但人家安兆良却比他的师傅进步快。二十五六岁就当上了供销社主任，特别是在后来的政法委任上，安兆良还像当年在抗美援朝战场上那样，先是稳、准、狠地端掉了披着宗教外衣，攻击党和人民政府的"邪教组织"头目姬常秀在河南的老巢，逮捕了一批组织"骨干"。紧接着，他围绕"严惩严重危害社会治安犯罪分子"这一中心任务，亲临一线，坐镇指挥，把一批市霸、村霸、山霸、渔霸绳之以法。一时间，安兆良威震城乡，无人不知。眼下，八十就要出头的安老爷子退下来多年了，虽然时不时总有领导集体拜访，但是这会儿不年不节的县委书记一个人来了，不用问他就知道书记这是无事不登三宝殿。

有关季健中的为人，巴掌大个鲁阳地面，把一生都交给党和人民的安老爷子岂能不知？一听自己的门婿跟季健中有隔阂，腾出手就给冯建义打电话把其叫到身边。当然，都这把年纪了，闺女女婿也是五十出头的人了，安老爷子就不似当年那样不放脸，而是说了鲁阳工业的过去与现在，拐弯抹角把季健中给夸奖了一番。

一听岳父大人安排时间，要他当面向季健中表示歉意，冯建义哪敢不从。这样，尽管因为这事那事的，安兆良还没有同季健中见过面，但在冯建义心里，就不得不认真思忖了。

撇开个人成见，静下心来公公平平地给其打分，冯建义便对季健中油然生出敬意。加之他悟出了县委书记刘振国的一片良苦用心，这就幡然悔悟。时下，针对新任县委书记梁源不明真相烧起的这把火，冯建义自然知道火头在哪里。二十多年来，总把季健中恨在心里的冯建义这就一反常态。显然，当下的冯建义，要主持公道了。

此刻，估不透冯建义时下心里想的是什么，一听对方这么说，季健中自然不免顿了下。回过神来，看看调查组要调查的所谓"九大"罪状，季健中无奈地摇了摇头。

第二章　挟权倚势

在季健中带着王远山和刘昌盛星夜逃离鲁阳的次日，云霄翔和张光有就密谋开了。但他清楚，即便现在把季健中挤对得没有立足之地，要想把其彻底扳倒，也不是一件容易的事。毕竟国家法治建设日益健全，即便栽赃陷害，手里也得抓点东西才行。那么抓点儿什么呢？又要让谁来打冲锋呢？经过苦思冥想，他便想到一个人——严瑾梅。

说起此人，从云霄翔的表姐安秀芬那里排，严瑾梅是安秀芬的远门子表姐。这么一扯拉，云霄翔和严瑾梅还真有点"驴尾巴吊棒槌"的亲戚关系。也正因此，云霄翔那年找严瑾梅打探消息时，才喊了对方一声姐。

当然，就他长的那颗黑心，在亲戚面前，明知道是姐，也不是什么时候都能放在心上的。比如早先温来运当厂长时，云霄翔一心想着往上爬要整垮温来运，是亲戚他也决不放过。当下，为把炭材厂置于死地，把季健中逼上绝路，在正面交锋中，云霄翔就想到了这个远门子亲戚。毕竟，那年北方钢铁纪委专案组来鲁阳调查所谓的靠"贿赂"骗取合同、坑害国有大企业一案，之所以响动那么大，那就是人家严瑾梅的"功劳"。

找到严瑾梅，就当年遭受处分那件事，他俨然成了忧国忧民的政治家，遂从党和国家在法治建设过程中，依法保护举报人的角度，鼓动严瑾梅起诉炭材厂，要求恢复名誉，赔偿经济损失。因为当年那封举报信，虽然最终没有把季健中扳倒，但举报信上反映的某些内容并不是空穴来风。比如，季健中临到东北去的时候，一次就从财务科支走了七千多块钱，这事季健中就不敢说没有；面对北钢纪委专案组翻出来的餐票，季健中亲口承认，他在东北一次就请了二十一人吃吃喝喝，就是铁的事实；北方钢铁来鲁阳考察的人季健中每人送了一部收录机；等等。攥住了季健中这些所谓的"把柄"，云霄翔怂恿严瑾梅公开翻案，要求平反。显然，云霄翔这是实在没招儿了，要翻陈谷子烂芝麻了。但是，严瑾梅是教师出身，又有当年因为一封举报信，连累着让自己的亲闺女跟着爬了大堂台的羞辱，至今在心里压着，处事自然就十分谨慎。毕竟案件早已尘埃落定，严瑾梅自忖那是铁案，是翻不了的，遂不置可否地笑笑，没有吱声。

严瑾梅没有被鼓动起来，云霄翔立时便想到了另外一个女人——周菊。他突发一个歹点，怂恿张光有，让他加紧找周菊逼债。因为当时情况特殊，耐火厂急需用钱，又没有有效的质押物，周菊遂以个人名义，在张光有那里贷了三十万元。按理说，云霄翔要以零资产的方式接收耐火厂有个前提，就是得无条件接受企业的所有债务，这是天经地义的。可是，为了拿到耐火厂的地皮起楼盖厦，不把周菊的"母骡子"性子给捏直了，能办成事吗？为了控制周菊，使其无路可走，从而乖乖地听他的，周菊贷那三十万元虽然是耐火厂用了，但是以个人名义的贷款，云霄翔说什么也不接受，坚持谁贷谁还。如此一来，这就把周菊给逼上了梁山。

于是，张光有带着一帮人就到了周菊的办公室，逼得周菊连上厕所都有人跟着。

有着王远山挨揍的例子在面前摆着，再看看讨债的像亡命徒那副模样，周菊当时就吓破了胆。向梁如宾问计，姓梁的塌蒙着眼想了半天，最后把眼睛睁开了。在周菊心里，料定对方有办法，遂笑等着对方开口。哪知梁如宾咂咂嘴，两手一摊，道："一分钱难倒英雄汉呀！"把周菊气得扭头就走了。

怕走了王远山的老路遭人暗算，周菊好不容易摆脱跟踪，拦了辆摩的就到云霄翔的办公室来了。但没见着人。那么，此人现在何处呢？

一夜暴富的云霄翔，拿金钱开路，买通了贪官，有封春发这把保护伞罩着，在当下的鲁阳地界，名声已经压过了季健中，成为炙手可热的人物，更是县委书记梁源和封春发这个常务副县长跟前的座上客。当周菊急急忙忙找他的时候，他正在县政府召开的企业家座谈会上和梁源、封春发对面而坐，研究探讨"地方中小企业脱困方案"。

　　四处找遍了，没找到云霄翔，打电话对方又关了机，把周菊急得像熊瞎子掉进陷阱里似的团团乱转。

　　大约是夜里十一点的时候，在胆战心惊中，刚刚睡下的周菊，突然被电话铃声惊起。一看是云霄翔的电话，周菊仿佛抓到了救命稻草，脱口而出道："我的爷呀，你这是跑哪儿去啦?!"

　　次日，号准了周菊的脉，又把住了当下国家的大政方针走向，结合他给县政府提出的意见和建议，云霄翔急着在耐火材料厂的地皮上发财，这就假惺惺地表示愿意帮助偿还周菊为耐火材料厂在张光有那里借出的高利贷，并当着周菊一帮人的面，打了个电话，要俞小曼提着三十万元现款交给周菊去捂窟窿。

　　看着周菊一帮人千恩万谢的，云霄翔哈哈一笑，说的比唱的都好听，道："这算什么，我们虽说是民营企业，但承担的也是国家责任，维护的是地方社会稳定，义不容辞。"说罢这话，他叹了口气，随之话题一转，又做出不无担忧的样子，道，"不过，光捂窟窿也不是办法。厂子那个样子，接下来可该怎么办呀！你这个厂长心里要有个数才行。"

　　"是的，是的。"周菊像鸡子叨食儿一样连忙点头回应道，"一切听你的，一切都听你的，放心吧！"

　　这是他侵吞耐火厂计划的第二步，也就是要这个傀儡厂长周菊乖乖地成为他的马前卒，任其摆布。

　　经过一番密谋和地下运作，看周菊一帮人全都上套了，就像是看下棋，云霄翔支起招儿来，大言不惭地道："深化改革开放，这是中央的重大决策部署。眼下，政府允许搞产权交易，机会稍纵即逝，就看你们能不能把握住了。"于是，云霄翔授意，潘有志执笔，一帮人连夜动手，以耐火材料厂的名义，上报了一份"促进产权交易流转，振兴地方经济发展"的紧急请示。

　　由于这份紧急请示是云霄翔提前给他的，当常委们拿到手里的时候，封春发这里早有了腹案。为着私利，他急于特事特办，但他心里又有些不净。因为刘振国临走之前，专门到他办公室坐了大半夜，说的是地方经济，以及贫困地区当前遇到的发展瓶颈和政府机关作风建设，检讨他这任县委书记的工作没做好。同时，人家还特别说到他封春发，夸他学历高，笔头子好，今后的路远，眼要往前看。封春发听得清楚，也想得明白，人家在检讨自己的背后，无不有意在提醒他，不要当鲁阳经济发展和脱贫路上的绊脚石。可是，当下这情况，他不敢奢望一家伙蹿到县委书记的位置上，起码是县委副书记、县长顶上去后，他这个常务副县长弄个正职，应该是"下大雨站在当院里——淋（轮）到头上了"。然而，就这个该轮到却没有轮到一事来说，对封春发的触动是巨大的。而且这时候他也悟出来了，就官场来说，他远没人家刘振国灵通。同时，他对县长周新政也憋着一肚子火。什么"旅游富县"，还当是自己的祖父事业了？为给大佛拉赞助，闺女回门客都没走就找不见他了，而对自己的仕途却不闻不问，屁气不吭，也是一根筋。这么颠来倒去刨根问底一分析，他认为，官场里自己的根子不硬，连面前的路都被堵住了，今后的路指定走不到哪儿去。这么想了，他在怨恨这、诅咒那的同时，遂对云霄翔和几个煤老板的投其所好更是迫不及待了。

是的，时下的封春发，对金钱已不是染指，而是早就像有了瘾一般，已经深入骨髓，想戒都戒不掉了。但在光天化日之下，明明是秃子，他也总怕别人说他没头发。

杂念在心里装着，封春发为了撇清自己，既不显山露水，又能稳稳妥妥地为云霄翔办成此事，经过一阵沉思，遂拿着"促进产权交易流转，振兴地方经济发展"的紧急请示，到了新任县委书记梁源的办公室。不是先入为主，而是像小学生一样很谦恭地请示工作，将这件事像踢皮球一样朝梁源踢去。

上任后，一塌糊涂的鲁阳经济让梁源心里惴惴不安。一看封春发拿着耐火材料厂的紧急请示来了，梁源无奈地摇摇头。他回身拿起刚刚被他放在桌子上关于耐火厂工人讨要工资的控告信看了眼。显然，他非常闹心，又摇了摇头，伸手递给了封春发，脸色十分凝重地道："社会主义市场经济不应该是这个样子。"在他心里，鲁阳尽管是全国贫困县，但有国家诸多的优惠政策，不说企业对国家有多大贡献，起码不至于穷得连工资都发不下来。

看书记一副痛心疾首的样子，封春发也跟着叹了口气，道："地僻民穷，小农意识和传统观念根深蒂固，地方关系错综复杂，要不然也不会有'鲁人善讼'这句话。"

想想任职前的组织谈话，还有领导的期望和自己的抱负，梁源急于找到促使鲁阳脱困的路径，就道："企业走进了死胡同，职工没活儿干，政府又拿不出钱帮助他们，就必须用改革的办法解决当前的问题和困难。"

"是的，从改革中找出路，这本身就是在改革中探索和已经在实践中得以证实的成功之路。"封春发附和道。

梁源是个学者型领导干部，每天晚上，他都要雷打不动地看中央电视台的《新闻联播》。对国家经济发展的动向，他不仅懂得多，而且理解得也更深。为着振兴地方经济，梁源专门召开了县委常委会，通报了耐火材料厂当下的情况。大家认为，针对耐火材料厂现有的体制，以及资金和管理等问题，应着重从四个方面着手加以解决。一要按照时代发展要求，加大、加快和深化企业改革，找到影响企业发展的关键问题和突破口，理顺关系，从根本上为企业创造宽松的发展环境；二要按照现代企业管理要求，建立科学有效的管理制度，加强和完善企业管理，促进企业发展；三要转变经营机制，加快结构调整，适应市场需求，提高企业核心竞争力，推动企业扭亏脱困；四要打破条条框框，加快进行产权制度改革，为企业发展注入动力。于是，作为一把手，梁源总结了常委们的意见，又谈了自己的观点，遂当场挥笔，在云霄翔授意耐火材料厂上报的紧急请示件上签下一行字——

原则上同意耐火材料厂改制方案。请政府组织有关部门具体落实，抓紧办理，以期地方稳定，经济发展。

接过签发文，秘书看了下，正要往封春发跟前走，却被梁源示意拦住。梁源侧着身子对封春发道："听着像是周县长回来了。"

"正好。"封春发打出手势，满脸都是笑，道，"就不能叫他老当甩手掌柜，什么都推给我。"趁着给人递烟，又叫起苦了，道，"没有三头六臂，我只差没累趴下了。"

鲁阳县长周新政跟刘振国没有二样，都是实干人，只是他的学历不是太高，也就是地方园林学院毕业的。守着个全国贫困县的地盘，到鲁阳任职的当天，看到偌大的沙盘上，满眼都是奇峰峻岭瀑布山溪原始森林，他的两眼立时亮了。为着摘掉鲁阳的穷帽子，通过调研评估和多方咨询，遂就确立了"旅游富县"这个阶段性主攻方向。可是，鲁阳的穷，让周县长着实作了难。看着一个大型主体工程一个多亿还没得收尾就被迫停下了，周县长着急上火，只差头上没有冒烟了。但一个要干事业的人，是什么困难也挡不住的。也就在前天，万般无奈之下，他抱着试试看的心态，登门拜访了当下鹰城土生土长的大企业家李老板。一听是这么个事，又是为家乡投资的，李老板沉吟片刻便答应了。今天晚上，双方坐下，就要签协议了，一看有份文件落在办公室了，周县长遂急急忙忙亲自回来了。

接过文件一看是这么个事，由于封春发赶在傍晚的时候给他通过气，加之又急着赶往签字现场，周县长遂装好找到的文件，又拿起签批件，顺道走进会议室来。

同着与会的常委们，周新政不无痛心地扬了下手里的文件，道："这是个大难题，不好解决呀。既然下边想这么做，不妨试试。改革嘛，没代价也是不可能的。"这么说了，他把文件递给封春发，道，"既要慎重，又要妥善。那边等着签字，一切都拜托啦！"说罢，周县长签了个名字就匆匆忙忙地走了。

封春发要的就是这个效果，而且也是这个大而空、宽而泛的意见。只有这样，他才能在这面大旗下堂而皇之地做文章。于是，为表现他立见立办的办事效率，封春发就当着梁源的面，紧挨以上两位领导签名下方，挥笔写下——

　　此事关系地方大局稳定和县域经济发展，请经贸委牵头，会同审计等部门，按照梁书记和周县长批示，就我县耐火材料厂转变机制、搞活经济一事，研究并拿出切实可行的方案，加以妥善解决。

这就是封春发，在某种框架下，他把这种"上推下卸"，既可获利又不担责的工作方法，运用得得心应手、游刃有余。

一看书记、县长和主抓工业的常务副县长都对此事如此高度重视，县经贸委遂组织专门力量，加班加点搞了个改制方案和竞标办法，交封春发圈阅。

看了方案，封春发觉得缺乏针对性，害怕花落旁人，自己白操心一场。

于是，他在第一时间，悄悄打了个电话，把云霄翔约到了办公室。

在他心里，他知道季健中在耐火材料厂的群众基础扎实，担心关键时候云霄翔争不过季健中。

对此，云霄翔一脸严肃，实话实说道："您的担心很有道理。这件事，若说放在明处争，咱争不过姓季的。"

在封春发这边，他之所以对此事这么上心，当然不是有什么点石成金的办法，可以为耐火材料厂解困。而是利用当下的职权，和鲁阳当下所谓的"企业家"云霄翔一唱一和、一明一暗地巧取豪夺，吞噬国家和集体财产。

在他心里，窝在常务副县长的位置上，若不往兜里装点什么，他就觉得太亏了。反之，他才觉得平衡。

至此，拿他与云霄翔比，这二人的关系，那不就是现代版的"阿里巴巴与四十大盗"吗？

如此说来，在当今的官场上，官帽一旦戴到失德之人头上，权力就会变成能把藏宝的山洞打开的秘诀——"芝麻开门"。

试想，平白无故，云霄翔会把大把的银子往封春发的兜里装吗？如今，狼狈为奸且尝到甜头又自认为看透了官场玄机的封春发明白，若使使劲儿把耐火材料厂这块宝地收入云霄翔的囊中，其背后的利益绝不会小。

这就是权力之下的利益链。而且在某些地方，或某些人身上，这条利益链是牢不可破的。

当然，作为高学历、高智商，堂堂的一常务副县长，封春发自然清楚地看到了要出台和落实这么个方案的阻力有多大。如果要执行，他也完全明白，自己端出来的这一盆脏水最终会泼到自己身上。可他并不惧怕。因为，这是工作。冠冕堂皇地说，这是改革，是在走前人从没走过的路，即便把路走错了，把事情办砸了，甚至危害到了国家利益，从政策或法律层面上讲，也没有人给你设红线，或站出来追究你什么。更何况，上有书记的批示，下有县长的签名和基层的意见，这样一来，他封春发就什么顾忌也没有了。当然，要是为此有人跟你较真儿让你过不去了，顶多也就是个小小的失误而已。反之，怕是连句奉承话也听不到，更莫说好处了。

不难看出，当年那个曾立志要"为天地立心，为生民立命"的封春发，至此已经完全变成了另外一个人。

此刻，一听云霄翔这么说，封春发立时急了，遂脱口而出道："机会我可是给你争取过来了，具体该怎么办，分寸你可得把握好。前提是，只许成功，不准失败。"说着，封春发抬起手，对着方案啪啪拍了两下，让云霄翔看。显然，他那样子，内中含义，绝对是深了去了。

对此，云霄翔心里自然明镜似的。"这个嘛——"云霄翔拉着长腔，装作沉思的样子低着头暗中斜着眼朝封春发瞟了一下。

在时下的"黑蝎子"云霄翔心里，当初他之所以投其所好，在封春发面前低三下四，当然不是心甘情愿那么下贱，更不是骨子里是个出手大方的阔绰之人。形象地说，时下的云霄翔，早已变成了一只浑身都带着致命病毒的绿头苍蝇。面对封春发这么个主儿，他好不容易找着了可以下蛆的地方，现在，蛆已下过，蛋也被他染坏了，要铺的路，或要搭的桥已经被他铺好搭好了，云霄翔一开始甘愿当孙子的角色不说变成了大爷，起码说相互间的作用大小也发生了微妙的变化。于是，他那低三下四总是恭顺的腰不由自主地就直了起来。

就拿耐火材料厂改制一事来说吧，他之所以要挖空心思搞这么一家伙，而且直接把资料送到封春发手上，云霄翔当然不是在投石问路，也不是在搞火力侦察，而是要让对方明白他要干什么。现在，所期望的目的已经达到了，就像是自由市场上的交易，明明是看好的东西，自然不能说好。因为，你要说好了，对方能对你松口让价吗？毕竟当下的云霄翔已经把封春发的内心看得是再明白不过。在权钱交易上，云霄翔不是担心封春发不帮他，而是害怕姓封的贪得无厌、欲壑难填。何况当年那个偷吃狼食儿、偷卖芝麻种的云霄翔，本就是个内心极其阴暗和肮脏的吝啬鬼。

现在，一看封春发拍拍方案居高临下的样子，云霄翔自然不会应和。沉吟之后，他就不无担心地道："好事是好事，但耐火材料厂和炭材厂共同开发的市场和新产品在业内已小有名气。若让外地的同行知道了，来插一杠子，那就麻烦了。另外，我打听了，压住姓季的不说，单就耐火材料厂那帮青壮派，一个个都不是省油的灯啊！"

云霄翔的小聪明，自然耍不过封春发。一看对方跟他玩弯弯绕，封春发嘿嘿一笑，道："这不是我的事。"

看玩不过对方的心眼儿，云霄翔也嘿嘿一笑，道："那就这样——"

于是，云霄翔就当着封春发的面，伸手要过对方手里的笔，勾勾画画，对方案进行了改动。

一是把"面向社会"改为"在系统内"进行竞争，理由是系统内情况熟，对企业脱困上手快。二是把参加竞标者，必须在"一周内"向县政府耐火材料厂改制领导小组缴纳"一百万元"竞标保证金，改为必须在"三日内"缴纳。

看了修改后的内容，封春发还是有些不放心，就说："季健中在耐火材料厂也是有群众基础的，万一他筹到了钱，怎么办呢？"

听此，云霄翔想了想，在四十余年交往中，还真的没有难住过季健中的时候，遂倒吸一口凉气，道："是呀，姓季的要是筹到了钱，那该怎么办呢？"这么说了，云霄翔沉思一下，遂拿起笔，将"一百万元"改成"二百万元"，然后朝封春发看去，道，"这样改一下如何？"

封春发翻眼看了下浑身市侩习气的云霄翔，心里顿感不快。显然，云霄翔这个生意人在他面前，竟敢在政府起草的文件上勾勾画画，让他觉得对方这是在翘尾巴，是不知天高地厚。倘若长此下去，不说尾大难掉，起码对自己十分不利。因为就这么看着让其本事长大了，他担心不远的将来，对方指定不把他放在眼里，甚至把他这个常务副县长一脚踢开，更别说好处了。这么想了，封春发遂沉下脸，有意要敲打对方，道："企业倒了倒了，他能吹糖人儿似的又易地办起一个厂子。莫说两百万元，就是三百万元，你能难住他?"

这话让云霄翔头上的汗忽一下就急出来了，原地踱了两步，终是一筹莫展，遂抓耳挠腮起来。

见云霄翔焦急无奈的样子，封春发心里扬扬自得。如今，在大权在握的封春发心里，他早已把权力诡异化了。因此，在创造利益机会和进行利益分配的权钱交易中，他需要云霄翔知道，谁才是真正的主宰者。看火候到了，封春发点上烟狠劲儿吸了几口，立时喜上眉梢，遂把早已设计好的锦囊妙计抛了出来，道："这样，眼下不是有'九大'罪状在季健中身上背着嘛，就据此为突破口，我让纪委把他控制起来，并限季健中三日内交出书面材料说明情况。这样，季健中就得'脚底板着火，头顶上冒烟——顾上顾不了下'。趁这机会，你就可以从容地把耐火厂收到名下。"

一听这话，云霄翔先是惊喜万分，后又愕然不已。因为他只知道对方贪得无厌，没想到对方还会如此落井下石、心狠手辣。

还真是用了心了。经封春发和云霄翔的手把政府要出台的方案这么一改，他们又料定拿住季健中是十拿九稳之事，于是，方案很快就通过政府公开事项对外公布出去了。

一时间，莫说县域内和周边县，就连河北、山东、安徽等五六个外省的知名企业家，一看鲁阳县政府发布的耐火材料厂改制公告，立时都成了腊月的萝卜——冻（动）了心。因为鲁阳的耐火材料资源实在是太诱人了。莫说深加工，单单靠卖资源，那就是一个取之不尽的金钱罐。但一看竞标条件，这些企业家的心立时就凉了。原因是改制有门槛儿，是在人家的系统内进行，外界没资格参与。而系统内呢？即使是有真才实干之人，试想想，国家级贫困县，谁能有本事三日内弄到两百万元保证金呢？

对此，不仅仅是耐火材料厂的职工，就连经贸委的领导们都感到改制一事，内中情由，只可意会不可言传。因为，出台这么一个方案实在太让人感到意外了。对于一位普通的竞标人来说，三日内缴纳两百万元的保证金，无疑是个天文数字。显然，很多人都看出门道了，说这是专门为某些人量身定做的。

至于季健中那里，有着"九大"罪状在身上背着，好像孙猴子被压在了五行山下，动弹不得了。

按理说，耐火材料厂有周菊等人的监督，应该在社会上产生反响。可是，既然云霄翔能把那么大的好处"合理合法"地收进囊中，他自然有摆平周菊一帮人的绝妙手段，让你有口难开，有话难说，甚至连个屁你也放不出来。

就这样，在官商勾结、权钱交易之下，云霄翔的如意算盘不费吹灰之力打成了。最终，他戴着一双白手套，并在毫无竞争的情况下，冠冕堂皇地把鲁阳县耐火材料厂的所有资产包括矿山揽到了自己手里。并且没过半年，云霄翔又施展他的惯用伎俩，很快就把工业用地又变成了商住用地，开始大兴土木。而耐火材料厂这家有着四十多年发展历史的地方集体企业，从此便消失了。

一方是呕心沥血、忍气吞声，把一切都舍弃了，鼓住劲儿带领企业闯难关、战风险、创品牌，总想着把企业做优做强，然而却总是被一些人在后边乱嚼舌头，千方百计掣你的肘，使你窝憋着怎么也甩不开膀子使不上劲儿。而另一方则是费尽心机、满心龌龊的人总能呼风唤雨。他们瞒天过海，即便是上演空手套白狼和蛇吞象的把戏，不仅能屡屡得逞，还被标榜成所谓的"时代精英""改革先锋""优秀企业家"。

勾肩搭背，狼狈为奸，一些钻改革空子的人一夜暴富了。

但这些暴富起来的人不仅为富不仁，而且将会变得更加贪婪，更加疯狂，更加恬不知耻。

这是多么可悲呀！

又是多么让人扎心般的痛啊！

在这一波危机的冲击下，鲁阳的工业企业，除垄断行业和外资企业之外，基本上全都关门了。同时，一个无可争辩的事实，那就是不管是地方国有企业还是集体企业，不管是动产还是不动产，基本上都"名正言顺"地流进了私人腰包。

现在，被地下钱庄的业主们威逼得有家不能归，又被恶意栽赃陷害弄得人不人鬼不鬼的季健中，有时还觉得挺迷惘，不知道到底是不是自己错了，他无所适从。而每当到了这个时候，他真的想撂下肩上的担子，从是是非非中跳出来，拍拍屁股走了算了。

在很多时候和很多情况下，不仅仅是亲人们说他太"傻"，而且"傻"得像个"痴人"。就连健中自己，他都觉得自己实在是太不入俗了。

因为他在当矿长的时候，他曾尝试过要把这个"傻"字抠掉，乐颠颠地坐上波音大飞机到美国，回到爱妻和娇女身边。住在宽敞、明亮又温馨的别墅里，有面包和牛奶可以享受，可是他却不知道日子该怎么过了，更不知道自己该干什么或能干什么。面对整理齐备的材料，妻子为他申报绿卡时，一听每年至少要在美国住上半年，就像魂被人牵跑了那般，季健中当时就拒绝了。

静下心细想，他真的觉得自己生就的一个爬叉命，而美国，无论如何都不是属于他季健中的。

面对"九大"罪状，看气势汹汹的调查组的人什么有价值的东西也没整出来，冯建义代表调查组，笑容可掬地给季健中道了歉，推翻了强加于他的一切诬陷不实之词，并当着面打电话建议县委、县政府撤销调查组，换成帮扶企业工作组，帮助企业维持生产经营秩序，开展生产自救。

季健中原本有急事是要离开鲁阳几天的，可是，他了解"三会一部"的老板和集资户们的心情，真怕他跑了，怕他躲到天涯海角，来个人间蒸发，或被哪个债权人气头上把持不住一棍子打死了。毕竟，冤有头债有主是老祖宗们早就认定的铁律，是不可改变和无法改变的。在健中心里，当初的回避不是逃避，而是以时间换空间，为了寻找更好的解决问题的办法，让债主们也冷静冷静明白过来，企业遇到困难了，光靠威逼是解决不了问题的。

现在，新星炉衬材料公司建成了，不能在鲁阳执行的合同易地落实去了，鲁阳炭材人辛辛苦苦，打造了二十多年的市场链条，不仅没有中断，而且在那么大困难的情况下，又在想法接续下来，为着鲁阳人的炭砖梦，也为着债主们的血汗钱不至于打了水漂，季健中觉得，吃多大的苦都值得！

第三章　走出纠结

　　为着戳穿人们疯传的季健中卷了钱带着设备逃跑的谣言，让债主们惶恐不安的心稳定下来，季健中特意把自己打扮了一番，精神抖擞地出现在鲁阳湖畔一家大排档里。因为时髦，又紧邻湖畔，坐落的地方好，这里聚集了不少人。

　　天气闷热难耐，人们在家里待不住，这就纷纷走上街头消暑。被火焰一般的太阳烘烤了一天的鲁阳湖，这时候开始凉爽起来。伴着湖面上吹过来的习习凉风和荷花清香，湖畔成了人的海洋。

　　一听大排档里传来鲁阳炭材厂厂长季健中要给父老乡亲们唱支歌的消息，无论是站着的、走着的，还是坐着的、躺着的，还有湖里正在游泳的，全都愣在了那里。起初，一些人还当是自己听错了，可当他们围过来一看，拿着话筒正向父老乡亲们问好的人果然是季健中时，那个惊愕，简直没法形容。

　　标准的男中音，尽管多日不曾开喉，却依然是那么浑厚圆润，富有质感和磁性，人们听了无不打心眼儿里感到震颤。他满怀深情地唱道——

　　　　人生百年好梦多，
　　　　梦梦让人来琢磨。
　　　　回头看华夏民族五千载，
　　　　激荡的曲曲都是正气歌。
　　　　做不了始皇汉武天子梦，
　　　　倒不如化作甘霖浇稼禾。

抬头往前看人生，
花花世界慎选择。
即便是荣华富贵八百代，
也不外化作流星当空过。
比不得昆仑泰山肩比肩，
何不效黄河扬子波推波。
站直了热血汉子人一个，
敞开那坦荡胸怀任评说。

人生百年梦再多，
也似雁儿当空过。
满眼是青山绿水好春光，
全不畏飞来毒箭把命夺。
耐得住凄风苦雨漫漫路，
岂不有春暖花开好生活。
俯下身来写人生，
漫漫路途莫蹉跎。
做不了擎天玉柱跨海梁，
为何不化作铺路石一颗。
长天里喊声兄弟手挽手，
大地上留下脚印窝连窝。
只为那写在心中梦一个，
大丈夫咽下苦水当酒喝。
…………

　　《人生百年好梦多》这首歌，是季健中在接受纪委审查期间写给天天的，可以说是他内心深处的真情流露。由此看来，他的内心世界是多么开朗与光明，人生信念是多么朴实与坚定，胸怀又是多么坦荡和崇高啊！

　　他深深地爱着脚下的这片土地，即便有这样那样的纠结、郁闷和辛酸、磨难，甚至都到了快崩溃的时候，他都不弃不离。

想想自懂事到当下走过的路，还有遇到的艰辛和耗去的心血，他明白人生不可避免会有七灾八难。他觉得，在现实生活中，既然打不破那个魔咒，何不从从容容，直面人生。也正是有着这么一颗平常心，当他心潮澎湃地唱出从他心田间流淌出来的《人生百年好梦多》这首歌时，他的内心是多么平静，又是多么挚诚和慷慨激昂呀！

他的歌不仅让现场的人们全都愣在了那里，而且让大排档乐队的乐手们也为之一惊，遂跟着健中唱出的旋律，默契而又兴高采烈地敲打演奏起来。

立时，现场沸腾了……

在鲁阳城一家豪华酒店的包间里，云霄翔和张光有几个人，正和一群美女寻欢作乐。知道自己喝得差不多了，云霄翔就把送到嘴边的酒杯推开。那美女就浪声娇气地道："云爷，喝呀，怎么不喝呀？"说着，又把酒杯送到嘴边，并做出要灌云霄翔的样子。云霄翔心里有事，样子就有点烦，见对方要灌他，一抬手就给拨到一边去了。可是，不知是云霄翔用劲儿过猛，还是那美女故意这么做，随着酒杯一晃，酒就顺着美女裸露的胸沟流到里面去了。一看对方把酒杯放下，有些生气了，云霄翔忙把对方揽进怀里。

那美女笑着撒了会儿娇，道："云爷，您这是怎么了？这么不开心呀？"

一旁，正搂着美女喝酒的张光有见云霄翔不递腔，就道："云哥，还为那事生气呀！犯不着。虽然盖楼的审批手续还没批下来，但那四十多亩土地性质的变更手续已经拿到了，那还愁什么？再说了，一口吃不成胖子，有些事得慢慢来。走，跳舞去！"

"唉，不光是这……"

"那我知道。"张光有打断对方，道，"不就是张硕几个穷光蛋嘛，放心吧！"他停了下，诡秘地道，"他不是你的对手。走！跳舞去。"

于是，这帮人就在震耳欲聋的迪斯科音乐声中，再次走进了霓虹灯闪烁的舞池，搂搂抱抱，晃起膀子来。

云霄翔正跳得高兴，程海到了面前。

程海带着掩饰不住的兴奋表情，禀报道："表叔，姓季的可算露面了，正在湖边的大排档里唱歌哩！"

日前，云霄翔以一纸承诺，口若悬河放出大话，又是补发职工工资，又是向县轻工业联社上缴管理费，还要安排全部下岗职工再就业，坚决把耐火材料厂做强做大……这就把一些人忽悠晕了。继服装厂之后，姓云的再次冠冕堂皇地以零资产转让的方式把耐火材料厂收入囊中。

这样，尽管手续还远没办齐，他便雷动风响地开工了。

可是，待洒了灰、画了线，挖掘机轰隆响着开到工地要动土的时候，耐火厂的员工才如梦初醒。

当然，云霄翔许诺，给周菊和梁如宾每人一套住房。这样，在简陋的平房屋里住了大半辈子的周菊、梁如宾得了好处，急等着住新房自然不会吱声，而带着一群职工站出来挡驾的，则是眼下耐火材料厂新生代的主心骨——张硕。理由是，当时当着政府领导的面，云霄翔信誓旦旦，黑籽儿红瓤地说，改制也好，转让也罢，其前提是要恢复生产，安排就业的，不是来搞房地产开发的。

这个张硕，还在念初中的时候，那也是个满腔抱负的少年，只是生在绰号叫"老面蛋儿"的张义臣膝下，这就没得选择。因为张义臣就那样，是普通工人，又是人们说的"老面蛋儿"。而母亲是县副食品商店的营业员，市场放开后，副食品商店倒闭了，眼下下岗，靠给一家服装个体户扦裤脚儿、钉扣子赚钱补贴生活。说白了，张硕一家，那就是一贫困工人家庭。张硕初中毕业那年，正赶上耐火厂最后一批内招，他父亲思前想后，还下了许多功夫，这才把张硕给弄进厂里。在张硕心里，他虽然不乐意到耐火厂，但既然来了，那就得干出样子。赶上耐火厂从乡下往四里营搬迁的时候，张硕报名进了搬迁突击队，表现突出不说，还根据搬迁工作中涌现出的先进事迹，写了一篇演讲稿，参加县里"五四"青年节演讲比赛，并夺得头名。之后，厂支部改选，张硕高票当选团支部书记。在张硕父子看来，耐火厂经营形势好，他们的生活才能好，一旦厂子倒闭了，家里经济基础也就塌架了。也正因为如此，在厂里民意测评那天，张义臣这个

"老面蛋儿"才会有那么一出子。可是，胳膊拧不过大腿，厂子最终没有保住，这让父子二人心里十分着急。因为改制时所承诺的东西，什么也没得到。现在，已经吃过亏了，又见机器开到厂里要挖地基盖楼了，工厂再也不可能复工了，"老面蛋儿"知道一切都完了，他窝着一肚子火没出来，而张硕则坚决挡住挖掘机不让挖："要强挖，那就从我身上轧过去。"

这一招儿厉害，就像是棋盘上的"马别腿"，把云霄翔别得一头火星子，却左右挪动不开。

这几天，云霄翔为此找人把张硕暗中揍了一顿，又上下活动，但局面仍然没有打开。

现在，见云霄翔听到消息，愣怔在那里不语了，程海就往跟前凑凑，又压低了声音，十分狂妄地道："揍一顿不行，干脆把张硕收拾了，回头再收拾季健中。"在程海心里，他觉得，只要把张硕和季健中二人收拾了，一切都顺当了。

"愚蠢！收拾人现在还没到火候。再说了，你把季健中收拾了，我那钱找谁要？"云霄翔瞪程海一眼。

在鲁阳湖畔的大排档里，季健中拿着麦克风唱了一曲《人生百年好梦多》露了一面，也就在当晚，但凡与炭材厂有债务牵连的人，简直比注射了一支兴奋剂都激动。因为前几日社会上疯传季健中把血汗钱卷走了，让债主们一下子心凉了，找不到欠债的主儿，血汗钱要打水漂了。现在，欠债人不仅回来了，而且又是那么高调，这说明人家不仅没有像传说的那样，把炭材厂的钱打成包卷跑，而且还不惧那点儿债。

猜透了债主们的心思，有着新星炉衬公司成立后的良好开端，健中心里就有了底。赶上南方院集资户代表来厂，这就把鲁阳方面十几个极富个性的集资户喊在一起，专门抽出时间，双方冷静地坐下来，就形成债务的起因，当下不能按时还款的实情及现状，以及接下来钱从哪里来、账又该如何还等问题与大伙儿交了底。

看南、北两地的集资户不吱声，健中明白人家心里有顾虑，你这么推心置腹地与大伙儿交底，人家也不好意思再说难听话。于是，他就给大伙儿算了一笔账。他说："炭材厂现有三条炭质材料生产线，就当下的情况，只要恢复生产，保守说三条生产线年产值可以达到三千万元。还有一个化工厂，若转产成耐火材料生产线，少说一年产值也有一千万元。因此，四条生产线按每年四千万元的销售收入、百分之十五的利润计算，可实现利润六百万元。打打折，利润起码可达五百万元。有钱能不还债吗？但前提是企业要生产才行。同时，压住国内业务不说，单说国外，前几天我已经接到电话，伊朗的专家要来厂进行交流考察，还有印度西海岸有家钢铁公司炉子要大修，已讲好了要订鲁阳的新型炭砖，这都是好兆头呀！"

听了这话，面前这些被特地请来座谈的债主一算账，想想钱不会打水漂，而且也就是几年间，就能拿到自己的血汗钱，他们心里安稳了许多，脸上也有了笑容。有的甚至说不仅自己不再闹，还要做好其他债主的工作，让企业有条件恢复生产。

开始的时候，像敬上神一般，季健中给大伙儿又是递烟，又是倒水。这个时候，情况变了，债主们凑过来争着给健中续茶、敬烟。

事后，健中说，人是一口气，只要以心换心，就没有办不成的事。

这天晚饭后，看完了《新闻联播》，又翻看了刚刚签下的一份合同，再想想正在发展的海外客户，季健中坐不住了，就朝车间走来。见安心平正在伏案忙着，知道是在统计当天的生产数字，便走上来，道："怎么样？"

安心平忙笑着说："达产后已经满负荷生产了，从统计上来的数字看，情况非常好。"说罢，话锋一转，不无担心地道，"只是就这么大的生产能力，莫说后续合同不敢接，就是现有的合同，不扩大生产规模，指定是完不成呀！"

季健中道："我也正为这事发愁。"

安心平道："要是有银行支持那就好了。再建两条生产线，就能大干一场。"

季健中道："就当前这种情况，想让银行支持，没有这个可能了。同时，我们也不能再筹钱搞重复建设了。"

"这还真成了没娘的孩子。不扩产，不敢接单；扩产，没钱，真是急死人了。"说罢这话,安心平想了下,十分担心地道,"照这样下去,还款的事,那得等到何年何月呀!"

"没有这么悲观。"季健中道,"俗话说得好,活人不会让尿憋死。"

告别安心平,季健中没有睡意,就信步走出厂区来到村头。

郊区的夜,也是十分宁静。伴着习习晚风,暑气消了许多。吸吮着从庄稼地里散发出来的玉米、芝麻,还有黄豆、红薯等农作物特有的芳香,健中的心情立时好了许多。

月光下,季健中在林荫道上踱来踱去。听着不远处从新星炉衬公司车间里传出来的机器的轰鸣声,看着厂门口不时有车辆出出进进火红的生产场面,他心里充满了喜悦。

抛开海外业务不说,仅这两三天里,就有好几家老客户相继打来电话,联系业务。从种种迹象里,季健中不难看出,由金融危机引发的大萧条即将过去,而随之到来的必然是市场复苏后企业的大发展。

随着纪委调查的结束,以及在大排档的公开露面,季健中不用再到外边东躲西藏了。这样,有了坐下来工作的基本条件,结合和安心平、肖汉伟一帮人讨论的意见,季健中的心里又激荡不止了。但仅靠新星公司的生产能力,远远完不成当下所接到的供货任务。

他想,如果能让炭材厂恢复生产那该多好啊!然而健中深知,要再以炭材厂的名义,在原有基础上把生产恢复起来,已是不可能的事情。抛开其他的因素不说,单就银行方面,生产恢复了,需要办理业务了,你敢以炭材厂的名义出去签合同、收预付款和结算货款吗?因为炭材厂所有的往来账户都被冻结了。

由于创办新星公司已经把吃奶的力气全都使尽了,再也没有可想的门路,季健中思来想去,这就不得不又想到了炭材厂那么多下了岗没饭吃的工人兄弟和闲置下来的厂房、设备。

新星公司在体制上的优势,使季健中像摘掉了头上的紧箍儿一样顿感轻松。

炭材厂原有的机器设备,还有厂房都在那儿闲置着,要是利用起来什么都是现成的。一来扩大生产不用发愁了,二来又盘活了资产,三是还可以安置更多的工人上岗就业，一上手就能见到效益，这是一举多得的事情呀！

可是，炭材厂那些闲置下来的所有资产，哪怕是一草一木都是国有的，敢动吗？

次日傍晚，正在迷茫和躁动之时，季健中突然在电视里看到一则报道，介绍南方一家国有企业停产之后，大胆地将企业的厂房、装备租赁给企业职工，企业职工自愿组合、自筹资金、自主经营、自负盈亏把企业搞起来的成功案例。

仿佛醍醐灌顶，季健中茅塞顿开，神情为之一振。

为着炭材厂的死而复生，季健中把安心平、肖汉伟、王远山、刘昌盛几个主要领导叫在一起，开始策划企业自救方案。

但是，在国有企业，大伙儿吃惯了大锅饭，现在要改制，而且还要搞竞争上岗和自由组合，职工们能想得开、跟得上吗？

为此，健中把老工人中的党员干部组织起来，开了个思想动员会。他要从内部抓起，做好职工的思想工作，让他们理解，救企业就是救自己。

在动员会上，健中说，对当下已经倒下了的炭材厂进行改革，就像早年的农村大承包改革一样，应该是历史性的，不可阻挡的。

他还举了个例子，说改革前的农民种着集体的土地，即使粮食不够吃，谁要是想在房前屋后沟沟坎坎上私自种点什么，以补粮不足，那也是不允许的。因为所有的土地都是集体的，个人要种，那就是资本主义。改革开放以后，农村实行了联产承包责任制，土地的经营权交给了农民，头上没有紧箍咒了，身边也少了婆婆妈妈，什么好、什么对路就种什么。仅一个"包"字，就把几十年没有解决的全国农民的温饱问题解决了。

是的，根据自己的意愿……不！不仅仅是意愿，而是生的欲望。从安徽凤阳小岗村刮起的那个包产风，使祖祖辈辈靠土里刨食儿的农民吃饱了肚子，解决了基本的生存问题。但这个"包"字的背后，又有谁知道那是经过了多少次生死斗争，才开始由理想变为行动啊！

如今，这一道难题摆到了鲁阳炭材厂员工们的面前。那么，该怎样来解决这个难题呢？健中自忖没有那么高的理论水平来说服大家。但大家都是党员干部，他就把"我国正处于并将长期处于社会主义初级阶段"这句话交给大家讨论。从国家，到企业，再到家庭个人，咀嚼"我国社会的主要矛盾，是人民日益增长的物质文化需要同落后的社会生产力之间的矛盾"这句话的意思，终于使大家心里的坚冰慢慢融化了。大家认为，人家小岗村的农民敢把集体的土地包下去，一举解决自己的生存问题，南方人敢把国有企业的厂房设备租赁给工厂的工人，而我们鲁阳炭材厂的干部员工，为什么就不敢把闲置的国有企业的厂房设备也租出去试一试，来解决我们自己的基本物质需要呢？

第四章　身正不怕影子斜

有了新星公司这个民营企业的发展模式，又不断看到在国有企业搞内部"责任承包、租赁经营"一个个鲜活的例子，再想想前不久刘书记临走之前在大会上讲过的企业内部改革思路，动员企业一厂一策，分片搞活那些话，季健中就信心满满地找到封春发汇报请示。

看季健中跃跃欲试的样子，封春发放下手里的茶杯，然后点着烟吸了两口，十分不快地道："你坐吧，老站着干什么？"

在时下的封春发心里，他不相信鲁阳炭材厂能变个法儿活过来。加之有云霄翔搞房地产的例子在面前摆着，那不也是最好的政绩吗？况且，若把已经走上死路的炭材厂送到云霄翔手里，把地盘变成楼盘，那得有多大红利啊！既无风险，又有利可图。这么想了，封春发道："从国有到民营，目前国家尚未明确下文，你这步子也迈得太大了，就是政府不说什么，职工们能同意吗？"

健中欠欠身子，解释道："这是没办法的办法。我们开过会了，也作了动员，职工们不仅同意，而且积极性非常高。"

"这是个路线问题，他们懂什么？"封春发想了下，道，"这件事牵扯到体制，还有机制等方面的转换问题，也是走什么路的问题，是个大事。"说了，他朝健中递上来的请示看了眼，冷冰冰地道，"放这儿吧，回头有空了研究一下再说。若炭材厂要是真的无法生存下去，也不能老在一棵树上吊死嘛！有那么大的地盘，你就不能想想别的办法把资产盘活？"

季健中愣住了。

联想到云霄翔那种盘活资产的弄法，他读得懂面前的人心里想的是什么。

是的，把车间变成楼盘，是能把资产盘活。可厂子没了，职工怎么办？同时，领导是讲过让一部分人先富起来，这是好事，因为那是让先富带后富的。可鲁阳的现实呢……

天生的"宁为玉碎，不为瓦全"的耿直性格，季健中怎么也忍不住。他先是带着讥讽的意味笑了下，又十分郑重地道："封县长，县委和政府不是在大会上说过嘛，鼓励企业搞内部改革，开展生产自救。再说了，如果工厂一个一个没有了，那么多工人没活儿干，不仅不利于社会稳定，也不利于地方经济的长期发展。"

听了这话，封春发噌就站了起来。那样子是要对季健中发火的。但他的嘴张了几张，却没有发火，而是把手伸到桌子上，咚咚咚拍了几下，又拿眼扫了下健中刚刚给他的请示，连讥讽带挖苦地道："经是好经，就怕被一些歪嘴和尚念歪了。"说罢这话，他愣愣地看看季健中，又道，"你不就是想改换门庭，偷梁换柱，搞个人承包嘛！"

健中道："不是个人承包，是大伙儿租赁经营，开展生产自救。"

"你呀！"封春发缓了口气，连教训带斥责地道，"炭材厂是国有企业，国有企业的改革要是能那么简单，党中央、国务院不早就把'红头文件'发下来了？还能轮到你在这儿瞎琢磨。"见健中哑哑嘴欲言，封春发又道，"行啦，国有企业有国有企业的特殊性和复杂性，那是国家的根基。你是厂长，是党员干部，越是在关键时期，说什么话、办什么事，你得跟政府保持一致才行。"

季健中听不进封春发这一套。换个场合，或换个人，他会和颜悦色，可在此人面前，又听了这么一番话，他把脸也拉了下来。他试图说服对方，不免声音就大了点儿，道："人家南方已经有这样的例子了，他们也是国有企业，职工们承包经营后企业发展形势非常好。"

"地区之间是有差别的，怎么连这点常识都不懂？"封春发瞪着眼质问、指责季健中。

季健中看看封春发，料定对方的心思不在企业这一边。在他心里，他实在看不上这种披着党和政府外衣的混账官员。心里一来气，他就又破上了，遂针锋相对地道："作为厂长，我只懂得让工人有活儿干、有饭吃、有盼头儿才行。"

封春发愣住了。他扑哧一笑，一副无所谓的样子说出"行啊"二字，又立时把脸拉下来，十分严厉地质问道："一旦造成国有资产流失，你是负不起这个责任的。"

干了一仗，还憋着一肚子气，季健中闷闷不乐地离开政府大院，正碰上经贸委的杨文忠。他是健中早年在经贸委时的同事，眼下人家是副主任，业务上又经常打交道，可以说两人无话不谈。

吸着烟，一听健中想把炭材厂的厂房、设备租赁给本厂职工，搞租赁式承包经营，却挨了姓封的一顿数落，杨文忠笑了下，说："人家坐的是官椅，吃的是皇粮。你是厂长，跟人家不一样。让我说，国营、民营都是经营，纳了税都是国家的。看着中只管弄就是。你已经领教过了，工人没饭吃的时候，着急忙慌的还是你自己，别的没人管你。"

季健中道："这不是想给领导汇报一下寻求支持嘛，谁知道封县长挺反感的。"

"他……"看看左右没人，杨文忠凑到季健中耳边，道，"他觉得炭材厂已经死了，想利用闲置的地皮搞房地产开发。你呪闲心，肯定不知道……"

季健中不知道对方说的是什么意思，就道："知道什么？"

杨文忠道："人家现在不叫封春发，大伙儿都叫他'疯（封）开发'。"

次日拂晓，苦熬了将近一个通宵的季健中冲了个凉水澡，准备躺沙发上休息，可是怎么也睡不着。在健中心里，搞企业二十多年了，深知每走一步都离不开政府的支持。可人家不待见你，与其怎么讲都不是，那就不如省点儿心。

从迷茫和困顿中跳出来，季健中遂决定利用他还是炭材厂的法定代表人这个身份，挺身而出，哪怕是犯错误，也要向南方人学一学，变个法子，把炭材厂从死亡线上拉回来。目的是，无论如何，也不能让一些人企图利用企业的地皮搞房屋开发，从而让炭材这个产业在鲁阳的地盘上消失。毕竟，工人是靠工厂生活的，你现在把工厂扒了，就等于砸了他们的饭碗，你让他们怎么生存呀！

打开窗子，看看东方已经亮了，而且槐树林里的各种鸟儿以它们特有的极其美妙的歌喉和旋律，仿佛赛歌似的，你一声、它一声地唱起来。听着鸟的歌唱，健中觉得，这些鸟，一生下来就不可避免地要经受各种各样的磨难与挑战。而要克服磨难，战胜挑战，最基本的就是要学会适应现实的生存环境。还有蜜蜂，为了储存食物，有很多会累死在采食的路上；为了抵御敌人，打败入侵者，它们会集体战死；为了生存下去，如果食物短缺了，它们又会把仅有的食物匀给大家吃，一旦到了食物尽了的时候，它们又会几乎在同一时间死掉。

啊，大千世界，本就是一幕幕物竞天择、适者生存的悲壮画卷。

活动了一下筋骨，健中觉得饿了，就从柜子上边的纸箱里掏出一块方便面，准备泡泡吃。

这时，他的手机突然响了。拿起来一看是女儿的电话，想着大洋两岸的时差，健中道："闺女呀，这个时候了，你怎么不睡还给爸爸打电话呀？"

"爸爸，我给您报告个好消息！"晓明在电话中说，那语气，显然有掩饰不住的激动，"印度有家代理商，他叫法尔玛，我和他早联系过了，他说想尽快到咱们鲁阳来考察。如果可以的话，他乐意代理咱们的产品。您知道吗？这家代理商，可是曾代理过美国贝克公司的耐火材料，不仅有实力，而且有经验。"停了片刻，远在中国的父亲没有应声，电话里就又传来晓明的声音，"爸爸，您在想什么呢？"

"是这样——女儿，那个法尔玛什么时候来？"健中对着电话说出了自己最关心的问题。在他心里，虽然新星炉衬公司开始生产了，但起点太低，且品种单一，远不能代表鲁阳炭材的实际水平。如果客人近期来，就眼下这种情况，他自己都觉得不好意思。

听父亲在电话里这么问，晓明立马就在电话那边回道："我知道了，爸爸，时间掌握在我们手里，我会根据您的安排再跟他联系。关键是您要加紧准备呀！爸爸，国与国之间文化差异很大，习惯也截然不同，我们需要代理商，这是毫无疑问的。同时，印度铁矿石资源丰富，有许多钢铁企业，市场空间大，又有地缘优势，用您的话说，这是占了天时、地利。还有就是我和麦克先生都已经注意到了，中国入世只是时间上的事了。为此，抓紧向海外布局，才能抓住先机。"

去年秋，晓明在新星炉衬材料有限公司成立那天，在郊区与大家见了一面后，心里有要帮爸爸一把、尽一尽孝心的激情燃烧着，就匆匆忙忙回美国去了。有从事商务信息分析与管理经历这个得天独厚的条件，晓明和她的合伙人麦克先生，做的第一件事，便是在信息量巨大的谷歌网站上，建立了属于鲁阳炭材自己的网页。当然，在这之前，鲁阳炭材在网络上也有自己的中英文简介。但晓明和麦克认为，原有的信息介绍，在突出鲁阳炭材与同类企业的优势比较上着力不够，很难引起浏览者的关注。找准了设计网页内容的关键点后，晓明和麦克利用对电子网络的了解，一方面努力把鲁阳炭材在网上的域名简化，搜寻排名往前推，使其在谷歌搜寻里，只要输入有关"冶金""炭材"这些字眼，鲁阳炭材就能立即在搜寻结果的前一两页上出现。另一方面，还在一些国际网站上，透露鲁阳炭材寻求国际合作的意向。当然，由于是刚刚涉足这方面的工作，在市场营销上，晓明和麦克并没有什么经验。但有一点两人是一致的，那就是鲁阳炭材要想在哪个国家立足，就需要在那个国家开展委托代理业务，这是不争的事实。于是，晓明和麦克经过网上联系，从印度有意合作的几家代理商中，初步选定具有经济实力和代理经验的法尔玛父子。她从对方的网页上了解到，法尔玛的父亲为美国贝克公司在印度做销售代理期间，与塔塔钢铁集团有过长期合作。看到了这一点，晓明心里十分激动。因为印度的塔塔集团，那可是世界五百强企业之一呀！带着这样的兴奋之情，晓明立即飞往贝克总部，通过朋友查找法尔玛父子在贝克的代理业绩。核实后，晓明心里更是激动不已，因为印度对炭质耐火材料的需求量很大，未来发展前景非常广阔。这样，从贝克总部一回到克利夫兰，晓明便和法尔玛进行了联系，希望法尔玛到鲁阳炭材考察，以便确定合作关系。在晓明心里，她这么急匆匆的也就是个试探，没想到法尔玛当即就表示，愿意即刻动身到中国鲁阳来。这时候，晓明自然无法知道法尔玛心里想的是什么，不过这个谜很快就解开了。那是晓明和麦克随后在印度孟买法尔玛先生家里做客时，对方在谈话中说出的。原来，早在互联网上取得联系之前，法尔玛和印度浦尔钢铁公司谈生意的时候，就知道了鲁阳炭材。而浦尔钢铁公司，正是中国景山钢铁总厂海外工程部和鲁阳炭材厂在印度发展起来的第一家客户，而且名声相当不错。

接罢女儿的电话，健中心里久久不能平静。想到国家即将成为世贸组织成员，想到鲁阳炭材在印度已有的市场，想到法尔玛，再想到不久的将来，鲁阳炭材在国际市场上的前景……为了鲁阳炭材，不惜舍弃了一切，奋斗了十几年的季健中，心里像喝了烧酒般热乎乎地充满了激情。可是，眼下这种情况该怎么办呢？

倾注了三任厂长的满腔心血，一天天发展起来的厂子，生生被"三角债"等不可抗因素拖死了。而新成立的公司，又是那么个起点，要形成一定的规模，又谈何容易呀！若说为债务所逼，当初逃出鲁阳建起新星炉衬公司，是为了接续已有业务，拿时间换空间，从而保住"鲁阳炭材"这个品牌。那么现在呢？健中觉得，遇到了国家加入世界贸易组织这个千载难逢的历史机遇，那不正是鲁阳炭材这只在改革开放大潮中扬帆起航的小船，终于等到了"激浪输风，偏绝分、乘风破浪"的时日嘛！

在激动和热望中，季健中愣愣地坐着想了会儿心事，不知是吸进什么东西到了鼻腔受到刺激还是怎么的，他禁不住昂起头憋足了劲儿，打了个非常响亮的喷嚏。就在他舒舒服服睁开眼睛的时候，面前墙壁上的几个字立时便映入他的眼帘："改革是中国的第二次革命。"

这是一幅草书，是早几年炭材厂兼并冶炼厂之后，刘振国来厂调研时应健中的邀请亲笔写下的邓小平同志讲过的话。

仿佛推开了一扇窗子，这时的季健中眼前豁然一亮。不管有多少背不动的包袱，也不管有多少迈不过的坎儿，不是因企业发展方向出了问题倒下了，也不是产品没有销路走进了死胡趴那儿了，除了大环境，最根本的问题，是体制和机制上的问题。

这时候，季健中对"改革是中国的第二次革命"这句话的真谛体会得最为深刻。因为就他亲身经历到的，党的十一届三中全会的强劲东风，吹开了我们这个历史悠久的农业大国的万千花朵，就是铁的事实。借改革开放之风，有着二十年发展史的鲁阳炭材厂，又该如何改革呢？联想到刘振国书记临走之前，最后一次在全县经济工作会议上讲的"经济运行情况十分严峻，令人吃惊。你们在座的厂长经理们，思想一定要再解放一点儿，胆子一定要再大一点儿，步子一定要再快一点儿，不妨搞一搞一厂一策、一厂两制、分片搞活、租赁经营"的话，季健中心里更加坚定了要在企业内部来一番大刀阔斧改革的意志。

这个时候，季健中的心情好多了，而且浑身充满了力量。因为他身后有一群从磨难中一路走来能够同舟共济的好伙伴。他有这个能力和自信，不仅不会把好经念歪，还能声情并茂、抑扬顿挫地把经念出味道和感情。

掏出电话，他想给他的老同学，同时也是老领导，眼下在北京学习的刘振国打个电话，说说自己心里的想法。他觉得，他的同窗学兄无论学识，抑或是政策水平都胜他一筹。于是，他就急不可耐地拨通了刘振国的电话。

听到电话那边"喂"一声，问他这么早打电话干什么，他立时就笑了，道："看看，我知道你有早起晨读的习惯。振国呀，有点儿事儿我想给你汇报一下。"听到对方让他说，他就把想在炭材厂搞一搞内部改革的事大致说了。

一听季健中要搞租赁承包经营，刘振国喊了声"健中"，掷地有声地道："你谁也不用汇报，更不能犹豫，想好了就马上干。到党校学习这几天，时间虽然不长，但我也算是长了见识。就是当前那句时髦话——'有问题不找市长找市场'。你是厂长，企业自己的事，自己当家做主。就像《国际歌》里唱的那样，没有神仙皇帝，要靠自己。你记着，但凡企业的事，只要干部职工喜欢，又有利于国家增收和企业发展，你就甩开膀子大胆干吧！"

老同学的这番话，让季健中进一步坚定了实行内部改革的信心和决心。于是，他穿上天天从美国给他捎回来的质地非常柔软的衬衫，对着镜子系好了领带，把自己收拾得干干净净，像个新郎官那样走出了办公室。

早晨的第一缕霞光已经洒在了鲁阳炭材厂的大道上，也洒在了季健中的身上。就仿佛是从西天回来的取经人，心里充满了新的希望，步伐格外轻快。

危机感、紧迫感，还有使命感和责任感，促使季健中更加坚定了加快改革的信念。

他热血沸腾，怎么都等不及了。

现在，季健中心里有了底，他就沿着厂区道路由东往西走，对各个工序进行了查看。他特别看重成型第一车间。没有钥匙，打不开车间的大门，健中就掏出餐巾纸把窗户玻璃上的灰尘擦去，朝车间里看。

成型第一车间是赶在金融危机前头，经过改造建起来的。

建的时候是要扩大新型炭砖生产规模的，可是刚建起还没赶上用，就碰上了金融危机大爆发，订单锐减，机器试车后停下再没动。同时，第一车间是在吸收其他车间经验基础上改造过的，场地布局、机器设备，各方面的起点都要比先前的车间高得多。占着这么个优势，健中觉得，按照他的内部改革设想，第一车间只要恢复生产，无论在对外形象，还是在产品质量等方面，不仅能为鲁阳炭材加分，还能为企业内部在体制、机制以及用人方面的改革创新，起到引领和示范带动作用，可谓一举多得。考虑到这些因素，健中遂在心里道："就这样吧，打一场翻身仗，就从这里开始实行租赁承包经营，决不能再犹豫了。"

要谁来挑这个大梁呢？季健中想起一段往事。

四年前，炭材厂克服重重困难，各项工作都上了一个新台阶。这天晚上将近十点钟，季健中接待完客户回到厂里的时候，他发现肖汉伟又坐在灯光下忙起来。立时，健中心里禁不住一叹。因为一连十多天了，马不停蹄，一边忙着调度，安排生产，一边负责新上项目和新材料研究开发，生怕出现纰漏，他发现肖汉伟几乎就没回过家。

"汉伟，这都半夜了，你又在忙什么？"健中问。

"杨老把新产品的配方研制出来了，接下来该在车间试生产，我得把基础工作做一做。"肖汉伟说着站起身来。

回想当年，厂里刚刚接了北方钢铁的大订单，正用人的时候，他把肖汉伟和牛志刚一帮人从生产一线选拔出来，带薪到大学深造的事，健中心里乐滋滋的。毕竟自己培养的人才已经在科研和生产中发挥出了重要作用，受制于人的时代一去不复返了。

此刻，要把炭材厂的厂房和设备租赁承包出去，闯出一条生路，作为炭材厂自己培养出来的，同时已经走上领导岗位的肖汉伟不仅年轻有为，而且事业心又强，这不就是最好的人选吗？

对，就是他——"能豆儿"肖汉伟。

在鲁阳炭材厂已经十年有余了，季健中尽管自信不会看错人，但他仍然不会独断专行，特别是在用人上。

于是，他决定公开选拔，让职工群众说了算。

第五章　死灰复燃

两天后，季健中兴致勃勃地组织炭材厂全体下岗人员到厂，采取公开演讲、公开招标、议标和无记名投票等形式，选拔人才，对炭材厂第一车间实行租赁承包经营制。

可是，看职工们差不多齐了，主持会议的安心平掏出电话，正准备催一下在办公室打电话的季健中过来开会，却见保卫科门卫王自力拿着一张报纸急急忙忙过来朝他递眼色。他走过去，道："自力，什么事这么神神秘秘的？"

"你看……"王自力说着，把手里的报纸递给安心平。

一看是《大地法制报》发表的一篇文章，标题十分醒目，并且提名道姓直接对准的是季健中，安心平心里就嘭嘭嘭急急地跳起来。趁他看报纸的时候，几个工人一看情况不对劲儿，一问王自力，会场里立时就炸了锅。

这时，季健中走进了会场。看会场上的人乱看他，季健中愣了下，忙朝安心平看去。这下，安心平坐不住了。为着炭材厂尽快恢复生产，渡过难关，季健中这多天没日没夜地操心费神，加之又有高血压的老毛病，他担心出现意外，有意不想让健中知道此事。可作为发小，又是同窗，还是拜过把子的兄弟，他又不想让健中被蒙在鼓里，遂把已经折叠起来的报纸递给了健中。

这是一篇针对性很强的文章，而且用的是真名实姓。《大地法制报》社这个写文章的人叫章昌，他在报纸上说季健中打击报复举报人，对举报人欲置之死地而后快。季健中大致看了下，居然若无其事。当然，他不是对举报一事不上心，而是眼下的虚假新闻太多了，有必要想那么多吗？同时，参加公开招聘大会的人都到齐了，他不希望再耽误时间，遂把报纸折起来放进手提包里，抬手朝会场里摆了摆，仿佛什么事也没发生似的对站着的人们说："都坐下吧，我们现在开会！"说罢，把面前的麦克风推到主持会议的安心平面前。

哪知就在这时，随着一阵嚷嚷声，门口的人试图阻拦却没拦得住，严瑾梅挥舞着手中的报纸，一蹿一蹦，泼妇似的冲到了主席台前，指着鼻子道："季健中，姑奶奶忍了多年了。你不讲理，有人替姑奶奶申冤。"说着，啪的一声，把手中的报纸往健中脸上猛地摔去，接道，"你一手遮不了天，姑奶奶也绝不会被你欺负一辈子。"

严瑾梅这一出来得太突然了，就像是平地一声炸雷，轰得会场上所有人立时都愣住了。

那么，忍了多年早不来晚不来，偏偏挤到厂里实行内部改革这个节骨眼上杀将出来，她这是要干什么呢？再者，她的闺女，还有女婿都在厂里，这么舞马长枪顾头不顾腚地杀出来，她能没有一丝顾虑吗？她的底气是从哪里来的呢？

说实话，她原本没有一点儿底气，甚至连想也没想过。但眼下就不是那样了。因为魔鬼附到身上了，严瑾梅变成了疯子。

还是那个"黑蝎子"云霄翔，他费尽心机，瞄住县城开发区黄金地段耐火厂的地皮，他明白，扳不倒季健中，一切都只能是白日做梦。为着这么个纠结，云霄翔绞尽脑汁，眼看着把季健中挤到悬崖边上了，却不料元根壮给他带来一个爆炸性新闻，说季健中要在炭材厂利用现有的机器设备创办新公司，就像是老母鸡孵蛋一样，小鸡娃儿就要破壳而出了。来踪去迹一打听，云霄翔两眼立时就黑了。挖陷阱、吊脚套没有弄成事，接下来该怎么办呢？云霄翔当然不可能就此罢手。

也算挤得巧，就在元根壮喝了酒摇摇晃晃两脚拌蒜似的刚走，云霄翔突然接到一个电话。一听是严瑾梅想跟他借俩钱捂捂窟窿，他的阴点子立时就来了。

当下，黔驴技穷的云霄翔一看严瑾梅因自家的厂子，弄到有求于他的这一步时候，他对借力收拾季健中充满了信心。因为他知道，曾降级降薪，眼下又债台高筑的严瑾梅早把季健中当成了不共戴天的仇敌。

这次坐下来，云霄翔的话更直白："国家依法保护举报人利益，作为基层群众，你敢站出来举报违法行为，又列举了那么多事实，现在弄到这一步，你在物质和精神上遭受这么大的损失和伤害，没有百儿八十万赔偿，他季健中再有本事，也下不来台。"说罢这话，见对方愣愣地看他，还是不吐不咽的样子，明白不下点儿血本，不让对方尝到甜头，对方不会豁出去，遂从提包里取出两沓百元大钞往严瑾梅面前一放，又道，"姐，这是两万块钱，你先拿住。就你在炭材厂遭受迫害的那些事儿，如若打不赢这场官司耽误了你的工夫，这就是补偿费。"

这是一把邪火，若要是搁着别人，也许再点也点不起来，可是碰上了已经穷途末路的严瑾梅，就轰一下真的给点着了。自那日云霄翔到家里找她，严瑾梅嘴上没吭，心里却禁不住想了许多。不管有理也好，没理也罢，拿她的话说，季健中给她的那一箭之仇，她是非报不可。更何况，之所以家里的生意一天不如一天，她认为，是因为季健中压住闺女学费不予报销，又把她从磅房里撵出来，还有降级降薪，等等，这一切的一切，都是季健中给她带来的晦气。现在，严瑾梅有求于云霄翔，再加上她本就是个圪拧头，又教了几年书，这两年滚在债务圈里拔不出来，时不时跟人打官司，她还真的对国家的法律略知一二。特别是经济领域里的反腐败斗争，知道国家已经硬起了手腕。若不然，就某些人的劣根性，他们手里有了权，不把国家这个经济大厦掏空那就怪了。还因为手头紧，正缺着钱，就当下家里的状况，借还借不来的，却眨眨眼就抱上了金娃娃，严瑾梅的两眼不是立时亮了，而是湿润了。

于是，她就同姓云的密谋开了。当然，能不能扳倒季健中还在其次，最主要的是豁上命也要出出压在心里憋了多年的恶气。若不然，她会死不瞑目。

那么，怎么报那一箭之仇呢？云霄翔见对方盯着他看，就喊了声"姐"，成竹在胸地鼓动道："别的咱什么都不说，就围绕当年的举报信，单说季健中在财务上借大额的钱，在东北请吃请喝，给来人送礼。这都早就喊出来了，他敢说没有？"

严瑾梅道："那他不敢。特别是借钱，是我亲眼看到的。"

"对呀！这就够了。"云霄翔道，"就凭这，姓季的还把你降级降薪，开除留用，他这就是标标准准的打击报复举报人。你放心，姐，只要把这件事捅出去，肯定有人为你出气。"

想想是这么个理儿，但事情绝对不会这么简单，严瑾梅仍不放心地道："那接下来该怎么办？我手里现在可是……"

"嘻，这你别管，花多少钱，恁兄弟我兜着，你只管等着好消息就成。"云霄翔道。

听了此话，严瑾梅那个感动，只差没有跪下了。

物以类聚，人以群分。

在云霄翔的蛊惑下，严瑾梅暗自笑了。心想，这真是人算不如天算，季健中终于该有报应了。

于是，云霄翔到省城找到了多次在他的温泉山庄包过房间写材料的陈小河。这二人臭味相投，在陈小河第一次来温泉山庄没几天，两人就如同他乡遇知己似的黏在一起了。

陈小河是新闻专业毕业的。走上工作岗位后，开始在一家大型企业做宣传工作，生活十分光鲜。可他一踏上社会，很快就被铜臭熏黑了心肠，而且嗜赌成性。因挪用专项活动经费，造成重大不良影响，被单位开除了。眼下就是一名"黑记者"，专门靠舞文弄墨赚黑心钱。

这真是，不是冤家不聚头。陈小河一听说要整季健中的材料，新仇旧怨顿时涌上心头。

那年，也就是炭材厂大扩建那一年，一看拉炭砖的汽车一辆挨一辆都排到大门外边去了，云霄翔两眼立时黑了。酒场上，见云霄翔骂骂咧咧，对炭材厂恨得咬牙，陈小河的两眼立时亮了，说："这气我给你出。"云霄翔听了，拱手一礼，道："多谢，找机会你给我狠狠地敲它一杠子。"赶上炭材厂与新的焙烧窑配套的净化设备试运行，陈小河对着大烟囱咔咔咔就来了一组照片。什么黑烟滚滚、乌烟瘴气等等，怎么严重就怎么用词，炮制了一大篇文章，遂以记者身份找到了季健中，说炭材厂得停产整改。开始的时候，季健中心里还真的十分忐忑。毕竟，尽管是试运行，但有图有真相就在面前摆着，谁也不敢说没污染。可是，一番好话下来，暗地里一听可以拿十万块钱私了，季健中立时就不干了。因为在企业摸爬滚打了近二十年，而且自己的妻姐就是高级记者，当下新闻从业行当里水有多深，他心里一清二楚。于是，他把陈小河给请上汽车就要往公安局拉。最终，陈小河不仅没捞到好处，假记者证被没收了不说，还差点按敲诈勒索给处置。当然，这是季健中给他的教训，是有意网开一面，放他一马的。若不然，待十万块钱坐实了，证据拿到手了，陈小河就是学问再大，智商再高，再能诡辩，敲诈勒索的罪名他能赖得掉吗？

如今，云霄翔重金委托，根据严瑾梅捕风捉影主观臆断和宣泄的不满情绪，陈小河遂添枝加叶地搞了一篇所谓的《举报和诬告陷害》的文章，到上边活动去了。之前，陈小河曾结识个朋友，在《大地法制报》社工作，名字叫章昌。而且这章昌的笔头子也很厉害，在报社小有名气。

一看陈小河给他带来的《举报和诬告陷害》一文，想想当下国家在依法治国方面出台的一个又一个文件和规定，再想想在基层采访中碰到和听到的一些厂长经理，为了捞钱不择手段干的那些个烂脏事，作为舆论监督部门的一名记者，章昌十分恼火。他抬手往桌子上奋力一拍，厉声喝道："真是无法无天了！"接下来，义愤填膺的章昌，伸手拿起电话，准备向总编汇报，要亲自到鲁阳实地调查核实。他那样子，真的是与腐败分子不共戴天的。毕竟，能成为《大地法制报》记者，没有一定的政治水平和法律、法规知识那是不可能的。

可是就在这时，陈小河伸手就把他拦住了，说："我已经在那儿沉了半个多月，方方面面我都调查核实过。如若有疑，哪怕有一字失真，我负全责，这是保证金。"说着，陈小河拉开提包，取出装得鼓鼓囊囊的一个信封，然后从桌子那边绕过来，拉开抽屉，随手给放了进去。看对方愣愣地看他，陈小河又道："在我们那里，无法无天的事多了，打击报复一个举报人，这算什么？稀松平常，屁都不当。"

这事要是遇到个外行，章昌指定不会那么坦然。可他遇到的是过去在企业采访时接待过他的人，后来成了朋友。又知道对方是从我国知名学府新闻专业出来的，这就自然深信不疑。但他哪里知道，他面前的这个颇具才气的朋友，早已丢了工作，整天盯的就是负面新闻，只要能捞到钱，什么样的手段，他都敢使出来。

看看面前现成的文章，章昌笑了。他收起文章，紧接着把钱拿了出来，道："这个倒不需要。"

陈小河马上又把钱推给章昌，嘿嘿一笑，口是心非地道："这可不是贿赂你。这是保证金。"

看对方执意而为，章昌遂笑了笑，道："行行行，先放这儿也行。"

在鲁阳，接到陈小河电话，一听文章已经在《大地法制报》专栏上登出来，并"画龙点睛"地又搞了个"律师点评"，季健中就要成为"社会毒瘤""腐败分子"了。坐在车子里正要外出的云霄翔，一拨方向盘就又拐回来见了严瑾梅。

也不用怎么交代，早已怀着深仇大恨的严瑾梅，像捞到了一根救命稻草一样，自然知道接下来该怎么做。

今天一大早，严瑾梅就来到书报亭前，要了张《大地法制报》。一看在"海涛之声"专题栏目上"举报和诬告陷害"七个黑体大字，文章真的给登出来了，她的心里就禁不住嘭嘭嘭地加快了跳动的频率。她实在是太兴奋了，血压突然升高，使得她脑袋轰的一热，整个人摇晃了下，差一点栽倒在地。定了下神，觉得情绪稳定下来了，就掏出钱，把报摊上仅有的十份《大地法制报》全都买了下来。就在街头，她迫不及待地找了个僻静的地方，一字不落一连看了三遍。特别是带花边的"律师点评"，点中了要害。立时，这个已经六十出头的女人，两行泪水扑噜噜就流了下来。当然，这时候她心里不仅有仇恨，更多的则是激动。因为，《大地法制报》记者的文章写得太好了。在她心里，她怎么也想不到，经云霄翔这么轻轻松松的一活动，又经记者精心打磨，她这个山村里普普通通的女人多年的"冤情"居然登上国家级的大报，公之于世了，太解气了！这真是"神来之笔"！为此，她忽然想到老家村头的土地庙。自从她懂事的那天起，每年的二月二土地爷生日这天，她都早早地给土地爷烧香磕头。但是，打此刻起，她决计再也不给那无用的土地佬儿上供磕头了。因为，年年供奉，她念念不忘、一遍又一遍地祈祷土地爷显灵，可多年的"冤屈"不仅始终得不到平反昭雪，而且家里的生意也是越干越赔。

再想想人家《大地法制报》的大记者，那就不仅仅是一个"灵"字所能体现的。这么想了，严瑾梅打定主意，待腾出空了，官司打赢了，她要把《大地法制报》社的恩人们像神一样给敬在家里。这时，严瑾梅心里就像是大海的波涛一浪又一浪翻滚，她怎么都无法平静。她趴在地上对着报纸，一连磕了三个响头，且嘴里念念有词，以至于过路的几个人都驻足观望。其中一大嫂还愣愣地道："怎么回事？神经病吧！"这要搁在平时，谁敢说她神经病，她的耳刮子早甩到对方脸上了。可此时，她心里高兴，听见只当没听见。稽首后，她把报纸小心翼翼地叠起来装进提兜里。返回大街上，在油馍摊上称了半斤油馍，又要了一碗胡辣汤。多少年了，她从来没有这么开心过。半斤油馍吃光了，一碗胡辣汤也喝得汤水不剩。接下来，就坐着摩的朝炭材厂奔来。憋了整整九年了，她终于等到了"天助"。

此刻，一看搅了会场，几个副职，也包括严瑾梅在炭材厂上班的闺女和女婿立时急了。看众人上来，要把她往外拉，严瑾梅仿佛疯了一般，左右开弓，又挖又打地道："都别碰我，今天谁碰我，我跟谁没完！"看没人敢理她，她盯着季健中，道："你算老几？吭有老温吃那无数遍苦，脱那无数层皮，能有炭材厂吗？你能坐到这里耀武扬威，想整谁就整谁吗？"

看严瑾梅咬牙切齿的样子，季健中也来了气。他提高了声音，严厉地道："严老师！"见对方被他镇住了，就道，"你说完了没有？"

"没有！"

"没有也不要再说了。厂里正在开会，请你出去！有冤有屈咱们回头再说。"见一旁的襄红和汉伟又气又急，一副无奈的样子，季健中心里不忍，又道，"温厂长创下这片天地，全鲁阳人都感谢他，可是你也得知道尊重自己。"

那日，严瑾梅趁着季健中到炭材厂落脚未稳之时，以前任厂长夫人的特殊身份，拿着她家姑娘上大学时的一沓子票据，要健中给她签字报销。当时，健中早有耳闻，知道严瑾梅在前任厂长林如山那里因报销一事碰过壁，对此事比较谨慎。对此，严瑾梅当时就给健中甩了脸子。之后，严瑾梅不肯罢休，又先后两次拿着票据说事。毕竟前任拒办的事情，一定有他拒办的道理。何况，按厂里下发的有关人才培养方面的文件规定，又确实不能报销。季健中本应严词拒绝，却碍着老厂长温来运的面子，苦口婆心对其进行劝导，遂就给十分委婉地拖了下来。但对于一个财迷心窍的人，想贪占便宜你挡都挡不住，怎能开导过来呢？为这事，严瑾梅在心里对季健中重重地划了一道壕。她认为，这是季健中跟她过不去。后来，在内部机构改革中，职工们对严瑾梅在磅房，既称量厂里运输的物资，又称量她自家公司同一类型的运输物资一事意见大，而且到了非解决不可的地步。这样，厂内部改革领导小组就采取公开竞争上岗的办法，对磅房进行人员调整。结果，严瑾梅败了下来。失去了磅房的工作岗位后，由于严瑾梅在厂里专横跋扈惯了，树敌太多，各科室没人敢要，这就给健中出了个难题。健中不忍心把她发配到车间，没办法，就说服其他领导，因"人"设"庙"，为严瑾梅一个人专门另设了个科室——"收发科"，让其享受科长一级的待遇，负责机关人员签到、接听电话和收发邮件、报纸一类的工作。对此，在这个心胸狭窄而又自私自利、报复心理极强的女人心里，她看不到全厂上下对她的照顾，偏认为是大家跟她过不去，是季健中故意设的圈套，让她丢掉了磅房的工作岗位，这就把健中当成了仇人。同时，她认为炭材厂创办起来不容易，玩的是高科技，别人都不懂行，只有她男人能玩得转。说白了，离开了她男人，炭材厂就办不下去。有着这么个心理在作怪，两口子一个在企业当厂长，一个把持着物资进出的重要关口，由于人的自私性，这就不可避免地把手染成了黑的。同时，面对不同声音，更容易排斥异己，打击报复别人。可在现实生活中，想一手遮天的人，也往往会被那些不想被巴掌盖住的人反对。反过来，要是遇到个整天惹是生非的妻子，夫的祸自然就跑不了。套在严瑾梅两口子身上，温来运禁不住枕头风一吹再吹，尽管人们再怎么宽容，也总有忍不住的时候。加之一些人唯恐天下不乱，故意在背后煽风点火，这举报那反映就飞出来了。同时，地方国营企业在困境中发展，当领导的整天忙得救火似的脚不沾地，企业缺乏规范，这就免不了出现一些漏洞。这种情况下，时间短，笔头子勤快，什么事情你能说得清，也许没事；时间一长，又说不清楚，就指定得倒霉。温来运就碰上了后一种情况。这事那事的，觉得难以洗清自己，遂一纸辞呈，把厂子一撂，回老家忙他的公司去了。在这种情况下，作为被迫辞职的厂长的夫人，无形中在心里看企业的笑话。而且生出"你不让俺男人干，别的谁也干不成"的报复心理。没事的时候她像苍蝇一样找窟窿下蛆，生法恶心你。遇到事了，小事她给你戳成大事，叫你无法收拾。比如林如山，刚来的时候全厂上下都对其充满期待。哪知刚一试手，劲儿还没有真正甩开，就因一些人暗中生事，无中生有，炭材厂生产经营等各项经济指标一落千丈，弄了不到两年，所有的期望都变成了失望。看着各种矛盾交织在一起，什么工作也推不动，弄得林如山哭笑不得，遂窝窝囊囊地也辞职不干了。这时候，一直在看笑话，又把炭材厂弄得乌烟瘴气的严瑾梅，脸上终于有了笑容。她觉得，她男人出山的机会到了，并且私下里对人说，除了她男人，别的谁也没那本事。可是口风都放出去了，却不料半路杀出个程咬金——季健中到了炭材厂。开始的时候，一看云霄翔暗中活动，给新任厂长来了个"破扫帚顶门——到处都是柯杈儿"。同时，南方院个别人又躲在背地里推波助澜，凭严瑾梅的眼力，她断定姓季的最多撑不过半年。哪承想，内部外部这难那难的，看着弄不成的事，硬是让姓季的一点一点给弄成了不说，又攀上了北方钢铁这个巨人。眼看男人出山的后路就要被断了，再想想闺女的学费报销不成不说，又被人从磅房里给挤出来，她觉得这是人财两空，心里就生出无限怨恨。于是，当那天北方钢铁的专家考察团被远接高迎到厂，季健中眉开眼笑，谦恭地打着手势，请客人上楼时，严瑾梅两眼立时就黑了，遂在心里说："我烫死你们个王八蛋们！"这么想了，她双手抬起，对着楼梯口，砰砰两声，就把左右手里掂着的热水瓶摔在了楼梯口。她觉得，即便挡不住厂里的业务发展，至少能出出她心中的恶气。要不然，她觉得自己非给憋死不可。接下来，她写了那封诬告信，实想着能把季健中告倒，把炭材厂弄忽塌，结果搬起石头砸了自己的脚。因为一封诬告信，连带着让自己的闺女被警车拉走担惊受怕不说，自己不仅爬了大堂台，而且又被厂里处分了。这么多年来，严瑾梅静下来想想，尽管苦水无法咽下，但她毕竟年过半百，自忖不是季健中的对手，这就偃旗息鼓，什么也不再提了。可是，机会来了。一听云霄翔从保护举报人的角度，不仅要帮她翻案，为她打抱不平、伸张正义，而且还有两万块钱的误工补偿费在面前摆着。顷刻间，真的是平地刮来一阵风，把她掩藏在内心深处的邪恶之火，又忽地点着了。

此刻，一听季健中这么说，恨得咬牙切齿的严瑾梅立时接道："尊重？我被你整得还有尊严吗？"说罢这话，她像斗鸡一样盯着季健中。想想自己男人打下的天下，被外人占了，又被挤对成这样，她便愤愤地伸手一指，道："姓季的，你知道你的前头有个姓温的，可是你都办了什么事？处分我，降我的级，老天爷都不答应！我今天把话摞在这儿，你不仅得恢复我的名誉，还得包赔我的一切损失。姓季的，你可听好了，没有百儿八十万，你就是再有能耐，也休想摆平此事。"

"中了，妈！厂里都成这样了，恁些人都等着开会，您翻那陈年老账干什么？"严瑾梅的女婿肖汉伟又气又急，拉住岳母的胳膊想把人拽走。可是，严瑾梅哪里肯听，一见她女婿拉她，不知她哪来的那么大力气，一甩手就把肖汉伟甩到一边，肖汉伟险些一屁股坐在地上。

一旁，束手无策的温襄红见母亲闹成这样，羞得只差没有钻进地缝了。此刻，见汉伟也劝不动母亲，还差一点跌倒，又恨又急又无奈的温襄红再也忍不住了。她突然上前，一边拽着母亲想把人拉走，一边哭咧咧地道："好了，妈，咱赶快回家吧，我求求您了——给您的闺女留点儿脸面留条后路吧！别在这儿丢人现眼啦！"可是，她这话不但没有劝住母亲，还把她母亲的邪火又给点起来了。

立时，严瑾梅勃然大怒，道："放屁！丢人现眼的是他们。"随着骂声，严瑾梅抬手就朝襄红打去，却被一旁的安心平伸手拉住。

安心平气坏了，遂大声呵斥道："严瑾梅，你讲点儿道理好不好！"

"人善被人欺，马善被人骑。我今天就是不讲理啦！"严瑾梅唾沫星子喷大远，说着就甩着胳膊摆脱拉扯，磨过身子，一头朝身旁的季健中撞去。

季健中见势不好，忙起身躲避，哪知凳子一滑，整个身子失去平衡，只听咚的一声，后脑勺便重重地磕在了墙根上。随着鲜血的流出，人也立时失去了知觉。

现场立时大乱。

公开选拔会刚要开始便被迫中断了。

一九九九年，是鲁阳炭材厂最难熬的一年。年末，《大地法制报》这篇题目叫《举报和诬告陷害》的文章，在压题上这样写道："一封举报信转到鲁阳县后，有关方面查对笔迹，'挖出'举报人。县法院和市法院，先后判决和裁定举报人严瑾梅，犯诬告陷害罪。"同时，结合文章的公开发表，还添加了特意圈了花边的署名为崔亮的"律师点评"。他在点评中说："保护举报人的合法权益，已喊了有些年头，像摆在面前的严瑾梅诬告陷害案，非把举报人置罪而后快者，的确罕见了。"

从章昌的文章和崔亮的"律师点评"，提名道姓以莫须有的罪名把季健中说成是靠行贿来骗取合同的"腐败分子"、当今社会的一大"毒瘤"。

有关"举报"一事，还得从一九九〇年秋天说起。那时候，就是因为严瑾梅的一封举报信，差一点把鲁阳炭材建厂以来关乎企业发展命运的一笔最大合同弄吹，把炭材厂一棍子打死。同时，围绕此事的发生，季健中和北方钢铁有关人员被限制人身自由接受审查，弄得炭材厂十分被动不说，还直接影响了北方钢铁高炉的大修计划。在精神上，不仅给鲁阳炭材和北方钢铁有关人员造成了极大的伤害，而且在经济上给双方企业都造成了巨大损失。

可现在，举报人又经过《大地法制报》反咬一口，明白人一眼就看出来了，这是有人趁炭材厂目前遇到困难的时候落井下石，想再次把季健中置之死地而后快。

因为，季健中挡了别人的财路，不把他扳倒有多少财也休想弄到自己手里。

死灰复燃，严瑾梅要翻案了。

第六章　关不住的春光

急救室里，刚刚从昏厥中醒过来的季健中，恶心加头疼，血压上升，低压一百二，高压一百八，医生反复嘱咐他不要动，甚至连水也不要喝。他只好配合医生的治疗，就那么静静地躺着，可他心里是多么煎熬啊！

季健中的安危连着全厂职工们的心。

人在病床上躺着。护士不让前来看望的人到病房里来，他们就在走廊里、在门口、在窗前默默地站着、看着。

突然，季健中好像听到了什么声音，他微微地侧过头来朝门口看去。原来，安心平办完住院手续赶过来了。

就像是看到了亲人，他刚要折起身想说点什么，却耐不住身体的巨大反应，哇一声吐了。

护士忙活了一阵，见病人闭着眼不敢动，只是用手往门口指，明白其中之意，就劝他，他不听，护士无奈，就对门口的人说："不知想见你们谁，看你们谁过来一下。"

一听是这么个情况，大伙儿都争着要到健中身边来，却被安心平拦住了。他压低了声音，生怕搅扰了医院里的秩序，说："你们都别过去了，我代表大家去看一下。"

走进病房，护士拦住安心平，交代说："只能看看，不能多说话。"

安心平连忙道："好，我不说话。"

大概是感觉人到身边了，季健中不敢动，就想把手伸出来与对方进行沟通。可是，刚要伸手，强烈的反应又上来了，他就赶紧停下来。

这时候，在季健中心里，他最关心的就是厂里的改革。可是，《大地法制报》的这篇文章，就像是平地刮起的一股旋风，使严瑾梅借势发难，一下子就把厂里的秩序给搅乱了。想到炭材厂，一些人为着一己私利所进行的明争暗斗，还有为着鲁阳炭材厂的发展，自己在东北零下二三十摄氏度的极寒天气里差一点冻僵的一桩桩往事，他觉得自己就像是到西天取经的唐僧一样，过了一难又一难，却猜不透到底还有多少难在等着他。当然他不是害怕生活中的艰难困苦，而是感到委屈和无助。因为，唐三藏每到生死攸关的时候，都有天神来助他，使他脱离苦海。而自己呢？为着企业的发展，几乎把心扒出来给人吃了，还碰到有些人利用"黑记者"，在这关键时候，给他致命的一击，使他痛心到了极点。

在当下的炭材厂，最能懂得季健中的人莫过于安心平。这么多年来，但凡厂里有攻坚任务，只要有安心平在身边帮衬，再难的任务，再重的挑子，两个人总能合起力来去克难攻坚，取得最终的胜利。

两双手握在了一起。

这是人们相见时最平常不过的动作。可是安心平刚一握住季健中的手就是一惊。因为，健中无力的手一松一紧。意识到他头痛得很，不敢说话，对方是要用这种特殊的方式，与自己朝夕相处的亲密战友交流。

看着泪水从季健中的眼角里无声地流下来了，安心平心里就像有把钢刀在搅动般疼痛。知道对方心里有话要说，却又不敢出声，安心平再也抑制不住自己，两眼的泪也流了下来。

突然，走廊里一阵骚动。程海、朱秋三两个人开道，云霄翔身后还跟着个手捧鲜花的小姐走进来了。

听到动静，扭头一看云霄翔几个人到了面前，安心平忽就站起来。他堵在云霄翔面前，也没了往日喊的"老二"那个称呼了，就直接道："云霄翔，你还想干什么？"

云霄翔趔趄身子，见季健中在病床上静静地躺着，遂假惺惺地道："大哥，三弟怎么样了？"

"三弟？摊上你这个兄弟，倒了八辈子霉了。滚！"安心平火气上来，怎么都压不住。

"你看看你这是干什么，好心当作驴肝肺。"云霄翔说着，拨开安心平来到病床前，盯住季健中看了一会儿。因为还有一百多万高利贷在炭材厂压着，他担心没了债主，遂合起双手，在心里祷念让菩萨保佑季健中千万不要现在归天。

听到动静，回头一看大夫来了，云霄翔忙拉住大夫的手，道："宫大夫……"

"你们就别再威逼了，没见人成什么样子了?!"宫大夫十分不快地打断云霄翔的话。他是本地人，知道些炭材厂的曲曲弯弯。

"你误会了。"云霄翔又演起戏了，"他是我三弟，我是担心出现意外呀!"

宫大夫道："这你放心，我们会尽心的。"

"这就好。"云霄翔说着，招了下手。

一旁，捧花的小姐走上来，把鲜花放到季健中的床头。

云霄翔道："宫大夫，我三弟可是咱们鲁阳人的宝贝疙瘩。拜托拜托，您可得保证，现在这时候，三弟的人身安全，可绝对不能有什么意外呀!"

"放心吧，我们不会让他再出意外。"宫大夫不耐烦地回应着。

转眼一天过去了。

赶在黎明的时候，季健中在战栗中醒来。由于药物的作用，他这一觉睡了将近二十个小时。这中间，在他的意识中，似乎做过不少梦。但都是什么事，一点儿也记不起来，不过在意识中，大脑始终在高速运动，一刻也没有闲着。

睁开眼看看，室内的灯关着，借着走廊里和窗子外边透过来的光亮，尽管室内朦朦胧胧的，但什么都依稀可见。

微微地偏了下头。他看见，紧挨着床头柜，安心平的半边身子斜靠在那里。他知道他太累了，就那么个样子，似乎是刚刚睡着。他的一只胳膊压在床头柜上，五指叉开，用拇指和无名指卡在额头两边，重心在掌梢，托举着微微向床头柜那边偏去的头颅。那么个费力的姿势，加之天热，人早已满头大汗了。

想想会场上跌倒时的情景，季健中把手从床单下边抽出来，朝受伤的地方摸去。虽然很疼，但似乎不碍事了。因为他感觉到那疼痛的地方只是碰破皮了。闭上眼微微地摇了下头，感觉到没有什么不适。用点儿劲又试了下，还是那样。这时候，季健中感到十分庆幸。因为脑震荡的所有不适，全都在刚刚过去的睡眠中消失了。伸伸腿，他想折起身来却没有动。他知道他这里只要略微一动，安心平立刻就会被惊醒。

一起从幼儿园里走过来，一道读完小学和初中，再一道上山下乡当知青，又一前一后回的城，安心平和季健中两个人相交不离几十年。进城后，安心平一直在机械厂。季健中从经贸委，到石墨矿，这中间刚好十年。在这十年中，安心平一直在机械厂。想当年筹建石墨矿，季健中白手起家，之所以一年多时间就完成了筹建任务，与安心平这个机械厂生产副厂长的大力支持是分不开的。一九八九年冬，季健中来炭材厂任职，也就不到三个月时间，安心平便也到了炭材厂。健中当时不知道，是过后在刘振国那里得到的确切消息。就是他向组织部点名要人的时候，人家安心平已经是机械厂厂长候选人。显然，安心平是放弃了升职的机会，投到季健中麾下甘愿当配角的。眼下，又一个十年将要过去了。在这十年中，季健中和安心平的关系，那就不是一般的同志关系了，而是彼此的左手和右手，再也无法分离的兄弟情谊了。

看安心平那个窝憋的样子，他很想让他好好儿地躺下直直腰，舒舒服服地睡一会儿。可是他又不能惊动他。毕竟他也是五十就要挂零的人了，能静静地合一会儿眼，那是多么难得呀！

可是，就在这时，只见安心平身子猛一晃，人立时就醒了。

安心平一看对方就在他闭一下眼的时候已经醒了，正愣愣地看着他，遂十分抱歉地道："哎哟，我睡着了，你怎么样？"

"我没事了。别歪着睡了，赶快躺下歇歇身子。"健中道。

"我也睡着了一会儿。"说话间，安心平把床头柜上放的杯子端起来，道，"你喝点儿水吧！"

见对方一手端着碗，一手拿着勺子要喂他，健中道："我自己来。"说罢，他双手撑起身子想折身起来。

安心平忙制止道："别、别，你还不能动。"

"我不碍事了。"头晕、恶心、想吐的感觉已经过去了，季健中知道自己真的没事了，就在安心平慌着腾地方放碗的时候，他两手往病床上一撑，身子一提，就靠着床头坐起来。

喝了一些水，见对方拿起手机要查看，安心平叹了口气，道："你吓死大家了。"

季健中道："让你们费心了，大长夜又闷又热的，还让你一直陪着我不能休息。"

安心平道："扎上针不一会儿你就睡着了。宫大夫不放心，几乎是不停点儿地过来查看，怕你睡着了出意外。刚刚还来过，说问题不大了。"停了下，又道，"红珠、志刚他们天黑后又来了。特别是余师傅，不知他怎么知道的，也争着要留下。健辉两口子领着儿子，还有健华、健秀和金城也来了，我都让他们走了。"

就这么说了会儿闲话，回过头来，看看墙上的钟表，马上就要四点了，想想厂里一摊子事，健中待不住，安心平又劝不住，两人为不惊醒值班的护士，遂留下字条，叫了辆摩的回到了厂里。

在季健中的办公室里。看看健中擦了擦脸，安心平知道对方该吃东西了，健中又不让到外边去，他就从柜子上边，把方便面箱子取下来。还好，里边有少半箱方便面。冲上开水泡了一会儿，二人一人一碗，凑合着边吃边议起这两天发生的事情。

《大地法制报》为什么会如此不负责任？严瑾梅为什么会突然大闹会场？他们究竟是为了什么？季健中觉得此事的背后肯定有一个唯恐天下不乱的人。这个人的目的是通过舆论工具来抹黑季健中，扼杀即将复苏的炭材厂。但令他十分痛恨的是他们不该剑指炭材厂尊敬的客户——北方钢铁厂。这不仅是置季健中于牢狱，置炭材厂于死地，更是置具有无限影响力的北钢炼铁厂于尴尬的局面，切断和炭材厂的业务关系，从而给炭材厂来个釜底抽薪。

"不，不能这样下去。"安心平气愤地说，"我们绝不能允许别有用心的人由着性子胡来。炭材厂的尊严，还有企业的生存环境，我们必须理直气壮地站出来捍卫它、维护它。同时，在改革开放的今天，谁也没有权力这么倒打一耙，胡说八道。"

季健中在无奈中点了点头。但紧接着他又改变了主意，愁肠百结地说："打官司不是一件容易的事，特别是名誉侵权案这一类官司，也不是短时间内可以解决问题的。"

当下，内部改革正处在起步阶段。若不是严瑾梅来这一出子，车间承包的事，指定有了眉目。对于组建新的公司，季健中不愿再耽搁一分钟。

这时，从不服输的季健中，把刊登不实报道的报纸从口袋里掏出来揉成一团，随手扔到垃圾桶里，然后十分痛心又无可无奈地说："算了吧，时间会证明一切的。"

他相信自己走过的路，更相信自己办过的事。他无愧于心，不畏于行。而且坚持做好眼下的工作，处理好当下的事情才是正经事。同时他也相信不管是《大地法制报》还是国家有关部门，一定会把问题弄清楚，还当事人以清白，还事实以真相。

在季健中心里，时间就是金钱。他坚持"只要职工们喜欢，又有利于国家增收和企业积累"这样一个发展理念，下决心排除一切干扰，向改革要办法，在改革中找出路，义无反顾地采取"租赁、承包、重组"等企业内部改革举措，让职工们自由组合，让管理人择优录用，彻底打破过去的条条框框，走企业重生之路。

次日，季健中在办公室里用固定电话拨响了肖汉伟的手机。可是，等了半天却没人接。再拨，还是没人接。季健中感到奇怪，愣了一会儿，他改用手机拨，可是依然如故。

隔着窗口，正在整理资料的宋晓燕看见头上缠着纱布的季健中在走廊里踱步，一副满腹心事的样子，忙走出来，道："季厂长，您有事？"

"啊，给汉伟打电话，通是通了，就是没人接。"季健中道。

"刚才还看见他了，没走远。我去找找他。"宋晓燕说着下了楼。

丈母娘大闹会场一事，肖汉伟心里十分难受。

就在季健中来炭材厂不久，面对北钢纪委的突然插手和大批炭砖集装箱都已经运到北钢了，却又全部被拆箱检查的情况，聪明过人的肖汉伟，尽管远在外地进修，但他根本用不着往深处想，当即就断定，几乎毁了炭材厂的那封举报信，十有八九是自己的丈母娘所为。后来，地方政府插手，查明真相后，严瑾梅受到了应有的处罚。作为女婿，肖汉伟尽管嘴上没说，但他心里明镜似的，知道这是人家当厂长的没往深处追究，是宽宏大量顾了情面的。

进修毕业后，有着严瑾梅这道梁子在面前摆着，所有人都觉得肖汉伟不会被季健中重用，而他也做好了下车间班组接受现实的思想准备。哪承想，一听说他要毕业了，季健中刚好在外出差，愣是跑了那么远路到校接他们回厂，并安排他直接进了厂领导班子，全面负责生产和项目开发。那一刻，被给足了脸面的肖汉伟心里既愧疚又感激。从那时起，也正是那么一种激励和鞭策让他跃跃欲试，从此有了用不完的劲儿，同时让他暗下决心——此生心在炭材厂，即便海枯石烂，也决不动摇半分。

哪知又糟了。

公开选拔会刚一开始就出现的那一幕，就像遭到万人唾弃那样，简直让肖汉伟无地自容。

当然，此时的肖汉伟，他一百个都不怨，怨就怨自己太粗心、太无能。因为闹出这么大个动静，而事前他却连一丝风声也没察觉到。若不然，他相信，一定有办法制止这起不该发生的乱象。

赌着这口气，而且也羞于上前，事情发生后，所有人都担心季健中出现什么好歹，无论老工人，抑或是新同事，都争着上前探望，而肖汉伟则在病房的对面远远地站着，直到大夫和护士们忙活一阵，一切都消停下来后，他才悄无声息地来到大夫值班室。问了情况，当他从宫大夫嘴里得到"只要不再发生意外，人就没事"的确切话语，他才长出一口气。

离开医院，肖汉伟不由得加快了步伐。这种时候，他心里只有一个念头，那就是打定主意要找丈母娘问问，是吃错药了，还是哪根神经乱了要来这一出子。于是，心里带气，他连襄红也不愿见，就没进家，而是借了辆自行车就找丈母娘来了。

可是，撩开门帘一看，妻子襄红正在床边坐着，而那个大闹了会场的人——严瑾梅则靠着床头不住地抽泣，样子甚是可怜。

此情此景，肖汉伟满肚子的火气和牢骚却不知道该怎么发泄了。

今天一大早，一看他心中的好厂长没事了，人也从医院回来了，肖汉伟打定主意是要找机会代丈母娘负荆请罪的。毕竟，面对这么大一个窟窿，作为女婿，总觉得与领导之间留下了看不见摸不着的隔阂。

可是，当看到季健中头上裹着纱布，人称"能豆儿"的肖汉伟，立时又悔得不知该如何是好了。

脑海里一片空白，肖汉伟都不知自己是怎么来到厂子后边的槐树林的。

屈指算来，这么大人了，他从来就没这么没有主见过，遂在心里禁不住喊道："妈呀，您这是害苦了我呀！"

正这么悔恨不已且无助烦恼之时，他听到了喊声。

扭头一看是燕子在山坡下喊他，一摸手机不在身边，遂急忙应着从上边走下来，道："我忘带手机了。什么事？"

"季厂长找你。"宋晓燕道。

急急忙忙来到楼上，肖汉伟就要推门了又觉得不好意思，遂轻轻地喊了声"季厂长"，道："您找我？"

"进来！"里边传出季健中的声音。

见推门进来的肖汉伟愣愣地站着看他，季健中也是一愣，道："怎么了？坐呀！"

"对不起，请原谅！"说罢这话，肖汉伟还没有完，盯着对方头上的纱布，又接道，"都是我的错，给您带来这么大的灾难。"

"嘻，什么灾难不灾难的？也就磕破点儿皮，没那么金贵，过两天就好了。"季健中说着，刚要起身倒茶，却被肖汉伟上前接住。

见健中在沙发上坐了，肖汉伟转身把桌子上的杯子添满，端到对方面前，道："你看看，尽办些丢脸的事。你不叫我，我真没脸来。"

"你多心了。"说罢，季健中沉思一下，又道，"再说了，不是我小看严老师，闹这么大动静，她没有这么大的能量。你呢，千万不要往心里放。我清楚，这事你肯定不知情，你还自责什么？"

"这是不该发生的事情。"肖汉伟道。

"不错，不该发生的事情发生了，这是我们不愿看到的，也是无法左右的。但我们看准了要办的事就不能再耽误下去。"季健中起身把汉伟刚刚倒的水端到汉伟面前，又道，"找你来有个事想问问你，不知你怎么看。"

一听有事问他，肖汉伟捧着杯子就要低头喝水了，又立马停下，道："什么事？"

"是这样——"季健中道，"公开选拔不是被耽误了嘛，为了把丢掉的时间找回来，我们坚持方式不变，但程序可以简化。昨天下午，我分别征求了几个老领导和部分中层干部，还有职工代表的意见，虽然数量上还不是大多数，但具有一定的代表性。恒星公司由你挂帅，把闲置下的车间承包起来。这虽然是一条全新的路，而且充满着风险，但我反复考虑了，技术、产品、市场，我们一样都不缺，只要把摊子铺开，指定会成为金光大道。我相信，你不仅能担此重任，而且会干得很出色、漂亮。"

肖汉伟听此一愣，禁不住朝季健中看去。在他眼里，他所看到的是真诚、信任和鼓励，还有无限的期望。

从车间工人，到生产科统计员，再到厂科长；从厂里选拔出来到大学进修的技术员，到全面负责生产的副厂长，再到多种原因导致企业倒闭后在厂主持工作的常务副厂长，屈指算来，肖汉伟在炭素行业时间虽然不长，却也有十几年从业经历。鲁阳炭材厂的情况，可以说他摸得十分清楚。不管炭材厂眼下情况如何，但他对企业的未来始终是充满信心的，而且谙熟此道。他断定，只要甩掉企业身上背着的沉重包袱轻装上阵，鲁阳炭材这只金凤凰就会一飞冲天。为此，他早就想跃跃欲试了。可是，刚刚发生的那档子事，就仿佛是一盆冰水兜头浇下来，一下子就把他燃烧着的激情之火浇灭了。

当然，他不是要做什么官，更不是想揽多大权，而是时代的呼唤让他觉得，生逢其时，有责任挺起胸来做人，何况企业和厂领导在那么一种困难情况下，又花了那么多钱把他送到大学里，让他长了知识，添了本领，他就必须用业绩来证明，此心没有白费，此钱没有白花。否则，他的良心就会觉得不安。

多么纯朴的心灵，就像是一眼望不到边的万里蓝天，明净而又深邃。

此刻，季厂长的一席话，使肖汉伟恓惶不定的心，就像是漂泊在茫茫大海中的航船回到了港湾，让他感到无比的激动和温暖。只是这激动和温暖来得太突然，实在让他难以适应，但当他反应过来的时候，那样灵通的人，还是不免嗫嚅了下，才道："丈母娘种下的是恶果，而且一串接一串，我这做晚辈的本应补过，但你这当厂长的不仅从不带成见，还如此重用，此情我会记一辈子。面对未来，我这颗已死的心，是你把它复活的，接下来的路，我知道该怎么走。"

肖汉伟有这样的思想境界，也是季健中所期盼的。

为了把失去的时间夺回来，季健中把肖汉伟送出办公室后，便立即召集奚道强、安心平等厂党、政、工领导开会，然后经职工代表大会通过决定，由肖汉伟出面，以租赁的方式，在炭材厂第一车间原址上，组建起"鲁阳恒星炭材有限公司"。

在浩瀚的星空中，人们看到的星星，是不起眼和渺小的天体，但它也是光亮的。在季健中心里，为公司取名恒星，寓意为永恒之星，就像小太阳那样，引领企业改革发展，走向辉煌。同时，他又费尽心思，找了肖汉伟这么一个人来主政，其良苦用心，不难想象。

公司成立这天，季健中头上的伤口还没痊愈，他就缠着纱布，在揭牌仪式上慷慨激昂地说："鲁阳炭材是长在地里的一棵小草，原本是不起眼的，而且受尽了风霜之苦，活不下去了。可是它以特有的韧性，不管是旱也好，涝也罢，它都是经得起考验的，是绝不会死掉的！"

摆脱了方方面面的干扰，有了自己当家做主的公司，又有现成的机器厂房，这个早年学生时期的学生会主席肖汉伟像一匹骏马，摆脱了所有的羁绊，充分发挥他的组织、协调，以及应变和抗压能力，也就半月多点儿时间，出口印度电铸钢公司的新型炭砖就开始生产了。

第七章　复苏的脚步

这天，看看恒星公司车间里热火朝天的生产形势，再看看一流水儿接到手的那些订单，季健中急得头上直冒汗。因为把远在市郊的新星和在鲁阳的恒星两家公司的人累死，也干不完手里的活儿。特别是炭材厂由于失去了耐火厂，不能生产白砖，又影响了业务的拓展。

有技术，又有市场，还有心里憋着的那股冲天干劲儿，季健中又坐不住了。

这时他想到了王远山，想到了鲁阳得天独厚的耐火材料资源，想到了被一些人改着改着再也看不到的耐火材料厂，他的心里一阵酸楚。为了和恒星生产的炭质材料配套，他想起了由于市场原因停下来的化工厂的场地和厂房，他想把它利用起来，建设一条耐火材料生产线，把"一黑一白"的优势重新发挥出来。

这么想了，季健中来到车子棚，骑上他的自行车，就往炭材厂家属院来了。

炭材厂家属楼是一九九三年动工，一九九五年分给职工住的。当时分房的时候，王远山并不是炭材厂人，他现在住的房子，是当时厂里留的"专家房"。说白了，是给杨老杨逸菡留的，可是他没住，遂一直闲置着。那晚出了事，考虑到安全问题，这才于前不久让王远山搬到这里来。

此刻，赶在暑热天里，一大早起来，停产后闲着没事干的七八个炭材厂员工和门卫小陈，一边摇着扇子松松垮垮地聚在院门口的女贞树下纳凉，一边扯着闲话。不知谁扯到了生活，人们的话题不知不觉就扯到了厂里。于是，除了唉声叹气，也免不了捎带上发几句牢骚。

和余华星一前一后退休在家的何百松，早几日突然中风落下后遗症，走不成路就在轮椅上被闺女推出来乘凉。听到工友们发牢骚，何百松不高兴了，就愣愣怔怔地挿铊发牢骚的人。可是他患病后说话舌头不灵便，说起话来语气就有些生硬。他道："这两年，倒闭关门的企业多了，死就死了。但是，炭材厂，不会死！"

何百松是从工人中成长起来的工会干部，人本分，实在，刚正不阿，用句土话说，是一口唾沫一颗钉那种人。与南方院联营的时候，刘文革一手遮天，虽然有职代会，却是聋子的耳朵——摆设。于是，他就根据当时职代会的情况，编了副十分贴切的对联——

认认真真走过场
实实在在不当家

后来，季健中来了，无论职工晋级、分房，还是企业大额投资等，但凡涉及厂里和职工切身利益的重大事项，都由厂职代会讨论决定。这样，何主席就又编了副对联——

认认真真履行职责
实实在在当家做主

此刻，几个说怪话的人一听何百松这么说，想想季健中的为人，都觉得有理，也就笑了起来，打心眼儿里盼望炭材厂死而后生。可是，停产一年了，虽然恒星公司已经开始生产了，但毕竟安排不了那么多人。因此还有不少职工期盼着炭材厂能真正地活起来。

就在这时，季健中骑着自行车到了。拉住何百松的手寒暄时，这些闲着的工人说起炭材厂七长八短的事，不外乎工厂什么时候开工，工人什么时候才能有活儿干、有工资发。季健中知道工厂停产，大家日子不好过不说，又都快闲出病了，都关心着厂里的前途，遂就自己的设想和大家简要地说了。一听要上耐火材料生产线和恒星那样干起来，大伙儿的高兴劲儿就来了。特别是何百松，怔怔地道："我说过，炭材厂不会死！"

一看季健中是来找王远山的，门卫小陈叹了口气，道："不巧，王厂长慌慌张张出去了，听说他父亲一早起来到瓜市上贩西瓜，崴住脚了，接他父亲去了。"

事情在心里压着，季健中等不得，就想了下，说："我过去看看。"

这时，王远山已让扭伤了脚的老父亲坐摩的走了。守着满满一三轮车西瓜，有父亲临走时交代的话，下一毛六不卖。王远山是个孝子，父亲的话在他心里，向来就是圣旨。眼下，咬着这个价，等了一个多钟头，却没有一个人愿意买。

看见王远山在瓜车跟前守着，季健中大远道："远山，大叔呢？"

"他？坐摩的走了。"王远山道。

"听门卫小陈说，大叔崴住脚了。怎么样，碍事不碍事？"说话间，季健中紧蹬两下自行车到了面前。

"没多大事，歇两天就好了。"王远山道。

"唉，都是我这头儿没当好。要是工资正常开，家里不那么急，大叔也不会生这门儿。"季健中觉得很惭愧。

"这能怨你？"王远山解释道，"干一辈子活儿了，从乡下到城里来，他闲不住。"用手揩了下头上的汗，见健中打扮得格外精神，王远山不知道对方这是来干什么，就道，"你到这儿干什么？"

季健中道："帮你卖瓜。"

"你——"王远山笑了下，道，"你咒这闲心。什么事？你说吧！"

"准备上一条耐火材料生产线，我想让你重操旧业。"

王远山皱着眉头想了下，没有立即回话，却对一个拉着架子车过来的小贩道："哎，是买瓜哩？"见对方点了头愣愣地看他，王远山就道："你也别费事了，刚挑好的瓜，原价让给你。"

"多少钱一斤？"

"一毛六。"

"贵。"

"一毛五。"

"不要。"

"一毛!"

见那人推着架子车拐回来要成交,季健中挥了下手,连声道:"对不起、对不起,不卖了。"说着,他就拨起天天玉雕公司陈春生经理的电话。

那年回来,天天正准备着手创办玉雕公司的时候,刘振国给推荐个人,那人正是天天也早就看好的人——陈春生。当时,作为科班出身而且从小就有雕塑悟性的陈春生,尽管是县第二玉雕厂的副厂长,确实是个不可多得的人才,但整个行业都趴下了,陈春生也就不可避免地成了下岗人员。当然,刘振国推荐他,最主要的还是担心人才流失。

有着姑表亲这层关系,又有着郑寒光在家访回程路上不幸落水身亡的伤痛在心里压着,陈春生就把整个心扑在天天玉雕公司。当然,他也不只是要刻意报答郑寒光为他而家访,把一个曾经的大学教授的性命给丢了的恩情,而是为着山里人办个厂不容易,当然还有他的人生追求在里边。但不管怎么样,有陈春生这个表弟在天天玉雕公司站着,天天这个当表姐的,不管忙也好闲也罢,对天天玉雕公司,无论哪方面,她都无须过多操心。

此刻,与春生通了电话,健中就乐滋滋地对远山道:"走,我给你找个地方把瓜处理掉。"

自接手玉雕公司后,有了雄厚的资金注入,过去靠人工制作的工艺品,现在用上了三维立体玉雕机,不仅制作工艺更加精致美观,而且大大缩短了制作时间,生产效率非常高。比如制作一尊一米来高的花熏,光靠人工,一个技术非常成熟的工匠赶紧了,少说也得三年,而使上三维立体玉雕机,也就两三个月就完成了。加之实行绩效管理,工匠们的创作积极性最大限度地发挥出来,公司业绩非常好。作为工匠,他们的工资刨去玉石成本价,加上一定的管理费、能耗费,还有设备折旧费等项费用,按税后利润的百分比计发。就拿当下的情况来说,全社会经济形势不好,人们的购买力下降了,但就是这样,天天玉雕公司工匠们的工资却是过去的好几倍。看着国有单位或集体单位的职工,今儿这儿下岗了,明儿那儿下岗了,而天天玉雕公司有着巨大的海外市场,不仅没人下岗,工资还很高,工匠们在珍惜当下工作的同时，还介绍本地和外地二三十个工匠在天天玉雕公司发挥才能。现在，公司规模扩大了，创造的财富多了，对地方贡献大了，看着其他企业，尤其是像炭材厂这样过去的利税大户都成这样了，地方政府对天天玉雕公司就分外重视，不仅采取了挂牌保护措施，还在政府机关成立了"外资企业协调办公室"。出台专门文件，谁要是想到天天玉雕公司以检查为名吃、拿、卡、要，先得问问协调办同意不同意。这样，天天玉雕公司外部环境好，内部效率高，生产经营形势非常喜人。特别是这两年，陈春生发挥专业所长，从传统的民间手工艺人那里汲取营养，对"金镶玉"这种传统的手工艺品进行深度挖掘和研究，用现代科技手段，使金镶玉这个古老的民间手工艺奇葩更具艺术魅力和鲜明的民族地域文化特色。经春生亲手制作的《黄河》《万里长城》金镶玉紫砂宝瓶，开春的时候都成了省委、省政府对外交流的礼品，走出了国门，成了非常时尚的抢手货。

还在开春的时候，为了适应公司发展现状，吸纳更多下岗玉雕工就业，陈春生给天天挂了长途。说紧挨天天玉雕公司的鲁阳县第一玉雕厂已经关门好长时间了，工匠们天天往上边跑，还拿天天玉雕公司给政府说事，说人家天天玉雕公司办得那么红火，工人工资那么高，可鲁阳县第一玉雕厂呢？制作的工艺品卖不出去，工人们七八个月没开工资不说，现在又关门停产了。说白了，工匠们嫌领导无能，张口闭口要工作、要饭吃。县里实在没法了，梁源书记这就亲自过问，并成立调查组，研究解决这一问题。宗旨是，兼并也好，买断也行，希望天天玉雕公司能够关照一下。

早几天，晓明返回美国后，天天也到泰国和新加坡走了一趟。大华的这两个亚洲公司，虽说撤走了大部分资金，规模缩小了，但一直还在开门经营。随着亚洲经济形势渐渐好转，天天是想在泰国多待上一段时间的。可是，为着春生在电话中提到的问题，天天就赶上中国到泰国的旅游包机回来了。

作为鲁阳县第一玉雕厂，说句老实话，那还真是鲁阳十多家玉雕企业中，成立时间最早、生产规模最大、效益最好的单位。这一点，早年间，天天在队办玉雕厂当玉雕工时，就特别羡慕，总想着有朝一日能到第一玉雕厂上班该多好。

现在，一个是国有单位，一个是涉外民营股份制企业，尽管县里同意兼并，可两下的体制在面前摆着，怎么兼并呀！当然可以买断，以天天玉雕公司当下的实力，买断鲁阳县第一玉雕厂不成问题，但天天却下不了狠心。她觉得那样不太合适。在天天心里，不管怎么说，是鲁阳的山山水水养育了她，她不忍心让鲁阳县第一玉雕厂的牌子因为买断而丢了。

在经济社会的今天，发展市场经济，走的就是优胜劣汰的路子，说白了就是大鱼吃小鱼。

季健中知道这里边的弯弯曲曲，当他得知鲁阳上上下下都倾向于天天玉雕公司兼并或买断第一玉雕厂时，就在第一时间问天天怎么办。一听天天不会干乘企业之危、搞落井下石之事时，季健中激动得一下子就把天天给揽进怀里，喃喃地说："我的好天天，你就是天使呀！"

有着这么个菩萨般的心肠，天天为了保住鲁阳县第一玉雕厂这块牌子，一方面以她个人的名义注资十万美金，算是捐赠，帮助玉雕厂购买生产所需的原材料，使其尽快恢复生产，确保工人有活儿干、有饭吃。另一方面，为着盘活企业资产，她和早年收购县外贸局积压在仓库里的玉制品一样，一包包地把第一玉雕厂过去积压下来的工艺品，全部打包弄走了。仅此一项，不仅从根本上挽救了企业，还为地方甩掉了一个背了多年的大包袱。

面对从天上掉下来的馅饼，县委、县政府在感激不尽的情况下，为适应企业发展，梁源书记亲自过问，对县第一玉雕厂按《公司法》进行了改制，成立了"鲁阳天天振华玉雕有限公司"。同时，把天天捐赠的那十万美金作为投资对公司进行控股。

鲁阳虽然是国家级贫困县，但通过玉雕厂改制一事让人们真切地看到，鲁阳人不仅穷得有志气，而且知恩图报。若不然，谁会把别人捐赠的钱当股金来对待又要其控股呢？

此刻，有关公司改制之事传到了外地，一听当年曾学过玉雕技术的玉雕工，如今天天玉雕公司的董事长郑天天，对新成立的鲁阳天天振华玉雕有限公司进行控股，并出任董事长，当年曾带过天天，如今享有"鲁阳第一刀"声望的国家级工艺美术大师解杏生老先生，带着他的两个得意门生就回来了。

三年前，解老先生在鲁阳县第一玉雕厂退休了。按他的本意，是鲁阳人把他送出去学得了手艺，现在退休了他也不想把手艺带到别处去。可是，玉雕厂关门了，而且好长时间工人们都没有见过工资。都是工薪阶层，没有工资就无法生存下去。没办法，他想到天天玉雕公司找点活儿干，可又磨不开脸，这就带着几个徒弟到南方给人家打工。

有关解杏生老师傅回来的消息，是陈春生在电话中说的，天天听了当时就愣住了。当年成立天天玉雕公司的时候，天天第一个想到的就是解师傅。可是她知道解师傅不是见钱眼开之人，就没敢开口。

现在，当季健中和王远山拉着瓜来到天天玉雕公司的时候，正赶上天天和解师傅几个人在大门口碰了头。

解师傅还是那个不善言辞的样子，但他的第一句话却很是耐人回味。他说："鲁阳第一玉雕厂死了，现在要再生，我们都盼着哪！"

天天点点头，也用豫西人的幽默，笑着道："厂死了，喇嘛庙还在，需要找个转世灵童，您老就来给大伙儿摩顶赐福吧！"

解师傅先是一惊，紧接着笑了下，道："我不中，赶不上潮流了。若说需要一个摩顶赐福之人，你看他怎么样？"

顺着解师傅的手指，见是一位三十七八岁年纪的汉子，天天笑着道："请问这位师傅贵姓？"

那人拱了下手，十分亲切地道："天天姐，我是儒良呀！"

"儒良？"天天想起来了，叹了口气，十分自责地道，"看我这记性，那年回来，我去看师傅，咱们还见过面呢！"

儒良是解师傅的儿子，当年天天在一雕学技术时，儒良才十四五岁那个样子。眼下，二十多年过去了，儒良不仅就要进入不惑之年，而且还曾在国际玉雕工艺大赛中中过头名。前几年，在泰国举办的玉石工艺品展览会上，天天还冲着解儒良的名字，专门买走一件取名为《喜鹊登枝》的独山玉制品。当时，也就是冲着家乡来的，是报恩，不承想那还真是一件精品。到美国后，多个友人出大价钱想买走此物，都被天天婉拒了。她不仅爱其精美的刀工，独特的创意，更有对家乡人的思念。可以这么说，在现在的玉雕市场上，任何一件玉石制品，只要有"解儒良"这个金字招牌保驾，应值一千元的，怕是两千元也买不走。

此刻，一看师傅把他的得意门徒推荐给她当领班人，天天十分感动。

一旁，见是这个情景，季健中连忙走上来，悄悄对天天道："别感动了，天这么热，别让解师傅他们都这么干站着。"说着，他朝王远山那里指了下，接道，"刚才给陈经理打了电话，我和远山给你们送来车西瓜。"

天天看了，立时笑起来，悄声对健中和远山说了声谢谢，忙转向解师傅，道："来，咱们一边吃西瓜，一边聊天。"

距恒星成立不到一个月，以王远山为董事长兼经理的"鲁阳双星耐火材料有限公司"也注册成立了。

这个双星公司，是个有着得天独厚资源优势的公司。因为鲁阳有全国非常知名的优质黏土和高铝资源，是生产硅酸铝质产品的主要原料。在炭材厂兼并耐火厂期间，它的产品与新型炭材配套，已经打开了市场。就新型炭砖来说，虽然它耐高温，但怕氧化。而硅酸铝制品虽然没有炭质材料耐高温性能那么好，但它不怕氧化。两种材质优势可以互补。现在，封春发搞那么一家伙，使耐火材料厂完蛋了，销声匿迹再也无法找到了。在地方政府工作报告里喊了多年的"一黑一白"，现在只剩下"黑"（炭质材料），而没有"白"（硅酸铝质材料）。对此，季健中每每想起，一个好端端的、既有资源又有生产装备的耐火材料厂，被一些人以改革之名义，折腾到如此凄惨的地步，他心里是多么无奈呀！

第八章　雨后春笋

时下，尽管耐火材料厂的地盘到了云霄翔手里很快就变成楼盘，厂房已荡然无存，但生产耐火材料的一帮技术工人还在，市场还在。季健中遂和王远山商量后，利用化工厂闲置的厂房和场地，新上了一条硅酸铝质生产线。所谓"双星"，在季健中眼里，炭质制品和硅酸铝制品，就像天上的两颗不同位置和亮度的星星，结合在一起，就会闪现出更加耀眼的光芒。

对季健中而言，双星公司的成立，不仅可以安排更多的下岗工人再就业，而且增加了品种，拓宽了市场。这样，鲁阳炭材自然就不会那么轻易在市场经济的大海里给湮灭掉。

而对于王远山来说，原本就是耐火材料厂的生产副厂长，兼并后又负责全面工作，自然结交了一帮铁哥们儿。现在，耐火材料厂从企业名录上抹去了，铁哥们儿也全都成了下岗工人。双星公司成立后，有王远山这杆帅旗在那儿立着，正为生计发愁的铁哥们儿便不请自到。特别是张硕几个人，王远山第一时间便把他们约到家里，诚邀张硕出任副经理，张硕当时就愣住了。

王远山属虎，是一九五〇年人。张硕属龙，是一九七六年人。就年龄来说，王远山比张硕的父亲"老面蛋儿"张义臣没小几岁，张硕在王远山跟前，平时就叔长叔短的，这么一来，这二人的关系就更不一般了。拿员工们的话说，张硕和王远山是"龙虎配"，在双星公司他们是宁让累死牛、不叫打住车的人。这样，双星公司组建起来后，其生产积极性和创造性自不必说。

扳住指头算算，新星、恒星，还有双星，这三个公司的成立，接纳了四百来人。季健中明白，利用生产装备，接纳下岗工人，经理们已是尽了心了。那么，还有两百多名下岗工人，他们该怎么生活呢？

处理了一些倒闭后的炭材厂的遗留问题，看着要报的材料都已上报了，季健中的思绪又回到下岗工人身上来。

办公室就那么大个地方，他从这边踱到那边，又从那边踱到这边。突然，他的电话响了。一看是女儿的电话，季健中的脸上立时就有了笑容。在健中心里，女儿是他的开心果。即便有再多的烦恼，再多的忧愁，只要听到女儿的声音，就全都跑掉了。父爱是天生的。

两天前，有关几个公司的事，季健中特意给女儿打过电话进行了沟通。有关父亲交代的事情，晓明那边岂敢怠慢呀！

一听印度又一家钢铁厂高炉大修要订炭砖，季健中正坐着，高兴得立时就站了起来。

接罢女儿的电话，季健中紧接着就把电话先打给安心平，又打给肖汉伟。

可是打了一遭，两个经理因为合同都排得满满的，而且还是海外订单，没有一个公司能腾出时间接单。

天慢慢地黑了下来。

在厂后边的槐树林里，正苦恼着散步，他忽然想起一个人——石惊天，季健中就匆匆从山上走下来。

眼下，新星等三个公司相继成立，原炭材厂机关一帮正副科长们，大都到公司任职去了。但作为中层干部第一批被选送到大专院校培养后又回来的石惊天和另外几个人，季健中却没有放他们走。因为炭材厂还有两个车间的厂房和一些设备在闲置着。何况，海外市场一直都是季健中心中的头等大事，一刻都不敢耽搁呀！

这么想了，季健中心里高兴，想喝两杯，他就打电话把石惊天约到家里来。

一盘花生米、一盘松花蛋，外加一盘猪耳丝和一盘蒜泥调莲菜，全都是从大街上买来的现成凉菜。

酒端起来，一看老厂长要敬他，石惊天哪承受得起呀，遂诚惶诚恐地道："季厂长，您千万可别这样。"

"不这样，哪样？你说！我听你的。"季健中道。

"这样——"石惊天伸手也端起一杯酒道，"让学生先敬您一杯，只要您把这杯酒喝了，您让我喝几杯都中。"

"想得怪美，喝多了耽误工作。"季健中笑着，手往前面一送，与石惊天端着的杯子当啷一声，碰了一下，"咱们谁也别谦让了，一同干了！"

看着老厂长干了杯中的酒，石惊天也把酒干了。

季健中道："安经理在新星，又在外地，肖经理的恒星公司炭砖的订单满满的，抽不出手来，这可把我急坏了。"见对方盯着他看，就道，"傍晚的时候，晓明打来电话，印度西海岸有家钢厂想要货。咋办？"

见是这样，石惊天连忙道："季厂长，有什么事您尽管吩咐，我去跑。"

季健中道："不是要你跑，而是要你站出来有重要任务给你。"

听此，石惊天禁不住一愣，遂直直地看着他的老厂长。

从当年与景山钢铁海外工程部合作开始到当下，季健中谈了鲁阳炭材在海外的发展情况及前景，最后揭底说："你有没有信心组建一个专门服务于海外业务的公司？"

这是石惊天怎么也不曾想到的。在他心里，上国内的大高炉都是天大的事了，现在要专门组织对外出口，那责任有多大，他都估不出来了。

这一晚，季健中和石惊天心里高兴，两人不知不觉就喝多了。但筹备工作一刻也没有耽搁。借助炭材厂现有的第二车间，石惊天把炭材厂所有能拉得出的下岗职工全都组织起来，同样采取租赁承包经营的方式，一个取名为"鲁阳海星炭材有限公司"的牌子，随之也挂了出来。

这样，当下的鲁阳炭材，安心平和肖汉伟主攻国内市场，石惊天主攻海外炭材市场，并希望海星公司成为海外之星。而王远山的双星公司，则兼顾两下。于是，不管是新星、恒星还是双星、海星，每家公司都有自己的主打产品，都有自己的市场定位，鲁阳炭材由此拉开了二次创业的序幕。

于是，厂广播室音箱里停放了多天的《在希望的田野上》——这首热情欢快的歌曲又再次响了起来。

无论在厂院里，还是在车间里，员工们的脸上都洋溢着欣慰的笑容。

当然，季健中心里比别人多着一层欣喜。

毕竟，鲁阳炭材死而复生，让大家看到了希望。

但也就在海星公司成立之后的第三天，在淅淅沥沥的秋雨中，季健中从车间回到办公室还未坐稳，门就被咣当一声推开了。

一看是张要才，季健中还未反应过来，大概是对方要喊季厂长的，可是刚吐出个"季"字，下边的话还未说出，身子一软就秃噜在地上了。

这情景不仅吓坏了季健中，把听到动静急忙跑过来的王红珠和宋晓燕几个人也吓得不轻。

张要才原本不是炭材厂人，而是县砖瓦厂的员工。那时候，张要才也是虎生生的小伙子，家庭虽不富裕，但也能过得去。只是在生产中出了事故丢了一条腿，无法劳动，便一直在家歇工伤。可是没两年，砖瓦厂下马，工人全都分流到其他单位去了，而张要才因为残疾就不好安置了。没人要了，没了吃饭门路，无奈之下，张要才就成了老上访户。逢住机会，就拄着棍，拖着一条残腿来政府门前，希望能给他一碗饭吃。

那天，季健中恰好来开会，正好碰上张要才和另外一位伤残工人脖子上挂着"我要吃饭"的牌子，在政府大门口静坐。季健中觉得，张要才虽然腿脚不行，走路不方便，但人比较憨厚，要是让其坐下来看个机器，指定什么事也不耽误。另一个人叫王铮，原是乡镇煤矿工人，在井下受的伤，失去了一只胳膊。煤矿倒闭后，王铮没处去，遂失去了工作，也面临着生存问题。王铮和张要才的年龄差不多，都是三十多岁的人。从面相看，王铮是那种刚强而又机灵的人，而且学会了用左手写字。看到这一情况，季健中想，王铮虽少了一只胳膊，自然干不成搬搬抬抬那些活儿。但要是把其放在供应上，跑个原材料什么的，照样能工作。而张要才呢，把他安排在电气值班室也是能干下来的。这么想了，季健中就对张要才和王铮说："你们两个也别上访了，我那里条件不算太好，要是愿意的话，就到炭材厂来吧！"

厂里一下子收了两个残疾人，刘文革从韩坪回来找东西，一听说就火了。这个刘文革，尽管甩甩手走了，对炭材厂的生产经营不管不问，可是他对人事安排还是有权干涉的。因为员工多了，生产成本增加会影响企业利润，从而影响南方院的利润分成。于是，正没地方下蛆的他，一蹿一蹦就到了季健中的办公室。什么福利院、收容所的，好一阵暴躁，是要让健中下不来台的。但是，一般的用工，权力在鲁阳方面，刘文革有意见也白搭，季健中不会听他的。同时，之所以会这么做，季健中当然不会授人以柄。因为还在萌生这个想法时，他就想好了这俩人的工资，可以从鲁阳方面分配的利润中支出。

现在，新成立的公司搞的是自愿结合，车间里大部分工人都有了去处，剩下的全都是老弱病残，张要才早就急了。就在海星公司成立那天，他都是要找领导的，可是领导忙，就犹豫着没有找。

在往常，下岗在家的张要才没事没啥的，一大早出门捡个纸箱或是啤酒瓶子什么的，积攒一段时间，拉到废品收购站，虽然卖不了几个钱，但毕竟有个事干。可是一下起来就没个头儿的秋雨把张要才的生活规律打乱了。雨天路滑，腿脚又不好，出不了门，张要才和爱人都在家里窝着。不知说起什么事，就扯到了下岗后家里的生活没法过下去。尽管女人没有明说，但张要才听得出来，因为下岗了，失业了，什么也不是了。看着他正吃的饭也不吃了，拉起拐杖一颠一颠地摔门要走，那女人满心的火气也上来了，一句"有本事死在外头妥了"的话，张要才真的是死的心都有了。

先是在录像厅里窝了半宿，后又在游戏室里猫到凌晨。接下来人家要关门了，张要才不想回家又没地方去，就挂着拐杖在下着蒙蒙细雨的大街上溜达。最后，看看衣服快要湿透了，张要才实在呒办法，他就到了火车站候车大厅。

这个时候，张要才心里乱极了，也灰暗极了。说句揭底话，不是乡下的老娘挂着他的心，他指定活不下来。

早年间，没办法的时候是季健中接纳了他给了他生路，现在又遇到了这样的关口，他就又想到了季健中。由于肚里没吃东西，又加上低血糖的病根，提着劲儿上来，没承想就秃噜在地上了。

喝了些糖水，张要才慢慢儿缓过劲了，季健中猜出对方拖着残腿上楼来找他指定有事，待王红珠几个人关上门走后，他就挨着张要才在沙发上坐下，亲切地道："张师傅，你是不是有什么事?"

张要才是个要强的人。但此时，还未开言，他眼里早就湿润了。他不愿让眼泪掉下来，就急忙把脸往一边扭去。

见是这样，想想新成立的几家公司，都是在一定条件下建立起来的，健中心里什么都清楚了，就试探着道："是不是下岗了，生活困难，觉着没指靠了?"

"都是我没本事。"张要才不想当着季健中的面流眼泪，可是他忍不住，说着说着就抹起眼泪来。

季健中不知道该怎样劝慰他，干孥着手没办法。看着对方圪蹴着，猜出对方是饿着肚子的，忙给食堂打电话，吩咐给他送来份饭。

不多时，一身穿食堂工作服的大师傅，一手端着热腾腾的菜，一手拿着两个白蒸馍推开了门。

一看是厂长为他安排的饭菜，张要才抹了下眼泪就愣在了那里。

健中道："近日我也忙昏了头。张师傅，工作上的事，你容我考虑一下。但你放心，我们总归会有办法的。趁热儿，赶紧把饭吃了。"说着，健中把接在手里的饭菜放在张要才面前。

见是这样，张要才慌了，叫声"季厂长"，他说："工作上的事，别哩我也没指望。我还年轻，我还能干活，您还得为我操操心。"看着健中连连点头说好，他的心立时放下来，这就唯恐躲避不及似的，摁住沙发扶手站起身。然后拉过拐杖，一颠一颠，逃也似的冲出去了。

追到走廊里，季健中好大一会儿没有回过神来。

这件事对季健中的触动实在太大了。

对于这碗菜，在单纯厚道的张要才眼里，他就是不想给别人添麻烦，并没有其他意思。但在季健中心里，这些老弱病残的员工，绝对不是两个馍、一碟菜就可以打发的。因为，他们背后，都是一个家庭。再者，人总会遇上七灾八难，也终归会老的，作为厂长，他必须为他们的后半生谋划出生路。何况他们也都是因公致残的。

就在当天下午，按照季健中的吩咐，宋晓燕汇总出一个数字，炭材厂和冶炼厂有二十多个老弱病残人员还在下着岗。加上原来的耐火材料厂独立出去后，生活上没有着落的"四零五零"（女工四十岁、男工五十岁）人员，有五六十人。对着名单看了又看，季健中满脑子挥之不去的，都是张要才无奈中甩门离家时的孤独身影。

晚饭后，看看雨还在淅淅沥沥地下，季健中就把电话打给刘昌盛。

拿起电话一看，刘昌盛忙道："季厂长，怎么还没下班呀？"

季健中在电话里说："你不是也没走嘛！我问你，忙什么呢？"

"不忙什么，随便翻点儿资料。"刘昌盛对着电话说。

季健中说："那好，我这就过去，有点事儿，想和你商量一下。"

"好的，我等您。"放下电话，想想厂长马上要过来，刘昌盛把杯子从柜子里取出来。这样忙活了一阵，当他把杯子涮了涮，茶泡上的时候，季健中推开门跺跺脚进来了。看看案子上摊开的是技改方案，他甩了甩手上淋的雨水，拿起文件看了看，道："我们新组建的公司，技改任务挺重。因此，设计任务随之而来，你当主任的，付出得最多。"

刘昌盛笑了下，道："都是志刚和德昌他们搞的，我就是动动嘴。"

季健中不无自豪地道："行啊，我们终于不受制于人，能够自力更生了。"

刘昌盛深有感触地道："过去大家唱《咱们工人有力量》，这个力量不光是有热情、有干劲儿，还要有知识、有技术。要不然，新成立的几家公司也不会在这么短时间内就红火起来。"

"是呀，大伙儿这也算是背水一战，把老命都豁上了。"说着，季健中端起茶杯，喝了一口，道，"有个事，是我忽视了，找你商量一下，想叫你出面来解决这一问题。"

刘昌盛叹了口气，道："有什么事，打个电话我过去就是了。天气不好，路上滑踏踏的，怎么让您跑过来？"

季健中也叹了口气，心情十分沉重地道："几家公司成立了，搞的是自由组合，下岗工人大都安置住了。但还有七八十个老弱病残职工还在下着岗，这是个大事儿呀，我坐不住。"

刘昌盛一愣，道："张要才的事我听说了。您想安置他们？"

"对！必须安置他们。"停了下，季健中又道，"我和心平、汉伟他们几个人通了气儿，大家一致推荐你挑起这个重担，你看有问题吗？"

刘昌盛是个实诚人。当年，高中毕业的刘昌盛在机修车间当工人。之后，被厂里选拔出来，带资到汉江钢铁学院深造。回厂后，一直负责工厂里的技改工作。

此刻，刘昌盛知道季健中是要把他放到重要岗位上去锻炼的，便信心满满地道："季厂长，只要你觉得我中，我就不会辜负您的期望。"

"是这样——"季健中道，"炭材厂还有一条散装料生产线闲着，你可以把它利用起来。一则能发挥设备的作用，不至于扔在那儿变成一堆废铁。二则也可以省下许多投资。虽然主要生产辅料，是给人家配套使用的，但我计算了下，工作量也不小。当然了，随后条件成熟了，可以上高端产品。"

刘昌盛笑了，道："您放心吧，我愿意当这个配角。"

在季健中心里，之所以举荐刘昌盛，主要考虑张要才这帮人的特殊性。老弱病残的员工家里都很困难，把炭材厂的散装材料生产线重新利用起来，也不需要费太大的劲儿。再加上刘昌盛和他一样，有颗菩萨一样的心。

有了满意的人选，为了这帮老弱病残职工日后有个幸福的归宿，季健中将这个公司命名为"鲁阳吉星冶金辅料有限公司"。希望这个公司给每位心灵上遭受过创伤的人带来吉祥，带来幸福。

刘昌盛任董事长兼经理。

从改革中看到希望的鲁阳炭材人，因为老厂的厂房、设备一切都是现成的，送上电就能生产，这就在很短时间内，炭材厂原有的三个生产车间，以及所有的厂房和设备全部租赁出去产生了效益。

这样，继在鹰城郊区成立的新星炉衬材料有限公司之后，一下子又发展了恒星、双星、海星和吉星四家公司，员工人数达到了八百多人，使原有的下岗工人和老弱病残职工全部上岗，实现了再就业。

这时，炭材厂的党总支书记奚道强、工会主席何百松、副厂长邢留义等老一茬领导因为年龄到站，先后离开了企业，再加上大部分老工人相继退休，无形中使健中感到怅然若失。好在肖汉伟、石惊天、刘昌盛和牛志刚等一帮年轻人已经成长起来，并在各自的工作岗位上发挥出了不可替代的作用，让健中感到无比欣慰。

面对新老交替，也考虑到企业的长远发展，安心平和肖汉伟几位经理觉得，几家公司成立后，就像是散落在地上的珠子，最终总得有根线给穿起来，才能发挥整体作用，显示它的真正价值。因为炭材厂原本就是个小企业，现在又把原有的设备和人员化整为零，集中度相对而言就比较分散。五家公司，无论从哪方面说，都不可能成为涵盖技术研发、市场开拓、产品检测、法律服务等"小而全"的公司。出于这样的考虑，一向做事低调的季健中，责无旁贷地又被推到了前台。经请示上级主管部门同意，报省工商部门批准，一个非法人企业组织——"鲁阳群星炭材集团"，遂于鞭炮声中诞生了。

与此同时，成立了鲁阳群星炭材集团理事会，以及内设机构，以服务、协调、监督为主要职能。

体制变了，机制活了，一帮新人又有了用武之地，鲁阳炭材这架驰骋在我国新型炭质耐火材料大道上的马车，在以惊人的速度向前飞奔。

久违了的红红火火的生产场面再次出现在人们面前。

第九章　路在何方

工厂动起来了，工人也都安置好了，季健中心里稍稍舒坦了一些，但仍然平静不下来。他知道，他在摸着石头过河，是走一步说一步，是在拿时间换空间，等待时机的到来。他坚信，只有不放弃努力，一切皆有可能。然而，还在他遐想美好远景的时候，集团综合办公室王红珠主任拿着一个鼓鼓囊囊的文件袋来了。

看着对方犹豫不决的样子，季健中猜到有事，就道："你是有什么事不好意思说吧！"

听问，王红珠笑了下，道："没有什么大事，就是你这一阵子太忙，有一些信件，我给你暂时收起来了，现在到了该还你的时候。"说话间，王红珠解开文件袋的扎绳，把二十余封信件呼啦一下倒在桌子上。

信件倒在面前了，看看都是署名季健中收，而且还都是外地来信，季健中不知道怎么回事，遂伸手拿起两封。其中一封信封上印着"湖南长沙丰硕物资公司"等字样的信件，健中猜出是他原先在矿山时，亲手提拔起来的副矿长黄工的来信，封口已经拆开了，遂捡起来把信抽出来。

黄工曾就读于北京矿业学院，生于"大跃进"年代，为了留下时代的烙印，在县城当干部的父母便给他起名跃进。赶上鲁阳石墨矿建设需要人才，不知道黄工是怎么知道的，他便来了。从技术员到副矿长，季健中对这个从国家一流大学慕名前来的湖南人，像对自己的亲兄弟一样，给予了无微不至的关怀和帮助。就黄工而言，在石墨矿，那是出过大力，做过大贡献，而且也是要扎根鲁阳的。可是，家里遇到了心酸事，黄工的父亲患心肌梗死走了，剩下母亲又有严重的哮喘病，他便怎么都放心不下。就在健中到炭材厂的前期，他调回了湖南老家。就二人的感情来说，健中和跃进虽不是一母同胞，却胜似亲兄弟。

不看则已，一看健中就再也坐不住了。《大地法制报》社记者章昌写的《举报和诬告陷害》一文，在报纸上刊登后，黄工第一时间就看到了。尽管是知心朋友，黄工不相信文章中所说的那些事，但黄工在信上"想不到你季健中是这号人"的一句"戏言"，让健中心里感到不适。接卜来，健中又一连拆了好几封信。立时，季健中感到问题越来越大。本来，他对《大地法制报》的文章，权当是无稽之谈，万万没想到会影响这么坏。在他心里，自己受委屈再大他不怕，可影响到北方钢铁该怎么办呢？人家是担了风险成就了你呀！一个是人情，一个是业务关系，你该给人家一个什么样的交代呀！想到这里，季健中立时血压升高，头疼欲裂，紧接着两眼一黑，若不是急忙靠在椅子上，非一头栽倒不可。

这情景吓坏了一旁的王红珠，遂上前急急地喊道："季总，季总，你怎么了？"

过了好大一会儿，季健中稳定了情绪，看看王红珠，又看看听到喊叫而急忙赶来的秦明杰紧张不安的样子，知道是他把二人吓住了，便不好意思地苦笑了下，道："没什么！我不碍事，你们都忙去吧！"

看着王红珠倒了水放在面前，欲走又不放心的样子，季健中少气无力地道："麻烦你，请把毛巾递给我。"

王红珠欲转身，毛巾早被近前的秦明杰拿到了。

季健中用毛巾擦了擦头上的虚汗，端起杯子喝了两口水，伸手从抽屉里取出"硝酸甘油片"压在舌根下。没过多久，他缓过劲儿了。他知道大伙儿都正为集团的发展忙着，就道："没事了，我静一会儿就好了。"

"别硬撑着了，不行的话就赶紧去医院吧！"王红珠说。

秦明杰听了，也马上催促起来。

季健中摇摇头，道："没那个必要，我这是心急了，一会儿就没事。"

见人走出去掩了门，季健中定了会儿神，遂把外衣脱下来挂在衣架上。缓过神来，他湿了下毛巾，然后坐下来，又喘息了一会儿稳定了情绪，这才把脸上和满脖子的虚汗擦去。

愣愣地坐了足有四五分钟，想想早几日，不知真相的女儿从美国打长途埋怨他说："爸，您一个顶天立地之人，怎么能跟一个女工结那么大冤仇？"还有刚刚看到的自己的好友黄工在信上说的"戏言"，季健中心里立时就波涛翻涌起来。

在季健中心里，他原来还真没把这件事往心里放。原因有二：一是一些人心理扭曲，不干事的专门整干事的，黑心人专整好心人，并借助舆论工具，要搞臭你的不实报道时有发生。用句通俗的话说，"林子大了，什么鸟儿都有"，若要计较，那不是傻子吗？二是他太忙、太累，整日里救火似的没明没夜的，正经事都干不完，哪还有时间和精力理会那些无稽之谈呀！可现在就不能这么想了。因为他已经认识到《大地法制报》莫说在国内，就是在国外的覆盖面和影响力，那真的是太厉害、太大了。若再这么沉默下去，不吭不哈的还不动声，莫说在别人眼里，就是在朋友和闺女眼里，你都成了贪腐的典型和卑鄙的小人了，你说你还怎么在外边混吧！

更严重的是，这篇文章还一字不差地上了最高检的"内参"。最高检的检察官们看到后非常关注，遂作出批示，要求彻查、严查，弄清真相，纠正错误，挽回影响，还社会以公道。

于是，省检察院一处的检察官们火速到了鲁阳。他们十分严肃地传达上级领导的重要批示，责令其认真对待，从严从快处理此事。

被人诬陷了，冤枉了，季健中委屈极了，也揪心极了，他要言明真相，讨回公道，把被人弄丢的脸面拾回来，把被人污损的清白找回来。他带着满腔的义愤，又在十分无奈中，在积极配合省检察院检察官调查的同时，趁着更深夜静的时候铺开信纸，给《大地法制报》社总编写了一封信，并把县、市两级司法部门，对"严瑾梅诬告陷害案"的调查结果和判决意见书复印件，附于信后一并寄出。信中详述了"严瑾梅诬告陷害案"发生的背景和前后经过，以及《举报和诬告陷害》一文给企业和被举报人造成的负面影响及伤害，要求还事实真相于天下，消除负面影响，恢复其名誉。

然而，总编那里，音信皆无。

好在从省检察院下来的检察官们，被正义力量驱使着，工作效率高，加之案件并不复杂进展就迅速。也就一个多月时间，省、县两级检察院就得出了结论。一致认为："报道内容不实，不予采信。"

这样，由最高检亲自督办的案件结束了。

可是，压在季健中心头，堵得他难以喘过气的那块坯，却仍没有抽掉。他受不了这样的窝囊气，他要用行动捍卫自己的尊严。当然，更重要的，他要使那些道貌岸然、神态骄矜的所谓大人物，在正义面前有所敬畏，不至于亵渎法律，公然挑战司法、恣意妄为。于是，他就又给《大地法制报》总编写了第二封信，表达诉求。但仍然迟迟没有回音。季健中再也坐不住了，他遂在百忙中委托律师到了报社。

总编一看省检察院对此案件的结案文书，面对鲁阳来的任律师笑了笑，说："信我们看了，过去不了解，现在不仅知道了季厂长这个人，还对鲁阳的企业有了了解。山区人民群众在那么一个困难情况下，办起国家一流的耐火材料企业，真的很不容易。眼下，事情过去了，就不要再压在心里，也不要再来回跑着找了，把精力花在这方面不值得呀！还是安下心来做咱该做的事情吧，这比什么都重要。"

任律师正犹豫，恰巧碰上送客人拐回来的章昌。由于任律师到报社后先见的是章昌，章昌知道总编会给任律师说些什么。同时，他也知道鲁阳的律师心里拐不过弯来，就叹息一声把任律师领进办公室。倒了茶递到任律师面前，像背书一样，道："新闻工作是党和政府的喉舌，代表的是正义力量。案件牵扯到地方企业家，季健中同志还是省、市劳模，是县、市人大代表，我们尊重他。但你们做律师的比我们做新闻的更明白，现在的贪官太多，腐败太厉害，人民群众对此恨之入骨，党和政府非常重视。编辑、记者搞舆论监督，为了引起全社会的高度重视，对于带评论性质的文章，当然应该有自己的鲜明观点。腐败问题不查处，举报人的合法权益得不到保护，我们当然要大声疾呼！如果漠然视之，或见怪不怪，那就不配当一名人民的记者。"

任律师认真地听着，他对章昌满腔的社会责任深表敬佩。但他对章昌罔顾事实真相，极不负责任所发表的文章又十分气愤，就接道："社会需要有良知的编辑、记者。你能有这么高的社会责任担当意识，我们感到欣慰，因为社会需要正义。但，你的文章不是欠妥，而是严重伤害了我的当事人和相关企业。"看着章昌愣愣地看他，任律师又道，"不瞒你说，我虽然没你那么高的新闻专业学问，但我从事司法工作将近四十年，接到此案之后，专门对此做过研究。我知道新闻是靠事实来说话的。否则，背离了事实，靠捕风捉影搞假新闻愚弄社会，从而提高自己的知名度，他不仅丧失了职业道德，而且也是要负法律责任的。"

大概是后边的话刺痛了对方，章昌立时面红耳赤起来。但很快他的脸就白了、青了，文明变成了粗野。他伸手收起不知何时放在一旁的录音机，也不录音了，显然是恼羞成怒了，他便唾沫星子喷大远，道："你这是什么话？谁搞假新闻？说这话你可是要负责的。"

任律师针锋相对，道："我当然负责，怕是你对歪曲事实的报道不敢负责。"

章昌冷笑一声，道："歪曲没歪曲事实我心里清楚。"

"清楚？既然这样，那我问你。"任律师盯着章昌，掷地有声地道，"我的当事人，就是你报道的那个十恶不赦的'社会毒瘤''腐败分子'，请问章记者，这么严肃的事件，而且也是被你搞得轰动极大的案子，你是同我的当事人见过面呀，还是在电话中核实过什么问题？你的证据在哪里？"

章昌十分不耐烦地翻翻眼看看任律师，遂用权威者十分严厉甚至是蛮不讲理的口气，道："新闻讲究的是时效性。《大地法制报》作为舆论部门，没有义务对公民的举报是否属实进行调查核实，只要是为维护社会公共利益、弘扬正义而客观表述举报内容，就不能认为该报道失实。因为新闻追求的是构成作品的基本事实真实。这样，即使举报内容有部分失实，舆论部门也不应承担对其发表举报信存在失实的责任，何况我的文章还提供了举报属实的相关证据。我还要告诉你——"说到这里，章昌压低了声音，而且是高高在上的样子，接道，"就那篇文章，莫说我没错，即便有错，你又能对我怎么样呢？"

回到鲁阳，任律师把他的北京之行给季健中如实汇报了一遍。

原本没有上心的事，于是这还真的把季健中给逼到了牛角尖上。

本就是个宁折不弯的硬气人，又在法治社会里，季健中退无可退，遂把《大地法制报》社告上了法庭，等待法院判决。

鲁阳县人民法院接了诉状，经过深入调查和质证，《大地法制报》社败诉。判决被告在本判决生效后六十日内，在《大地法制报》上公开向原告赔礼道歉，恢复名誉，消除影响，道歉的内容由鲁阳县人民法院审定；同时，被告赔偿原告精神抚慰金五千元，在本判决生效后十五日内履行完毕。

接到判决书，《大地法制报》社不但不服判决，而且大有兴师问罪之势，派律师提起上诉至鹰城市中级人民法院。请求撤销一审判决，改判上诉人不承担责任；诉讼费由被上诉人承担。

《大地法制报》社不仅不服判决，反而要倒打一耙了。

接到传票，不是季健中怎么着，而是负责代理案件的任律师觉得好笑。

任律师单字叫青，是一九六五年赶在"文化大革命"前从中国政法大学毕业的科班生。由于家庭成分高了一点，他先从省城给贬到地区，而后又从地区给下放到县里不被重用。但人家肚里有货，不管怎么落魄怎么遭贬，始终没有离开过司法系统。赶上改革开放，又赶上依法治国，建设法治国家，任青这个被贬到地方几乎成了闲臣的科班生，自然就成了香饽饽。但省城他没有回去，现下的地级市他也不留恋，他看到日渐觉悟起来的老百姓打官司难，他就留在县里，专门从事法律援助。说白了，人家对建设中国特色社会主义清平盛世不仅充满期待，而且满怀激情，浑身都有用不完的劲儿。

看看代理的铁证如山的案件出现了反复，任律师觉得，这是他意料之中的事。但他无所畏惧，他相信正义在他这一边。

脱下秋装，换成了冬衣。顶着刺骨的寒风，冒着零零星星的雪花，任律师赶到了鹰城市中级人民法院。

可是，得到的却是"撤销一审民事判决书，发回鲁阳县人民法院重审"的结果。

任律师愣住了，事实就是那么回事，明眼人一眼就看出来了，怎么还要重审呀！

负责此案的侯庭长早年跟任律师见习过，知道对方的为人和办案态度，见任律师坐在办公室里一个劲儿喝茶，他知道他心里憋的什么，遂喊了声"任律师"，说："天气不好，回去吧，此事没有你想象的那么简单。"

从中院出来不一会儿，雪片子下得紧了。任律师在平时坐车的候车点等了一会儿，看看等不上，一个个都先后拦过路车走了，他担心被搁在半路上，就伸长脖子朝远处张望，可是什么车也没有看到。正在没办法的时候，过来一辆焊着铁皮罩子的小三轮车在他面前停下了。

"任律师，等车呀！"开三轮车的人热情地问道。

任律师早年帮开三轮车的人打过一起官司。一看是老熟人，任律师就寒暄着上了车子。这一路回来，差一点把任律师冻成冰棍。

听听带回来这么一个消息，季健中知道一屁股坐在沙发上、冻得瑟瑟发抖的任律师还没吃晚饭，遂披上衣服，拉起任律师来到楼下。

看天气，尽管风小了，但雪片子下得大了，出门不方便，健中就拉着任律师来到职工食堂。这时候，职工食堂已经用过餐了，几个大师傅正在清洗锅碗瓢盆。

一听任律师还没吃晚饭，大师傅要把刚封住的火再捅开，却被任律师制止了。就切了一盘牛肉，有现成的水煮花生米，又拿了个馒头，遂给记在季健中的账上，二人又返回办公室来。先把馒头掰开放在蜂窝煤炉子上，然后从柜子上面的箱子里取出方便面，用开水泡上。忙了一会儿，面泡好了。看着任律师一边啃着烤热的馒头，一边吃着方便面那狼吞虎咽的样子，健中知道任律师饿坏了也冻坏了，遂连忙洗出杯子，把酒倒在平时招待客人喝茶的杯子里，放到了任律师面前。

看任律师把方便面的汤也喝光了，季健中便陪着一边喝酒，一边道："撤销一审判决，发回鲁阳重审，中院的法官们这是玩的哪一招呀？"

任律师道："也许他们有难言之隐。"

"这是人民法庭呀，肩膀上挑着的可是天平。"季健中似乎觉得很迷惑。

任律师愣了下，伸手端起杯子，喝了口酒，然后一抹嘴巴，分析道：

"《大地法制报》社，在省里和市里都设有记者站。司法这一块儿也不可能都是净土。俗话说，记者是无冕之王，谁敢不让三分呀！"

季健中道："他们不服判决，可也不能反咬一口吧？"

任律师道："此案，用句民间的话说，这是报社以大压小。用句官话说，他这是标标准准的藐视法律！"

季健中气得胸脯一鼓一鼓的，道："不行，这口气我咽不下去了。"

任律师笑了一声，道："我也咽不下这口气，我从出大学校门，将近四十年了，不管当法官还是当律师，我也从来没见过这样的被告。这不成了太上皇了嘛！"

接下来，任律师对当前的案子进行了分析。他觉得，案情再清楚不过了，无论交给哪一级法院审理，只要法官们不徇私枉法，都会是那么个结果。眼下，中院之所以撤销一审判决，把案子再发回来重审，一定有复杂的背景或是关系网起了作用。鉴于这样的情况，任律师说，司法进步了，在当前的法治环境下，哪个法官也不可能偏离法律红线，而故意偏袒任何一方，制造冤假错案。最后，任律师断定，法院会采取庭外调解的办法，来处理这个案件。

果不出任律师所料，在规定的日子里，鲁阳县人民法院没有再下传票，也没有再找律师，而是把季健中叫到了县法院会议室。

县法院的杜院长作了介绍，一听是市中院的王副院长亲自带着侯庭长和范法官来了，季健中很自然地同王副院长一行亲切地握了手，遂在杜院长给他让开的沙发上坐下。

简单介绍后，王副院长对鲁阳炭材及季健中在企业发展中做出的贡献给予了充分肯定，然后话题就扯到了案子上。最后提出四项调解建议，供季健中选择：一是在经济上给予较满意的补偿；二是自己发表一篇就"举文"的见解，在《大地法制报》上刊登；三是给季健中及企业做一次正面报道；四是《大地法制报》社道歉并赔偿名誉损失费。

这是任律师早就料到的事情。然而，在季健中心里，他明白也理解调解的方式及目的。但他对已经发回地方重审的案件，中院再出头调解一事颇感迷惑。毕竟，发回重审了，对中院来说，自然就没事了。可没事了却又下来充当调解人，这是要干什么呢？显然，这里边肯定有一只看不见的手。对此，季健中很想当面提出质疑，问一问面前的法官们，肩头端着的天平偏向了没有。可是当着王副院长和法官们的面，他不好意思说得太直白，就和气地说："弓是弯的，理是直的。感谢中院领导对此案的关注。换成别的事情，对我自己来说，即便是受了伤害，也无论有什么样的冤情，我都认了。但唯独这件事，我却不能原谅。"接下来，季健中遂就《大地法制报》社章昌的文章，对他个人和其他人造成的精神伤害和影响，以及对企业造成的经济损失简要说了一遍。最后道："正义是不可亵渎的，人格也是不可辱的。这是共和国给每一个公民的权利。所以，《大地法制报》社以上压下不行，以势欺世更不行，必须道歉并赔偿损失。"

季健中看得出，这一遭，王副院长一行很失望。但王副院长觉得，这是公民的权利，作为法官，即便背后的旋涡再深，暗流再激烈，他也不能亵渎头上顶着的国徽。在重审过程中，季健中把精神抚慰金变更为一万元。

这时，脱下冬装，又换上了夏衣，鲁阳县人民法院终于作出判决。重审判决书和被撤销的判决书在认定事实方面基本上没有什么变动。若说略有不同的话，那便是被撤销的一审判决书中关于"判决生效后六十日内"，改成了重审的"判决生效后三十日内"，重审支持了让"被告《大地法制报》社赔偿给原告精神抚慰金一万元"的诉讼请求。

可是，对于鲁阳县人民法院作出的重审判决，《大地法制报》社还是不服，二次上诉至鹰城市中级人民法院，请求撤销该判决。

面对此情，季健中对鲁阳县人民法院的重审判决也不服，也提起上诉，按照法律关于处理名誉侵权案件的相关规定，把精神抚慰金提高到十万元。

这一下，市中院着实犯难了。

一个月过去了，半年又过去了，仍毫无音信。

这天，季健中专门抽出时间，找到负责立案的法官。一听这事那事的一大堆理由，又给不了他具体的开庭时间，他就想到了民事庭的侯庭长。

侯庭长不仅正管这事，而且人家在鲁阳普法时，季健中同他打过交道。但不巧，侯庭长的办公室锁着门。正犹豫，恰巧碰上在法院工作的初中同学樊国强和几个同事从楼上下来。

碰上老同学了，一问是上诉的事，樊国强想了下，他就拉上季健中到法院外边不远处的烩面馆里坐下来。

樊国强张罗着先要了一瓶沙河大曲，又要了两个小菜端上，最后报了两小碗烩面，言明随后再上。于是，二人就喝起来。问到上诉的事，樊国强叹了口气，也不隐瞒，说："我现在就在民事庭，我清楚。就案件本身来说，是个小事，也不复杂。但小事却牵扯到大背景，不复杂的案子自然就复杂了。这要换换别人，或是其他单位，最高法有规定，又不复杂，上诉案不会拖，也肯定早就结了。"

端起杯子，季健中同樊国强碰了下，二人都饮了。季健中道："就因为人家是法制报的，咱是一平头百姓，就该拖呀！"

"那是一样的。法律面前，人人平等，这个没说的。"樊国强端起酒与季健中碰了下杯子，二人又干了。樊国强抹了下嘴巴，道，"只是人家的背景确实不一般。"说罢这话，他往健中跟前凑凑，压低了声音，道，"不瞒你说。一审刚一结束，报社驻省、市两家记者站就找上门了，而且直接找到院长那里。虽然没有明说，但谁都听得出来是怎么回事。人家是搞舆论监督的，是无冕之王。呒办法，中院这才撤销一审判决，发回县法院重审。"说到这里，樊国强又端起酒。看看健中不喝，他就自己喝了，然后又道，"王副院长那是什么人？人家是正经八百的科班出身，案件一目了然，人家断了大半辈子官司，能看不出来吗？还有，明知道案件都发回重审了，即便'调审合一'，那也是鲁阳法院的事。可王副院长为什么还要带着人介入案件，亲自出面找你调解？这里边大有文章。有些事情，不考虑周详真的不行。"

自从无意中见了樊国强一面，听了那么一番话，季健中心里不是舒坦了，释怀了，而是像灌了铅那样沉重，堵得他几乎喘不过气来。

于是，他就反复思考：在社会主义法治建设的今天，难道真的权大于法吗？

连续三届都是县、市两级人大代表的季健中，不相信这是真的。同时，他坚决反对有超越法律之上的特权存在。莫说他是人大代表，即便是一般的平民百姓，他也不愿看到践踏正义、亵渎国法的现象继续发展下去。

季健中觉得，他必须当斗士，得成"护法使者"。

赶在一年一度的市人大会上，季健中就《大地法制报》社名誉侵权案，以"事实早已查明，为何久拖不决"为题，就当下的社会现象，到底是"权大，还是法大"，对市中级人民法院提出质疑。紧接着，季健中写信给市人大常委会，"吁请市人大常委会依法行使个案监督权，促使《大地法制报》社名誉侵权案得到及时、公正裁决"。

最终，鹰城市中级人民法院作出终审民事判决："驳回上诉，维持原判。"

《大地法制报》社败诉后，他们不仅缄口不言，而且好像什么事情也没发生似的，对法院下达的判决书根本不予理睬。这让季健中不免想到，人家根本不拿法院的判决书当回事。

一天一天过去了，季健中心里窝的火实在没地方出，他就向鲁阳县人民法院申请执行。

于是，鲁阳县人民法院先后两次派法官北上执行。面对总编沉下脸来说的"《大地法制报》创刊这么多年了，还从未有过赔礼道歉的先例"这句话，鲁阳县人民法院实在没办法，便委托当地人民法院协助执行。

这样，《大地法制报》社的总编坐不住了。但人家面对不赔礼道歉不行、不包赔精神损失还不行这样一个官司，既不找原告，又不问执行法官，有关执行这一问题，转了一个圈又从北京拐到鲁阳来了。猜不透里边都经历了什么，省高院通知称《大地法制报》社所在辖区人民法院不再执行，仍由鲁阳县人民法院直接执行。作为司法喉舌的《大地法制报》社拒不执行已经发生法律效力的判决的行为，用什么法律才能解释清楚呢？

碰上坎儿了。

面对这么一个棘手问题，执行庭的一帮人束手无策。

对此，季健中觉得，案件执行难，难道真的就这么难吗？

是权大，还是法大，季健中对此百思不得其解。

　　在季健中心里，在自己身上就此案发生的一系列问题，他多么希望这是法治社会里的最后一个案例。

第十章　春风化雨

这天，成功接待伊朗莎格勒斯钢厂总经理思萨拉赫一行来厂交流，并与印度代理商库尔玛先生签订了代理协议，送走海外客户回到办公室，季健中的电话突然响了。电话是县政府打来的，通知他参加全县经济工作会议，且不得请假。

这次全县经济工作会议，因为县委书记梁源亲自参加，各单位与会者格外重视。

一向小心做事、大气做人的季健中来到会场，在一处不显眼的位置就座。

会议马上就要开始了。主持人用指头轻轻弹了弹面前的麦克风，听听有了回声，就瓮声瓮气地喊道："季健中同志！季健中同志！听到了请马上到第一排就座……"

一听点到了季健中的名字，要其到前排就座，会场里正嗡嗡的声音立时静了下来。

在这之前，季健中曾是鲁阳工商界响当当的人物——优秀企业家、创业功臣，还有县长助理等一个个光环在头上戴着，季健中的人生是多么绚丽多彩呀！可是随着金融危机大潮的冲击，炭材厂开不来工资了，大门被堵了，本地的、外地的闹集资款的一拨接一拨，上访告状的人找到县委和县政府，害得县主要领导都不得不出来跟着赔礼道歉说好话。更可恨的是，你还来个"携款潜逃"易地办厂，把税源也给带走了，仿佛一夜之间季健中成了鲁阳工商界的罪人。

此刻，大伙儿不知道姓季的又在哪里戳下了马蜂窝，一个个伸头瞪眼地看着。

　　从座位上站起来，季健中在人们的注视下朝前排走去。看得出他的步伐十分沉重，神态略显紧张。当然，此时此刻的他，也猜不透把他点到前排就座是何用意，心里像十五个吊桶打水一样，七上八下的。

　　见季健中在会场第一排中间位置坐下了，坐在主席台中间的梁源书记乐呵呵地朝季健中点点头。

　　该梁书记讲话了。他讲到了鲁阳经济，讲到了十分严峻的财政状况。在讲到工业生产时，他说："九个月前，也是在全县经济工作会上，季健中同志受到了严厉的批评。这方面，我有责任，让我们的同志受委屈了。在此，我郑重地说一声，梁源同志这个县委书记当得可不怎么称职呀！"话说到此，大概是想到了当时的情况，遂不自觉地朝一旁的封春发看了眼。只是封春发好像在写些什么，头一直低着，没什么反应。

　　实际上，虽然梁源来鲁阳的时间不长，但大伙儿都看到了他的能力和踏实的工作作风，一听他这么说，会场上就响起了拥戴的笑声。

　　未待笑声落下，梁书记遂十分严肃地道："当时的情况，虽然没有指名道姓，但我相信大伙儿都知道被批评的人是谁。然而，实际情况并非如此。季健中厂长在人身安全都没有保障的严峻形势面前，想方设法一连办起五家企业，既联系了客户，使多年建立起来的业务关系得以保持下来，保住了'鲁阳炭材'这块金字招牌，不仅使炭材厂的下岗工人实现了再就业，而且又接纳安置了其他国有厂的下岗工人，以实际行动为政府分忧解难。更难能可贵的是，他还为五六十位老弱病残、家庭生活困难的大龄职工找到了活儿干，保住了饭碗。他的行动，真正地体现了我们这个社会主义国家以人为本、以德为上的大爱精神。同志们，季健中同志在企业异常艰难困苦中不动摇、不退缩，彰显了他的责任和担当精神，这是我们鲁阳人的骄傲呀！我们鲁阳需要这样的企业家和这种百折不挠的企业家精神。用鲁迅先生的话说，这就是我们民族的脊梁！"会场里爆发出热烈的掌声。

　　无疑，季健中在炭材厂所实施的内部改革，得到了县委的充分肯定。

然而健中心里明白，这样的改革形式只是暂时的，是治标而治不了本的。因为，已经趴下的炭材厂背负的几千万元债务是烙在他心中的痛，同时也是埋在企业前进路上的一颗定时炸弹，随时都可能引发爆炸。对此，季健中心理压力很大，他整日里都处在焦灼之中，煎熬得他坐卧不安、茶饭不香。

现在，新成立的五家公司，虽然红红火火地干起来了，而且一个个对未来充满着信心，有着必胜的把握。但从和五家公司所签订的技术服务和租赁合同看，每年所收的费用，就是一分钱不花，也就一百多万元。那么，拿一百多万元还那几千万元的债务，对于债权人来说，那就是猴年马月的事了。对此，季健中认为，巨大的债务问题不解决，职工集资款和"三会一部"的钱还不上，稳定只能是暂时的。

同时，季晓明回美国后，同麦克先生针对鲁阳炭材在互联网上所做的网页和国际版的英文产品介绍发布出去后，引起世界冶金和耐火材料界的关注。不只是在印度，由于所承包的浦尔钢铁公司工程，印方获得了巨大的效益，加之鲁阳炭材的产品具有较高的性价比，海外市场的订单日益增多。

这本来是喜事，可在当下的季健中心里，是喜事也是愁事。因为，接下了海外订单，若因债务问题导致不稳定事情发生，从而使公司不能正常生产，影响到合同的执行，那就不仅是鲁阳炭材的事了，而会直接影响到国家声誉。对此，季健中认为，这是天大的事，必须做到万无一失。

那么，如何从根本上解决鲁阳炭材的长远发展问题，就成了季健中必须面对的重大现实问题。

就当前的情况，季健中还真的不知道路在哪里，也不知道该去向何方。

正在季健中苦苦思索之时，党的十五届四中全会召开的喜讯像春风一样吹遍祖国大地。立时，在季健中心里，恰似拨开云雾露出了艳阳，使他感到既暖又亮。

他把自己关在屋里，手捧着《中共中央关于国有企业改革和发展的若干重大问题的决定》，看了一遍又一遍，用红、蓝笔做下记号，回过头来又进行了仔细琢磨。就文件上发布的一些关键问题，有理解的，也有不太理解的。但他根据自己企业的实际情况，结合文件精神，他觉得，国家倡导的"有进有退""有所为有所不为"的改革理念，采取改组、联合、兼并、租赁、承包经营、股份合作制，以及出售等办法，对炭材厂进行改革，尽管有许多可取之处，但都不能或无法从根本上甩掉企业所背负的沉重包袱。唯有走破产之路，才能保住"鲁阳炭材"这个品牌，才能使炭材厂真正地浴火重生走出困境。

可有关破产这一问题，季健中在心里想了，却不敢对任何人讲。因为，虽然到了二十世纪九十年代末，马上就要进入二十一世纪了，有关企业破产这一问题，在贫穷落后的鲁阳县，还是一个十分敏感的话题。因为，莫说在国有企业，就是在集体企业，其思想政治工作的重要内容，乃是对员工进行持之以恒的爱党、爱国、爱集体的"三爱"教育。平时，叫得最响的口号是"厂荣我荣，厂衰我耻""与企业同呼吸、共命运"。特别是一些老职工，他们坚守多年，体现在实际行动上的就是以厂为家、以集体为荣。现在，你要搞破产，职工能答应吗？债权人会同意吗？同时，企业一旦破产，对于厂长经理们来说会有极大的风险，甚至会引火烧身。而且，开弓没有回头箭。一旦进入破产程序，企业必得进行资产清算。而要进行资产清算，还必须经过审计这一关。要知道，审计机构是为国家理财的专业机构，你敢保证你所负责的企业，在经营活动中，每一笔资金支出都合法合规吗？面对物欲横流的社会，谁敢保证自己身上没有一点可被人抓到的把柄呢？因此，就企业来说，许多厂长、经理，即便日子再苦、再难熬，不到万不得已或被逼无奈，他们宁愿等死，也绝对不会走企业破产这条路，伸着头自己去找死。

但季健中念念不忘的是，把鲁阳炭材这个产业做下去。为着这一梦想，他已经舍弃了许多许多，而且是本不该舍弃的东西。现在，鲁阳炭材厂遇到了前所未有的困难，彻底走进了死胡同，但他依然丢不下这难以割舍的情怀和为之奋斗的事业。他觉得，在炭材厂的生死面前，他这个倒闭企业的厂长，不能再有一丝的顾忌，同时他也相信自己的所作所为。什么贪污、挪用、受贿、化公为私等，这些在相当一部分厂长、经理身上，都摆脱不掉的问题，自忖都与他甚远。至于企业亏损、资不抵债，作为厂长，自己有责任。如若要追究的话，他也可以承担这个责任。但扪心自问，除了在来自大环境难以抗拒的力量，企业无能为力之外，无论过去还是现在，他都做到了问心无愧。同时，他也相信，受外部因素制约，全县、全省乃至全国那么多亏损企业倒闭了，从情理上说，不可能都要厂长经理们承担法律责任，进而把他们送进监狱。当然，他也做好了最坏打算，假若在破产改制中，牵扯出要让他承担的法律责任，为着鲁阳炭材的重生，他觉得即便是身陷囹圄也在所不惜。

中央的改革精神给了季健中信心，也给了他搞活炭材厂的一把金钥匙，使他看到了企业未来的希望和出路。

品评当下的鲁阳炭材，表面上是资金问题，而实质上是体制问题。企业内部"大锅饭"，企业外部"大家拿"，这是谁也不可能在短期内一下子就解决掉的。再加上沉重的债务压在企业身上，更难了。

他觉得，虽然从苦海中冲杀出来的群星炭材集团已经具有了"星星之火，可以燎原"之势，但是不甩掉压在炭材厂身上的沉重包袱，鲁阳炭材这只山沟里的金凤凰就不可能轻装上阵，也很难一飞冲天！

有了这么坚定的信念和愿景规划，季健中再也掩饰不住自己激动的心情，遂冒着蒙蒙细雨敲开了他的老伙计安心平的家门。

一看他手里拿着报纸，安心平禁不住就笑了。因为就在季健中敲门的时候，安心平结合看到的国有企业改革精神，已经对炭材厂的改革有了明确的思路。可他一听健中说出"破产"二字，他突然就愣在了那里。那个惊愕之情，是季健中没有想到的。

在季健中这个早年的拜把子大哥，当下的老伙计安心平心里，他压根儿就没敢想破产一事，而唯一想到的则是兼并。他认为，炭材厂有自己的拳头产品，有稳固的客户，市场不成问题，关键是资金。在鲁阳企业界，虽然找不到有实力的企业兼并炭材厂，但刚刚买断煤矿开采权的温州老板有实力。安心平觉得，温州人精明能干眼光看得远，而且最务实，只要把炭材厂的实际情况给人家说透，把底交给人家，有关兼并一事指定不是什么难事。安心平对兼并充满着信心。

可是季健中一听就摇起头来。他觉得，煤矿属于资源型企业，重点是抓好安全和生产。而炭材厂是科技型的制造业，关键是抓好研发和市场。后者的困难和任务远大于前者，况且要兼并就得连债务一并接收。这对于任何一个有能力兼并或收购炭材厂的企业，无疑也是一个沉重的包袱。因此，没有人做赔本买卖。当然，他也不会以改革为名转嫁债务，钻改革的空子，把包袱甩给别人。同时，还有一条也最为重要，那便是，他要想尽一切办法，保住"鲁阳炭材"这块金字招牌。因为，为着叫响鲁阳炭材，上至各级领导，下到车间里的普通员工，几乎全都耗尽了心血，如果丢了，他季健中无疑就是鲁阳工业发展史上的罪人。

一听季健中是这么个想法，安心平愣住了。说实话，在他心里，他最大的担心就是企业破产。他觉得，尽管工人们已经全都在新成立的公司里实现了再就业，不用再为下岗操心了，但欠下那么大的债务怎么办？尤其是个人的集资款由谁来还？要知道这些钱一分一厘都是老百姓的血汗钱，打水漂了怎么给工友、同事和亲戚朋友们交代？为这件事，安心平整日里如履薄冰。

当然，这样的担忧不无道理。

目前，尽管季健中对企业破产，以及破产之后的局面，能否得到有效控制，心里还没有十足的把握，但他觉得，把心态放平了，实事求是向前看，要解决这些问题，一切皆有可能。

于是，这二人就面对面，一边喝着茶，一边就破产一事进行分析和研判。

当下，由于各种原因，积压在炭材厂身上的债务是一亿四千万元，而最棘手的是"三会一部"和职工集资款。现在要破产，债务清偿无疑是最大的障碍。但季健中认为，既然能搭上国家改革开放这趟顺风车，那就没有解决不了的问题。关键是要想尽一切办法，保住厂子和品牌。至于怎么保，季健中一时也没有好的办法，但有一点，他是肯定的，那就是让新成立的几家公司把最棘手的债务承担起来。恒星等几家公司，虽然是自筹资金开始了生产经营，不管租赁也好，承包也罢，你承接了"鲁阳炭材"这个品牌，也应该承担"鲁阳炭材"欠下的债务。拿"父债子还"这句老话从道义上来说，也是说得过去的。

回顾炭材厂自创建以来所走过的路，大方向是正确的。建厂一开始就和科研院所横向联合，起点是高的，有自己的拳头产品和核心技术，市场发展前景广阔。再加上新成立的公司，除新星公司外，恒星等几家公司，既没有一分钱贷款，也没有一分钱的外债，所有的资金，都是大家入股的钱，发展环境宽松。同时，自己培养出来的技术人才，已成为企业的中流砥柱，并在科研和生产实践中崭露头角，发挥出了重要作用，逐渐成了企业的领军人物。比如肖汉伟、石惊天、刘昌盛、牛志刚、李德昌等人齐心协力研制出的"半石墨质低气孔率炭砖"，以及"微孔炭砖""高导热炭砖""微孔刚玉莫来石砖"等专利技术和产品，不仅在国内，就是在国外也具有广阔的市场前景。因此，季健中认为，群星炭材集团只要顺应市场，抓好内部管理，按照集团制定的"化整为零，分头突破，坚持发展，保持稳定"的总体发展思路走下去，按当下企业的盈利水平，偿还那沉积下来的债务，也是大有希望的。

这么一分析一算账，发小加同窗，加之这十来年在一起共事形成的默契和健中的人格魅力影响，安心平的心里就亮堂了。

于是，两人就分头行动，有关破产一事便很快在班子成员中议论开来。

职工们又是怎么想的呢？

为摸清大伙儿的想法，恰逢余华星六十五岁生日，季健中和往年一样，往自行车后架上夹了一件酒，就到余师傅家里来了。

这时候，余师傅的几个徒弟，牛志刚和赵三春一帮人，早就同师傅说上话了。当然，赶上这样的场合，余师傅的老伙计、加工车间的老主任杨长根老师傅也是不会缺席的。

余师傅的儿子秀峰和儿媳妇都在教育界工作，孙子小强已考上大学到北京读书去了，闺女秀枝和门婿志远是公务员，在政府机关工作。他们一个个都很孝顺，逢上老人寿诞，基本上没有缺席过。

此刻，老人一看健中来了，遂对在厨房忙活的女儿道："秀枝，再加两个菜，你健中哥来了。往年过来，他总是忙，没吃过一顿安生饭。难得今天痛快聚一聚。"

杨长根听了，立时笑着道："老哥，今天不用那么忙啦！"说着话，他把顺便带来的下酒菜往面前一亮，又道，"看，能带的，我们已经带来了，您只把茶水备足就行。"

这时，季健中破例道："今天是师傅六十五岁生日，杨主任也来了。志刚这一阵忙得不着家，难得三春从国外施工也回来了，咱就喝一个痛快，聊个开心。这样——我提议大家都把手机关了。"

"关了？"在余师傅眼里，为着工厂，面前的健中一天到晚总有忙不完的事，手机是二十四小时开着的。特别是业务上，只要有信息，他都会问个明白，听个清楚。该解答的问题，他想法子给人家讲透彻。怪不好办的事，只要该办，他一定会让对方满意，从不会耽误事、慢待人。对有些人来说，离不开手机，因为那是呼朋唤友或是娱乐的玩意儿。而在季健中身上，离不开手机，因为那既是企业的对外窗口，又是他运筹帷幄和调兵遣将，时时都离不开的宝贝工具。此刻，一听健中要把手机关了，余师傅感到十分反常。

听到吩咐，余师傅的儿女们，还有徒弟们，忙活一阵上齐了酒菜。为表达敬意，健中端起酒杯，说着吉祥祝福的话，敬了余师傅。干罢杯中的酒，健中和志刚、三春等人为老人唱起了生日歌……

朴实无华，充满温馨与真诚的气氛，感染了在场所有人。特别是余华星，他和季健中同在一条街上住着又相距不远，可以说是看着健中长大的，自然比别人多一些了解。看看健中这般真情，想想这十来年健中带着炭材人，一路坎坷创下的辉煌，还有当下遇到的困难，老人饮了杯中的酒。腾出手来，他拉着健中的手，眼里溢满了泪水，真情地道："健中啊，祝寿歌你们年年唱给老叔听，老叔心里高兴。说句心里话，遇上你们几个，老叔这一辈子没有白活。可是老叔就是一个筑炉子的工匠，没多大的能耐，遇到事，帮不上你什么忙。眼下，新成立的几家公司虽然都红红火火的，可是炭材厂那些债务像山一样压在你身上，老叔嘴上吮说，可心里也急呀！"老人说着，眼泪禁不住流了出来。

一听这话，春婶白了老伴儿一眼，对一旁的牛志刚几个人唧唧开了。

显然她觉得老伴儿这是哪壶不开提哪壶。特别是秀枝，一看老人眼泪都掉下来了，忙道："爸，你看你吧！"秀枝说着走上来，一边用手帕为老人擦去泪水，一边不无埋怨地道，"厂里的事健中哥会有安排的，你就别提了。"

"你不懂。"余华星道，"那是你健中哥的一块心病，什么时候不医治好，什么时候都不会开心。"

秀枝道："该割舍的就得割舍，健中哥知道该怎么做。"

这时，季健中端起面前的酒一饮而尽，接过话茬，道："针对国企改革，刚刚召开党的中央全会说得很明白，对我们企业可以说是雪中送炭。不过，炭材厂情况特殊，改组、联合、兼并、租赁，还有承包经营、股份合作制什么的，按理说这些都是好药，可它除不了炭材厂的病根。"他看看面前的人，又拉起余师傅的手拍了拍，以示对方注意，接道，"老叔你看到了，汉伟和惊天他们通过租赁承包，都搞起了公司，安置了不少下岗职工，有老厂的牌子在那儿竖着，经营形势也不错，但要彻底改变企业的命运，这样的改革怕是只治其标，而治不了本呀！"

牛志刚给他倒了茶，季健中伸出两个手指在桌面上弹了弹表示谢意，然后借着国企改革的话题举了个例子。他说市里有家皮革服装厂引进上海的生产技术，生产"威达尔"皮草服装，曾一度成为地方服装界的新秀。后来，由于资金短缺，经营发生了困难，遂由政府出面，让一家皮件公司兼并了。可是没出三年就发生了变故，企业关门了。眼下，皮革服装厂大楼卖给一家娱乐公司隔成了包间，一天到晚让人在那里吼歌。还建了个室内溜冰场。至于设备什么的，全都塞进倒闭的塑料化工厂，成了一堆废铁。还有一台锁眼机，那是二十世纪八十年代花了六万多块钱从日本进口的专用设备，全市仅此一台，却被个体户三千元钱买走了。而三百多名集体招进厂里清一色三十岁上下的职工，全被推向社会，一个个成了下岗工人。

一听这话，志远摇着头，深有同感而且也十分无奈地道："不光是市里，咱县也不例外。国营服装厂改制的时候，文件是我起草的。现在呢？改是改了，可改着改着服装厂就找不着了。"

这是发生在眼前十分现实的问题。对外界人说，可能是个笑话，但对面临被改革的单位职工来说，那就十分沉重了。

恰在这时，秀枝帮着嫂嫂煮好寿面端上来。在教育局任职，向来不怎么说话的秀峰为打破面前的沉闷气氛，招呼道："来、来，吃面、吃面！"

吃过面，志远手里有任务，遂骑着摩托车带着秀枝急急地走了。秀峰陪着健中问了晓明在美国办公司的情况，免不了夸奖一番。看看他的那一口子在厨房忙活一阵出来了，也起身回了单位。

急着上班的都走了，剩下的彼此都想多坐会儿说说话，这就沏上茶，一边喝着，一边又回到原来的话题上议论起来。

特别是牛志刚，公派到高校完成本科学历后回来一年多，由技术员到技术科科长，应该说已经很不错了，但他不满足已有的知识，又考上研究生继续深造。眼下，他早已是厂里的顶梁柱。这两年，在杨逸菡的指导下，牛志刚牵头研制的又一项新的新型炭砖获得了国家新产品荣誉奖。同时，他还苦心钻研，设计研发出一次成型的大块出铁口砖的生产技术，并投入使用，彻底结束了我国高炉铁口砖长期使用小块组合砖砖缝多、容易钻铁水的弊端，且大大加快了施工进度。在厂里，他把所有的心思用在炭质耐火材料的技术研发上。此刻，面对企业改制这么件大事，他不知道改制后鲁阳炭材究竟会是个什么样子，但问题集中到一点，让他最担心的就是炭材厂的命运，于是他颇不放心地道："季厂长，炭材厂不仅仅是炭材人养家糊口的依靠，更是全县人民解放思想、发展经济、摘掉穷帽子的精神支柱。如果炭材厂也是国营服装厂那样的下场，咱们这些人都将成为鲁阳工业发展历史上的罪人呀！"

季健中应道："不错。小牛呀，你的担心有道理，云霄翔就是一面镜子，咱们不能不吸取反面教材的教训。"

一听这话，余师傅扑哧一声就笑了，还差点把嘴里的茶喷出来。见众人愣愣地看他，似乎是不想让徒弟们知道，他就侧向杨长根，朝季健中那里看了一下，伏在杨长根耳边小声道："一辈子吭办过雁啄眼的事，没想到拜个把子却是只狼。"

"就是。"杨长根说。

众人不知二位师傅说的什么，也不便问，就听健中道："说什么呢，还神神秘秘的？"

杨长根道："说世上有那么个好三弟，却没有碰上个好二哥。"

"唉，提他干什么？说正事。"季健中道，"有关改制问题，不改肯定不中。不改只能是死路一条。那么多债务，现在就是有条件组织生产，也不敢打老炭材厂的旗号。不说别的，光是讨账的逼债的就会围破门子，就是神仙也没门儿。但要改制，仅靠兼并、联合、承包，还有当下咱们正在干的租赁经营这一套，还是不行。那么多集资户为咱救了急，咱可不能办擦嘴无恩之事。那么，债务谁来担？集资户的钱谁来还？这是个大问题。我不止一次说过，而且是当着那么多集资人的面说的，包括'三会一部'的钱，只要我季健中还有一口气，炭材厂还活着，这钱我一分都不会少他们的。目前，新公司一个一个都先后成立起来了……"说到这儿季健中停了下，他伸手拍了拍余华星老师傅的胳膊，又道，"老叔您刚才说了，一个个都很红火，都有了良好的开头。可您想过没有，他们租赁的只是炭材厂的厂房和设备，这里边有很大的不稳定因素。那么高的债务，那是咱跟人家说的有话，债主们懂得了只有企业活起来才能还账的道理，所以眼下是平静的。以后呢？今天人家不来，明天也不来，后天还不来，那是人家有盼头。那么大后天、大大后天债主们能还不来吗？人无远虑，必有近忧。面前的路只有一条，那就是想尽一切办法，把账还了。也只有把账还了，无论是汉伟他们的公司，还是其他公司，才有发展的基本条件。"停了下，见大家都愣愣地看他，健中又道，"这一阵子，我反复考虑了，既要保住'鲁阳炭材'这块牌子不丢，让新成立的几家公司甩开膀子大干，又要兑现承诺，还上欠下的债务，只有一条路可走，那就是破产清算。"

此话一出，余华星老师傅先是一愣，接着咂咂嘴，显然他是不想说却又不得不说，道："破产这事我没有想过，但我知道这是大事。健中啊，咱可是国有企业呀，破产了，国家资产还能保住吗？再者，你可是共产党员，我要提醒你，你可不能把国有企业踢开，搞什么私有制啊！"

见牛志刚几个人听了师傅的话都连连点头，季健中先是拉住余华星老人的手有力地一握，表示了他对国有企业职工忠诚于国家的主人翁精神由衷的赞许。接着，他点着头对余华星道："炭材厂是像你们这样的老工人、老党员用双手一点一点打造起来的，里边的艰难和曲折你们最清楚。咱们厂说是国有企业，但人、财、物我们管得了吗？我们只能管产、供、销。市场化的今天，这样的体制不改，就是死路一条。表面上咱们是资金问题，而实际上是体制和机制上的问题。平均主义大锅饭，一百和尚乱当家……因此，破产改制是迫不得已的事。有关破产的事，我专门看了一些材料，也咨询过这方面的专家。企业要破产，就会按程序对破产财产进行审计、评估和拍卖。再说了，大家可以掰着手指头算算。老实讲，炭材厂所谓的国有资产已经成为负数，早已荡然无存，看着是国家的、大家的、集体的，实际上早都成了债权人的了。说到私有化，拍卖国有中小企业，不能简单地和搞私有化等同起来。因为，在炭材厂搞改制，是把过去企业投资盖起的厂房、买来的机器设备通过拍卖再变成钱。用行话说，拍卖是把实物形态的资产变为货币形态的资产。这样，国家就可以把国有资产从破产企业的有效财产里剥离出来，再投入亟须发展的行业和企业中去。这样，国有资产不仅不会流失，还能把死钱变成活钱。"

这么讲了一通，季健中就把破产还账，以及通过破产这么一种形式，先让活不下去的炭材厂死掉，从而摆脱体制、机制等各方面的束缚和巨大的债务拖累，然后让新组建的公司购买炭材厂破产后的资产，重新再来。他说："这叫脱胎换骨。"

"你这么一说，我就明白了。不改还真不中。"余华星说，"我原来在县钢铁厂工作，是咱县最大的国有企业。不要说副厂长，就是科长、主任一级的中层干部也是上边管着，不经人家批准，你什么也干不成。"说了这话，他仿佛怕谁听了去似的压低了声音，又道，"说句公道话，那些年南方院那帮专家们是出过不少力，但你们都看见了，刘文革那人办事短见，怕你们这帮小青年翅膀硬了收拾不住。别说科研技术，连个销售合同，离了人家南方院的专家，咱们什么也签不成。不是咱不行，而是人家压根就不让你行。说白了，那时候咱们这一帮人，充其量也就是一群低头拉车的老黄牛而已。"

看看牛志刚几个人听了不住地点头称是，季健中道："现在呢？咱们有自己的科技人员。"健中说着拍了拍一旁牛志刚的肩膀，接道，"从九〇年秋季开始，咱们先后送出去培养了三十多名大学生。眼下，在技术上咱们有了自己的队伍，这就是咱们的本钱。"

"是的，这件事，花多少钱都值。"杨长根说。

"怎么样？"季健中内心深处有掩饰不住的激动，接着道，"咱们现在不仅入了行，而且懂了行。可你们想过没有？咱们是国有企业，按照现有的体制，企业头上的紧箍儿不摘掉，关键时候就是有能耐也施展不开。"

季健中这番话，就像是揭开了蒙在大家眼前的一层又一层面纱，一下子便明亮起来。这些人，全是和健中风雨同舟肩并肩一路走过来的，他们体会得到其中的滋味。

季健中和大家碰了杯，喝了杯中的酒，遂就党的十五届四中全会提出的抓大放小和搞活国有企业的基本精神谈了自己的看法。他认为，中央之所以做出这么一个决定，那是党和政府看到了国有企业发展过程中存在的弊端，通过企业改制这么一种形式，给企业松绑、减负，把经济搞活。同时，这也是应对加入世界贸易组织、适应市场经济的需要。

一听是这么个理儿，看当家的没开腔，春婶早坐不住了，道："破吧，破了好。毛主席说过，扫帚不到，灰尘照例不会自己跑掉。"

"你懂什么？"余华星说着，假装不乐地白了老伴儿一眼，接着道，"这不是扫地，这叫有破有立。"

牛志刚补充道："我们这是先破后立。"

"对！就是这个意思。"健中道，"关键是，我们要抓住机遇，乘势而上。也只有靠政策甩掉包袱，企业才能轻装上阵。与此同时，不管哪家公司、哪位同志承包经营，要有大局观念。要知道，我们每个人都是赤手空拳来炭材厂的，是炭材厂培养了我们，给我们搭建了用武平台，使我们拥有了一切。因此，当我们有能力时，一定不要忘记炭材厂对我们的培育之恩，把应担的责任担起来。"

余华星老人的生日宴，变成了企业改制的动员会、思想观念转变会。

但对鲁阳人来说，这是一件前所未有的重大事件，能没阻力、能顺利地进行吗？

　　人们拭目以待。

第十一章　漫漫破产路

一番思想工作之后，看大伙儿基本明白了，季健中便以集团党委书记的名义组织召开了党委会和领导班子会，继而把厂职代会通过的企业改制方案呈报有关部门，拉开了鲁阳炭材厂的改制序幕。

适逢改革大潮，一向贫穷落后的鲁阳人看到了摆脱贫困、谋求发展的天赐良机。接到呈文不久，鲁阳县经贸委正式下文，同意炭材厂进行企业改制。继而又作出批复，同意炭材厂实施破产。

然而，当审计和评估报告出来后，季健中立时就愣住了。

因为，当下的炭材厂，加上对外担保的损失，资产负债率高达百分之四百。换言之，炭材厂早已是资不抵债了。同时，还在企业苦苦支撑的时候，为了组织生产保持企业稳定，炭材厂融资时已经把房地产，还有机器设备，全都抵押给工行和农行了。现在，要想破产，还必须先清偿工行和农行的债务，赎回房地产证等质押物，否则就无产可破。

可健中手里哪有钱呀！

在县政府企业改制工作领导组的领导下，尽管遇到了这样那样的阻力和困难，但鲁阳炭材厂破产工作还是像走在沙漠中的骆驼，负重前行，一步一个脚印，没有停下来。

这天，在破产工作进度汇报会上，当听到县破产领导组组长、副县长李延强亲自宣布炭材厂破产程序有效、合法，季健中心里这才松了一口气，觉得终于可以静下心来，歇一歇早已疲惫不堪的身心了。

但事情绝不会那么一帆风顺。

因为，拿下了服装厂，又拿下了耐火材料厂，在地皮上发了大财的云霄翔的胃口越来越大。他早就在觊觎炭材厂的地皮。试想，一百五十多亩土地，是服装厂和耐火材料厂的土地面积加起来的三倍还多，那要是把它全都开发了，把楼房一栋一栋给立起来，那得赚多少钱呀！当然，这里边的诱惑，一般人想象不来。为谋划这步棋，云霄翔反复掂量过，他知道这块骨头不好啃，但他就是看着眼红非要啃不可。当然，他更清楚，季健中手下的一帮人，不像周菊和梁如宾那样好糊弄，给点儿好处就能办事。可是，人就是这么奇怪，当他财迷心窍的时候，越是聪明的人，就越会利令智昏。他打定主意的事情，虽然胜算不大，但他还是要赌一把。在这种人心里，路走不通了，他大不了再拐回来，若走通了，那就是一本万利。

作为债权人之一，云霄翔是第一时间得知炭材厂破产工作专题会议将于三天后召开。为着一口吃掉炭材厂这一大片土地，云霄翔自诩有的是办法。而当务之急，是要把县农村信用社原来的贾主任、现在的贾副主任拿下。因为，炭材厂在农信社有一千五百万元贷款，农信社是主要债权人之一。同时，贾副主任也是炭材厂改制领导组的成员之一。在云霄翔心里，有贾副主任这道坎儿在面前横着，他料定，季健中要想破产，实比登天还难。

那么，如何让贾副主任心甘情愿地站出来咬住不放而冲锋陷阵呢？

云霄翔想着想着就冷笑起来，遂咬牙切齿道："季健中呀季健中，虽然我收拾不了你，但给你添点儿堵的能耐还是有的。"一看俞小曼在一旁朝他翻白眼，云霄翔不以为然地道："你不信？"

俞小曼道："我可是信。我信你就那么点儿能耐，你还能怎么着？"

云霄翔悻悻地吐了口唾沫，道："我打听了，从审计结果看，有两道坎儿他季健中翻不过去。"看着俞小曼愣愣地看着他没有吭声，他又道，"第一道坎儿，近几年来，客户以物抵账，他手里有一百多辆小轿车和大卡车，另有几百吨钢材，总价高达三千多万元，但听说他以物抵账的价差就高达好几百万元。去哪儿了？几百万元可不是小数目。还听说，东北一家钢铁公司欠炭材厂货款一百多万元，这是在账上牢牢地趴着的，可账面上只收回来五十来万元，那五十多万元跑哪儿去了？他季健中能没有灰色交易吗？第二道坎儿，炭材厂资产总额是三千五百万元，而他的负债总额则高达一点四亿元。资产负债率是百分之四百，严重的资不抵债。从数字上看，虽然符合企业破产条件，但他的土地、厂房，还有装备等所有财产，早已抵押给银行了。说白了，现在的炭材厂，就是一个空壳。即便是一草一木，都不是他厂里的财产，而是银行的抵押物，根本无法破产。"

俞小曼听了，想想二人都曾是炭材厂的一员，觉得云霄翔当下的做法实在过分，既是嘲讽，又不无劝勉地扑哧一笑，道："别总是以小人之心度君子之腹。再说了，从小学到初中，恁俩都是同班同学，又是拜把子兄弟，何必哩！当初在炭材厂出那事，人家也放了你一马。别到老了老了连一点脸面都不留。"

听对方这么说，云霄翔哼了一声，道："你也太小看我云霄翔了。单为着脸面，我有闲心给他扯秧子？"说着走上来，十分肉麻地搂住俞小曼亲了亲，道，"我这样做，还不都是为咱下半辈子过得更好嘛！"

"哟！我还得谢谢你了。"撇撇嘴说了这话，俞小曼显得十分腻烦地把对方推开。

吃了吮趣，云霄翔伸手弹了下衣服前襟，阴沉着脸，十分贪婪地道："量小非君子，无毒不丈夫！你等着，小曼，炭材厂那一百五十多亩土地，早晚都是云爷我的。"

俞小曼听了，立时就愣住了。虽然是情夫，但两人毕竟在一起生活了这么多年，可她还真的没看出，云霄翔这么贪得无厌。

天暗了下来。

一辆大奔几乎是无声无息地开到云霄翔别墅前边的空地上停下。

看着云霄翔夹着他的高级公文包走出别墅要上车了，俞小曼追出来，颇不放心地道："你干什么去？"

云霄翔叹了口气，道："我有点儿事。"

俞小曼穷追不舍，道："什么事？"

云霄翔又叹了口气，道："你就别问了！"

俞小曼道："只要你不再去找那'小妖精'，我就不管你！"

云霄翔脸一沉，没好气地道："你能不能想点儿别的？"

俞小曼毫不示弱，接道："这都是你逼的！"

"行了！"云霄翔道，"我去看看姓季的都在那儿忙些什么。"说着，钻进车子，砰的一声，关了车门。

离开别墅，车灯像魔兽的眼睛，把道路照得雪亮。听着沙沙的车轮声，车子来到灯火通明的炭材厂大门前。

由于几家公司都在组织往外发货，车子进进出出的，又赶上夜不观色，云霄翔所乘坐的黑色轿车很容易就进了生产区。

下来车子，云霄翔示意让朱秋三拍照，而他则装腔作势，一副得意扬扬的样子朝办公楼走来。

马上要召开企业改制领导组阶段性工作会议了，作为炭材厂的法定代表人，季健中尽管针对审计出来的一些问题，已做过口头解释和书面说明，但有些细节问题他也必须考虑周全。因为，炭材厂自建厂到当下，已经二十年了，经历了三任厂长。特别是这两年，赶上亚洲金融危机，企业的正常经营活动被打乱了，到处都是"三角债"，本应现款或承兑结算，却给成了物品，比如汽车、钢材等。这样，炭材厂就不得不把从下游要账抵回来的货物，再转手抵给上游客户。还有，审计出来的亏损额这么大，他怎么也得向政府和改制领导组说明是什么原因造成的。为此，季健中把自己关在办公室里，认真地思考着。

"砰！砰！砰！"门被人敲响了。

听到敲门声，季健中忙着整理材料头都没有抬，道："请进！"

推开门，云霄翔一看季健中正伏案忙着，断定是为破产审计一事在忙，遂喊了声"三弟"，既鄙视又幸灾乐祸地道："我知道你睡不着。"

一看是云霄翔，季健中心里和对方一样充满着厌恶情绪。听对方这么说，知道对方不那么背着藏着了，就也针锋相对地道："看我像是睡不着吗？"说话间，季健中起身为云霄翔倒了杯水，往对方面前一放，又道，"夜猫子似的，大半夜过来，怕是二哥你睡不着吧？"

"我？笑话，温泉山庄那就是一台印钞机，票子流水似的哗哗地流。新开发的楼盘，刚一出地平，就被房客们抢购一空，二哥没有赖在炭材厂碍你的事，照样发大财。"云霄翔不无吹嘘地道。

季健中讥讽地笑了下，回敬道："'黑蝎子'，你听着——但凡嚼不烂的食儿硬要往嘴里塞，可别一不小心噎着了，那可是连救药也没有哇，二哥。"

云霄翔道："怕是没有救药的人是你三弟吧！"

"我？"

"对！"云霄翔道，"二哥我明人不做暗事，也念在当年发小儿和结拜的分儿上，二哥想让你躲过牢狱之灾。同时，我也想让三弟你给二哥一个机会。二哥呢，我是想从哪里跌倒，再从哪里站起来。"

季健中听此，不免愣了下，道："你想怎么着？"

"我想的什么，不用说，三弟你指定明白。"云霄翔心照不宣地道。

"不明白。"季健中故作不知地道。

"真不明白？"云霄翔也佯装糊涂地道。

"我要是明白了，满世界你还能找到傻子吗？"季健中盯着对方。

听了这话，云霄翔知道这是季健中在有意拿话敲打他，遂扑哧一笑，道："行了，那年做工装的事儿，截留了回扣，是我贪心了。也正因为此事，这不来找你了嘛！"

"找我？"季健中真的糊涂了。

"是的。"云霄翔假装正经地道。

"找我干什么？"季健中不见云霄翔还算罢了，那是眼不见心不烦，但是见了，心里的气就不打一处来，遂十分不快地道，"老厂子都那样了，你眼睛又不瞎，不会看不见。至于新的公司，才开张没几天，我现在还顾不着做工装。请回吧！"

一看对方要撵他，云霄翔哼一声，道："什么'请回'吧，还有个'请'字，好像就你懂礼貌，别人都是粗俗之人。"

"你当然不粗俗。"

"那我是什么？鄙俗？"

"这是你说的。"

"粗俗也好，鄙俗也罢，现在这社会，能赚钱那就是本事。"这么说了，云霄翔盯着季健中嘿嘿一笑，极尽讥讽之能事，道，"就像你们当厂长的，国有企业，牌子大得很，牛！但是，要是把厂子弄得关门了，找不着人儿了，塌了一屁股债了，还不起人家钱了，三弟，那可是连粗俗、鄙俗也全都不是了。"

"是吗？那这可实在是太可怜了。"季健中沉思一下，故意道，"现在这社会，尽管什么病都能治，我可从没听说哪里有专治可怜病的药呀！"

"有。"云霄翔道，"别处没有，二哥我手里就有。"

"你有？"

"我有！"

"你能治？"

"我能治！"

"那我是小看二哥了。"季健中端起茶壶，仿佛乡下人傍晚时分为死者往坟地里送汤那样，给云霄翔茶杯里点了点儿水。接下来，他看着对方，想想云霄翔从小到大的所作所为，他不知道对方是吃错药了还是怎么的，遂禁不住扑哧一声笑了下，道，"你说说，我倒要听听你'黑蝎子'能有什么招数。"

"那这太简单了。"云霄翔把玩笑打住，探身朝季健中跟前凑了凑，道，"你要的是'鲁阳炭材'这块金字招牌。是不是这样？"

"没错。鲁阳炭材人二十年的心血，不能说没就没了，我必须保住它。"季健中实话实说。

"那你就把地皮让出来。"

"让出来对我有什么好处？"

"能保你平安无虞。"

"否则呢？"

"否则？"云霄翔阴险透顶地道，"破产终结之时，就是你季健中的后悔之日。"

季健中一愣，道："不错。破产是有风险，甚至会带来牢狱之灾。但是，你也请记住，既然选择了走破产清算这条路，在我季健中面前，还找不到什么叫'后悔'二字。"

"那就休怪二哥我无情！"

"行了，你早已不是当年的云霄翔，我也不是那时的季健中。"季健中道，"如果我没说错的话，自从'劝其调离'那时起，在你'黑蝎子'心里，结拜之义、兄弟之情就早已恩断义绝。就你刚才说的那事，要是领了你的情，白日做梦这句话，那就真的成了现实。"

云霄翔恶狠狠地道："好！三弟，咱骑驴看唱本——走着瞧。"

次日中午，瞅准机会的云霄翔迫不及待地摁响了县农信社贾副主任家的门铃。

打开门，贾副主任一看是云霄翔，先是一愣，紧接着十分愕然地喊了声"云经理"，惊喜中无不透着讥讽的意味，道："行啊你，转转眼又成了地产商了。来、来！"看着云霄翔过来，随手把带来的中华烟和高级茶叶，往平房下走廊里的大理石桌子上放去，又道，"怎么样，听说房子一出地平就被抢购一空了？"

"那是，你老兄嘴里有火——说着了。房子嘛，有这么一回事。"云霄翔伸手把凳子往一旁拉拉坐下来，掏出烟抽出两支，先递给贾副主任一支，自己也叼了一支，又慌着摸出打火机。待打出火二人吸着，他长长地吐了口烟雾，接道，"眼下稀缺的就是房子，谁不想给自己找个安乐窝呀！可你不知道，我倒霉就倒霉在炭材厂手里，使了钱还不上，前一阵子不是我跑得快，储户们指定把我给撕吃喽！你说说，我晦气不晦气？"

倒上茶，看云霄翔端起来喝了，贾副主任不无猜测地道："是不是又要贷款呀？要是，你就不用多费口舌了。"见对方看他，又解释道，"为炭材厂那个烂摊子，把我也搭进去了。新来了主任，我已经靠边站了，要使钱，你得找人家去。"

"这我知道。"云霄翔说。

"知道？"贾副主任感到莫名其妙，"知道你还找我干什么？"

"我这是为你来的。"云霄翔见对方愣住神了，又道，"我想搞个车队，想拉你入伙。当然了，没钱不要紧，我给你先垫上。只要你老兄松松口，就光等着分红了。"

"嘿！世上有这样的好事儿？"贾副主任愣愣地道。

"你不信？"

"信！"贾副主任道，"搞车队拉什么？"

云霄翔道："拉砖。"

"拉砖？"贾副主任道，"给谁拉砖？"

"给炭材厂拉呀！"

"炭材厂？炭材厂不是破产了吗？"

"嘻，你有所不知。"云霄翔假装神秘地四下看看，又压低了声音，道，"假的，人家现在的客户都发展到海外了。每天都有发不完的货，车间里可红火了。"说着，掏出十几张从不同角度拍摄的炭材厂热火朝天的生产现场照片，并抽出一张叉车装车发货的照片递给贾副主任。

一看炭材厂嘴上喊着破产，实则正在满负荷生产，仿佛屁股上安了弹簧，贾副主任嘣一下就跳了起来，道："瞒天过海，想不到他季健中还是这号人，想来个假破产真逃债，他门儿都没有。"

前边说过，这个贾副主任是农信社的老人。

尽管温、林两任厂长时期的贷款，经季健中的手都还上了，但在早几年炭材厂扩大生产规模时，经他手又投给炭材厂一千五百万新增贷款，业务发展得非常好。为此，他连年都是县里、市里金融系统的先进典型。可眼下炭材厂趴下了，风头就又转了，贷出去的款收不回来，就连利息也封不上，老贾由主任变成了副主任不说，一开会还老挨上边儿的撑饬。他明白，尽管上边的领导给他留了面子没有把他一撸到底，但他看得清那后果，再这样拖下去，不是副主任这个官当不当的问题，而是要面临下岗这样一个严峻的现实。现在，炭材厂要破产了，直接威胁的是农信社的利益。因此，贾副主任一听云霄翔带来的这么个消息，气得简直比猴戴箍子还要恼。试想，为炭材厂贷款一事背了黑锅，倒了血霉，而你现在还要搞假破产真逃债，让他的一大笔钱泡汤了，搁在谁身上，谁会答应呢？

看看火被他点起来了，云霄翔再不说拉人入伙的事，便喜出望外地离开了。

接下来，这家伙又到县清理"三会一部"办公室顾主任和县法院邹副院长那里，接连烧了底火。

于是，县改制工作领导小组召开的炭材厂破产清算工作推进会，就蓄满了火药味。

第十二章　"假破产真逃债"

在县政府二楼会议室，炭材厂破产工作领导小组组长、副县长李延强看人齐了，遂总结、肯定了清算组在工作中所取得的阶段性成绩，然后说，按照破产法有关规定，县委、县政府集体研究，一致认为，鲁阳炭材厂所报的企业亏损情况，客观真实，不隐瞒，不夸大，不回避。为了贯彻落实中央十五届四中全会精神，适应社会主义有计划的商品经济发展和经济体制改革的需要，同意鲁阳炭材厂申请破产。同时，通过近期的积极努力，已正式立案。这次会议，之所以把大家召集在一起，就是要大家认清形势，进一步统一思想，明确任务，集中精力，化解矛盾，缩小分歧，确保破产工作顺利进行。

同时，李副县长强调，鲁阳炭材厂是县里第一个申请破产的企业，对全县工业企业具有示范性作用。但破产工作也是个新事物，我们缺乏经验，因此需要在探索中前进。但有一点，大家应该明确，破产是企业改制的一种手段，我们的目的是通过法律途径，使企业甩掉包袱，轻装上阵。

显然，会议是要研究炭材厂进入破产程序后，如何积极有效开展工作的。可是，李延强话音刚一落地，县农村信用社的贾副主任，嗵的一声放下了手中的茶杯，尽管他头都没抬，但他知道吸引了大伙儿的注意力。他不紧不慢地从手提包里掏出一个大信封，取出里面放大了的照片，这才皮笑肉不笑地看看李副县长，又看看左右与会者，挥了下手中的照片，道："各位，首先说明，这些照片，全部是实地拍摄，绝不掺杂任何水分。当着大家特别是李县长的面，我要表明我的观点。我完全拥护县委、县政府的决策部署，有关鲁阳炭材厂的改制工作，我没有不同意见。但我要说明的是，什么是破产？生产红红火火，人员出出进进，这叫破产吗？不是！这是明摆着的假破产真逃债。"说罢这话，贾副主任刚刚挂在脸上的笑容立时变成了义愤填膺的样子。接着，他离开座位，一边向与会者散发着云霄翔给他的照片，一边愤愤地道："当今社会，有些人就是要瞒天过海。我之所以要这么做，就是要提醒各位，国家的财产，还有劳动者的血汗钱，不是谁想逃避就能逃避的。"

不知是贾副主任忽视了还是有意要这么做，坐在李延强对面的季健中也拿到了一张照片。那是标着"鲁阳炭材"厂标的大卡车在车间门前停着，叉车司机正在紧张装车的场景。

破产清算工作已经立案，满认为接下来按程序一步步走下去就可以了，但季健中始料不及的却是至今还有人公开地质疑炭材厂破产的合法性。对此，有着丰富而又复杂社会阅历的季健中，一看是这么个事情，很快就镇定下来。他一面细心地听着，一面做着记录。在季健中心里，为着鲁阳炭材厂能够死而复生，若说一百条理由算是满分的话，他起码占有九十九条会说服大家，所以他非常泰然。

有了贾副主任这个当头炮的一阵猛轰，县政府清理"三会一部"办公室的主任顾永强，仿佛一下子醒过神来。想想几百个储户，一看自己辛辛苦苦挣到手的钱要打水漂了，县政府的大院怪深，墙头怪高，你能挡住老百姓吗？你还能办公吗？特别是他有个老姨，也是"三会一部"的储户，一看他在政府清理"三会一部"办公室主事，三天两头找上门，要他想法把钱弄出来那些个烦心事，顾主任心头的气就不打一处来。于是，他看了眼自己手中的照片，又看了眼左右与会者手中的照片，清一色全是炭材厂热火朝天的生产场面。再想想云霄翔找他时说过的话，认定季健中这是真的在玩"假破产真逃债"的伎俩，是趁企业改制之机想把包袱甩给国家，然后再捞一把。于是，他心里不是生气，而是非常恼火。

这个顾主任，想当年参加炭材厂干部的公开选拔，在炭材厂当上了副厂长，又和季健中俩过几天伙计，也算是个熟人。林厂长辞职后，从组织部安置干部的一般惯例和内部透出来的消息看，顾永强断定，如若不出意外，要不了多久，他就要主政炭材厂。因为在当时的领导班子中，他具有年龄上的优势。可是，半路上杀出个程咬金，季健中来了不说，还又调来一个安心平直接坐上了常务副厂长的交椅，成了二把手。平心而论，对于这样的境遇，顾永强嘴上没说，但心里还真的有点儿不痛快。对此，这要搁在别人身上，恐怕不甩脸子，也指定要找组织反映。但顾永强除了觉得脸上有点儿挂不住，暗中闹些情绪外，愣是一句牢骚话也没有。接下来，赶上县里干部调整，顾永强先被调进县政府"工农关系协调办公室"任副职，现在又调入清理"三会一部"办公室主持工作。

　　现在，听了贾副主任的那番话，又看了手中的照片，顾永强才如梦初醒。本不想多言，却也不得不把脸拉下来。因为，"三会一部"的储户们早把他围攻得人不人、鬼不鬼的。如果真像贾副主任说的那样，他今后的日子那就没法过了。肩头担着责任，深信"当官不为民做主，不如回家卖红薯"的顾永强离开座位，噔噔噔来到季健中面前。只见他啪的一声摔了手中的照片，勃然大怒，而且直指季健中，道："季厂长，你是实在人，可我怎么就没想到，你这好人也能办这样的事？你这不是存心拆政府的台，要政府的好看吗？我直言告诉你吧，'三会一部'的那些头头儿们，有的被抓起来了，有的见势不妙像耗子一样不知钻到哪里躲起来了。但瞌睡不能当死，你要敢乱来，即便那些个储户不找你的事，我第一个就不会放过你。"那架势，只差没有把唾沫啐到季健中的脸上了。

　　人穷无声，位卑无言。顾主任这番话终于一下子把他积压多年的怨恨释放出来，极大地伤害了季健中的尊严。但这时的季健中，还必须无声地忍受着，静观事态变化，以不变应万变。

　　"资不抵债，可以申请破产，这是法律赋予企业法定代表人的权力。"紧随顾主任说话的是县法院的副院长邹正义。此人是法律专业科班出身，起先在政府司法局工作，后升任法院副院长，有着丰富的办案经验，莫说在县里，就是在全市司法界也是很有影响的人物。听他这话，似乎是向着健中的，但接下来的话就咄咄逼人了。只见他喊了声"季厂长"，待健中把注意力集中过来的时候，他心平气和地说："根据法律规定，通俗地讲，所谓破产，那就是企业的确资不抵债，办不下去了。就此，我认为，企业要实施破产清算的标志，应该是'关门走人'。季厂长，是不是这样？"

　　早年，遇上严瑾梅那个案子，邹副院长也曾亲自处理过，季健中对邹颇有好感，知道对方是个主持公道之人，更知道对方的办事能力。此刻，尽管对方藏而不露，但健中一眼便看出，面前这个道行颇深的邹副院长心里也有一肚子火，就淡淡地笑了下，道："邹院长，您请讲，我听着呢！"

　　由于邹副院长参加省委党校轮训离开过鲁阳一段时间，对炭材厂破产工作进展情况不太清楚。再加上云霄翔的摇唇鼓舌，事先做足了功课。现在，他又仔细看了贾副主任刚刚攥给他的图片资料，遂十分不快地白了季健中一眼，道："季厂长，莫说我是靠纳税人的钱生活的，即便任何一个鲁阳人，都会打心里希望，鲁阳炭材永远都这么红红火火。可我要说的是，咱们的炭材厂已经申请宣告破产了，并且已经立案。请问季厂长，炭材厂关门了吗？走人了没有？哪有企业不关门走人就可以公告破产的？"

　　一连三问，逼得季健中没了退脚的地方。他知道对方尽管是偏听偏信了，却是出于公心，并不掺杂什么私心杂念。仅从这一点，他想解释一二，可心里赌着气，就实在不想说，又碍着对方的面子，他道："邹院长，您曾先后处理过两起炭材厂的案件，您应该对我的人品有所了解。同时，也请您相信，炭材厂是依法进行企业破产改制的……"

　　"你不要转移话题！"贾副主任气呼呼地打断季健中的话。

　　"对，正面回答邹院长的质询！"顾主任也随即附和着说。

　　"上班的人络绎不绝，车间生产红红火火，发货的车一辆接一辆。"邹副院长说到这里，起身把手中的照片放在季健中面前。想想当下社会上，一些不法之徒，在经济领域里，挖空心思干的那些腌臜事，他担心季健中走上下坡路，既气愤又痛心地接道，"请问季厂长，你搞了大半辈子企业，走南闯北，你见过有这样的破产企业吗？作为党员干部，组织上把权力交给咱，那是要咱为人民服务的。尤其是在金钱面前，可不敢拿法律开玩笑啊！"

　　见邹副院长盯着他，等他回话，而且也是为他担心，季健中叫了声"邹院长"，道："请您放心，如此天大的事，借给我个胆，我也不敢拿它当儿戏，更不会违背国家政策，办什么下路事。"

　　得住这句话，邹副院长道："不办下路事，那是过去，现在就恐怕未必。"见季健中看着他不语，又道，"我听说你的生产订单已经排到了明年春上，是不是这样？"

"是的，公司的生产订单的确不少。"季健中实话实说。

"那你这是在破产吗？"邹副院长提高声音质问道。

见对方急了眼，季健中觉得该是他解释一二的时候了，就十分镇静地道："邹院长，事情是这样……"

"你不要再说了。"邹副院长已经听不进去了，他打断对方道，"改革开放，国家经济发展了，人民的生活水平提高了，但有些人钻改革开放的空子，挖国家的墙脚也司空见惯了。但要记着一句老话，'零碎吃瓦碴儿——总有他屙砖头的时候'。"说到此，邹副院长转过脸，对着李延强，道："李县长，鉴于炭材厂已成事实的'假破产真逃债'问题，作为破产工作组的成员，我提议，请立即终止破产。如果此风不刹，将会给国家带来严重的经济损失。"

破产工作推进会，一下子变成了破产是否合法的质询会，而且还提议要终止破产。对此，向以稳重老成的季健中再也沉不住气了。当然，他不是在破产这一问题上有什么见不得人的做法，而是他担心会议主题这么一变，把破产工作搁置下来。如果是那样的话，破产不仅将成为猴年马月的事，还将激化炭材厂与债权人之间的矛盾。若因此发生变故，一旦那些早就急红眼的集资户把正在生产的车间大门堵了，以租赁经营形式新组建的公司该怎么生存下去呀！这么想了，季健中立时就急出一头汗来。他原本觉得，有国家的法律可依，破产清算工作，也就是时间早晚的事。哪承想摁下葫芦浮起瓢，给他来了个措手不及，禁不住使他在心里暗叹：破产清算是多么艰难呀！想到破产开始时大伙儿的担忧，他暗叹，这是多么鲜活的例子，难怪那么多企业宁可关门等死，也不走破产清算这条路自己去找死。

放眼看了看面前的人，他知道贾副主任，还有邹副院长都是鲁阳地面叫得响的人物。顾主任还曾经跟自己是同一条战壕里的战友。可眼下呢？怎么都一个个变成了本位主义者，甚至成了破产清算的绊脚石呢？猜出这是有人在从中作梗，季健中感到十分窝火。想想自从踏进炭材厂那一刻起所经历的一桩桩一幕幕，以及自己所付出的心血，他真的想大喊一声："你们都不要说了！更不要指责了！我季健中不干了！行了吧?!"但他想想大前天晚上，云霄翔深夜到厂那个锋芒毕露的样子，再看看眼前桌子上放的现场照片心里就什么都明白了。

不能撂挑子，又不能发火，该怎么办呢?

正在季健中左右为难之时，受命担任炭材厂破产清算工作领导小组组长的李延强，猛吸了两口手中的香烟，然后吐出浓浓的烟雾，仿佛过足了烟瘾，把烟蒂丢进面前的烟灰缸里。那里边有水，是专门用来浸灭烟蒂的。听得咝的一声轻微的响声，李延强把眼光从烟灰缸那里收回来。他先看看季健中，又看看贾副主任几个人，李延强把面前的笔记本往前边推了推，然后两手交叉在胸前往桌子上一放，长起身子抖擞了精神。接着，他禁不住笑着点了点头，道："好！有同志们这一腔大义情怀，鲁阳的穷帽子迟早都会摘掉。我为遇到你们一个个'黑脸包公'感到高兴。"他那气势，以及镇定自若的样子，真的有宰相的胸襟、大将的风度。这时，李延强端起茶杯浅浅地喝了口，收了脸上的笑容，又看了看面前的与会者，不紧不慢地道，"有话说出来这很好，会上大家有不同意见也很正常。有了问题只有经过辩论才能正本清源。不过，一开始我就已经说过，有关炭材厂破产一事，已经政府同意，法院也已依法立案，并在新闻媒体上发出了公告。这一点儿，请大家不要争论了。但是，破产是一项政策性强、涉及面广、牵扯到千家万户切身利益的极其复杂的工作。就我们鲁阳来说，炭材厂搞破产是我们县的第一家，可能也是唯一的一家。这是大姑娘上轿——头一回。有点儿问题，发生一些争论也不奇怪。当然了，有问题我们可以纠正。如果真的像刚才各位说的那样，他季厂长在搞小动作，在搞假破产真逃债，莫说你们不答应，我和你们大伙儿一样，也会第一个不答应。不过，真实情况不像你贾主任、顾主任还有邹院长所担心的那样糟糕。这是两回事，生产红火归生产，破产归破产，不能混为一谈。有关这方面的问题，季厂长向县委、县政府打的有报告。事前，季厂长还和我专门商讨过破产与租赁企业生产上的事情。包括我在内，常委们对季厂长的心胸和胆量，以及就如何推动鲁阳炭材死而复生的想法都是非常赞成的。

这样,季厂长也不要老闷在心里。来!拣主要的,你给大伙儿再解释一下吧!"

"谢谢!谢谢!"季健中非常珍惜这一说话的机会,他随手从包里取出审计报告,道,"有关审计情况,我已经给在座的各位领导汇报过多次了,想必没人愿听我再啰唆。这样,我问贾主任个现实问题,可以吗?"

"可以!"贾副主任一听点到他头上了,遂挺直身子,做出一副迎接挑战的样子看着季健中。

"谢谢主任!"季健中说着,拱手一礼,道,"农信社是我们的靠山。早年间,炭材厂搞研发、搞扩改需要投资,先后数次从农信社融资,其中最大的一笔就达五百万。受金融危机影响,炭材厂货款回收困难,一时难以还贷,农信社依法申请冻结了炭材厂所有账户,直到目前为止,仍然没有解封。贾主任,是不是这样?"

贾副主任一脸不忿的表情,道:"是的,又怎样?"

"大家都听到了,炭材厂所有的账户都在冻结中。"季健中拿起面前的照片资料,接道,"若说炭材厂真的还有这么热火朝天的生产经营形势,势必会有频繁的资金往来,大家说是不是这样?"听此,与会者大都点头称是,健中又接道,"好!请问贾主任,如果是炭材厂真的在生产经营,您经手过炭材厂的往来资金吗?"

贾副主任心里有气,没有递声。

"这就是我要说的问题。"季健中道,"沉重的'三角债'拖累,还有巨大的对外担保损失,就像两把绞索套在炭材厂的脖子上。再加上受金融危机的影响,炭材厂这头老牛,终于喘不过来气趴下了,全线停产了。它的资产负债率第一次审计是百分之二百五十左右,由于利息的杠杆作用和其他方面的原因,当下已经成了百分之四百,是严重的资不抵债。沉重的债务,导致资金链断裂,工人们已经有十八个月没有开过工资了。下岗工人长期得不到安置,他们出了炭材厂的大门会去堵政府的大门。李县长,各位领导,作为破产企业的法定代表人,我季健中这两年真的想到了死,因为死了就一百了百了,什么痛苦和烦恼统统都没有了。可我就是不甘心这么死呀!"

一番话说得在座的人哑口无言，而且大部分听到动情处都在默默地点头，显然是被触动了感情的神经。看看话说到大伙儿的心里了，季健中遂拿起照片看了看，道："从照片的颜色及背景来看，这是夜里拍摄的。不知道拍摄的人为什么选在晚上，如果白天光明正大去拍，生产现场要比这红火得多。因为，停产这十八个月来，尽管我们的工人生活上受到了很大影响，有的连棵青菜也吃不起，可他们不仅没有过激行为，甚至有的连句怨言也没有。他们太好了，他们相信困难是暂时的，心中对企业充满着希望。所以，按照县委、县政府出台的'一厂一策、一厂两制、分片搞活、租赁经营'等内部改革措施，当我们想方设法又把生产搞起来的时候，公司上下所激发出来的干劲儿是空前的。也许有人会问，我们为什么要这么干，甚至把自己的老命给赌上。其实这也很简单，也很好回答。因为，员工们上有老下有小，大家得吃饭。几百号员工，连着的是几百个家庭。更因为，我们鲁阳炭材人用双手和汗水，辛辛苦苦营造了二十年的市场，一旦丢掉了，那么，职工们赖以生存的基础就没有了。正因为这样，我们才不得不在炭材厂停产后，将闲置下来的土地和厂房，以及设备租赁给自筹资金新成立的几家股份制民营企业，以确保职工不下岗、业务不断档。这些企业内部的改革措施得到了县委的肯定。至于大家印象中的那个炭材厂，其实早已真真正正地关门走人了。当然，这个'关门'不是同志们想象中的把门锁上，但这绝不等于炭材厂没有关门。说到'三会一部'和农信社的贷款损失，怎么办？对此，我在给政府有关破产可能会引发的社会稳定问题时明确说过，除法律应该清偿之外的损失，我们可以协商。总之，只要企业能够东山再起，一切问题都会有希望得到妥善解决。"

"怎么协商？怎么解决？"季健中话音未落，农信社贾副主任就把问题撂出来了。

"是呀，就现在这情况，你刚才说了，一边是国有企业，一边是自筹资金创办起来的股份制民营企业，性质不同，你拿出来个意见，你当家吗？"县政府清理"三会一部"办公室顾主任的话更是咄咄逼人。

这时，县经贸委副主任、炭材厂破产清算工作领导小组副组长兼办公室主任杨文忠坐不住了。因为此人搞了大半辈子经济，知道当下企业的难处，更对中央深化国有企业的改革精神，领会得比别人多一些、深一些，所以对炭材厂破产清算看得远。听双方争论不休，觉得时间空耗了，就道："现在不是讨论该不该破的问题，已经进入了破产程序，我们应该讨论怎么破得顺利、破得成功才是正事。"

"对、对，扯远了什么问题也解决不了。还是就事论事，炭材厂破产清算不能再耽误了。"

"炭材厂真的完了，所有钱都不可能偿还。'皮之不存，毛将焉附。'我们应该支持炭材厂破产，只有这样，才有希望。"

…………

几个支持破产改制的部门领导，紧跟着杨主任也发表了意见，支持炭材厂依法破产。

这时，李延强挺直了腰板，有话要说了。

这个李延强，虽然比季健中小那么几岁，但他从大学毕业一出来就被分配到县计委工作。不管直接接触也好，间接了解也罢，他对季健中印象颇深。可以这样说，他也算是亲眼看着季健中在困境中一步一步走过来的。特别是在当今这个改革开放的时代大潮中，"出国热"可不是一般人能抵挡得住的诱惑。何况季健中的老婆孩子都在国外，又有自己的公司，凭能力和鲁阳人特有的善良与勤奋，李延强坚信，只要季健中过去接手，怕是从手指头缝里漏出来的钱，都比在炭材厂当厂长的工资多得多。尤其是刚才听了季健中的一席话，作为副县长，无论大事小事，他自忖对党对国家是忠心耿耿的，但和季健中那种赤诚与担当相比，他真的觉得有愧。在大学读书的时候，尽管他学的是文科，对什么经济学、市场学都不甚了解，但他知道优胜劣汰是人类社会发展进步的不二法则。当初，他看到炭材厂破产清算请示时，说实话，猛一看，他心里好一会儿也没有转过弯来。因为，一旦破产，仅银行信贷损失就有几千万。如果那样的话，鲁阳营商环境的诚信度受到质疑，就会影响到金融企业对地方经济的投资信心。毕竟鲁阳是国家级贫困县，哪承受得起呀！可从经济学一般规律出发，他又立刻意识到，在社会主义市场经济体制框架下，国有企业必须面向市场，成为真正的市场主体，才能在优胜劣汰的竞争环境中谋求生存和发展。由此，曾经的利税大户——炭材厂要走破产清算之路，不仅是为了摆脱企业体制、机制上的落后和衰退，也是为了更好地适应市场经济的需要和发展。看到了这一层，李延强对炭材厂通过破产清算，从而摆脱困境走向重生充满着期待。

现在，面对争议，李延强道："不当家不知柴米贵呀。刚才同志们的发言，我都听到了，都有一定的道理，我能理解。但要站在各自单位利益上，我想，大伙儿未必能体谅炭材厂债务人此时此刻心中的苦衷。确切地讲，炭材厂的破产问题，不仅是我们县企业改制中的一件大事，而且也是鲁阳经济发展史上的一件大事。从七九年到当下，炭材厂建厂整整二十年，也曾经对县里的经济发展做出过重大贡献，这一点大家是有目共睹的。今天的局面，实事求是地讲，原因很复杂，也很多，一两句话说不清楚。如果说企业经营者在主观上有责任的话，那么客观上就没有问题吗？作为地方国有企业，成也好，败也罢，无不与国家的经济大环境密切相关。我们县、我们市，乃至我们省、我们国家，地方国有企业面临的是同样的问题。为什么中央开全会，专题研究国有企业的改革问题？这说明什么？充分说明企业目前的困难是带有普遍性的问题。为什么中央在企业改制中专门提到了破产清算？有针对性嘛！不能片面看问题。要看到破产清算是从根本上解决地方国有企业退出市场，适应市场变化，转型升级，优化资本结构，实现国民经济良性循环的一个重要举措。当前，中央有一系列政策出台，是企业破产清算难得的历史机遇。针对炭材厂的破产问题，正像杨主任几位同志说的那样，我们应该抓紧进行。至于该不该破，或是'假破产真逃债'这一话题，不是我们今天要讨论和争论的问题。因为，这是县、市两级人民法院已经认定的事情，绝不会有错。当然，我们有不同意见可以讲，可以反映，但决定的事我们就要办，就要坚决执行。炭材厂停产一年多了，几百名工人没活儿干，没饭吃，这是大事。季厂长带领一帮人落实县委全会精神，从中做了大量工作，也顶着多方压力，克服多重困难，对原有企业进行初步改制，组建起股份制企业，利用停产后的炭材厂现有厂房和设备，自筹资金，想方设法恢复生产，安置下岗工人，不仅为政府分了忧，还把一百多家客户关系接续起来，从而保住了'鲁阳炭材'这块金字招牌。同志们，说句大实话，就此事而言，在破产清算这场攻坚战中，面对各种挑战，可以说，健中同志是在孤军奋战啊！这里边的难度有多大，大家想过没有？这事搁在我身上，我很难做到。我真没有那个胆量，也没有那个气魄。什么是成绩？这就是人家最大的成绩。大家想想，我们是社会主义国家，若不顾工人死活，硬要把他们从赖以生存的工厂里撵出去关上门，工人没活儿干不发工资，一家人怎么过？所以，我们一定要实事求是，具体问题具体分析，绝不能因这因那使炭材厂的破产工作停滞不前。要不然，银行也好，'三会一部'也罢，所有的钱不是一笔死账还能怎么着？"看看贾副主任、顾主任等都默默地愣着不语，李道强又道，"同志们，对炭材厂的破产清算工作抱有信心，就是对县委、县政府的决策部署抱有信心。关于炭材厂跟农信社和'三会一部'的债务问题，我们会采取一些变通的措施让大家少受损失，甚至不受损失。在过去，你们为了炭材厂的发展都做出过巨大贡献，等健中那里改制成功了，要融资，健中保证第一个要去的地方，还是你贾主任那里。到时候，你指定还和先前一样，年年都是先进典型。说不定还能东山再起。"说罢，李延强禁不住笑了起来。

会场里的紧张气氛一下子被李副县长爽朗的笑声淹没了，就连贾副主任和顾主任等人都不住地点头。

见李延强副县长一番话稳住了阵脚，季健中这才长出了一口气，一颗悬着的心这才平静下来。

按照破产程序，随着破产资产审计评估工作的结束，炭材厂破产清算工作有条不紊地开始了。

可是，炭材厂的所有财产全在银行里抵押着。如果不赎回来，企业无产可破又该怎么办呢？

为此，季健中又一次陷入了无尽的煎熬之中。

第十三章　重逢在久别之后

这天，季健中突然接到一个陌生电话，又惊又喜。原来，电话是三十多年前的老同学宋一莲打来的。一莲在电话中说，她手里的业务已经拓展到了鹰城。说是到了老同学的家乡了，加之受人之托，生意上还有点事，她现在就在市里，已经约了几个同学，问健中方不方便见见面。

当年读初中，健中所在的班是一班，而一莲所在的班则是三班。尽管两人不在一个班上，但都十分喜爱诗歌创作，借助"鲁阳诗社"这个平台，两人很快就成了好朋友。一莲的父亲是鲁阳县人民武装部的部长，母亲在县妇联工作，家庭条件优越，使她就像八月的柿子——出了叶，加之人长得漂亮，且活泼可爱又能歌善舞的，这就更不一般了。在许多人眼中，一莲简直就是人间仙子，是人见人爱的。当然，相同的爱好，又在那样一个时代的红色诗社里活动，作为主编的季健中，对一莲的才气，及昂扬向上的天性也最为了解。说句心里话，若不是有天天在，健中和一莲很可能会走到一起。因为，一莲曾向健中表达过这方面的感情。

转眼间，三十多年过去了。这期间，从没见过面也从没有过音信的人突然来了电话，季健中心里十分高兴。毕竟，同窗之谊那是多么珍贵呀！眼下，撇开炭材厂改制一事不说，在新成立的五家公司里，他只有股份，没有兼职。而鲁阳群星炭材集团，由于是非企业性质的组织，又有安心平协助，他相比过去轻松了许多。只是他曾经是炭材厂厂长的缘故，国内钢铁企业，但凡有高炉炉衬方面的业务，还有涉及海外的耐火材料方面的事情，客户联系最多的还是他季健中。因此，每日里健中还有许多工作要做。尽管如此，几十年没见面的老同学回来了，他把手头要办的事情统统放在一边，还专门向清算组的杨主任请了假，急急忙忙地赶往市里来了。

想起当年的诗社，季健中禁不住吟哦道——

> 沙河岸，柳荫铺，看看水泵读读书。
> 水泵爱浇公社谷，我最爱读主席书。
> 沙河岸，柳荫铺，看看水泵读读书。
> 主席话儿记心间，革命路上劲头足。

这是一莲加入"鲁阳诗社"创作的第一首打油诗。当年，发表在"鲁阳诗社"特刊上的这首题名叫《沙河岸》的小诗，一出现在学校的板报上，就引起了轰动，人们是多么想知道宋一莲是谁呀！因为，这首诗道出了作者既朴实无华又蓬勃向上的心声。

在季健中心里，若说到喜爱，不仅仅是喜爱一莲的美丽与大方，更多的则是她既质朴敦厚又活泼开朗的天性。他觉得，喜爱这样的人，到什么时候你的眼前都会一片阳光。

初中毕业后，一莲在鲁阳高中只上了不到一年，就随父母回到了老家宛阳，是在宛阳高中读完的高中课程。后来，当了几年知青就被推荐到了河南大学。之后，一莲在共青团宛阳地委工作了一段时间。那时候，一莲的仕途一片光明。但她没有走下去，而是下海到深圳开始了独立创业生活。眼下是宛阳城数一数二的房地产开发公司的董事长。

上了楼，敲开房门，看着站在面前年近五十的宋一莲，发福了一些，以及生活的历练让她多了些成熟和稳重，还有当年的齐耳短发现在烫成了波浪式卷发，回忆当年的模样，一莲还是那么楚楚动人，甚至比从前更具魅力。

见到老同学了，出于交际上的习惯，季健中忙把手伸过去，准备与对方握手。可是，手都伸到半道了，他又愣在了那里。因为，他看到一莲见他的手伸过来了，她就一个劲儿笑着，唯恐避之不及似的，把手给缩到一旁去。

这时，季健中看不出一莲这是正在忙着干什么，就道："你这是干什么呀？"

一莲咯咯地笑着，连连说着"对不起"，解释道："我刚刚在卫生间给小狗儿洗澡哪！老同学，你坐！马上就好。"

说话间，一莲回到卫生间。吹风机呜呜地响了一阵，当一莲擦着手再次出来的时候，她身后跟着一只雪白雪白的京巴。

还是那个无拘无束的样子，任谁同她接触，她都会很快把你感染。谈笑中为健中倒上茶，两个人叙起旧来。接下来，谈起当下拓展的业务，一莲抱起小狗，领着健中下了楼，步行了十几分钟，便看到处在市中心最繁华地段的一个建筑工地。

来到工地上，还没等一莲向健中介绍什么，头戴蓝色安全帽的工地技术员大远便跑过来，寒暄着要把二人往临时办公室里领，被一莲谢绝了。

这是离开宛阳接手的第一个楼盘，又处在有着"小上海"之称的平安路与广源路交叉口，是个临街拐角楼，公司上下十分重视，攒足劲儿打造优质工程，以便站稳脚跟，打开局面。为着这个目标，工程从项目组的技术人员，到一般的施工工人，清一色是从宛阳带过来的老班底，整体素质高，技术力量强。加之该楼盘属二轻局下面的经理部管理，无论拆迁或开建都很顺利，眼下已经出了地平，场面十分红火。

大体有了个了解，季健中觉得，在房地产市场异常激烈的竞争中，能从宛阳过来，而且拿下这么一个标志性工程，足见一莲的魄力和实力。

从工地回到饭店。看茶几上摆满了水果却冷冷清清的，季健中便道："摆了这么多水果，你约的其他同学呢？"

听健中这么说，一莲看了下表，道："应该快到了。"

话音刚落，听得院子里汽车响动，一莲抽身到走廊探身朝下边看了，先哎了一声，又挥手同客人打过招呼，才扭过头笑嘻嘻地对季健中道："来了！"

季健中不知道被一莲邀来相聚的人都是谁，一听来了，忙过来相看。他看到，从车上下来的人有两个他认识，是当年一莲班里的同学。那时候，学校经常搞活动，季健中为活动的事时常到一莲班上去，他知道那两个人，一个叫上官远征，是搞教育的。前几年，炭材厂形势好，季健中代表企业为上官远征所在的学校捐过资。两人过往虽然不怎么紧密，但无论在哪里见面，总免不了唠上几句。同时，那年天天和母亲一起从美国回来，正赶上过春节，上官远征还代表鲁阳中学到家慰问他们的师母师妹。这样，多方面说起来，还真是个知根知底的老熟人。另一个叫卢家豪，季健中基本上与他没有什么交往，但知道他在乡里任职，是个正科级干部。还有一个健中也面熟，只是想不起来叫什么。迎上前寒暄中健中才明白，这个面熟却一时想不起来的人，是孙海涛。他初中毕业后当兵，在部队待了十几年，正营职。转业后，他没有回鲁阳，而是投身到他早年的首长那里，在宛阳公安局工作。一莲搞房地产开发，遇上个拆迁什么的，免不了找海涛帮忙。早两年，公安局搞内部改革，海涛退居二线，遂投到一莲的公司，眼下是该项目的负责人。刚才，之所以在工地没有见到面，那是孙经理受一莲之托回鲁阳接老同学去了。

说笑着喝了会儿茶，叙了会儿旧，一莲便招呼着大伙儿来到餐厅。看看满桌子大鱼大虾，老同学们垫了下底，就对酒较上劲儿了。撇开一莲不喝酒，健中他们四个男人喝了一瓶半，都有了几分醉意。海涛借工地上有事提前走了，余者坐下来，又是"石头剪刀布"，又是"老虎杠子虫"地吆喝着把剩下的半瓶酒也喝了。一看尽了兴，老同学们便张罗着撤下酒具把茶倒上。

三十多年基本上没有怎么联系了，好不容易遇到这么个场合，大家自然都有许多心里话要说。这么一来，东拉西扯，待把要紧的话说得差不多的时候，天早已朦朦胧胧了。

看着上官远征和卢家豪要走，一莲忙起身拦住。借着喝酸辣面叶的时间，一莲的司机小盛从房间里拿过来两个非常精致的小袋子。一莲接在手里放在电话桌上。

回过身来，她看看健中，十分动情地说："那年夏天，我们班到八一水库建设工地参加劳动，天真热，是上官爬上大柳树折的柳条给我编的遮阳帽。人家上官远征什么时候都是大哥哥，我到什么时候都不会忘。"说到这里，她张开两臂很优雅地上前同上官来了个拥抱。接着，转向卢家豪，道："家豪是实诚人，人家心也细。高一开学没几天，晚自习下课后回家，刚一进胡同就觉得不对劲儿。回头一看，一个彪形大汉，伸手就把我抓住了。吓死我了，不是家豪冲上来一棍子打跑了那家伙，那亏我指定是吃大了。"说到这里，一莲连摇头带笑地道，"卢家豪，在我心里压了三十多年了，总想问问也没机会。你说你怎么就那么有眼色哩，而且手里还掂一根棍儿，好像你早就知道要出事呀！"

卢家豪听一莲这么说，扑哧一声就笑了，逗趣地道："旁观者清嘛！你说你这么漂亮，就像是天鹅肉，谁不想吃一口呀！"

一莲笑起来，还像早年那样霸道，以责备的口气道："别说俏皮话了，赶紧回答我的问题。"

"没什么悬念，你也别牵肠挂肚的。"卢家豪道，"咱们同路。"

一莲愣了下，道："那你怎么不和我一起走呀？"

"她这是站着说话不腰疼。"卢家豪对着健中说了，又转过脸对着一莲，道，"那时候你是什么身份？我们这些穷学生又是什么身份？同你比，就是别人不说，我自己都会觉得那是癞蛤蟆想吃天鹅肉，谁会自取其辱呀！"

一莲道："那你是不了解我。"

卢家豪道："家庭条件在那儿摆着哩。说句实在话，就是想攀，我也不敢呀！"

"看看，他这是有色心，没色胆呀！"上官远征对健中说起笑话来。

一莲对卢家豪道："那你手里掂个棍儿干什么？"

"我怕狗。"

"那你厉害呀！"上官远征道，"打狗的没打住狗，却打住了色狼。"

一句话逗得几个人大笑起来。

"老同学见个面不容易，也无法表达我的心意，做个留念吧！"笑声中，一莲拿起装着手机的小袋子，分别送给上官远征和卢家豪，接道，"请老同学别把我忘了，有事没事常保持联系。健中留步，我还有点事儿。二位慢走，小盛在下边等着送你们。"

　　看着上官远征和卢家豪钻进车里，在橘黄色的灯光下驶出院子去了，季健中遂又跟着宋一莲回到客房。

第十四章　可怕的陷阱

简单收拾了一下，宋一莲换了杯子重新把茶水倒上，二人遂在沙发上坐下来。

喝着茶，季健中说了天天在美国的情况，就少不了要问一莲的家庭状况。哪知这一问，一莲眼中的泪当即就流了出来。

那年，还在共青团宛阳地委的时候，一莲碰到个同在一栋办公楼里工作，苦苦追求她的小伙子。他叫李智利，毕业于宛阳师专，文笔不错，还喜欢玩照相机。两人是在一次团地委开展活动时认识的。交往了一段时间，一莲觉得两人的性情基本上能合得来，遂走在了一起。哪知婚后不久，李智利就突然变成了另外一个人。而最让人受不了的是李智利既小心眼儿又爱吃醋。一莲说，在共青团工作，机关里人多，又是这活动那活动的，能不接触人吗？李智利无法接受，动不动就和一莲闹，甚至闹到单位。一莲一忍再忍，可是终于忍不住了。

这天，两个参加地委扩大会议的团县委书记，趁会议间隙相邀来一莲家里做客。哪知李智利一看有两个男人在家里坐着，遂醋意大发。进屋来不由分说，先掀翻了桌子上的酒菜，接着把人推出去给关在了门外，弄得一莲下不来台。一莲本就是个强人，从不会与人说好话，加之心里赌着气，遂撂下一句"遇上你李智利算我瞎眼了"的狠话就离家出走了。在她心里，她是想来个冷处理的。哪知李智利想不开，也就在一莲离开家的第二天，他把自己关在屋里喝安眠药死了。面对不明真相的社会舆论和怎么都无法排遣的精神压力，一莲遂辞职到了深圳。眼下，除了逢年过节回到父母身边之外，其余时间她都把自己埋在工作中，就那么孑然一身地过着。当然，在深圳以及回到宛阳搞房地产的时候，她也遇到过一些追求她的人。只是一想到李智利在她心中留下的痛，她就不寒而栗，遂把情与爱什么的，全都抛到九霄云外去了。

季健中不会劝人，遇上这样的事，他更不知道该说什么好了。在他心里，一莲出生在干部家庭，聪明、能干、漂亮，该是幸福的人，没想到遇上个醋坛子把婚姻走到这一步。想起"男怕入错行，女怕嫁错郎"这句老话，季健中只得在叹息声中道："人这一辈子，糊糊涂涂地来，糊糊涂涂地去，想多了就生成了烦恼。不过人总有一天要老的，遇到合适的还是成个家为好，毕竟老了得有个伴儿。"

一莲道："我也这么想过，就是一到事儿上，就迈不过这个坎儿了。"

健中道："这也不奇怪。'一朝遭蛇咬，十年怕井绳'这句话一点儿不假。"

这么扯了会儿闲话，一莲道："咱们出去走走吧，顺便有个工作上的事我想问问你。好吗？"

还是学生的时候，就一莲这个人来说，在健中心里，他觉得她是个高不可攀的人。毕竟，人家的爸爸是穿军装的县武装部部长，妈妈也是国家干部。而自己呢？虽然自己在学校表现得很优秀，父亲也是一位高级知识分子，但家庭的阴影和他形影不离，总也抹不掉。所以，当那天在操场上接了一莲的情书，知道她爱他的时候，健中的第一反应不是激动，而是怀疑。之后，当他真的明白她的心的时候，出于真爱，健中就真诚地对一莲说："感谢你，也为了这份真情，我会努力，即便今后的路再难走，我都会咬着牙走下去。若要问为什么，那便是，不管到什么时候，我都会用实际行动来证明，你第一眼看上的人没有看走眼。"当然，当一莲了解到健中和天天的爱情无法撼动的时候，她所表现出来的不是妒忌和怨恨，而是对健中更深的爱。只不过，这爱从此便压在了一莲的心里，再不往外流露罢了。

此刻，一莲抱着她十分宠爱的京巴，与健中肩并肩默默地漫步在迷蒙的路灯下，时不时有三三两两的情侣或是好友在工人文化宫林荫道上走过。想想一莲不幸的婚姻，健中觉得，她的确优秀，真的是一块金子，应该闪耀出光芒让人用心去爱。

这么多年来，一莲知道此生不可能和健中生活在一起，她就把一切感情都寄托在梦里。因为，梦是不受主观意识支配的，即便发生了什么，也不会受到良心的谴责。此刻，在梦幻般的夜色里，一莲多么想扑上去把她梦中的情人揽在怀里忘情地亲一亲呀！可是，一想到天天，她就怎么也无法放纵自己。毕竟，女人特有的善良，促使她不会做出对不起别人的事，何况那是要面对自己的老同学呀！两人默默不语地走着，不知道他在想什么，她想打破沉默，又不知道说什么好。突然，她看到不远处围着几个人在看人练器乐，就道："哎，你现在还喜欢音乐吗？"

"怎么不喜欢？喜欢呀！"健中说着就拉开腋下夹着的手提包，取出他从不离身的口琴，嗡一声吹了下。他扭头看看一莲，道："你想听什么？"

"随便，你吹什么我都爱听。"

想想都是"老三届"那茬儿人，性格差不多，情趣又相投，而且到了这个年龄都有一种怀旧心理，况且他知道一莲喜欢什么，遂吹起早年在校时时常吹过的、阳刚而又向上的《我们走在大路上》这支曲子。吹着吹着，两人无意间来到了蘑菇亭下。

健中立时就愣住了，口琴声也戛然而止。

黑油油的美人蕉，还有喝足了秋雨长势十分茂密的薰衣草，把四边的喧嚣全都遮蔽到远处去了。只有上弦月淡淡的光辉从半空中洒下来，就如同舞台上的聚光灯照在健中和一莲身上，使二人仿佛到了一个魔幻世界。月光下，季健中和宋一莲既朦胧又迷离的剪影，是多么让人富于遐想呀！作为男人，也作为同窗，想想早年的那封情书，尽管时隔三十多年了，不用对方言语表白，只从她看他的第一眼起，他就明白，当年她的那个初恋，不是初入青春期的少男少女感情上的一时冲动，而是经过苦苦折磨后的真情流露。此刻，面对一莲短暂而又不幸的婚姻，他多么想抚平她内心的创伤。同时，他也懂得她的心。毕竟，初恋的爱，就像是沃土里的参天大树，只要有生命，根就会越扎越深。

而她呢？生就一个美人坯子，优越的家庭生活环境，加之高等教育的熏陶，往人群里一站，用鹤立鸡群一词来形容，那是再恰当不过了。在她年轻的时候，无论男女，她总是用那么一颗纯洁的心与人交往，端庄大方而又彬彬有礼。打她的眼里所看到的一切，哪怕是路边的一棵小草，甚至是角落里的一只小虫子，都有其光鲜的一面。可是，生活中严酷的现实，改变了她天真烂漫的性格，使她慢慢地由从不设防变得谨小慎微。若说要划一个阶段的话，就是从大学那时候开始，面对一拨又一拨的异性追求者，她突然发现，那些个衣冠楚楚油头粉面的男人，无论攻势多么猛烈，无外乎占有欲在作怪。因为，萍水相逢，或仅凭三两次并不向深的交往，甚至连对方的性格还没看出来，怎么能有真爱呢？她拒绝了一个又一个追求者，挑挑拣拣最后把爱献给了李智利这么一个既无权无势又没有多高才华的一介书生。之所以这样，她是想过一种平常而又安稳的生活。但真没想到却是那么个结局。因此，她受伤的心，便容不下追求她的人了。这么多年来，尽管她关闭了爱情的大门，但她毕竟是个生理健全的女人。有时夜深人静了，也会让她焦渴难耐。而每当到了这个时候，她都会在梦里和季健中紧紧地拥抱在一起。在她心里，健中是她此生的初恋。对此，她承认自己非常自私。所谓自私，即便在当下，尽管健中和天天是法律意义上的现实夫妻，但在个人感情上，她不仅从来就没有把她的初恋忘掉，还时常对天呼喊，说健中是她此生的唯一。还因为，尽管她的初夜给了那个短命的醋坛子，但她多么渴望能够投到健中的怀抱，哪怕是只有一次倾情的时刻……

昨天，也就是得到健中的准确信息，并打通了联系电话的时候，她觉得这是上苍的安排，她当即就打定主意，一旦和健中见了面，她是要把其牢牢地抱住，从此不再撒手的。也为了这个目的，在时间安排上，她有意让健中提前到来。而且为此激动得心里怦怦乱跳。可是，当她和他真的见面了，她又表现得是那么的矜持。强烈的自制力，抑制她默默地忍受着爱情的折磨。

此刻，两人站在只有坠到西天半空去的月儿，才能看得见的蘑菇亭里，相隔不到一米，而且彼此都感觉到对方的呼吸是那么急促、心跳是那么激烈。但就那么静静地站着，相互看着。健中明白，此时此刻对方心里想的是什么，而且自己都有些难以自制了，可是他还得抑制住自己，不去迈出那最后的半步。同时，他也相信，她心里的一团火尽管在熊熊燃烧，但人格的定力指定会让她最终明白，心里头爱的烈焰该怎么慢慢儿地降温或平息下来。毕竟，面前的花儿再美，爱情之火如何炽烈难耐，他也不会忘了大洋彼岸一心爱着他的天天。而她也不会做出任何有失道德底线的荒唐之事。

远处，从露天迪斯科舞池和旱冰场上飘过来的音乐是那么狂躁。

突然，一莲怀里的京巴似乎发现了什么，汪汪叫起来，并且挣扎着往下跳。一莲不知发生了什么，准备弯下腰把它往地上放，哪知刚一弯腰，京巴就趁势窜到地上，狠命地叫着朝薰衣草那边冲去。显然，它发现了动静。

这时，健中和一莲看到，月光下，在薰衣草那边，有个人影儿，急急地朝远处跑了。

疑惑间，健中发现草丛里有个小红点一闪一闪的，意识到遭人盯梢了。上前一看，果然是一架录像机在闪动。

不见录像机的主人过来，健中道："走吧，你都成名人了，半夜了还有人跟踪偷拍。一莲呀，你可得小心，别闹出什么花边新闻呀！"

一莲道："我？笑话！走，咱们换个地方说话。"

离开蘑菇亭，沿着甬道走了一会儿，跨过小桥，两人来到假山上。

这时候，秋意渐浓。晚饭后出来消闲的人们陆续走了，假山上静悄悄的。健中见一莲默默不语，就道："你不是说有工作上的事吗，怎么不说话呀？"

"看我吧，没见你的时候，我是有一肚子话要说，可真的见了你，我又不知道说什么好，竟把正经事给忘了。"停了下，一莲道，"听说你的厂子要实施破产清算，目前又停下了，是因为钱吗？"

"是！"季健中道，"牵扯到在银行的抵押物，破产无法正常进行下去。"

"这是天助呀！"一莲十分郑重地道，"健中呀，赶快终止吧，进行到哪儿打哪儿停下。"见健中愣愣地看她，又道，"你想过没有，几百号人的企业，听说你还牵扯到一些海外业务，一旦进行审计那是磨道里找驴蹄——找事就有事。再说了，现在这社会可不是从前了。从前吧，那是搞计划经济，正出正入的，没有那么多的曲曲弯弯。你当厂长，只要立得直、行得正，基本上拿不到你多少错。现在搞市场经济，有些时候，为着开发新的业务，不采取一些特殊手段还真的办不成事。你想想，厂里每年都有那么大的业务量，又积累了这么多年，能样样都清，事事都明吗？有些厂子搞破产，那是被逼无奈，不破也得破。结果呢？厂子破了，光厂长、经理抓起来还没拉倒，一牵扯就不是一两个人的案子。你倒好，包还包不住哩，却自己挤着找着要破产，这不是找事吗？！"

"谢谢！谢谢你的好意。"季健中道，"你了解我，我就是这么个人。你知道，早年咱们当学生干部，每遇到班里有事或搞什么活动，我都会拼尽全力，从不计较个人得失。不知你忘了没有，那年学校搞图书捐献，我把我爸爸在陆军医科学校听课的课堂笔记都捐了，害得邵老师还跑到我家专程把本子还给我爸爸。就是那回捐献，看着同学们捐了那么多书没处放，我找不来东西，就把我外婆家送给我妈妈当嫁妆的红木箱抬到学校装图书了。为此，县广播站的编辑还到学校采访，都成新闻了。"

"记忆太深刻了，我哪能忘呀！"一莲说，"我也相信你现在还是那样，把大家的事、厂里的事，当成是自己的事办。我刚才不是说了嘛，厂里那么多人，你自己站得正、行得正，可谁敢保证别人都站得正、行得正，没有疏忽大意的地方呀！健中啊，说句不好听的话，咱可别自找麻烦呀！"

"炭材厂遇到坎儿了，若能拼一把迈过去，我就能为鲁阳这个穷地方争口气，努努力，把品牌保住。"健中道，"何况现在不比从前了。从前，就我们家而言，是我一个人在炭材厂出力，现在还有天天和晓明在一旁帮衬，路会更宽敞、更顺达，我有信心。"见一莲愣愣地看他，健中又解释道，"对了，你还没见过晓明。晓明是我闺女，可有能耐了。在美国留学，毕业后在一家公司从事商务信息工作，是专门搞信息分析与管理的。就现在的形势，我国加入世贸组织已为时不远。借此契机，晓明一手策划的鲁阳炭材的宣传资料，在互联网上的浏览度不断攀升，可以毫不夸张地说，这是给鲁阳炭材插上了腾飞的翅膀。"

一莲点着头笑了下，表示她对健中说这话的赞赏，又推心置腹地道："我对你的信心从不存疑，同时也为你有这么优秀的姑娘感到高兴。但我要说的是，把炭材厂搞上去，用实际行动实现自己的人生价值，报效家乡父老，有多条路可走，为什么偏要走破产这一条？健中，你搞企业这么多年，你应该知道，这对破产企业的厂长经理们来说有多么无奈。说句不好听的话，弄不好你这是要引火烧身的呀！"见健中愣愣地不语，一莲明白他执着的天性不是轻易能动摇的。想想前不久《大地法制报》登载的一个案例，一莲料定健中认识那个涉案人，就道："陕北蓝矿的煤质非常好，听说你们厂也一直在用那边的煤，蓝矿的贾总你应该认识？"

健中道："他？我们交往多年了，怎么会不认识？贾总是北京人，和我们一样，都是知青出身。"

"那我就不多说了。"一莲停了脚步。淡淡的月光下，她直直地看着他，看得出她是多么郑重其事，而且也是思谋良久才说的。她道："这个企业也破产了，听说有三十多万元支出贾总说不清楚，直接给判了。"

健中听此一愣。他把手伸过去，等一莲回过神来的时候，他紧紧地握了握对方的手，发自内心地道："谢谢你的提醒，一莲！"在季健中心里，他珍惜这份感情，而且也断定，在这个世界上，除了自己的家人，这是唯一。这时候，季健中心里真的是波涛翻涌。也因为怎么都无法平静，他把一莲的手就要松开的时候又紧紧地握住。

同时，一莲那温暖的手，也握得更紧、更有力了。

瞬间的心灵感应，两个人遂情不自禁地拥抱在一起。

此时，仿佛可以听到两颗心在激烈跳动，呼吸在明显加快。

季健中喃喃地道："你的情，都在我这心里装着，永远都不会忘。"说罢这话，仿佛还没有表达充分，他的手在她的背上轻轻地拍了下，待松开怀抱后，又把刚刚说过的话重复了一遍。

款款地往前走了走，一莲停下步，道："你还没有回答我的问话哪！"

健中也停下了脚步，道："你不用为我担心，我做过最坏的打算。我知道走破产这条路对班子特别是对我个人来说有多大风险。我真得谢谢你的好意。这件事，我权衡再三，由于炭材厂严重地资不抵债，采取兼并、联合等手段，炭材厂都很难解脱出来。只有破产清算甩掉包袱才能轻装上阵，因此，作为曾经的明星企业、县里的纳税大户，现在到了命悬一线的时候，我不敢对它有一丝的懈怠。在改制这一问题上，如果因为决策失误把'鲁阳炭材'这块牌子丢了，我将无颜面对家乡父老！"看看一莲又是那么愣愣地看着他不语，健中又道，"再说了，鲁阳这地方，一个'穷'字，怎么也抠不掉，就是想叫谁兼并联合什么的，也找不来那个主儿呀！"

"那是你没找，要找肯定会有。"一莲道。

"是吗?"

"是的。"

健中感到十分惊讶，禁不住脱口而出道："谁?"

一莲道："这你不用费心。我说的这个人，人家有这个实力，而且乐意和炭材厂走共同发展之路。"

听此，健中笑道："我明白了，你说的这个人是云霄翔。"

"是又怎样?"一莲道，"难道他的钱不是钱吗?"

原来，临近"三会一部"整顿时，云霄翔一看大批股民拥进储金会要发生挤对了，这家伙觉得势头不对，一方面指示工作人员关闭窗口，并放出口风，说钱都借给炭材厂了，把无法兑现的责任推给别人。另一方面带着账上的钱来了个脚底板抹油——溜之大吉。是他亲手导演了储户围堵县政府的闹剧，把县政府清理"三会一部"办公室的顾主任弄得帽戴歪斜。当然，尽管云霄翔躲到暗处了，但他始终没有忘了要报的那一箭之仇。何况炭材厂处在县城开发区黄金地段，有着一百五十多亩土地的巨大诱惑，他早就对此垂涎三尺。现在，费尽周折的云霄翔好不容易盼到了炭材厂的死期，又怎能容得下炭材厂死而复生呀。在云霄翔心里，有季健中在面前站着，莫说孬点子，就是好点子，对方也不会轻易听他的。

正无计可施苦思冥想之时，一个偶然的机会，因卷了储金会的钱，正在外边躲避的云霄翔，在平安路与一莲不期而遇。那时候，由于一莲的公司是初来乍到，各方面都不太熟悉，在办理一些有关房地产开发手续时遇到了一些麻烦。面对这么一个情况，云霄翔自然不遗余力，而且很快就给办妥了。在之后的接触中，一听一莲对季健中特别关心，云霄翔的阴点子立时就有了。

这样，在谈到季健中和鲁阳炭材厂的时候，云霄翔就假惺惺地把破产中复复杂杂的事情可着他的心思说了一气。

当然，他自然不会透露他对炭材厂的土地怀有觊觎之心，而是急着要帮健中一把。当一莲问他既然如此关心此事，为什么不直接表达时，他则有增有减地道了些他和健中二人之间存在的芥蒂，其目的只有一个，那就是，不管怎样，念着发小的情分，又是拜过把子的兄弟，他无论如何也不想看着健中辛辛苦苦这么多年，为个破产把自己的清白毁了，甚至弄巧成拙，自己把自己送进监狱。

时下，抛开亲人不说，最为关心健中的人当数一莲。

本来，为着这事，与云霄翔一分手她就要见季健中的，只是生意上的事缠着身，使她一时腾不出手才拖到现在。

在云霄翔这边，之所以要摆这么个龙门阵，他是要来个一箭双雕的。一是用假意出资两千万投资炭材厂的谎言，在一莲面前卖好，以期用业务做由头，把季健中约出来见面。在他心里，他百分之百地肯定，只要一莲听说此事，明知道面前是个坑，她就绝对不会看着季健中往里跳。如果谈成了，有两千万的投资，他自然就能对炭材厂控股。到那时，自己说了算，还能有什么事办不成呢？二是他知道一莲和健中二人之间未曾爆发的爱情之火有多么炽烈。他觉得，一个是没了男人的寡妇，是一捆干柴；另一个是远隔千山万水的，有女人也挨不住近似鳏夫的男人，是一团烈火。这二人见了面，叙了旧，姑且不说百分之百会有的男女之间的那事，即便是两个人平平常常的那么一搂一抱，只要那亲热的场面能够拍到，或是录下来形成铁证，再添枝加叶赤裸裸来上一段文字渲染，嘿嘿，季健中，你不是有个天仙一样美丽的女人给你搂后腰嘛，接下来醋坛子给你打碎了，后院失火了，这后腰她还能给你搂吗？你还有精力办正事吗？眼下，云霄翔不担心银行方面，因为银行的大门不会对中小企业打开，季健中融不到资。他担心的重点就是季健中的妻子郑天天。为此，他要想尽办法，把天天这边的路也给断了。

此刻，听一莲这么说了，季健中知道一莲多半被云霄翔蒙蔽了。出于对方的善意，他不便说什么，就笑着缓了下，道："我这辈子没有对头，要说有，那就是昔日拜把子的二哥——云霄翔。"

一莲听此一愣，急道："你怎么这样说？毕竟人家愿意拿出真金白银呀！"

"咱不提他好吗？"缓了下，撇开早几年那些七七八八的事不说，单说这几年，季健中道，"你知道吗？他原先也是炭材厂人，借着工作之便，竟然敢用假票顶账，把整车整车的煤转手倒卖别处。不是他的表姐夫在上边站着，厂里早就开除他了。是的，他现在是有钱，可他办的都是缺德事。县服装厂你知道，他以零资产的方式收购了，还信誓旦旦说要发展服装业，安置好下岗工人，可他接手后没两年，服装厂就再也找不到了。还有耐火厂，四十多年的老厂子，片瓦没留全都让他推平盖成商品楼，成了他发财的门路。他都没想想，厂子没了，把那些大叔大妈老工人老师傅全都推向社会，政府怎么办？人该怎么活？"停了下，又接道，"你不知道，一莲，我现在最恨的就是这样的人，仗着官场里有人，趁着改革开放各项法规制度不甚健全之机，削尖脑壳挖国家的墙脚。"

一莲被健中的话打动了。这个纯洁、美丽而又善良的女人和健中一样，都有一颗金子般的心。他们有着满腔的热情，既爱憎分明疾恶如仇，又严守自己曾经发过的誓言，是要为正义奋斗终生的。现在，为着真诚的友谊，更为着健中的一腔热血，一莲沉思了下，突然做出一个决定，她道："好，对云霄翔这人，你比我更了解。现在，撇开他不说，我问你，要让炭材厂死而复生，需要多少钱？"

"你……"健中愣了下，忽然明白过来，他知道一莲这是为朋友要两肋插刀了，就笑了，道，"就你现在的实力，是能把炭材厂救活，可我照样不会接受。"

"为什么？"一莲道。

"你这是感情用事。"

"我是真心的。"

"我明白。"说罢，季健中向对方表示了谢意，然后十分自信地道，"困难是有，而且也非常大，可我不怕。"

"健中！"一莲都有些急了，"钱是硬通货，一分钱逼死英雄汉呀！"

健中点点头，深有感触地道："是的，钱是硬通货。如今中小企业融资难竟成了天下第一难。但经过这事，我也渐渐明白了，一个闯市场的人，要想不在市场的汪洋大海里淹死，那他就得有适应市场和驾驭市场的本领。"

从文化宫里出来，由于一莲给健中准备的有礼物，同时健中的司机春阳还在宾馆里等着，二人便原路返回。

开开门进到客房，季健中闻到烟味大，担心一莲不习惯，就随手想把排风扇的开关拉开。可是没反应，再拉还是没反应，健中下意识地就朝排风扇看去，哪知这一看他愣住了。因为，他看到那里也有个发着红光的小点点儿，像鬼眼一样朝客房里窥视。

这是遭人偷拍了，而且又被监视了，季健中心里那个火甭提有多大。

转身来到门外，季健中正要喊服务员问话，就见从隔壁房间里蹿出一人，顺着走廊，慌慌张张的像耗子一样朝电梯口跑去。季健中和宋一莲同时反应过来，喊着"抓住他"，待跑过去的时候，那人看电梯在高处停着，觉得等不及，遂磨过身子就朝步梯口跑去，并扑扑腾腾从四楼一口气跑到楼下，然后跑出院子朝大街上去了。

看没有抓住人，季健中和宋一莲与听到动静的七八个房客，还有几个服务员来到隔壁客房一看，众人立时便愣住了。因为，桌子上放着监控器，屏幕上映出的正是一莲客房里的现场画面。

一莲气愤至极，当即拨打了报警电话。

兴中路派出所几位民警一会儿就到了。

打开回放看了一会儿，民警笑了，说："这也没有什么呀！"

"是没有什么，但我想知道这是谁干的！"宋一莲道。

"是的，这是公民的隐私，应得到法律的保护。"季健中道。

"民警同志，请你们立案吧！要不然，我这地方，谁还敢来住呀！"匆匆赶来的宾馆经理也在旁边说。

当即，从宾馆登记簿和监控中查到了当事人，他是朱秋三。对此，季健中不用猜就知道幕后主使是云霄翔。

与一莲分手不到两个月，还真的像季健中坚信的那样，随着国有企业和经济领域各项改革的逐步深入，为国有企业脱困，处理国有银行不良资产，国家成立了"东方""长城""华融"和"信达"四大资产管理公司，专门负责接收国有银行在国有企业的债务，并以打折的方式打包回购。

这样，炭材厂与县工商银行和农业银行分别多次协商，按政策规定以一百二十万元赎回了抵押在工商银行的财产，以一百五十万元赎回了抵押在农行的财产。这样，炭材厂的土地、厂房及设备等财产到手后，终于由无产可破变为有产可破。

对此，季健中和炭材厂一班人如释重负，终于松了一口气。

就像是一缕和煦的春风，融化了影响鲁阳炭材厂破产清算道路上的坚冰。于是，季健中走完了所有程序，并以"决不让一个员工下岗，决不逃避一分钱债务"的郑重承诺，向政府递交了炭材厂的破产财产预分方案。季健中觉得，这不仅仅是责任和担当，更是一个人应有的品格。

当县委、县政府领导看到破产财产预分方案上炭材厂的承诺时，一些曾向季健中发过难的人，无不感到愧疚。

有了这么一个氛围，鲁阳炭材厂破产清算工作走上了快车道。

可是，面对坐落在四里营城镇开发区黄金地段的鲁阳炭材厂这块蛋糕，早已野心勃勃垂涎三尺的云霄翔，看着贾副主任一帮人那里什么事也没弄成，而在一莲那里又差点翻船，遂一计不成又生一计。

第十五章　阴霾密布

这天傍晚，程海开着"大奔"缓缓在县剧院后门口停下。

剧院里坐满了人，舞台上方悬挂着会标，上面是"县廉政建设和反腐败工作会议"几个大字。

县委书记梁源，县委副书记、县长周新政及在家的常委们在主席台上就座。

封春发主持会议。

时下，封春发走偏了辙，早已是两脚泥了。但他在干部廉洁自律大会上作总结讲话时，不仅看不到他脸上有什么愧色，反倒是那么义愤填膺和气势凌人。他说："'三讲'教育以来，我们的党员干部，特别是党员领导干部，都能够按照《廉政准则》和有关规定，严格自律，拒腐防变，成绩是显著的。但我们还要清醒地认识到，我们仍然是国家级贫困县，要摘掉这个穷帽子，拔掉这个穷根子，让老百姓都过上富日子，没有一个廉洁高效的政府不行，没有一个忠诚于党的事业、与人民群众血肉相连的干部队伍更不行。因此，我们不仅要切实地把廉政建设和反腐败工作推向深入，还要把'三讲'教育回头看，与干部廉洁自律有机地结合起来，认真反思，深入剖析，从世界观、人生观、价值观和权力观上找问题，从党性觉悟、思想路线和工作作风上找原因，以期使我们在政治上明显提高、思想上明显进步、作风上明显改进、纪律上明显增强。同志们，这次会议非常重要，开得很成功。下去以后呢，要认真学习，贯彻落实好梁书记的重要讲话精神。最后，我还要嘱咐大家一句，从下边的情况看，我们有些干部，经不起改革开放的考验，被铜臭熏坏了，问题很严重啊！一个干部，一步步成长起来，不容易呀！大家都不愿看着他犯错误受处分，但一旦踩了红线犯了错误，有纪律在那儿放着，谁都救不了你啊！"

台下，许多人都惊得瞪大了眼睛。因为，现下的封春发，大家都看透了他的为人。如此冠冕堂皇又如此语重心长的话，打此人嘴里说出来，实在耐人寻味。

散会了，当封春发接了个电话走出来的时候，他没有到广场上去坐他的公务车，而是坐上了早就在此悄悄停着的"大奔"。然后，车子拐了一个弯，封春发迫不及待地在移动公司旁边的私人会所和他的相好见了一面，就一溜烟开到了云霄翔的温泉山庄来。

这时，天已经黑了。仿佛到了一个幽冥世界，从灯火通明的山门一进到山庄里，所有的灯光一下子就变暗了。当车子无声地停下的时候，云霄翔一伸手就把车门拉开。从封春发与云霄翔、俞小曼和张光有一帮人握手言欢的样子看，他显然是这些人面前的常客。

在山庄里的餐桌上，既有大山里的猴头菌、娃娃鱼，当然还有强身健体的海参、鹿血和补肾壮阳的牛鞭及雄蚕蛾。

海吃猛喝，是人生的一大享受。而由美女陪着洗一番鸳鸯浴，再踩踩背、松松骨，那就不是一般人所能享受到的。一番享受过后，封春发精神抖擞，这就满面红光地坐在了自动麻将桌前。没有别人，就由云霄翔、张光有和俞小曼陪着摆起了"长城"。也就十几圈下来，封春发跟前的钱就从他的提包里露出来了，再装就装不下了。云霄翔看看差不多了，这就叹了口气，道："手气太背，不玩啦！不玩啦！"

封春发笑着趋向云霄翔，不无隐晦地道："那就等你手气好的时候再约我，如何？"

"一言为定，到时候我少不了也给你来个杠上开花。"云霄翔也开起玩笑来。

俞小曼隐晦地笑了下道："还开花呢，就你出那牌，这辈子你也翻不了身。"

"就是，在咱封县长面前，不知怎的，老出错牌。"云霄翔也意味深长地道。

看张光有在一旁笑而不语，想起地下钱庄因逼债不断头惹出的麻烦，封春发心里不快，没好气地敲打道："你别笑，老不按路数出牌。法治社会，你得合法合规经营，不然的话，派出所再找你我可保不了你。"

"放心、放心，有您罩着，莫说派出所，就是公安局，他不也得乖乖地教他咋着他咋着嘛！"张光有道。

"那可不一定！"封春发说着，好不容易拉上提包拉链，抬头直视着张光有，显然他是想好好训斥对方一顿的。

可是就在这时，云霄翔插进来为张光有打圆场道："就你那脾气，恰好碰上的是咱封县长，换换人，你吃不了你就得兜着走。"说罢，他朝张光有和俞小曼示意。见二人退了下去，云霄翔遂拉开了手提包，从里面掏出一张支票，然后靠近封春发的身子，道："令郎出国进修，花销大，我这个当叔叔的，早就该赞助赞助。"说罢，随手把支票装进封春发的中山装上衣口袋里。

面对装到口袋里的支票，他先是愣了下神，紧接着咂咂嘴，一副愤世嫉俗的样子，道："你……这是干什么？"

看着对方口是心非地伸手拍拍笔挺的上衣口袋，生怕支票窜出来丢了，云霄翔满脸堆笑，抬手帮对方把兜盖上的扣子扣上，这就收了笑容，道："知恩图报，鲁阳人可不尽都是跟姓季的那样，'铁公鸡'一毛不拔不说，还尽给地方政府脸上抹黑。你看看他，地方上左一起上访，右一起上访，哪一起与他无关？还有——不说了不说了，那些乌七八糟的事，我已经给您汇报过了。"

说话间来到门外。

封春发点点头，道："放心吧，你说的那事，我早上心了。上一回纪委出面，明摆着'九大'罪状，却没有收拾住他，那是纪委系统有些人已经靠不住了。这回机会来了，我想好了，这次不找纪委，直接让检察院下手，季健中他跑不了。"

云霄翔嘿嘿一笑，道："未必！别看您管着这一摊子，可问题出来了却没人给您汇报，这说明什么？说明人家季健中垄儿里有人。要不然，这么大的漏洞，审计组不吭不哈就给压下不说了？"想起杨文忠对季健中总是亲得跟没出五服的样子，他心里老是不快，遂就上起粪来，道，"审计那一摊子，没看看都什么人！特别是那个杨文忠，早就是季健中的亲朋故旧，眼下又主抓这事，能跟您说实话吗？"

"什么？他这是无法无天了，你看我怎么收拾他们。"在金钱面前，封春发俨然已经成了借着改革开放一夜暴富者的马仔。

这时，和俞小曼一起掂着礼包走上来的张光有奉承地道："封县长啊，您是不知道，现在这社会，要是像您这样的铁面包公多几个，什么经济危机、职工下岗，那是真正的原因吗？企业一个个倒下了，那还不是被一些人暗地里捣崩了嘛！"

"不错！"封春发道，"穷庙富和尚，要不然，企业那么穷，为什么还有那么多人都急着当厂长、经理？"

云霄翔道："您这一句话，算是一斧子砍到墨儿上了。就像他季健中，老婆孩子都在国外，炭材厂没有巨大的利益诱惑，他为什么还要在那里赖着不走？他傻呀？"

张光有道："不走也好，看咱封县长怎么收拾他。"

云霄翔道："对，封县长，您要是把季健中这个鲁阳的大贪官给揪出来，别人咱管不着，我云霄翔，第一个站出来给您送功德匾。"

"是吗？"封春发道。

云霄翔道："那当然。"

封春发听了，得意地哈哈笑起来。

一旁，云霄翔几个人也附和着哈哈笑起来。

笑声中，几个人踩着红地毯来到贵宾楼外。

这时，一辆"奔驰"开到面前，俞小曼上前，一只手打开车门，另一只手伸开贴在车窗门楣上，等候着封春发上车。

封春发先把手提包扔进车内，然后猫着腰钻了进去，临走又打开车门探出身子，道："放心，老季那边的事，我包下啦！"

云霄翔道："您这是为国除奸，为鲁阳百姓除害！"

听了这帮浑身都是致命"病毒"的马屁精们说的这番话，封春发心里很受用。就见他举手回应了下，然后收回身子，砰一声关了车门。

审计结束后，资产评估也暂告一段落，眼下正在进行的是破产企业的债权债务登记等一揽子事。虽然工作量大，但分别都有一帮人马在加紧进行。企业破产工作是个漫长的过程。其间，县政府主要领导调整比较频繁，一会儿这个兼，一会儿又是那个兼，但实际上也就是挂个名，而真正的担子，则落在了杨文忠肩上。这样，作为破产清算工作领导小组副组长兼办公室主任的杨文忠，每天的工作还是挺忙的。

刚刚在几个小组看了一遍，就工作进度而言，他觉得距破产清算大功告成的日子已经为时不远。

简单整理了下办公室里的卫生，杨文忠心情难得这么轻松。烧了一壶水，泡上茶，点上烟刚吸了两口，手机响了。

打开一看是封春发的电话，杨文忠立马毕恭毕敬地喊了声"封县长"，道："您有什么指示？"

封春发在电话中火气十足地说："什么指示？我问你，你眼里还有没有我这个常务副县长啦？"

劈头盖脸的训斥令杨文忠一头雾水，拿着电话，愣怔了下，道："封县长，什么事呀，您发这么大火？"

封春发对着电话说："别在那儿揣着明白装糊涂。我可告诉你，老同志要保持好晚节，别到临退了再惹出麻烦，葬送了自己的一世清白。"

"哎哟，封县长，出了什么事，您快告诉我。"杨文忠头上的汗都吓出来了。

封春发在电话中道："炭材厂账上是不是以物抵账，抵回来一百多辆小轿车后又抵出去了？"

"是！"

"是不是有一笔一百多万元的货款只要回来一半，就了结了？"

"有！"

"那你的胆子也太大了！这么大的管理漏洞，那就是腐败产生的温床，里边有多大玄虚，你知道吗？作为老领导，把你派过去是要你独当一面的。可你，这么大的事，你怎么不汇报？！"

　　高噪声震得杨文忠耳朵嗡嗡作响。但一听是这么一个事，杨文忠心里有谱了，抬手擦了一把额头上的汗，紧张的心情立时平静下来，语气也不那么惶恐急迫和隐忍了，道："封县长，这您可冤枉我了。审计工作会上我作过详细汇报，季厂长针对审计提出来的疑点问题，一条一条也都有情况说明，当时您有事委托李副县长参加了会议，虽然您不在场，但给您呈报的汇报材料和审计报告上边写得清清楚楚，我怎么会给压住不汇报呀？"

　　封春发听了，立时哑口无言。杨文忠的话是剑有所指。

　　此刻，封春发也就是愣了愣神，话锋一转，盛气凌人地训斥道："现在的厂长经理们，既贪得无厌又目无党纪国法，反侦查手段十分高明。你是个老同志，怎么做你应该知道。"

　　这个杨文忠，精明而又能干。特别是他那一双眼睛，用鲁阳人的话说，打他面前飞过去一只蚊子，他一眼就能看出是公是母。他虽然不是会计出身，但在近四十年的工作中，参与或组织过许多次对企业的审计工作。特别是在"四清""一打三反"那些运动中，人家经见得多了，这就积累了经验。但凡遇到审计上的事，扒开账本粗略地翻一遍，有没有猫腻，基本上一眼就看出来了。针对炭材厂的审计，尽管他敬佩季健中的为人，但处在改革开放这么一个关键点上，他原本觉得，企业指定会有一些乌七八糟的东西。可是，有重点地仔细一查，感到十分惊讶。因为，仅从招待费上，有关涉及个人的事项，基本上一笔也没查出来。同时，三两万的有，三十万五十万的也有，季健中把自己的、亲属的钱不断头地投到厂里救急，不仅从不计高息、复息，而且按规定所派生出来的利息，他仍然放在企业账上当流动资金使用。

　　现在，几乎是裸捐了自己的人，却被怀疑是既贪得无厌，又目无党纪国法的人，杨文忠不纯粹是感到气愤，而是觉得十分好笑。加上他年龄马上就要到站了，又从未把这长那主任的看得那么重，面对意想不到的指责，想想风传的封春发一到鲁阳，就嫌弃办事人员给他配的雪白雪白的洗脸毛巾有化纤成分，被他摔到地上当擦鞋布一事，他心里对封春发就有看法。特别是封春发和云霄翔一帮人出来进去的，杨文忠不是觉得季健中会犯什么错，而是觉得打电话的人不是吃错药了就是听信谗言了。在杨文忠心里，这时候他很想说句反驳的话怼怼对方一顿，但是又担心给炭材厂破产工作添麻烦，于是道："是这样啊，封县长，不管外边怎样说，炭材厂的账目，经过审计查对，目前还没有发现什么问题。"

"什么？杨文忠，你是公安局呀，还是检察院？你也太高估自己的水平了吧！实话给你说吧，有关部门已经掌握了铁的证据，他季健中的问题不是一般问题。有关审计报告，特别是那一百多辆小轿车的事，还有一百多万货款的事，你立即移交到检察院立案。立刻！马上！！"

挨了一顿训斥，杨文忠心里既委屈又无比愤慨，可在封春发面前，他也只能压抑住自己。

季健中得知此事，心里不是滋味，就开车来到宾馆，想安慰一下这位清算组的副组长兼办公室主任。果不其然，一出电梯口，正看到杨文忠已经收拾好了自己的东西，准备关门走人。季健中叹了口气，道："老哥，你这是干什么？"说着，上前要过杨文忠手里掂的装有茶杯、毛巾、笔记本什么的塑料袋来到里边，道，"跟他生气，犯得着吗？"看看杨文忠气得胸脯一鼓一鼓的，摸索着连烟也不知装哪儿了，季健中连忙把口袋里的烟掏出来递给对方，又为其点着火，劝道，"不为别的，单为炭材厂能够再站起来，几百号工人不下岗失业，眼下咱就不能跟他赌气走人。"

憋了一肚子火气的杨文忠深深地出了一口气，道："中，我听你的。"说罢，起身掂起塑料袋，回过头来，见健中愣愣地看他，又道，"家里有点事儿，我得歇两天。"

也就是这天的下午，围绕炭材厂破产一事，打北京批转下来的文件到了县里。

立时，县政府一帮人慌了。

前段时间，由于季健中和县破产清算工作组有关人员多方出面做工作，已经在债权人会议上表明观点，同意鲁阳炭材厂实施破产的南方院一大批集资户，现在突然又反悔了。为了保全债权，他们不到鲁阳来了，而是把信访件直接反映到了国务院。不仅坚决反对破产，追索集资款，而且以"破产立案不规范"，还以"假破产真逃债"等为由，反映诉求，讨要公道。

面对"改革开放的出发点和落脚点是发展经济，让人民群众过上幸福美好生活。针对企业集资户的集资款问题，地方政府与企业不仅要按政策想法保全，还要坚持群众利益无小事和稳定压倒一切的指导思想，做好深入细致的思想工作，化解矛盾。如若出现'假破产真逃债'问题，地方政府和司法机关要立即介入，认真查证，严肃追究"的国务院有关领导的批示文件，封春发急头怪脑地在面前的空地上踱了一会儿，然后点上烟吸起来。大概是过足了瘾，又想好了对策，遂把烟蒂往烟灰缸里一摁，打电话把季健中狠狠地训斥了一顿，最后又腌臜道："鲁阳县地僻民贫，从来就没有扬名的机会，想不到你用这种办法给鲁阳扬了名，是不是鲁阳人都得给你端一杯，好好儿谢承谢承你呀?!"什么尖酸刻薄的话都说出来发了一顿火之后，封春发又把电话打到经贸委主任那里，让其立即着手了解情况，并派人到南方院做好维稳工作。

从电话中接到任务的时候，杨文忠正在面馆里刚把碗里的烩面吃了一半。一听还得让他出面去化解矛盾，说实话，他心里有情绪，不想去。再者家里有事，真的走不开。但当了一辈子老黄牛的杨文忠还是沉吟了下，说："好吧，我准备一下就动身。"

挂了电话，杨文忠把没吃完的烩面紧着又扒了两口，就给推到一边去了。起身要了碗馄饨，掂着赶到县医院来。

杨文忠的爱人腰椎间盘有毛病，压迫到神经几乎不能自理了，前两天住院做的手术，眼下还不能下床，就在那儿躺着。

把馄饨倒在碗里，杨文忠拉过凳子，挨着床头坐下来。他用毛巾垫在颜老师的脸下边，以防汤水弄脏了被褥。腾出手，刚喂了两口，外甥女春霞掂着水果和点心回来了。

寒暄中，春霞道："怎么样，妗子，是不是好点了?"

伤口疼，而且酸困难忍，整个下半身都使不上劲儿，如果身边没人帮忙，连翻身她也翻不成。在颜老师心里，她自己都担心从此以后还会不会再站起来。可是，听外甥女这么说，她就苦笑了下，说："好点儿了，慢慢儿恢复吧!"

杨文忠知道，现代医学十分发达，又是上边来的专家，手术做得非常成功，但伤筋动骨的，不仅不会一下就把疾病除掉，反而在手术过程中会伤及其他组织细胞，没有三几个月慢慢恢复，人是站不起来的。听老伴儿这么说，遂接了话，开导道："不要急，要耐心躺着养病。"看外甥女腾出手就忙这忙那的，杨文忠又道，"有春霞在，有什么事你就给她说。"

春霞听了，忙道："放心吧，舅，俺妗子这儿有我哩！"

杨文忠道："春霞呀，我还真有点事儿，得出去两天才能回来，麻烦你多费点儿心。"

"看您吧！舅，什么麻烦不麻烦的，您都说得外气了。"春霞十分利索地收拾了柜子上的东西，又拿起一旁的湿毛巾擦了手，然后接了碗在颜老师的跟前坐下来，一边喂病人，一边推心置腹地道，"俺娘走得早，是妗子和您把俺拉扯大的。还供应我上大学，我心里，你们早就是我的亲生父母。"春霞泪窝儿本来就浅，又说了这么动心动肝的话，看得出她是不想让泪水流出来的，可是抑制不住，还是从面颊上淌了下来。

"看这闺女，还真上心了。"杨文忠道，"恁舅吭什么能耐，你是本科毕业生，参加公选到了新地方，要兢兢业业地工作。"

春霞应道："嗯，这请您放心，凭您外甥女的本事，会干出成绩的。"

一句话逗得连一旁住的病友都笑了。

看看颜老师不吃了，杨文忠收拾起垫在枕头上的毛巾，挨着床头坐下来。他握住颜老师的手，想着病人在床上躺着，明明离不开还得离开，心里很不是滋味，无以弥补，就道："叫闺女也请两天假吧，春霞一个人不行。"见颜老师愣愣地看他，又道，"炭材厂破产清算打住罢了，这是大事，我得出去两天。"

颜老师道："不去不行吗？"

杨文忠道："事情出了岔子，南方院的集资户把状告到国务院了。再说了，破产关系到企业再生，不能让破产工作半途而废。这不仅仅是炭材厂的事，而是全鲁阳人的事，我必须去解这个疙瘩。"

"哎呀，事儿还真多！"颜老师叹了口气，又道，"那你就去吧，我这儿有春霞帮忙，你放心，没事儿。"说了这话，颜老师一看对方眼里泪花花的，她先是一愣，接着便道，"老杨你是怎么了，怎么跟生离死别似的!"

这时，在杨文忠心里，感到受伤的是封县长不该无端地指责他。但此事不能给颜老师说。他想了一下，然后道："我这是对不起你呀!"

颜老师叹了口气，道："看你说哪里去了!"

再过几个月，杨文忠就到退休年龄了。大半辈子里，仅在经贸委副主任位置上，就干了快二十年了。

这个说，杨主任，你该动动了。那个讲，老杨，别当老鳖一了……对此，杨文忠总是微微一笑说，当副职好啊，上边有人掌舵，下边有人办事，多好啊!

可有时夜深人静了他也曾想，世居大山深处，祖祖辈辈都是人们说的山里老冤。有幸到了他这一辈，在许昌地区读了师范，毕业后分配到学校，可是不到一年，就被抽调到经贸委直到当下。虽然学历不高，但单位无论有多大的事情，十有八九都是经他手给妥妥当当地办了。显然，在县经贸委，他是富有工作经验和办事能力的。但每当有了机会该提拔的时候，机会又一次次与他失之交臂。别说已经是副主任了，就是一般的办事员，那不是也吃着国家的俸禄，风刮不着、雨淋不着嘛! 这样想了，杨文忠就埋下心思，无论分内分外，只要工作交代给他了，即便再辛苦、再难办的事情，他都会想法办好。他珍惜当下的日子，若不是顾缠这个、顾缠那个，就他和当中学老师的老伴儿的工资，好眉好眼儿的，他不发什么愁。可他不到五十那年，头发就全都白了。而且自从走出学校，参加工作这几十年来，他始终没有丢掉农民家庭出身所固有的习惯。玉米糁儿煮红薯、烙馍卷韭花儿是他百吃不厌的饭食。可老了老了这是怎么了呀! 封春发无端的训斥，让杨文忠憋了一肚子气。他觉得冤枉，在别的地方不能发泄，在知冷知热的老伴儿面前，他憋不住就流露出来了。同时，这几年，他亲眼看到季健中身上的工作量有多大，担子有多重，受的委屈有多少。可这样的好人，却被封春发盯着不放。在杨文忠心里，就不仅仅是憋躁、气愤和无奈，而是能帮的时候，他必须伸出手帮一把。否则，他的一颗善良的心就会不安。

这样，为着做南方院集资户的工作，也为着破产工作出现转机，就要退休的杨文忠受经贸委党组的委托，辞别病床上的老伴儿，带着工作组另外两位同志，踏着初冬时节的寒霜，到了南方院。

　　而等待杨文忠的又将是什么样的结果呢？

第十六章 人心都是肉长的

从大中原到大江南，南北千余里，莫说人们的生活习惯，就连一般的发音，那也大不一样。比如，平时脚上穿的鞋子，北方人叫它"xiezi"，人家南方人用方言则不这么叫，而叫作"haizi"。显然，地方远了，是另一片天地了。

然而，就当下的经济形势，即便天南地北，那也是一样的萧条。

就在鲁阳炭材厂得力于国家政策，好不容易与金融部门协商一致，赎回抵押财产，由无产可破变为有产可破的时候，与南方院紧邻的一家大企业才刚破产完。由于严重的资不抵债，尽管职工集资款也被纳入第一受偿顺序，却因为破产财产不足以清偿同一顺序的债权，这就按比例开始分配。于是，集资人拿到的钱还不到原集资款本金的百分之二十。

有着鲜明的例子在面前摆着，当鲁阳县经贸委副主任、县破产清算工作领导小组副组长兼办公室主任杨文忠，带着工作组来南方院可谓磨破了嘴皮，也可以说是把心都掏出来了，人家南方院的集资户却怎么都不相信，而唯一的强烈要求就是主张全部债权。

破产工作出现了不稳定因素，压根儿就没有逃债之念的季健中还能有什么办法呢？

自打二〇〇〇年起，随着县企业破产清算领导组的成立，从法律意义上讲，季健中对炭材厂的行政指挥权已经终结了。但此时的季健中，始终关注的仍然是炭材厂那一揽子债务。

就在杨文忠一帮人前往南方院苦口婆心，磨破了嘴皮，仍然无功而返的时候，季健中买了些花生米和猪肚丝，又把酒烫上，他说他弄了桶好茶，遂把不怎么喝酒，偏爱泡杯茶喝的恒星公司董事长肖汉伟请到了家里。

一看心中最崇敬的老厂长请他喝酒，肖汉伟当即就是一愣。当然，这惊愕的表情，健中不用问也知道是什么原因，便道："别愣着了。来，我敬你一杯！"

"不不不！"肖汉伟慌了，"我哪敢让您敬我呀！"

看着对方惶惑不安的样子，季健中道："你是功臣，理应敬你。来，干了！"

"别、别！"肖汉伟想了下，道："这样，让我陪老厂长喝一杯吧！"

二人碰杯，共同干了。季健中笑着道："咱们在一起都十来年了，日子是怎么过来的，你都看到了，你有什么感想不妨说出来，让我听听。"

肖汉伟想了下，道："简言之，十二个字，'坚持就是胜利，同心才能成功'。"

"说得好！'兄弟同心，其利断金。'企业之所以能走到今天，就是团结一心。"说罢，季健中语气一转，又不无忧心地道，"可现在我们又遇到坎儿了，不知你怎么想的？"

肖汉伟知道对方心里有事，但在他心里，债主逼债，万不得已逃跑的日子都扛过来了，还能有什么样的坎儿迈不过呢？这么想了，他伸手端起酒杯，道："来，我敬老厂长一杯！"看着对方干了酒，执壶平上，道，"您有事，尽管吩咐，我会尽力的。"

"唉，还不是破产的事嘛！"季健中说着，端起酒一饮而尽，然后抹了下嘴巴，心情十分沉重地道，"鲁阳联合会计师事务所，鲁阳中资资产评估事务所、鲁阳土地评估事务所受托逐一对炭材厂财务进行了审计和评估，清算组对三百六十一户涉及一亿四千万元的债务进行了梳理登记。向涉及全国二十六个省、自治区范围内的债权债务人发送信函五百八十三封，走访调查相关人员六百四十二人，可以说是比较圆满地完成了清产核资、审计评估、债权登记，还有破产清算方案的制定，当然还有通知催讨欠款等项程序。接下来该是按比例受偿了，可是岔子出来了，不知道什么原因，原本已经同意了的事情，南方院的集资户又反悔了，他们坚决主张全部债权。这下可好，人家把这事捅到北京去了。封春发那货，不是我骂他，他就不配披张人皮，更别说是共产党的干部了。破产遇到了阻力，这还用说吗？可他……就不是本着解决问题来的，而是巴不得破产工作立马黄汤了。眼下，杨主任的老婆在医院里躺着，刚刚动了手术，床都下不来，又在姓封的那儿平白无故挨了一顿怼饬，就这，人家说走就走了。集资户也难，一群老知识分子，他们大半辈子靠工资收入，节余的是血汗钱，本来要以此养老活命用的，本想集资获息多俩钱，把生活往好处过，现在却蹚了瞎，能不犯急吗？"

"是呀，破产了，一圪垯子钱投进去现在没影儿了，搁谁身上谁都会犯急。"肖汉伟说了，端起酒，和健中碰了下杯子，二人又一饮而尽，想了下，道，"哎，老厂长，您有什么打算？"

"解铃还须系铃人。有人盼着破产后把人家的钱黄了，可咱不能。"季健中说着，平上酒端起来，欲碰杯，又想着对方不怎么喝酒，就道，"酒是穿肠毒药，你不喝也罢，我喝。"言罢，他喝了杯中酒，又抹了下嘴巴，接道，"杨主任空跑了一趟，事情没有说响。南方院集资户的问题不解决，咱这边的破产清算就无法进行。为此，我打算亲自到南方院看看，见见集资户。我想，只要心到了，他们是能理解的。"

听了这话，肖汉伟道："那应该去看看。从上次韩阿姨她们来没要到钱，到政府去闹那一回这都两三年了，虽然时不时还有个别人过来找啊闹啊，但大多数人心里都清楚，厂子成了这个样子，再闹也是白搭。"

"是不常来鲁阳了，可你知道吗？为那集资款没有及时还上，南方院杨老他们几个人没少听难听话，甚至还有人趁杨老回南方院办事，挤住杨老，要杨老包赔损失哩。七十多的人了，为了咱落不是，每想起来，我这心里就像针扎了一样难受。"说到这儿，季健中看了看肖汉伟，又道，"你应该清楚，杨老和唐工他们可是咱炭材厂的大恩人。"

肖汉伟道："想当年，不是杨老他们，咱就是有三头六臂，也攀不上人家北钢。"

"最主要的是人家不仅带来了专利技术，使咱走在了炭质耐火材料行业的前列，还手把手把你们一个一个都培养起来，那是一颗赤诚的心。这年头儿，觉悟怪高，怪有奉献精神，谁能做得到？为那些集资户，也为杨老争口气，我得去。"说到这儿，季健中叹了口气，又道，"早几日，我跟杨老通了电话。问起集资户的情况，杨老半天没有吭气。后来我才知道，就是那个韩阿姨，家里子女多，花销大，又连着为两个儿子办了婚事，塌了一屁股债，家里也实在困难，所以天天威逼老杨。"

肖汉伟听了，半天没有接腔。显然，季健中的话在他心里震动很大。喝了口闷酒，只见他想了下，道："我知道你的意思了，容我与股东们商量一下，想法抽出几个钱。想当年，人家南方院的集资户为咱救了急，现在人家过不去了，咱也得拿出真心，给人家圆圆场，解解难。"

"还是你看得远呀，汉伟。"停了下，季健中道，"只有把集资户们的情绪稳住，让他们真切地感受到集资款不会泡汤，破产才能顺利进行。也只有打好破产清算这一仗，才能为公司赢得长远发展的好环境。"

接下来，季健中又分别找了王远山、石惊天和刘昌盛三个人。尽管公司成立时间都不长，都是正爬坡的时候，但股东们都是原炭材厂的老人，都知道健中的性格，不是遇到过不去的坎儿，他不会轻易开口。

就这样，以鲁阳群星集团的名义，这几家新公司筹措了八十多万元，刚好占总债权的百分之十。赶在春节前夕，季健中拉上杨文忠主任和会计，带着致南方院全体集资户的第三封公开信，到了南方院。

因为是公开信，季健中就准备得多。赶在上班高峰，为了避免不必要的争执，季健中没有公开露面，只把南方院几个集资户代表叫在一起，说明了来意，先把公开信散发出去。

暗地里听了反馈，看大家对公开信没有明确的反对意见，加之在等待观望期间，季健中已同南方院领导和处室领导进行了全面沟通，遂由南方院出面，组织集资户代表和上访户代表，坐下来开了个碰头会。

三四十人，三四十双眼睛齐刷刷地盯着季健中，要其就公开信各项内容作出说明和解释。一看是这样，季健中心里十分高兴。因为，他就怕没有说话的机会。他明白，公开信已经起了作用，并自信，代表们若听了他的解释，一定会积极配合，以便尽早拿回血汗钱。

哪知一提到破产，季健中话还没说完，一位三十多岁的与会代表，把正在吸的香烟往桌子上的烟灰缸里使劲一摁，噌地站了起来，搭手指着季健中，怒冲冲地道："一家小微企业，担负这么多债务，你这厂长是怎么当的?!"

与此同时，另一个与会代表也接了腔，而且直指季健中及班子成员，道："穷庙富和尚。欠下这么多账，季厂长，是不是都让你们这些当头儿的装进腰包，又给挥霍空啦?!"

季健中一看这两个人都是带着气的，先是淡淡地笑了下，接着又看了看其他与会代表，道："这问题针对性强，也是我没有想到的。能否问问其他代表，还有没有其他提问，要有就一并提出来，我好集中回答。有没有?"环视了下会场上的人们，季健中道，"没有。好，那我就明白了。感谢你们二位百忙中也来参加这个碰头会，也同样感谢你们的踊跃发言。之所以要开这么个会，就是要听听大家的意见。借此机会，请允许我说个题外话，也容我猜想一下，你们二位，可能不是原债权持有人，要不然你们不会提这样的问题。哎——"健中指着率先提出问题的那人，道，"你说说，你是不是原债权持有人?"

见对方愣怔了下没有吭声，坐在一旁，原先曾不断到鲁阳上访，当下头发已经变得花白的陈阿姨绷着脸，显然她不想把时间花在这一问题上在这儿扯闲篇，就照着那人的胳膊轻轻地扛了下，代其回答道："他不是。他那时候还是工程兵哪!"

季健中笑笑，转向另一位代表，道："你呢?"

另一位代表也实话实说："我也不是。"

"要是这，陈阿姨，还有在座的各位，咱也甭嫌我啰唆，给我点儿时间，我简要把问题同这两位兄弟说一下，要不然人家心里窝憋着不舒服。"端起面前的杯子喝了口水，季健中心平气和地道，"自横向联合以来，炭材厂先后搞了三次大的扩建和技改，最大的一次是九四年春上，这次投资两千九百万元人民币，扩改了一条年产三万吨新型炭质炉衬材料生产线。这近三千万元里边，有咱们南方院投资和集资的钱，大约一千万元，占了三分之一。鲁阳方面大家都知道，是国家级贫困县，但就是在这样的情况下，财政上也拿出了一千万元。要知道，当时我们县的财政，年收入还不足八千万啊，一下子要掏出一千万真金白银，这是个什么概念？其余的是贷款和炭材厂职工集的资。"

一听季健中这么说，第一个站起来说话的那个转业回来的退伍兵愤愤然地道："我明白了，你这是不切实际的盲目投资，决策失误，企业不破产那就怪了。"

"别激动，先不要断然下结论。"季健中还是笑容可掬地道，"事情绝对不是你想象的那样。"见对方轻蔑地看着他，又道，"就是这一扩一改，鲁阳炭材厂，一年一个新台阶，产值、销售收入和利税分别比扩改前增长了八倍、九倍和十倍。同时，由于生产规模扩大，产品档次提高，质量上去了，鲁阳炭材厂的新型炭砖才得以销往全国二十九个省、自治区、直辖市近两百家钢铁公司，出口十多个国家。"说到这里，季健中朝两位年轻人看看，然后十分诚恳地邀请他们有时间到厂里走走看看。同时，也建议有时间回去问问家里老人，起初联营的时候，炭材厂是什么样子，完成了扩改后又是什么样子。还有那时候同志们集了多少资，现在又变成了多少钱。说罢这些，季健中朝坐在对面的一位大冬天还敞着怀，虽然戴着帽子，却把帽檐儿掀了老高的胖子点了下头。

这位胖子曾和季健中在一起坐过，知其端的，就慢条斯理地道："季厂长说的这些都是大实话。我还跟季厂长喝过酒。当时我还不会'斗地主'。就因为'斗地主'，我掂了两瓶酒请季厂长，感谢他给我们带来了红利，是表达心意的，却把自己灌醉了。"

听了这话，会场里的人都笑了。

季健中看看胖子，喊声"兄弟"，提醒道："今后要少喝点儿酒，酒容易升糖。就你目前的状况，要注意血糖超标。"

笑声中，有人问道："你怎么知道他血糖高了？"

"别发愣了，人家老爹活着的时候是地方上的神医。咱们的杨工早年在鲁阳钢铁厂搞科研搜集数据，得了病要死不得活的，那是人家老爹给治好了。季厂长是长子，在神医身边见得多了，他那虚胖劲儿，人家能看不出来吗？"说话的是之前南方院派驻鲁阳炭材厂专家组的陈工，健中的情况他把底。

听陈工这么一说，会场里一阵笑声。

现场，火药味十足的气氛慢慢地缓和下来。

接下来，季健中就炭材厂破产财产有多少，能变现的有多少，以及债权和申报情况与大家交了底。当谈到集资款和优先受偿比例时，健中道："经过初步测算，所欠职工工资、职工集资款、风险抵押金和养老保险金四项，依法列入第一受偿顺序的债权受偿率，大约是百分之四十六，法定第一受偿顺序不能足额支付。"

一听这么个比例，集资户代表和上访户代表立时慌了。你想，自己的血汗钱一多半都要打水漂了，谁还能坐得住啊！当然，这也是南方院集资户共同向国务院写信，主张全部债权的主要原因所在。

立时，会场里相互议论吵叫起来。看着这一情况，季健中先是坐着不动，只喝他的茶水，待大伙儿吵闹了一阵，又无法统一认识的时候，他站起来，挥挥手，说："这就是炭材厂破产的实情。"说着，他随手拿出国家有关企业破产的法规条文，以及最高法、省高法和省政府《关于审理企业破产案件若干问题的规定》《关于深化国有企业产权制度改革的意见》等红头文件，让与会者传看了下，又不紧不慢地道，"按法律和有关政策规定，若破产财产不足以清偿第一受偿顺序的债权，没有偿还的钱自然而然就归零了，这就是法律条文的规定。"

与会代表议论了一会儿，又吵起来了，但这一次不是朝着季健中，也不是朝着炭材厂，而是对着国家和省政府出台的红头文件，说这不合理，那不完善，吵叫个没完。

这时，还是那个第一个发言指责健中的退伍兵，急得头上的汗都出来了，但这回态度软了，开始找健中说好话了，道："季厂长，你是炭材厂的法人，这钱是经你的手集起来的，一分一厘都是在座的每一个集资户的血汗钱，也不能就这么眼睁睁看着说泡汤就泡汤了呀！你开开恩，费费心，想想办法，看能不能补救回来？"

这番话立时引起全体与会者的共鸣，知道健中底细的不吭气，不知道的这就开始你一句我一句求到健中了。

见火候到了，季健中笑了下，道："我不止一次说过，无论欠谁的钱，我季健中都会一分不少地还给大家。当然我不是傻子，我跟钱也没有仇，除了法律条文规定的外，比如银行，国家有处置不良资产的办法，我们不用担心。眼下，最为关紧的就是我们的集资款还能不能足额偿还的问题。十多年了，炭材厂用了大家的钱，那是好钢用在了刀刃上了。是真的帮助企业打了翻身仗，莫说我这个当厂长的，就是一般的员工，我相信谁也不会忘记我们在座的所有集资人的大恩大德。为此，鲁阳破产领导组的杨主任——"说到这儿，季健中朝一旁始终不语的杨文忠看了看，回过头来，又道，"杨主任三番五次来我们南方院征求意见，想方设法解决问题，化解矛盾。可法律条文在面前摆着，谁也没法。说句题外话，相信不说出来，大家谁也不会知道。"顿了下，他指着杨文忠，向与会者介绍说，"莫说当下，就上次杨主任一行来南方院，人家的爱人有病，刚刚动了手术，眼下还在医院病床上躺着，连翻翻身也翻不成。可是，杨主任为了炭材厂破产工作能够顺利进行下去，让大伙儿早一刻拿到那份应得的血汗钱，这就把自己的媳妇一丢，又到南方院来了。"

看着季健中眼里湿润了，话也说不下去了，与会代表大都唏嘘起来，韩阿姨和陈阿姨几个人也不再吭声了。

是的，人非草木，孰能无情。

"因此，我想请大家来个换位思考。只要相互交心，相互理解，我相信，什么问题都好解决。"季健中道，"你们是集资人，我也是集资人。你们的钱是血汗钱，我的钱，以及我亲戚朋友的钱，同样也不是偷人家、抢人家的。投进去只拿回来百分之四十六我也心疼。剩下的怎么办？看着要泡汤了，我能不心疼吗？我能不想办法吗？可我想不来办法呀！"说着，季健中再次转过脸，对着杨文忠，继续道，"杨主任是从政府抽过来负责破产工作的，人家是这方面的专家，人家一分钱的集资款也不沾。一是为了工作，二是为了那百分之五十四的集资款不至于泡汤，鞋都跑破了，嘴皮都要磨破了，做了无数工作，也遭了无数白眼，最终还真的想出了办法，可以让大家如数拿回那百分之五十四的集资款。"

掌声中，杨文忠的眼睛湿润了。

这时，会场上静极了，人们期盼着季健中继续讲下去。特别是那个第一个站起来指责季健中的退伍兵，情到深处，无以表达，这就离开座位来到杨文忠面前，先是握了手，又觉得不尽意，这就与杨文忠抱在一起，哥长哥短地表示着真诚的谢意，眼里还禁不住流出泪来。

这时，季健中道："怎么拿回那百分之五十四？杨主任我们一起和炭材厂停产后新组建起来的几家公司，经过充分协商，最后达成共识，不能受偿的集资款，由新组建的公司来承担，并确保一分钱也不会少大家的。"见大家激动起来，又拍起手了，健中挥挥手，待掌声平息了，又道，"怎么能确保一分钱都不会少大家呢？办法只有一个，那就是得尽快铲平坎坎坷坷，把破产清算程序走完，为正在运转的鲁阳群星集团，创造一个良好的生产发展环境，只有这样，才能把大家的钱及时还上。要不然，这儿一闹，那儿一闹，闹得天昏地暗的，上边找，下边告，我们这些夹在中间干事的坐不下来，车间里无法生产，机器停了，指哪儿来钱还给大家？"这么说了，见代表们愣愣地看着他不语，季健中道，"在座的各位老师，还有韩阿姨，你们这些婶子大娘，在过去的日子里，对鲁阳炭材在资金保障、工艺技术、市场营销、广告宣传等各方面的贡献都非常大。说句揭心底的话，鲁阳炭材厂之所以曾有过辉煌的历史，那是南方院你们这些集资人给抬起来的。目前，我们的年产量，占了全国总产量的百分之五十还要多一点，是中国第一大炉用炭砖的制造商，只要有个相对稳定的生产发展环境，这么区区一点儿债务，大家说说，能还不起吗？"

"不是还不起，而是小菜一碟！"说话的是韩阿姨。

随着韩阿姨话音落地，会场上再次响起热烈的掌声。

这时，门被推开了。

是盖老盖国富慌慌张张地进来了。

抬头见大家都愣愣地看他，盖国富十分抱歉地道："哎呀，对不起、对不起，打扰大家啦！"

见盖国富谦和地说着要退回去，季健中急忙起身，道："盖老别走！"

安置住盖国富坐下来，季健中回过头来，对与会人员道："要说的，我说完了。请问大家还有什么顾虑？如果有，大家只管提，我和杨主任会继续给大家解释。"

解开了心中的疑虑，化解了双方之间的矛盾，陈阿姨遂慷慨地道："经季厂长你这么一说，什么顾虑也没有了。看看人家季厂长和杨主任这么心诚地对待我们，就是那几个集资款，莫说不会泡汤，就是泡了汤，为了炭材厂的起死回生，我也表个态，舍了就舍了，再也不跑着主张债权了。"陈阿姨见大伙儿都乐呵呵地看她，知道大伙儿心里的疙瘩全都解开了，又跟着道，"大伙儿说说，看我说得对不对？"

大伙异口同声道："对！"

季健中十分高兴，道："那就不多耽误大家的时间了，有机会我们鲁阳再见！"

送走与会代表，季健中同杨文忠还有南方院新材料技术推广中心的吕处长陪着盖国富坐下来。

季健中把茶水恭恭敬敬地递到盖国富手里，道："前天下午，我们一到，就跟您老联系，说是您又到乡下去了，正想着怎么见见您哩！"

盖国富道："老了，七十多岁了。还是那个新型墙体节能材料厂，早两年闺女就不让干了，勉强拖到去年这时候。'七十三，八十四，阎王爷不要自己去'。所以呢，连一个螺丝钉都不留，所有的机器设备，都无偿留给村里了。"

季健中道："就是，该享享福了。"

"可又添了麻烦。"盖国富说。

这时，吕处长把话接了过去，道："有麻烦您说，街道上解决不了的，还有咱处里嘛！"转身对季健中和杨文忠道，"盖老原是汉江学院的教授，搞的是复合型材料，是当时咱技术中心的特聘顾问。人家盖老呀，是对冶金业做出过重大贡献的老人。"

杨文忠道："看出来了。盖老呀，老了老了，没有把大把财产留给子孙，却留给村里，单凭这一条，盖老您很了不起呀！"

"过奖了，过奖了！"盖国富道，"现在老百姓生活富裕了，日子好过了。这次他们打电话，要我无论如何回去一趟，我还当成什么事儿，谁知他们给我发了个红包。"盖国富说着把手里的提包往众人面前推推，接道，"我说是让我领空头儿饷，是让我犯错误。他们说不是空头儿饷，是我的原始股份分的红利。"盖国富拉住健中的手，又道，"一听你们来协商集资款的事，我就急着赶回来。季厂长，我就认准你这既带着'佛像'，又长着'福相'的厂长了。钱不多，是老叔的一片心意，二十万，托你给老叔集上！"说着，把提包塞到健中怀里。

这种境界和精神，现场没有人不赞叹的。

说笑了一会儿，大家相随着走出会议室，见几个候在外边的集资户代表没有走，健中还当他们有什么事，就急忙停下来。正要问话，就见为首一人笑着说："没事、没事，就是见盖教授回来了，想说说话。以前，盖教授说的蛮灵的。"

这几年，因为炭材厂陷入困境，集资款不能按时兑现，盖国富和杨逸菡一样，没少为此受人腌臜。现在，听对方这么说了，盖国富知道对方是想干什么，就哈哈笑着摆摆手道："你们的心情我理解，莫说是一两句难听话，就是把唾沫吐我脸上，我也不会往心里去。怎么说呢，咱们都是一群凡人嘛！"

知道盖国富这话，既是玩笑也是心里话，众人释然，遂笑了笑完事。

碰头会开得非常成功，彻底打消了南方院集资户的思想顾虑。加之季健中带着八十多万元的兑付金，表达了鲁阳炭材厂决心还账的真情实意，不仅化解了对方的不满情绪，还赢得了大家的一片赞誉。

然而，就在这时，季健中的电话突然响了。一听是县检察院王检察长要他立即返回鲁阳，说有重要事情找他。季健中立时就是一愣。

第十七章　水落石出

　　被社会舆论闹得沸沸扬扬的鲁阳炭材厂，被常务副县长封春发盯上了，又喊叫着他要亲自督办，检察院上上下下这就慌了。特别是检察长王忻哲，一听是涉及三千多万元的经济大案，本来要到市里办事，人都走到半道了又立马折拐回来。

　　看了炭材厂抵账抵回来的汽车，还有辽宁北阳钢铁公司涉及的一百零八万货款那些材料，检察院党组专题研究，王忻哲检察长亲自挂帅，一面给季健中打了电话，催其返回；一面成立专案组，围绕炭材厂重大经济问题的查证工作随之展开。

　　所谓的重大经济问题集中到两点。

　　一是灰色收入。从一九九七年到一九九九年三年间，因为经济危机，给钢铁企业的产品发出去了，但货款难以回收，而下游企业，如汽车制造厂等行业的日子同样不好过，没有钱就用汽车顶账。这样，作为上游企业，鲁阳炭材厂先后从钢铁公司客户手里，用以物抵账的形式，抵回来一百六十五辆小轿车，十辆大卡车，另有五百多吨钢材，这两宗加起来货款总额高达三千多万元。针对汽车和钢材的去向，检察官们对审计组提供的线索进行了认真梳理，从中发现，炭材厂从客户那里以物抵账款，和实际处理这些物资的价差，高达三百万元之巨。针对这一情况，检察官们无一不感到惊愕，而且还真的怀疑这里边有灰色交易。鉴于季健中是县、市人大代表，没有对其采取强制措施，而是把主管经营的厂长，还有财务和销售人员，一个个找去详细询问，了解情况。面对质询，当时主管销售的邢留义副厂长，一看被检察官们盯上了，他不是觉得震惊，而是觉得好笑和无奈。因为那个时期的经济形势，他觉得，作为检察官，即使看不到，也应该估得透是个什么样子。不过，刑留义还真的冤枉了他们。可是这是县里主要领导交代的案子，作为地方检察院的检察官们，他们敢不认真吗？有着这么一个心理，邢留义叼着烟斗吧嗒了几口，有紧不慢地说这是全国性的"三角债"形成的。企业转不动了，就这么"推磨"。若不然，连钱带物什么都没有，企业就得死掉。而财务和销售人员的回答更干脆，钢铁厂抵给我们是不讲理的，你爱要不要，是店大欺客。而我们抵给人家，是迫不得已，说尽了好话才行。如果没有那三百多万元的价差，就抵不出去。炭材厂就得掏钱租地方，要不然小汽车没地方放。这一百六十多台车，有一部分是新车，能按原价或舍点儿皮儿卖掉，而二手车就不行，按原价没人要。反正客户没有钱，你来讨账憋堵我，我就想法刁难你。本来新车才值十万元，旧车他还要十万元，你说你要不要吧？要吧，你转转手能卖上价吗？为了急等用钱，很多车都是咬着牙才卖掉的。

再说钢材，好销的钢材钢铁厂不给你，给你的尽是市场上卖不动的。一开始，健中叫业务员把钢材拉回来卖。谁知多出运费不说，回来一过磅还亏吨，既费时又费力。后来业务员干脆在钢铁厂把钢材票开出来，亏几个点把钢材发票卖出去，这样不仅省了运费，而且省得亏吨，还节约了销售费用。这样一来二去，以物抵账款价差三百多万元就不足为奇了。

二是检察官们怀疑炭材厂有人合伙作案，把应收款装进了个人腰包。案件涉及辽宁北阳钢铁公司，供货合同总额是三百五十八万元。客户已支付二百五十万元到鲁阳炭材厂账上，下欠一百零八万元。此款由炭材厂和北阳钢铁公司当地一个叫作胡志祥的人签了一份债务转让协议，对方付五十四万元现金给了炭材厂，仅此一项企业损失就高达五十四万元。

说实话，如此触目惊心的经济乱象，除了企业知情外，局外人真的难以理解。

为查办政府交给的鲁阳历史上最大的经济案件，季健中头天晚上从南方院刚到家，王忻哲第二天就把季健中叫到了检察院质询。一听情况特殊，货款要了几年几乎成了死账，是不得已而为之，王检察长沉思良久，道："这样，季厂长，根据案情需要，从当下起你不要远去，针对这些交易，我们将认真核查，你必须做到随叫随到。"

试想，新成立的五家公司手里已接了大批订单，而且筑炉是验收产品能否符合现场实际情况的重要环节，工作量极大，什么样的事情都有可能随时发生。作为鲁阳炭材集团的掌门人，他能撇下业务不管吗？但人家王忻哲检察长已经够开恩了，季健中就不得不积极配合检察院调查。

按照当时的情况，炭材厂在业务上实行的是区域化管理。即把市场划分为东北、华北、西北、西南，还有华东和中南六个区域。华东和中南地区经济比较发达，虽然也有"三角债"，也有以物抵账现象，但相对来说，数额比较小。这样，检察院抽调了十名检察官，由炭材厂原经办业务员陪同，分成五个组，亲临一线。第一、第二、第三和第四组针对业务量较大的东北、华北、西北和西南四个片区，对三千多万元的以物抵账的交易协议涉及的五十多家企业开展重点核查。目标是小轿车和大卡车的来龙去脉，从蛛丝马迹中寻找灰色交易的线索。第五组则直奔河北金隆和辽宁北阳，查找季健中与业务员合伙作案的嫌疑。

临到出发的前一天，检察院王检察长亲自主持，召开了一个专题会议作了动员，要求大家本着对国家财产高度负责的态度，实事求是，认真取证。

在炭材厂，季健中也同时要求陪同检察官的五位业务员，做好服务，为调查取证提供方便。在健中心里，他虽然信任自己的业务员，但市场经济大潮铺天盖地而来，裹泥挟沙的，谁敢保证事事处处都那么干干净净呢！对此，健中觉得，由检察官领着走一遭，虽然要花费人力和财力，但也是件好事。因为由此也来验证一下业务交往过程，究竟是个什么状况。

赶上了金融危机，仅河北金隆钢铁公司，一次抵给炭材厂的"夏利"小轿车就有十辆。当时，"夏利"小轿车市场价每辆七点八万元，而抵账价格则每辆十万元，远远高于市场价。虽然如此，至今还有二十多万元尾款连抵账的机会都没有，还在那儿欠着。

这家企业在发展中采取的是扩张战略，加之没赶上好时候，资金也确实紧张。业务是五年前建立的，而且供货合同三年前就执行完了。

自从和这家企业打交道以来，合同中规定的付款条款，客户从来就没有真正履行过。因为这家钢铁公司供应处处长是董事长的小舅子，在公司是一手遮天的人物。有时候，公司财务把供应货款划出来了，但他不仅迟迟不给供货商，而且把自己开过的车，还有他亲戚朋友开过的二手车，以种种名义抵给你，明明价值十五万，他却硬抵二十万，然后自己再购新车。因此，那小舅子天天开新车、开好车。作为供应商，为了业务，看看奈何不了人家，只能忍气吞声。针对这一问题，吃尽了苦头的鲁阳炭材，两年前就决定不再跟这家钢铁公司发生业务关系。可是事情没有完。因为余下的货款还在人家手里，你要跟他断绝客户关系，他就以资金紧张为由不予支付，存心要赖你的账。面对这种情况，炭材厂曾想通过法律手段解决，但成本太高。再加上地方保护主义，你要告他，他就会以产品质量或供货期拖后等莫须有的理由反诉。诉讼成本高不说，误工费时更不划算。作为法人，季健中每当想起这些事，真是满肚子苦水。有人说，是市场把人教坏了。但健中说，市场是考验人的试金石。是真金子，还是老黄铜，拿市场里一试，什么都明白了，想掩饰都掩饰不住。

面对以物抵账到手的小轿车，炭材厂的上游有煤炭企业，也有焦化公司，炭材厂也欠人家有货款。没有现金支付人家，也不得不以物抵账。

看着眼前的轿车，季健中却不会那么蛮不讲理，明明是二十万元抵回来的车子，人家说现在市场上是十五万元，他就不会转嫁危机向人家多要一分。在拒绝商业不道德行为的同时，也让炭材厂蒙受了巨大损失。

在季健中心里，他讲的是诚信和道义，以物抵账时，宁可亏了自己，也决不坑害别人。因此，每当炭材厂经济遇到困难的时候，供应商依然愿为炭材厂垫钱发货，支持炭材厂的生产。也正因为如此，鲁阳炭材厂虽然倒了，但经季健中一手策划创建起来的新星、恒星等几家公司，才得以因此而受益，在资金异常困难的情况下，还能一步步发展起来。行里人说，这就是商业回报。

来河北金隆钢铁公司调查的是朱检察官和杨检察官。在金隆待了两三天，煞有介事地给人家说明了情况，不知犯了什么禁，金隆方面嘴上说积极配合，但行动上则表现得十分腻烦，看看又没有什么漏洞可查，这就冒着风雪到了北阳钢铁公司。

与这家公司的合同，也是三年前就执行完的。

那时候，北阳钢铁公司因钢铁市场疲软，企业一下子陷入低谷。因此，炭材厂在拿到百分之七十的预付款和进度款后，本应再拿百分之二十的发货款才能发货，但为了两家长期的合作关系，在北阳方面暂时尚无力解决百分之二十的发货款，而高炉大修又急着用砖的时候，为解燃眉之急，供应处温处长遂苦苦央求并郑重承诺，只要炭材厂发货，货到后除百分之十的质保金外，发货款一次付清。

听听这么个承诺，季健中心里十分纠结。他觉得，不发吧，北阳钢铁公司有十台炉子，基本上年年都有大修任务，年年都有合同，不是轻易能得罪的。况且，该公司又是一个年产五百多万吨钢的大型国企。可发货吧，万一货发出去了款回不来，那又该怎么办呢？为着这么个纠结，从不优柔寡断的季健中着实犯难了。

面对客户一个接一个的催货电话，季健中把销售科连同财务科的几个同志叫到办公室，进行了集体决策。销售科的同志们认为，用户是上帝，攀上了不容易，不可轻易丢掉。财务科的同志则坚持按合同收到发货款后再发货。健中是个偏重市场的人，听了大家的意见后，权衡了利弊，终于横下一条心，是福是祸，决定把货发了。

然而，货发出以后，谁知外地还有几家供应商没有发货，天天催着发货的供应处温处长，因耐火材料供货影响了高炉的大修，温处长因工作不力被免职了。

仿佛是晴天霹雳，季健中和分管该片的业务员高智欣当时就蒙了。之后，这笔账一拖就是两年。一开始，北阳供应处只能给钢材，季健中也想到把余下的货款换成钢材拉回来。可是钢材市场一冷再冷，再降价也难以卖出，季健中迟疑着不敢拉。

正没办法的时候，当地有个经纪人找到业务员高智欣，说他们能帮助要钱。从一开始百分之三十的经手费，到第二年的时候，涨到百分之四十，现在经手费百分之五十，并且爱做不做。高智欣一听就犯愁了。于是，他把电话直接打给厂里，要领导拿主意。季健中一听也犹豫。毕竟，这是全厂工人的血汗，每一分钱都是辛辛苦苦挣来的。如今一下子打了五折，谁不心疼呀！就这样，季健中没办法，就跟当地的经纪人胡志祥通了电话，问了下对方的情况，遂就忍痛给高智欣说赔就赔了吧。但考虑到诸多因素，又怕被人骗了，季健中还专门给销售科的李军强科长打了电话，安排其赶到北阳，与高智欣一起与胡志祥进一步磋商。当时，炭材厂已陷入极度困难中，在季健中心里，只要能要回来点儿钱先救救急就行。于是，经过多次磋商，看没有任何回旋的余地，高智欣和李军强科长忍痛和胡志祥签订了磨账协议，然后就把余款一百零八万的手续给了当地的经纪人胡志祥，胡志祥则把五十四万元现金给了高智欣。事情就这么简单。

在朱检察官心里，北阳钢铁公司是国家大型钢铁企业，就是指头缝里漏一下，也不至于不给钱。这么想了，他就断定季健中这是与业务员高智欣等人在共同作案，侵吞国有钱财。

到北阳后，高智欣一行费尽周折联系到了姓胡的经纪人。可姓胡的在江湖闯荡多年，之所以敢当这方面的经纪人，在地方上那也是跺跺脚四处乱晃的人物。一听是鲁阳检察院的人来调查情况，姓胡的根本不买账，说在外地出差，三两天回不去。朱检察官无奈，只好坐等。第五天头上，朱检察官急得焦头烂额，姓胡的终于露面了，并拿出高智欣当时给他签的磨账协议，问李科长来了没有，一听没来，姓胡的毫不客气地埋怨起来，说李科长答应他，事办成请他好好儿吃一顿，谁知拿到钱，像救火一样溜了，再也不接电话了。朱检察官看姓胡的不是善茬，遂放下他的检察官架子。为了弄清案情，他们还避开炭材厂的业务员高智欣，单独宴请姓胡的吃了顿饭，推杯换盏称兄道弟后套着近乎询问姓胡的，是否和鲁阳炭材厂领导有交易。这姓胡的说白了就是地方上的黑道，否则他不敢揽这样的生意。但不管黑道红道，只要在江湖，那就得守道上的规矩。若不，指定混不下去。于是，他就实话实说，"天地做证，绝无交易"，并壮士断腕般地说："替人办事，我们图的是利。但利和义是连着的。在地方上混，地面就那么大，低头不见抬头见，钢铁公司没钱，我们也不可能干违法的事把老总给绑架了。这钱什么时候能拿到，我们都不好说。我们是用高息借的钱给了高智欣，如果钱要得快，我们还可以挣几个，若时间长恐怕连本都保不住。要知道，我们讨债也是有成本的。"说到这儿，姓胡的翻眼看看朱检察官，噗的一声笑了一笑，道，"不如这样，麻烦您给李科长带句话，这交易我们不做了，你让他把五十四万还给我，我把账单还给炭材厂，利息一分不要。"

包括王忻哲检察长在内，不仅是北阳的回收款，包括一百六十多辆汽车在内，都认为大有猫腻的一系列问题，竟找不到季健中一点毛病。

那天，看炭材厂一帮业务员陪着专案组的检察官们，顶风冒雪分头查证去了，云霄翔断定季健中这一次在劫难逃，这就把他在省城结交的朋友给拉到四里营来。

这朋友姓陈，名琪，武汉城建学院工民建科班出身，是个专门搞住房规划设计的专家。此刻来四里营，他就是为下一步搞规划勘查现场的。鸣了喇叭，门都开到半扇了，秦明杰一看是云霄翔在车里坐着，遂嘟囔着"黄鼠狼给鸡拜年——没安好心"，就连忙又把大门给关住了，而且说什么也不让进。下来车子，云霄翔摘下墨镜，他想冲上前教训秦明杰，又不想多走那几步路，就招招手对秦明杰道："过来!"

秦明杰实诚，话又不多，但看什么心里都明镜似的，他知道云霄翔的做派，是狗嘴里吐不出象牙，多一眼都不想看。一听对方让他过去，他不仅不过去，还干脆来个大转身扭到一边去了。显然，云霄翔在他眼里，那就是一泡臭狗屎——不值得一瞧。

这个云霄翔，想当年，结束知青生活后，在炭材厂一待就是十来年，那时候的厂子也就一二百号人，自然明白秦明杰肚子里有多少东西。在他眼里，秦明杰也就是个大傻瓜，连个二百五都配不上，这就自然不会把他放在眼里，何况又当着专家的面。云霄翔看一个晕瓜都不把他往眼里拾，心里的火就止不住腾腾往上蹿，这就打背后走上来。这时候，他是想打偷锤，狠狠地给秦明杰一耳刮子的。可是他伸出手了又嫌对方个子高，打不实落，遂抽出腋下夹的皮包，带着风声就打过来了。这一下，就云霄翔的狠劲儿，秦明杰又不防备，若兜头下来，指定得被人打趴在地。可是，人家秦明杰当年可是驯烈马的高手，看着木呆呆的，实则一点也不笨，尤其是耳朵灵性得很。觉得不好，一闪身就躲了过去。待云霄翔"瞎了狗眼"

责骂着，再要冲上来动手的时候，秦明杰伸手就握住了对方的手脖子。大概也就用了四成多点力气，云霄翔就顶不住气哎呀起来。接下来，看云霄翔丑态百出，想到他带着人来厂逼债的凶狠样，秦明杰一磨身子，绊子腿就上了。那样子，他是要把姓云的给摔在地上，出出憋在心里的恶气的。但他就要开摔了又停了手，因为陈琪从车里下来把他拦住了。同时，企业改制后，在集团质检中心负责的宋晓燕打外边办事回来正好碰上，遂作出了解释。一听集团有规定，外部车子不经允许不能随便出入，陈琪伸手拉了一把云霄翔，道："算了、算了，不让进就不进。"

车子倒了两把，调过头在大路边停下，云霄翔对着炭材厂大门恶狠狠地吐了一口唾沫，乜斜了一眼，恨不得把炭材厂一口吃掉。

在炭材厂的东围墙外边，自北向南有条小河，就是那晚炭材厂人齐刷刷在暴雨夜抗洪的地方。它发源自槐树林北边的棠梨坡，当地人遂叫它棠梨河。由于槐树林地势较高，棠梨河是打槐树林东边拐了一个弯流过来的。时下，正是滴水成冰的时候，又赶上枯水季节，棠梨河一脉细流就被冰封了。

沿着高低不平的河堤，来到槐树林里，陈琪四下一看，就禁不住惊叹起来："不错不错，你好有眼光呀，云经理——"说着，居高临下，他指了指面前的炭材厂，又指着炭材厂前面的省道和一旁的小河道，"我给你搞一个连片开发，那就是依山傍水，曲径通幽，这是一方福地，不是苏杭却胜似苏杭，你不想大发也得发。"

一听这话，又看看面前的环境，他虽然不懂风水，却也知道背有靠（山），前有照（水）的清幽，而且出门就是通衢大道，又处在县城开发区黄金地段，实在是上乘之选。这么看了，云霄翔心里本就痒痒，这就更痒得急不可待了。

接下来，他指着一览无余的炭材厂偌大的场地，仿佛此地已经到了他的囊中，难以掩饰内心的激动，道："陈工，你立即动手，就按苏派园林的样子设计，我要造一座鲁阳城独一无二的大宅院。"

陈琪道："那你指定发大了。"

"借你吉言，到时候，我让你也跟着大发一回。"

　　离开槐树林，云霄翔找到四里营的村党支部书记牛二娃。一听云霄翔要买槐树林，牛二娃说："那就是个荒冈子，就长几棵洋槐树，你买那干什么？"

　　云霄翔稍作思索，严肃而认真地说："二娃，这你就不懂了。在你手里是个荒冈子，可在我手里要是下一番功夫改造改造，那可就不一样了。"说完，他重重地拍了拍二娃的肩膀，他指了下陈琪，又道："陈工是这方面的高手，绝对有点石成金的本领。"

　　也就隔了两天，牛二娃就拨通了云霄翔的电话。按照村委会研究的意见，三万元钱的地，牛二娃故意说成五万，云霄翔连犹豫都没犹豫，就开着车送来钱把合同签完拿走了。

　　借着送陈琪，来到省城他的别墅里，云霄翔一边静候专案组检察官们查证季健中涉案进展情况，一边时不时到陈琪所供职的规划院，急着看苏派园林的设计方案。这时候，他的发财梦早都做到国外去了。毕竟，左一笔款子，右一笔款子，封春发的儿子早都出国留洋去了，听说还要办绿卡准备加入美国国籍，而自家的孩子吭那材料出不了国，可孙子已经一岁多了，赶上启蒙教育到美国去享受优质教育资源，岂不美哉？

　　可是，正做着美梦，封春发的电话就打来了。一听蛮有把握扳倒季健中的案子又是什么把柄也没抓到，云霄翔立时气得从沙发上弹起来。他紧握双拳，狠狠地朝面前的茶几上砸去。过了许久，云霄翔缓过神来，他轻轻地坐回沙发，嘴角露出一丝不易觉察的笑。不知何时，云霄翔吐出一句话："季健中，咱俩没完！"

　　这之后，看着鲁阳城独一无二大宅院的设计图纸，呼呼啦啦全都晒出来在客厅里堆着，云霄翔呆若木鸡，愣住了。

第十八章　悲喜交加

正是一年一度桃花含苞待放的季节。

在大学城林荫道上，身着高级风衣、鼻梁上架着金丝边眼镜的云霄翔不停地拨着手机，仿佛丢了魂似的朝教学楼那边看。

学校里教学秩序井然。除了丁香树下和草坪上有三三两两戴着口罩的男女学生或走动或读书之外，四处都静悄悄的。

又拨了一遍手机，听听还是没动静，正在云霄翔焦急上火的时候，突然打背后不远处蔷薇架下闪出一腼腆的女学生。看得出她是不情愿的，可是又无法躲避，很无奈地朝云霄翔这边喊了一声。

听到喊声，云霄翔扭头一看正是要找的人，遂急忙朝那女学生跑过去。

她有二十四五岁的样子，乳白色风衣，衬得她亭亭玉立。粉嘟嘟的圆脸盘，大大的眼睛，黑亮的头发披在肩上，浑身上下无不透着青春气息。只是内心的压抑，尽管戴着口罩，但仍然难掩她满脸的拘谨和羞涩。

来到近前，云霄翔张开双臂要拥抱对方，就见那女学生一边摆着手表示制止，一边四下看看生怕被人发现，嘴里埋怨道："你是怎么进来的？在外边跑着，连个口罩也不戴！"

"咋没戴，这不是在口袋里装着嘛！"说话间，云霄翔左右看看，发现没人，从口袋里掏出口罩亮了下，趁机把对方抱住。

于是，在一连串"别别别"的拒绝声中，云霄翔猛亲起来。

女学生猛地推开云霄翔，弯腰捡起被对方亲嘴时弄掉在草地上的口罩，十分不乐地责备道："你干什么你？快走吧！"

　　说话间，女学生抽身要走，却被云霄翔一把拉住。云霄翔道："这几天怎么不过去，想死我啦！"

　　摆脱对方的拉扯，女学生白了云霄翔一眼，道："'非典'这么紧，我不想来回走动。再说了，马上要毕业，我正准备论文，忙死了！我走啦！"

　　看着女学生逃也似的急急地走去的背影，云霄翔欲喊又压低声音道："富兰，别忘了今晚上过去，我等你！"看那个叫富兰的女学生听见只当没听见，云霄翔显得十分失望。

　　云霄翔闷闷不乐地开着车打非典型肺炎咨询台前减速回到小区里，直等到夜幕降临，富兰也没回来。打电话对方总是不接，云霄翔十分懊恼地仰面躺在沙发上。

　　躲在省城，又金屋藏娇，面对红楼学子，又是美人坯子，云霄翔只想把腼腆而又羞涩的富兰搂在怀里，再不放手。

　　那日，在陈琪家里，一听给陈琪的小儿子辅导功课的富兰是靠"希望工程"资助，从高中读到研究生，马上就要毕业了，云霄翔禁不住就怦然心动。之后没几天，云霄翔便把富兰领进了他的别墅。

　　如胶似漆中，被突然进城的俞小曼撞上了，富兰就不敢来了。为此，云霄翔便在这个高档小区里特地为富兰买下此处住房。

　　看晚餐早就凉了，云霄翔知道富兰今晚不可能回来了，他就叹了口气。拿起面包夹了些果酱吃下去，又喝了一杯牛奶，其他菜连动也没动就开着他的"大奔"回到他的别墅。

　　这几天，除了想他的富兰，云霄翔也四处转了转。说实话，他想到省城干一番。可是一打听，立时把他吓得白瞪眼。就他眼下的实力，能不能把地皮拿下来，都还是个未知数。何况都是拿着真金白银，还得通过竞价才能到手。在他心里，他所关心的是地皮，是楼盘，是如何不择手段地掘金捞银。至于下岗工人那些擦屁股的事，云霄翔说，那是政府的事，他才懒得管呢！

　　说实话，早在服装厂地盘上盖商品楼开盘不久，云霄翔还没拿下耐火材料厂地盘那时候，他就瞄住了炭材厂的地盘。那时候，炭材厂还没趴下，他也只能想想而已。

后来，炭材厂被"三会一部"和南方院集资户的债务缠上了，云霄翔断定季健中没了退路，就做好了收购炭材厂的所有准备。他先是来了个金蝉脱壳，安排俞小曼在鲁阳主持房地产那摊事务。当然，为了保住房地产那个钱罐子，提防法院到时候查封他的账户，还在他对储金会下手之前，他就通过关系神不知鬼不觉地把法定代表人换成了俞小曼。接着，他利用"黑记者"和被他拉下水的封春发从舆论和政府权力方面下手，要一举扳倒季健中。可一切都是徒劳。

经过这一来二去的较量，云霄翔断定，凭着季健中的精明，不来个绝的，很难把对手斗趴下。

咬牙切齿往深处想想，他明白每到炭材厂过不去的时候，都是天天在后边出手相助。这方面，云霄翔常想，季健中就像是到西天取经的唐僧，在九九八十一难中，但凡遇到了难处，天天就像是观音菩萨那样到了面前，所有的艰难险阻就给轻而易举地化解了。

为了逼迫季健中就范，以达到他吃掉炭材厂的不可告人的目的，云霄翔真是绞尽了脑汁。

可是，真是奇了怪了。云霄翔都感到纳闷，这么周密的美人计，竟然失败了。若不是朱秋三嘴紧，那就不是丢台监控机的事。

由恨生仇，云霄翔觉得，扳不倒季健中，要想拿到炭材厂的地皮，真可谓白日做梦。面对炭材厂以物抵账造成企业亏空的那一揽子事，在云霄翔心里，在一条又一条暗河面前，季健中指定蹚不过去。

哪承想，人家愣是连根毫毛都没伤着。于是，在苦思冥想后，他就把老伎俩又使了出来。针对炭材厂破产财产不足以清偿所欠债务一事，以及"假破产真逃债"，还有"破产立案不规范"什么的，添枝加叶黑白颠倒地写了一封信发到南方院后，紧跟着又把电话打了过去。说句公道话，南方院那些集资户，论学问，十个云霄翔也抵不住人家一个。可是，要是反过来论孬点子，他们一百个也不当云霄翔一个人使。因为人家压根儿就没长那么个坏心眼儿。接了云霄翔的信，又接了电话，一下子就把南方院的集资户们给气得白瞪眼了。想想好心没有好报，这是被人耍了，遂派代表赶到北京，找到他们在国务院工作的老同学、老领导，直接把上访信递了上去。对此，由于有南方院集资户主张债权这道坎儿在面前横着，云霄翔断定，炭材厂的破产之路就走不下去。毕竟炭材厂眼下这情况，没有真金白银，季健中根本就无法摆平此事。可是，看着是座翻不过去的火焰山，又让季健中轻而易举地给过去了。

没有了好心情，一个春节没过好不说，这都到春暖花开了还让他心里憋躁得难受。

此刻，看着堆在墙角早就晒出来的四里营连片开发图纸，云霄翔心里就仿佛是针扎了那般疼。喝了会儿茶，他想听听音乐，换换心情，遂伸手打开音响。立时，《汉刘邦》主题曲《千古英雄浪淘沙》便响了起来——

> 有多少帝王天子恋繁华，
> 到头来兴亡盛衰不由他。
> 只看那始皇大业千秋梦，
> 转眼秦砖换汉瓦。
> …………

突然，由当下正做的房地产梦，联想到歌词中的"千秋梦""换汉瓦"什么的，云霄翔觉得十分不吉利，遂伸手关掉了音响。

没事干了，偌大的别墅里静悄悄的，就他一个人。愁绪满怀，是他的孬点子行不通了，换不来不义之财了，早已成了嗜酒如命狂徒的云霄翔，这就把青筋裸露的手伸向酒柜。

时下，当年那个偷吃狼食儿的瘦猴——"黑蝎子"云霄翔，自诩有享不完的荣华富贵最后却依然还是个瘦猴。生来就是那么灰黄的头发日渐稀疏怎么也盖不住他的尖脑壳，而他略显深陷的小眼睛不仅使他脱不了猴气，还让他更显得市侩和阴险狡诈。

"轩尼诗""百加得""芝华士""人头马"，当然也有"美国产的威士忌"……云霄翔依次看了一遍，最后在角落里找出一瓶"里卡尔"。用启瓶器打开。脱不掉的粗俗，就那么对着酒瓶子"咕嘟咕嘟"就是两大口。

品不出什么茴香味，只觉得浓烈得直烧嗓子眼儿，待他老牛喝水似的把嘴里的酒咕咚一声咽到肚里的时候，他脑门子上的汗忽一下就出来了。

这时，响起了嘭嘭嘭的敲门声。

开门一看，是在鲁阳打探消息的程海回来了。由于喝了酒，云霄翔眼睛都是红的，反应也稍微迟钝了些，他就愣愣地看着程海。

程海道："表叔，耐火厂那几栋房子光剩下最后收尾了，要不了十天半月就能下来。表婶的意思，不行的话，把施工队先撤到乡下去找点儿小活儿干干，你看怎么样？"

"怎么会这样！"云霄翔极为愤怒，没想到事情会发展到如此地步。待冷静下来，他喝口水，轻描淡写地问道："季健中最近有什么动静？"

程海道："他的动静大了。听说正在谈当下世界第一大高炉的单子。"

"世界第一？"云霄翔显得很惊讶。

"是的。"程海道，"听说是五千多，都快六千立方米了，是当今世界第一大高炉。"见对方听了此话，气得咬牙切齿眼都红了，程海又道，"不过不要生气，表叔，他弄不成。他手里没那么多钱。眼下他好像还忙着搞什么产品标准，已经送到市里一家印刷厂去了。"

"没想到这戏还真让他越唱越红火了。"这么说着，云霄翔不由得眉头紧皱，双手叠放到背后，眯缝着眼睛，踱步到窗边，"听起来有点儿意思，看来我们要从长计议……"

见云霄翔若有所思的样子，程海把话接了过去，道："这说明姓季的有野心，他这是想当行业的龙头老大呀！"

"嗯，不错。他这野心也太大了。"沉思了下，云霄翔推测道，"要去市里印刷，必得校对，季健中也必得亲为，不然的话，他不放心。这样，你立即赶回去见见元根壮，让他盯着姓季的。摸清他的行踪，瞅机会在半路上——"

"好嘞！"

"好嘞什么？"

"弄死他！"

"弄死他你逃得了吗？"

"嘻，大不了赔俩钱。在鲁阳地界，没有表叔您摆不平的事。"

"犯不着给他下这劲儿。"云霄翔想了下，十分阴险地道，"槲树岭那段山路坡陡路窄，你和秋三仔细探探路况，好好儿琢磨琢磨。看着他的车子从上边'呜呜'叫着下来了，猛不防在前边搞一个障碍，这时候司机指定得猛打方向。就槲树岭那地势——哼，摔不死他，也得像他爹那样在床上躺着让人伺候。"

"好！太好了，表叔！"程海推波助澜地说。

云霄翔道："有把握吗？"

程海道："放心，碰瓷儿那事儿是咱的老本行，给他制造个意外，弄残他，也是小菜一碟。"

云霄翔见程海转身欲走，忙道："慢着！"转身打开保险柜，取出一沓百元大钞，随手扔给程海，接道，"我等你的好消息。"

正像云霄翔说的那样，季健中对新产品的企业标准印刷前的审核、校对工作十分重视，而且还真的是事必躬亲。

从去年入冬开始，为跟上业务发展步伐，季健中抽调了几个不仅懂技术，而且文字功底好的专业人员，开始企业产品标准的编撰工作。眼下终于完成，并交付市印刷厂。由于这是专业技术文稿，印刷厂接这样的活儿，可以说是大姑娘上轿——头一回。因为标准里牵扯到许多英文、拉丁文符号，以及一些特殊标记，格式非同一般。再加上鹰城是个小地方，能制定产品标准的企业不多，印刷厂没有这方面的专业校对人员。这样，接到电话，季健中一行八个人，于次日一早，乘坐一辆面包车，从鲁阳出发朝市里赶，准备尽快把标准拿出来。

这是炭材厂用二十万元货款抵账，要回来的一部九座"丰田"面包车。虽然是二手车，但是车况尚好，只跑了不到五万公里。

春天里，清晨的空气格外清新。特别是道路两边刚刚萌出新芽的树林里，各种鸟儿的鸣叫，那是多么的让人愉悦呀！

置身在如画的山间公路上，车载音响播放着《一生有你》那缠绵、真挚的歌声。因为闹起了"非典"，出发时大伙儿都戴着口罩，此刻坐在副驾驶位置上的宋晓燕摘下口罩，一边吸吮着馨香醉人的空气，一边跟着唱起来——

> 因为梦见你离开，
> 我从哭泣中醒来。
> 看夜风吹过窗台，
> 你能否感受我的爱？
> 等到老去那一天，
> 你是否还在我身边。
> …………

迎着朝霞，听着唱着歌曲，车子自西向东匀速行驶。突然，就在正前方百十米远处，一辆越野车使劲儿地鸣着喇叭，发疯似的迎面冲来。道路本来也不宽，奚春阳一看就要迎头相撞，遂在急踩刹车的同时猛打方向，试图躲过。事情来得太突然，奚春阳凭着娴熟的驾驶技术虽然躲过了越野车，但面包车在巨大的惯性作用下，猛地冲出路牙，撞到路边的杨树上。这瞬间的一幕，简直把大家的魂儿都吓跑了，车上好几个人都不同程度地受了伤。

人命关天，救人要紧。紧急中，季健中一看从远处开过来一辆小型面包车，强忍住浑身的疼痛上前拦车。那司机很有同情心，不仅把车上的位子腾出来，还招呼他的老婆和女儿搭把手，帮着把春阳和另外三个伤情较重的人抬上车。

看着重伤员被拉走了，季健中上前关了还在唱着的音响，一面安抚着剩余的伤员，一面给安心平打电话救援。

这时，附近的村民都惊骇地跑过来。

特别有两三个人，当时就在路边上走着，看见了事故发生的全过程。

一个说："你们这个司机太好了，为了保住横穿公路骑车人的命，自己被撞成那样。"

另一个则说："那个骑车人，撞死他也不亏，哪有这样横穿公路的？"

还有一个说："他不是骑车子过路，他是谋杀，事故损失他得赔！"

…………

大家你一言我一语地议论着，回头再看刚才那个横穿公路的骑车人时，那人早已不见了踪影。

议论声中，处理事故的警车到了。同时，安心平接了电话，这就亲自驾着车带着人也到了现场。见季健中没有大碍，其他在地上躺着的人也都没有生命危险，这才长出一口气，安抚道："都不要拉着脸了，一车宝贝蛋儿，大难不死，炭材厂必有后福！"

在县医院，简单处理了红伤后，七个伤者齐刷刷等着过镜子。由于伤者过于集中，连推车也不够，不得已把连椅都用上了，让伤者躺下。同时，大都是多处受伤，推进去一个人，这儿照照，那儿照照，一照就得一二十分钟，甚至半个钟头。等全都检查完毕分别给安置到病房里躺下时，天早已过午了。

这时，元根壮掂着饭盒，四处张望着。他发现季健中在一旁坐着擦身上的脏物，急忙凑上来，道："季厂长，这是怎么回事呀？出这么大事故，我刚听说。"说话间，他把饭盒递给季健中。

季健中苦笑了下，道："真是出了鬼了，有个人猛一下蹿上公路，春阳急着躲他，车子撞树上了。"

元根壮道："志刚他们怎么样？不碍事吧？"

"都伤得不轻。"季健中道。

"有没有生命危险？"元根壮十分关心地问。

"老天保佑，应该没有吧！"季健中不无担心地道。

"吓死我了。"元根壮说着，抬手抹了下头上的汗。

看着元根壮说了几句话急匆匆地走了，季健中起身走过来把饭盒递给李德昌。可是，情况是这样子，谁能吃得下呀！

想想突然间发生的车祸，季健中真的感到后怕。因为，车上的八个人中，除了他和司机春阳，剩下的六个人，无论是集团总工程师牛志刚，还是早先的技术科老科长景前进，全都是炭材厂的技术骨干，是顶梁柱，要是随车栽到崖下去，集团的天指定塌了。

正在季健中对车祸感到十分蹊跷的时候，安心平突然接到一个电话，说县农村信用社的胡主任想到集团来看看。刚刚出了这么大的事故，安心平觉得这时候没心情不说，也腾不出时间接待，正准备回复对方，哪知季健中把电话接了过去。

自从危机爆发以来，炭材厂经营形势每况愈下。近年来，没有一家银行，包括县农村信用社的所有人，除了催讨欠款外，几乎没有人打过一个电话。企业效益不好，本息还不上，再加上炭材厂进入破产程序后老企业欠下的账，究竟会是个什么样的结果无人知晓。虽然炭材厂又组建了新的公司，但社会上认为这都是季健中搞的金蝉脱壳之计。而今天，胡主任的电话实在太出人意料了，季健中立马就对着电话道："胡主任，你好！想不到你们会来，我们马上回公司，欢迎胡主任来检查指导！"回了电话，见安心平愣愣地看他，季健中笑了下，道："难得呀，走吧，回公司去。"

看看健中，这时才发现对方手背上碰破的地方还渗着血，安心平不放心，就道："你也检查一下再说吧！"

"不用检查了，就碰破点皮儿，我没事。"季健中说着，朝安心平打了下手势，二人向跑前跑后忙得脚不沾地的王红珠交代了下，遂起身走出病房大楼。

走到大门口，看见"非典"防疫咨询台上摆放着临时用的消毒用品，季健中就向人家要了两个酒精棉球，一边擦着手背上的血迹，一边朝车子走去。当他们赶到公司的时候，胡主任一行五人已经在集团的接待室里喝上茶了。

看胡主任一行到了，季健中心里既激动又惭愧。激动的是，终于见到金融部门的人了；惭愧的是炭材厂欠农信社高达一千五百万元，至今连利息也还不上。在过去的生产发展中，县农村信用社对炭材厂的帮助很大。而当下农信社又没有消化不良贷款的有关政策。炭材厂趴下后，农信社受到很大影响。基于这个原因，季健中哪有颜面见人家呀！

胡主任大名叫海潮，小四十年纪，是个转业干部。他本来就是个文静而又细心的人，加之在部队长期跟着首长当秘书，无形中就养成了与他的年龄截然不同的性格——稳健和机敏。寒暄后，胡主任说："很长时间没有过来了，但心里却老想着。鲁阳就这么大个地方，企业就那么几家，无论过去和现在，农信社对炭材厂都有一种特殊的情怀。风也好，雨也罢，想抹是抹不掉呀！听贾主任他们几个老同志说，这一二十年来，炭材厂给社里的支持很大，是别的企业没法比的。现在炭材厂遇到坎儿了，但感情在那儿放着。农信社的宗旨就是服务于地方经济发展。企业的难处，就是农信社的难处。企业活了，经济上去了，我们才有效益。企业活不下去，不仅对企业，对农信社也都是很大的损失。本来，我这个当主任的，早就该过来看看大家，来晚了一些还望季总见谅。同时呢，顺便想了解一下企业改制情况。银、企是一家人，能帮忙的还是要帮忙。"

胡主任的一席话说得季健中差点掉下眼泪。尽管胡主任一行有意回避债务问题，但这么大笔钱砸在炭材厂了，健中就不能不提。于是，他亲自执壶为胡主任一行添了茶，道："俗话说，鸦有反哺之义，羊有跪乳之恩。这一二十年来，炭材厂之所以曾一度有过辉煌，农信社功不可没。但因为炭材厂破产，你们不仅在经济上受到了损失，贾主任他们几个人还受到了降职处分。每想到这一点，我这个破产企业的厂长，实在是打心眼儿里感到惭愧。"

胡主任听季健中这么说，忙道："这情况谁也没有想到，更不愿看到。季总你呢，说实话，你也是尽心了。不过话又说回来，追其根源，也不都是企业的责任。金融危机，这是大气候，别说我们鲁阳的企业，全国那么多大企业不也是如此嘛！说到惭愧，那应该是我们，在你们破产改制问题上，给你们出过难题，发过难，希望季总海涵。好在今后的路长着哩，有的是弥补的机会。有句时髦话说得好，'不听嘴上中不中，就看行动不行动'。"

"难得你们农信社的各位领导都这么大度。"健中道，"之所以走破产这条路，一个最大的心愿就是要千方百计保住辛辛苦苦创下的'鲁阳炭材'这块牌子。否则，什么事也干不成。另外，县委、县政府一再强调，要保证下岗工人的基本生活。为了几百号工人有饭吃，我们不得不搞内部改革，并在没有任何银行贷款的情况下，靠用户预付款，靠员工们入股的股金和亲戚朋友帮助，鲁阳炭材不仅没有死，潜在的活力也给激发出来了。现在不一样了，我们自己培养的人才都成长起来。国内的大高炉就不说了，在国际耐火材料市场上，现在只要打开互联网，输入冶金、炭材几个关键词，有关鲁阳炭材的产品介绍，很快就会在网页上出现在世人面前。但当前最大的问题是，大合同不敢接，没有预付款的合同也不敢接。现在，钢铁形势已经抬头，许多厂家正在谋划上新高炉。因此，不久的将来，就会迎来炭材市场的黄金发展期。但手里没钱，我们也是干着急。"见胡主任一行都笑着看他，又道，"另外，为了大高炉和海外订单，我们还需要搞一些必要的技术改造，动动就是几百万的投资，咱没那腰劲，直接影响着集团的发展。"健中说到这儿，顺手从提包里掏出几份材料递给胡主任，接道，"年里头，俄罗斯国家冶金局、国家经贸部代表团过来考察，对我们的印象非常好，准备把一座三千多立方米高炉大修用材的供货方选定我们鲁阳，可我们眼馋心急却没办法呀！因为海外工程最多只付百分之十五的预付定金。并且还要我们到银行开具同等额度的信用担保证明，而银行反过来要我们必须有同等额度的存款，否则不予办理。我们没有这么大的垫支能力，因此大额的海外生意我们只能放弃。"

听了这话，又看了看手中的资料，胡主任想了下，说："为了规避风险，银行实行贷款责任终身追究制。从理论上讲，这是对的。但负面影响很大，业务经理们有谁敢签字贷款呀？远的不说，单说咱们社里的贾主任就是例子。为个贷款，眼下只差没有免职了。所以，现在的工作，不谨慎也不行。同时，市场千变万化，有谁能保证企业今天效益很好，明天仍然安然无事？谁有先见之明呢？因此，这两年银行的日子也不好过，老贷款收不回来，新贷款放不出去，储蓄额一个劲儿增加，成本越来越高，农信社的处境像温水煮青蛙——不是很难受，而是很焦心。"说到这儿，胡主任停下了，推心置腹地道，"农信社的责任除了支持农业项目外，就是助推地方企业发展。否则，要农信社干什么？因此，在对有条件的企业贷款问题上，我们绝不会裹足不前。季总，你放心，你新成立的公司，经营形势这么好，发展前景又这么光明，只要手续合规，产权清晰，责权明确，我们还可以再支持。这样，海外的供货合同你不用再犹豫，有我们鲁阳农信社在，所有的合同都不能泡汤。我们鲁阳人也得跟上国家改革开放的步伐。国家级贫困县，这不是荣誉，这是耻辱。我们绝不能再这么贫困下去了。"

这番话说到了季健中心里。五十开外的人了，面对真情，还是那么爱动感情。就见他眨了眨眼睛，强忍住就要夺眶而出的泪水，举双手行了一个揸手礼，真诚地道："胡主任，如果炭材厂渡过了此劫，来日的庆功会上，您就是大功臣。"

胡海潮虽不是本地人，但他一转业就来鲁阳工作已经五六年了，地方上的事情，他也了如指掌。特别是履新后，就他的本意，当看到新公司一个个办起来的时候，他就是要出手的。但最大的担忧，就是金融行业的终身追究制，着实让人心里发怵。为着在业务上不至于连累到自己，目前农信社的现状，"要想放款，上下同签，发生风险，责任共担"。这样，有关业务工作，不是难，而是人人自危。此刻，耳听为虚，眼见为实，胡主任心里有了底气，又听健中这么一说，他道："咱们刚才提到了，银、企是一家，不能光说说罢了，那得落实在行动上。"

"好，有胡主任你们的支持，我再说一句大话，鲁阳炭材厂决不负人。"季健中道，"同时，我再表个态。我知道农信社不像国有'五大行'，有转移、核销呆、坏账的政策，你们没有。老账是经我季健中的手欠下的，对于农信社的损失我们可以再商量。总之，我还是那句话，有关炭材厂的债务，不管牵扯到哪个方面，也不管是谁的钱，我一分都不会少。"想到胡主任一行此来无非两个事，一个是为压着钱放不出去而着急；另一个是老债务怎么处理。为打消对方的顾虑，让其吃上定心丸，健中又道，"这样，光说不看，等于扯淡。咱们到车间看看我们现在的生产情况。"

当下，有着"鲁阳炭材"这块货真价实的金字招牌，又通过晓明和麦克商务信息方面的积极推介，鲁阳群星炭材集团所属几家公司，正在为伊朗莎格勒斯和印度浩斯匹塔等几家小型钢铁公司的高炉生产新型微孔炭砖，车间里紧张而又忙碌。这给胡主任一行的印象很深。

在陪胡主任一行实地考察中，季健中接到了从医院打来的电话，车祸中有人重伤，需要动手术。健中听了，心里很紧张也很难受，但他仍然若无其事地和客人谈笑风生。

返回路上，当胡主任得知季健中是在这么一种情况下返回集团接待他们的。这个年轻的农信社主任，对季健中遇事不惊的心理素质感到惊讶，同时对季健中一心一意为企业的那份痴情，更是打心眼儿里佩服和感动。

刚才，就在胡主任一行来炭材厂调研的时候，元根壮一脚便把朱秋三家虚掩着的院门踢开了。

见朱秋三折起身看到他来了，仿佛没事人样，又躺回沙发上闭目听他的音乐，元根壮二话没说，冲上来一脚便把哇哇乱响的音箱踢飞了。

斗鸡样冲上来，朱秋三唾沫星子喷大远，吼叫道："干什么你?!"

元根壮气哼哼地道："怎么吭把你这个癞蛤蟆撞死!"

朱秋三绰号"癞蛤蟆"，一听对方这么说，他不以为耻，反以为荣，嘿嘿冷笑一声，质问道："老子活着就是专门硌硬人哩，碍着你什么事了?"

元根壮愤怒地道："这是侧翻到路沟里了，要是掉下悬崖怎么办?"

朱秋三又是一声冷笑，道："要的就是那个效果，老子当然知道。"

"你这是作死哩!"元根壮实在气愤极了，话说到此，挥起拳头，劈头盖脸就朝朱秋三打来。

朱秋三万万没料到对方敢朝他动手，躲避不及，挨了几拳，鼻子立时便被打破流血了。朱秋三从没吃过这样的亏，跳起来反击又被按在地上挨了一顿猛揍。

看看出了气，元根壮拍拍手才说要走，朱秋三爬起来往前一扑，便给元根壮来了个狗吃屎，把其扑倒在地。接下来，两人便在地上滚打起来。按体能，朱秋三不是元根壮的对手，可是滚动中，元根壮被一旁的椅子绊了一下，立时便被对方压在身下。

这时，朱秋三噌一下便从腰里抽出一条钢鞭。可是，鞭子都举起来了，却愣在了那里。他看到程海不知何时进来了，正拿眼盯着他。

第十九章　想不到的磨难

鲁阳群星炭材有了县农信社的资金支持，季健中非常顺利地组织完成了江南五千六百立方米和俄罗斯三千二百立方米高炉大修供货合同。同时，根据晓明与印度代理商法尔玛的联系，又相继签下了三笔高炉供货合同。这样，作为集团的掌门人，季健中每天的工作仍然很忙。

想想几天前晓明在电话中说，卢森堡保尔斯特耐材专家要来鲁阳进行技术交流，季健中心里就禁不住涌起一股热流。毕竟，保尔斯特的炉衬和筑炉技术，在当今世界无人能比，是健中早就瞄准的标杆，也是要比试比试的最佳对手。拿起电话，他正要和牛志刚联系一下研究技术交流一事，一辆标着"检察"字样的白色桑塔纳轿车就驶进了厂院。

还是那两名检察官，一个姓朱，另一个姓杨，就是早几日炭材厂的业务员高智欣陪着到河北金隆和辽宁北阳钢铁查证无果的那两人。他们下车后径直来到楼上，敲开了季健中的办公室门。说明来意后，他们收起季健中的手机，众目睽睽之下，朱检察官和杨检察官一前一后把季健中夹在中间带下楼来。检察官那警惕的神态和样子，给人的感觉就是，一不留神，季健中就会瞅空子逃跑似的。

季健中被带上车了。可是，就在车子轰一声打着火要走之时，身着一身旧军装的秦明杰手里攥着笤把，不知从哪里钻出来横在了车子面前，大声喝道："站住！"

这情况来得突然，朱检察官当是有人要以身抗法，遂抽出电警棍下了车子。

一旁，王红珠见势不好，连忙冲出来拉住了秦明杰。她想把秦明杰拉到一边把路让开，但她哪拉得动呀！

王红珠急了，道："秦科长，人家是检察院的，这是在执法，快把路让开吧！"

"不！"秦明杰铁青着脸，瞄了眼拿电警棍的朱检察官，哼了一声，嘟囔道："谁知道他们是真的假的。"

这时，闻声从办公室和车间里跑出来的干部、工人一个个怒目圆睁，手挽手连人带车给围住了。

轿车里，季健中担心职工们闹出误会，急欲下车却被在车上押他的杨检察官制止了。显然，杨检察官怕季健中趁乱跑掉，容不得他动一下。

现场，尽管朱检察官嚷嚷着，十分不满地出示了证件。但这年月，亲娘热老子还会有假的呢，人们还能相信谁呀！联想到早先王远山就在厂门口遭人绑架那件事，职工们在朱检察官的警棍面前，不但没有退缩，反倒把现场围得更紧。

正在这时，一辆黑色桑塔纳轿车，鸣着喇叭进了厂子。没等车子停稳，冯建义便打开车门跳下来，道："你们干什么？赶快把路让开！"钻进人群，看秦明杰像是要跟人拼命，冯建义哭笑不得地道："秦师傅，把路让开吧，人家是检察院的。"

看着车子扬尘而去，再看看一脸盛怒的人们把他围住了，冯建义叹了口气，道："你们误会了。人家带季总是要了解情况的。知道你们会想不通，得住信儿我就赶来了。"

天黑了下来。

检察院的车子不知绕到了哪里，到一处相对封闭的处所跟前，这时才开进来。

满院都是花草树木，像鬼火一样的草地灯若明若暗。

车子在灯光的照射下拐了几拐，像是停在一家宾馆的楼房前。

季健中被朱检察官和杨检察官带下车子朝大楼走来。

近似橘黄色的灯光下，季健中看到一楼左侧的走廊口，安装有一个铁制的推拉门，而所有的窗户也都用大拇指那么粗的钢筋护着。窗户上装的全都是茶色玻璃，显然是有特别的用意。走过铁门，从纵深看，健中估计，这道走廊里有十几个房间。

第一间是警卫室，门外走廊里放了张桌子，上边放有进出人员登记用的本子。季健中被带进的是比较靠里的第七个房间。

室内一侧放着一张单桌，桌子里边放了两把木质椅子，而前边则单独放了一把塑料方凳。四面墙上被软质材料覆盖着，靠内侧一角，用一米那么高的木板围了个不大的地方是洗手间。见此，季健中心里立时明白，这里是检察院的特别审讯室。

随着嘭的一声，门打外边锁上了。

季健中不知道这是摊上了什么事，心里一片茫然。

从一九六八年离开校门到当下，已经过去了三十多年。到炭材厂也已经十几年了，从经济上说，经他手进出的资金有数亿元之多，但他自忖，不仅从未占过厂里的便宜，还在企业最困难的时候，为着救急，他多次往里边垫钱。从工作上讲，因受家庭政治背景的影响，使他自小就养成了谨言慎行的习惯，干什么也不敢越雷池一步。企业红火时，账册上虽然有花不完的钱，但在日常生活上，不管是因公就餐，或是怎么的，他从不奢侈。即便是出差在外，他宁住地下室，或招待所，也从不住宾馆一类的贵房间。作为男人，他有时也有过人性冲动，但为着天天和做丈夫的责任，他不仅能耐得住夫妻生活上的寂寞，还能控制得住男女之间烈火一般的感情。不管是当知青、当工人，抑或是当矿长、当厂长，他有过红颜知己或心仪之人，但他从未想入非非。对此，他可以说上对得起天，下对得起地，更对得起自己做人的良心。

这么捋了一遍，尽管置身于壁垒如此森严的处所，刚刚进来时无形中产生的紧张情绪，一下子便放松下来。

他感到累了，就在凳子上坐下。

抬头往上看，季健中知道室内照明用的是两百瓦的灯泡。因为他是个小家子气过日子的人，从未用过这么大功率的灯泡照明，所以对室内的光线很不习惯。他试图把眼睛闭上，以便静一静、歇一歇。毕竟，作为厂长，企业形势好的时候，他想得最多的是怎么保质保量按时发货，拓展或巩固客户关系。企业困难了，他急的是钱，是生产用材料，还有职工工资和电费、税款……当然还有企业改制这一摊子事。说句良心话，一年三百六十五天，起早贪黑，像陀螺一样忙得团团转，他缺的就是休息和睡眠。

此刻，静下心来，又没人打扰，他顺势把方凳往后挪了挪，然后身子往墙上一靠，本想着坐下来闭上眼休息一下，谁知道倚在墙上不一会儿就睡着了。

还是那两位朱检察官和杨检察官。当他们二人进来的时候，由于就那么窝憋着睡着了，季健中正歪着头打着闷雷般的鼾声。二人十分愕然地相互递了个眼神，朱检察官用手指敲了一下桌子，健中立时便惊醒了。迷茫地看了下，季健中惊骇地道："哎呀，我这是在哪里呀？"

朱检察官铁青着脸，没好气地道："在哪里？你这是在检察院的问讯室。真是，你这人心真大。"显然，在朱检察官眼里，季健中摊上的案子着实不小。

朱检察官叫继良，家在大别山里的一个小镇上，是检察官学院毕业的学生。他父亲叫朱随臣，在人民公社时期当过公社武装干事。据说有一年搞水利会战赶工期，遇到塌方水泵被埋，急需挖出来。可是，寒冬腊月天，水上结着冰，一干人夹着膀子谁也不愿跳到水里去。作为工地会战副总指挥长，朱随臣破袄片一甩，喊声"是共产党员的跟我来"，扑通一声就跳到冰碴子水里去了。说白了，朱随臣是个风风火火能打善拼的人。为此，人们对他有一比，"烧得跟那朱随臣样"。朱检察官出生在这样的家庭环境里，根红苗正，疾恶如仇。大学毕业后被分配到省检察院从事政工工作。

年内，刚刚开春的时候，省人代会召开。赶到会议快结束，封春发专门腾出时间，到省检察院来了。正在更换检察官学习园地照片的朱继良一听有人找，遂把东西一放就跑了过来。一看是封春发，朱继良遂喊声"表哥"，把人领到了办公室。

早些年，赶上国家恢复高考制度，封春发下山在镇子上复习功课时，朱继良才七八岁。大学毕业前夕，朱继良的父亲担心儿子安排时弄不到正经地方好端端的专业白瞎了，就领着到省城来找封春发。一个副处级干部，在乡下是大官，但在省城，那级别的人就多了去了。况且封春发也不是那种爱跑事的人，加上向来没同检察院的人打过交道，有关安排人的事，就爱莫能助。这样，封春发对他的舅舅和表弟要托他办的事，也就没怎么当回事。现在，朱继良还真的安排到检察院了，这对于封春发来说，就不能不当回事。因为，省检察院可不是一般的单位。他觉得，不知什么时间还能用得上。

扯了会儿工作和生活上的事，一听小两口就住单位一间公房，封春发就笑着说，到我那里去吧，怎么着也不能叫你只住一间房子。听了这话，朱继良当时也就是笑笑了事。可下班后同妻子一合计，朱继良心里就盘算开了。他觉得，有一个手握实权的表哥罩着，就乡下那个地方，他的路指定宽得多。这时候，正赶上院里下派干部到基层锻炼，朱继良遂报名到了鲁阳。

面对炭材厂的几宗案件，说实话，朱检察官由于是从机关政工口转过来的，他还真的缺少办案经验，虽然热情高，但他怕办不好案子，这就在接与不接之间犹豫。可是就在这时，封春发给他打了电话，要朱继良给他从严查一查。既是县政府主要领导又是表哥这么一交代，朱检察官心里就知道劲儿该往哪里使了。谁知，费了一番工夫，都是些"事出有因，查无实据"的事，竟然没有发现季健中任何蛛丝马迹，这使他感到十分意外，甚至在心里还多少有点窝火。正不知道怎么发泄的时候，封春发的电话又来了。一看又是季健中的事，作为专案组的组长，朱检察官的心里就复杂了。

从严瑾梅的匿名举报，到北钢纪委下来限制季健中人身自由；从封春发在大会上咬牙切齿要整贪官，到冯建义带人调查他转移国有资产、易地办厂；从所谓的"九大"罪状，到检察院介入调查他的灰色收入和合伙贪污案，再到当下又被莫名其妙地关在这里，短短十几年间，先后多次遭人举报和接受审查，季健中心里不能不感到沉重和憋屈。因为，一颗心都给交出来了，他不知道社会为什么要这样对待他。否则，他的心就一直会是暖融融的，工作上即便有这样那样的困难和问题，但指定不会这么委屈、这么心寒。

从询问中，季健中很快就听出来了。主要问题是说他贪污或挪用耐火材料厂二十万元资金的事。

对此，季健中明白，又有人跟他过不去了，又要置他于死地了。同时，他还清楚，单贪污或挪用公款罪，面对国家严厉打击经济领域严重犯罪持之以恒的高压态势，只要此事调查属实，他季健中必将成为阶下囚。而要澄清这宗疑案，即便检察官们工作效率再高，你不说出个黑籽儿红瓤，二十四小时内怕是难以走出此地。想想集团接下的一揽子合同正是上劲的时候，再想想欧洲的专家马上就要来了，季健中哪敢有一丝的疏忽和大意呀！毕竟，从破产清算数据看，职工集资款再加上农村信用社共计三千两百万元债务无法全额兑现的包袱在肩上压着，作为任何一个有良知的人，谁能不感到沉重啊！当然，他还有一个最大的心愿，就是借着鲁阳炭材网络信息传播力度的不断加大和效果的逐步显现，加之企业改制后所带来的无限生机，带领鲁阳炭材人，向世界耐材业高地冲击，在此关键点上，他岂能忍心把前进的脚步停下来。

看看摊上这么一档子事，季健中沉思了下，乞求道："我配合你们的工作，要查多久都可以，但我有一事相求。"见对方冷冷地看他，季健中接道，"是这样——我们眼下接的大都是海外合同，而且还有国外专家要来交流，这机会十分难得。为着破产后的债务能尽早还上，也为着县里炭材业的发展，我们不能有一丝的懈怠。我可以给厂里的经理们打电话吗？"

"不可以！"朱检察官的回答很干脆，也很冰冷。

"写个字条，交代一下工作行吗？"季健中看看杨检察官面前的纸和笔，微笑着说。

"不行！"朱检察官不假思索地一口回绝。

"我知道你是从省院下来的，但你不要忘了，你现在的俸禄是鲁阳纳税人的血汗钱。"季健中不客气了，脸上的笑容立时没了。

"如果我花的是黑心企业厂长的税钱，我宁愿饿死。"朱检察官的气更粗。因为，他认为季健中这是在耍滑头。

见对方这样，季健中知道面前的这个朱检察官已经对案情先入为主了。他气得想发火又不能，遂叹了口气，道："我是县、市两级人大代表，如果不答应我的合理请求，我拒绝回答你的任何提问。"

"你……"朱检察官压住火气，想了下，向一旁的杨检察官示意。

接过杨检察官给的纸、笔，季健中想了下，在纸上写下这样一段话——

安总：

  海外合同事关国家声誉，时间紧，任务重，要确保质量，抓紧生产。有关保尔斯特专家来集团考察交流更是一件大事，请你结合卫生部门非典型肺炎防控期间有关要求，务必亲自安排，做好接待准备工作。

季健中

二〇〇三年四月十七日

写罢，季健中思索了下，觉得要说的话说明白了，遂交给杨检察官送出去。

当晚，刺眼的灯光下，朱检察官和杨检察官对有关举报信上揭发季健中挪用或贪污公款一案，集中展开了攻势，这让健中心里好生后悔。

回想中，季健中觉得还真的粗心了，工作中出了漏洞。

事情是这样的——

一九九九年夏末秋初，就是南方院的集资户来鲁阳讨要集资款的时候，由于炭材厂的账户被冻结了，为了安抚工作需要，季健中遂安排人，由厂财务科的曹艳玲，用个人户头，把耐火材料厂早年间支持县农业开发银行那二十万元在省行例行检查中查出来的违规资金取出来，作为补偿和路费，直接发给了南方院来鲁阳讨债的老头儿老太太们。那时候，健中只要以炭材厂的名义给耐火材料厂办一个合法的抵账协议就可以了。因为在炭材厂兼并耐火材料厂后不仅投入了大量的物资，而且还曾经为补发拖欠职工工资，以及解决流动资金和支持技术改造等，炭材厂还支持过耐火材料厂四十万元。在季健中心里，他身兼两职，既是炭材厂厂长，又是耐火材料厂厂长，作为两个厂的一把手，他有权调动任何一方的资金互相使用。可是，当时的情况是，季健中被债主们逼得东躲西藏，真是到了惶惶不可终日的地步。面对单位账户查封，又急于拿钱救急的情况，季健中明知道曹艳玲是用的个人账户取的钱，本想着事后再办理相关手续，但疲于奔命将其忘在脑后，落下了后遗症，让人抓到了把柄，被"请"进了检察院这个秘密处所里。

对于摊上这么一件倒霉事，季健中不用想就知道这又与云霄翔有关。

这笔钱是怎么被发现，又是如何被云霄翔抓住不放大做文章的呢？

三天前，云霄翔在省城参加他朋友陈琪的大儿子的婚宴。作为陪客，在给省农发行纪委工作的付孝然敬酒时，付孝然一听他是鲁阳耐火材料厂的厂长，话就多了。因为他跟早几年的县委书记刘振国是大学时的同学，有着特殊的感情。借着让酒，付孝然想起一件往事，没话找话，就说："你们县农发行借着扶贫贷款，向耐火厂要二十万元买小轿车，狠宰你们一回，有这回事吧？"

云霄翔当然不清楚，但听对方说了，这就不置可否地"嗯"了一声，算是作了回应。

于是，付孝然笑着把酒杯推到云霄翔面前，道："那件事儿是我查出来的，我撑饬他们一顿，又让他们把钱给退了。云厂长，来，喝吧你！"

一听有这么个事，云霄翔往深处一想，他就一连喝了三杯酒。

次日，一回到鲁阳，从醉酒中回过神来的云霄翔，把周菊几个人急急忙忙叫到他的公司了解情况。周菊回忆说，当时急等使这笔贷款，为疏通关系，有二十万元这回事。只是县农发行退回这二十万元没听说过。于是，云霄翔派人把账本搬出来。一查没有这笔收款，派人到农发行一查，说是炭材厂财务科科长曹艳玲把钱取走了。这下，云霄翔如获至宝。他认为，这么大的数额转到个人账户上去，季健中肯定知道，即使炭材厂用了，也应该给耐火厂办一个手续。眼下，这么长时间连个纸片也没有，百分之百是财务科科长和季健中两个人，不是贪污了，就是挪用了。

毕竟，不管是贪污，抑或是挪用公款，哪个都是踩住了国家法律的红线，是要追究刑事责任的。

云霄翔高兴得伸开胳膊就把俞小曼给抱了起来。

　　也就在当晚，云霄翔亲自执笔，然后交给俞小曼润色。上一回没扳倒季健中，这又第二次把季健中告到了检察院。

　　此刻，在温泉山庄的高级客房里，被一帮美女轮着灌酒的云霄翔，一听躲在暗处打探消息的朱秋三说，季健中被检察院的人带走了，善于栽赃陷害、嫁祸于人的云霄翔真的有掩饰不住的高兴。在云霄翔心里，这宗罪只要砸实了，没有五年七年，姓季的出不来。这么想了，云霄翔遂咬牙切齿地说："季健中呀季健中，你小子也有今天?!"在他心里，他不仅终于把季健中这个绊脚石给踢了，解了心头之恨，还为他下一步收购炭材厂，拿到日思夜想的一百五十多亩地皮扫清了最大障碍。他认为，在鲁阳地面上，唯一可以断他财路的人不是县委书记梁源，也不是常务副县长封春发，而是他季健中。种种做派表明，云霄翔要扳倒季健中，他是多么急不可耐呀！他左右亲了下抱着的美女，嘿嘿笑着，道："来，喝!"

　　在检察院的秘密处所里，季健中的心真的是在滴血。但知道案情后，他心里虽然踏实了许多，但也有许多怨言。是的，时至今日，对季健中花费的心血不讲，解决帮扶资金不讲，动用炭材厂的设备还有物资，支持耐火材料厂那么多事都不讲，就偏偏抓住炭材厂危难之时，用了耐火材料厂那二十万元钱说事。而且，朱检察官一口咬定季健中这是利用手中职权，挪用了耐火材料厂的公款。同时，他还根据案情把季健中手下的主办会计曹艳玲也给控制起来了。

　　整整一个通宵，朱检察官和杨检察官轮番质询。一遍又一遍反复追问：钱是不是耐火材料厂的钱？钱是否打到私人账户上了？

　　对此，他总想同面前的检察官把事情的来龙去脉讲清楚。可他刚刚讲了两句事情的缘由，朱检察官就又打断了他的话，不耐烦地训斥道："你只讲'是'，还是'不是'，没时间听你啰唆。"

　　季健中愣住了。因为，就此事而言，这两点是关键，但绝不是"是"或"不是"能讲清楚的。如果"是"，挪用公款的罪名就铁定了。对此，季健中呷呷嘴却没有吭声。因为他觉得，朱检察官对案情不仅先入为主，而且已经定性了，遂淡淡地笑了下，闭口不言。

见这样，朱检察官斥责道："你是不是要对抗到底？"

听了这话，季健中觉得好笑却没有笑。接下来，任凭这位年轻气盛的朱检察官如何发飙，他就那么淡定地坐在那里一言不发。

显然，他这是无声的抗议。

而朱检察官则认为季健中这是要破釜沉舟、孤注一掷、顽抗到底了。这么想了，他愣愣地看着季健中。显然，他准备下狠招了。

这时，在一旁的杨检察官搭腔道："季厂长，你可以考虑考虑，但不能一言不发。"

"说什么？与其挖坑让我跳，倒不如直接定罪算了。"季健中心里窝了一肚子火。可是，他又不能不把火压住。因为他多么希望我们伟大的祖国永远都健健康康的。在季健中心里，人民检察官就是扫除祖国蓝天上空阴霾的护法神。于是，他咂咂嘴，既无奈又不无表白地道："任何一件事情的发生，都是有原因的，不是'是'或'不是'那么简单。要讲我就从前到后讲清楚，然后你们去定性。"

与朱检察官对视了下，杨检察官道："好，你说吧。"

一听容他说话，季健中又气又恨又好笑地讲起来。首先，他既是炭材厂的厂长，又是耐火材料厂的厂长。这一点，有县委组织部和县政府的任命文件做证。其次，作为两个企业的法定代表人，不管是国有企业的炭材厂，还是集体企业的耐火材料厂，他有权对这两个单位的资金互相调配。如果说调配资金是挪用公款罪，兼并期间，他还亲自安排为耐火材料厂做了那么多贡献，不仅解了燃眉之急，还亲自指导为耐火厂建起了预组装平台等，为企业提档升级和独立发展打下了坚实基础，这又该怎么讲？若两个企业不能取长补短优势互补，又何谈联合、兼并？最后，二十万元资金的来龙去脉非常清楚，是为救急花在南方院来鲁阳讨要集资款的老头儿老太太身上了，不管是他这个当厂长的还是主办会计，都没有中饱私囊。至于有没有把钱打到单位账户上，财务上有没有下账，只能是操作手续上的问题，与贪污或挪用公款毫不沾边。

按理说，季健中说的既公允又合情合理，事实也确实是这样。但欲加之罪，何患无辞。这个朱检察官，为着他的表哥，当下的县政府主要领导封春发亲自交代要他严查的案子，求功心切，这就把季健中给坑苦了。一夜的审讯，再加上早餐没吃，午餐是在自己的办公室里泡了两块方便面随便对付一下。不知怎的，此时的饥饿感非常强，嗓子也渴得冒烟，严重的睡眠不足和精神折磨，使他的血压又上来了。头闷头痛眩晕得厉害，眼前模模糊糊的，对方的鼻子眼都要看不清了。由于心跳过速和供血不足，他的手脚冰凉，头上直冒冷汗，浑身软绵绵的没有一丝力气。季健中害怕挺不过去死在审讯室里，急促地喘息着，对近似在咆哮、一心要拿下他的朱检察官说："我有高血压综合征，实在受不了了，请给我找些药来。"在季健中心里，死不足惜，但这时候他无论如何也不能死。当然，他不是怕死，而是他心里装着鲁阳炭材业的明天。他要鼓住劲儿往前冲。如果这时候死了，他会死不瞑目的。

朱检察官十分不悦地瞪着季健中，显然他把这样的请求，当成是季健中在跟他要滑头。可是停了一会儿，大概是他看到季健中头上真的冒冷汗了，遂走过去伸手摸了下健中的额头，立时一惊，这就赶紧朝一旁的杨检察官吩咐道："快找降压药来。"

看着季健中服了药，喝光了杯子里的水，又把"速效救心丸"压在舌根下微闭着眼睛，少气无力地靠在墙上不动了，朱检察官抬手看看手表已是上午十点多了。大概是觉得二十四小时时限快到了，也没审出什么，朱检察官的心情十分烦乱。他原地踱了几步，遂对季健中道："季厂长，你身体不好，现在你把药吃了，水也喝了，我和杨检察官陪你到外边就餐，你看怎样？"

季健中知道朱检察官急于突破案情，遂想了下，说："我佩服你的敬业精神。真的，你是个好检察官，鲁阳人需要你，共和国需要你。但你不要在我身上费心了。我再说一遍，我季健中不会干那些歪门邪道的事。反之，要是为了自己的腰包，我早就不会在鲁阳了。"

听了这话，朱检察官立时笑了，但那笑是讥讽和嘲笑。毕竟，当下的社会，标榜自己是清正廉洁党员领导干部的人实在太多了。想起一些地方老百姓戏谑地说"大街上官员一大片，先杀后判，没有一个是冤假错案"这句话，朱检察官不仅认定季健中有犯罪嫌疑，而且还是个深藏不露老奸巨猾之徒，遂十分憎恶地道："我希望你是这样的。"说罢，他盯着季健中，又道，"我也再说一遍，自当上检察官那一刻起，我就发誓——但凡有犯罪嫌疑人落在我的手里，即便是亲娘老舅爷，我也绝不会姑息和怜悯，更不会熟视无睹，任其逍遥法外！"

"好！"季健中在为朱检察官叫好。在他心里，当下的社会，利欲熏心削尖脑壳钻国家改革开放空子，大发不义之财的人真的太多了。这些人，仗着道上有人，手里有钱，不仅为所欲为挖国家的墙脚，而且还为富不仁，甚至丧尽天良，要整治这些人，缺的就是好检察官。

但季健中的叫好，在朱检察官听来，那就是贼喊捉贼。于是，他对季健中更加憎恨，遂道："姓季的，我请你端正态度，想蒙混过关是痴心妄想。"

这时，一旁的杨检察官认为，这个案子再审下去已经没有什么意义了，但仍需要同朱检察官保持一致。因此他走过去同朱检察官耳语了下，朱检察官无奈地点点头。见此，杨检察官遂对季健中道："鉴于你是人大代表，因此我们的调查暂时到这里。但事情没有结论之前，你不得离开鲁阳，要随叫随到。同时，也给你一个反省的机会，争取宽大处理。"

"我等你们还我一个清白。在此期间，我绝不会离开鲁阳半步。"说罢，季健中振作精神，整了下身上既大方又漂亮的风衣，迈步朝外欲走，又停下来，问道，"我们的财务部长呢？"

朱检察官愣了下，道："她不在这里，但她的问题更严重。"

季健中听了，咂咂嘴，欲给对方两句，又忍了，但仍带着气，道："我说过，你是个好检察官。鲁阳地面妖气重，希望你好钢用在刀刃上，别把时间空耗了，我们的曹部长是清白的。"

"放心，事实会证明的。"朱检察官也毫不示弱。

"这就好。"季健中说罢，大步朝外走去，样子依然是那么刚毅和洒脱。

昨天，一看季健中被检察院的人带走了，人们不知道到底发生了什么事，一个个忧心忡忡。联想到几年前发生过的诬陷案，以及《大地法制报》的署名文章，职工们心乱如麻坐立不安。同时，就连破产清算工作组的人，也猜不透季健中到底有没有问题。于是，人们便交头接耳，揣度此事。一时间，全厂上下的生产秩序便被打乱了。甚至有几个车间拉闸停工，他们自发组织起来，要找检察院问个明白。因为他们坚信，一身清白的老厂长，之所以碰上这样的事，指定又是被人陷害了。而且有人喊道，若说是因为钱的事连累到老厂长了，他们愿意砸锅卖铁也要把老厂长给赎出来。道理是，鲁阳炭材这艘大船，眼见就要在风雨飘摇中沉没了，是老厂长力挽狂澜，冲破各种阻力，通过内部改革又扬帆起航了，关键时候怎能失去老厂长这个好舵手啊！

好在冯建义没有走。现下，这位当年商业战线著名劳模的后代，真的是幡然醒悟了。看看职工们情绪激动，再看看厂领导难以劝阻下来，冯建义一边高喊着"都不要冲动，听我说"，一边冲上前拦住领头的人们，道："检察院是说理的地方，是主持公道的场所，请大家相信我⋯⋯"可是，冯建义见职工们都以异样的眼神看他，知道自己早年并不怎么受人欢迎，对他存有疑心，遂道，"季厂长被检察院的人叫走了，你们急，我心里也急。可大家想过没有，有人弄出这么个事，目的是什么？那就是想叫炭材厂群龙无首乱起来。工厂乱了，生产瘫痪了，有些人的目的就达到了。所以，大伙儿千万要稳住阵脚。该干什么，还加紧干什么。至于检察院那边的事，一切都包在我身上。"

看看职工们情绪稳定下来，而且大部分都跟着回车间去了，冯建义对刘昌盛和石惊天等几个当家人道："都不要着急，着急也没用。我是主持工作的纪委副书记，健中是党员干部，若说有什么事，检察院要采取什么措施，他们会在第一时间和我们沟通。同时，健中是你们的老厂长，俩伙计都这么多年了，他是什么人你们最清楚。我敢肯定，健中绝对不会有什么事。我们要做的，就是要保住企业不乱、生产不停，这才是关键。"

还是那双小眼睛，但此时透出的是智慧的光芒，说话办事头头是道，人们听了，岂有不行之理？

在所谓的挪用或贪污公款方面，朱检察官最终没有抓到季健中任何有价值的把柄。季健中昂首挺胸地离去，尽管朱检察官十分不甘，但他还是不得不无奈地走进王忻哲检察长的办公室。

听听二十万元是这么个来龙去脉，王忻哲检察长沉吟良久，自言自语道："这年头儿，还真的有出淤泥而不染的人！"王检察长思考了会儿，对朱继良检察官道："这样，我打个电话，先把事情给季厂长说说，你下去跟炭材厂再沟通一下。毕竟，企业法人换了，收支两条线，这个规矩不能变。二十万元让炭材厂拿出来，把案子结了。"

次日，尽管已经在电话中答应了王检察长，但面对上门的朱检察官，健中还是十分不情愿。当然，他不是不舍得把二十万元钱还给耐火材料厂，而是觉着很别扭。因为，放在情理上，他觉得事情不应该这么办。何况现在的耐火材料厂，早已成了一栋栋商品楼，换成钱装进了云霄翔的个人腰包，莫说没有了这机器那装备，怕是连一坨造砖的泥巴也找不到了。但集团一堆事在那儿放着，不仅仅是副总们，中层一帮人都劝他，不想让他为此事再分心。

看着二十万元的现金支票在曹艳玲手里开出来了，又看着云霄翔伸出手美滋滋地要接支票时，季健中嘿嘿一笑，道："云经理，你瞪着眼看到了——钱，我出，但不是给你的。"

"当然不是给我，你是给耐火材料厂的。"云霄翔道。

季健中道："错！"

云霄翔定睛一看，立时大怒，道："你！你怎么让开给县财政？"

面对咄咄逼人的云霄翔，季健中一针见血道："耐火材料厂还有吗？"

"嘿！"云霄翔咂咂嘴，"厂子是没有了，但这钱确实是耐火厂的。"

季健中道："做梦！"

"季……"后边的难听话云霄翔没有说出来，要发泄的情绪也打住不发了。当然，他这绝不是什么良心发现，而是为了钱。云霄翔咂咂嘴，又叹了口气，道："季总，你怎么不讲理了？"

季健中道："我要是不讲理，这钱你就能拿走。正因为我讲理，这钱你就休想拿走。"

云霄翔："为什么？"

季健中掷地有声地道："因为这二十万元钱，耐火厂早已以其他名义在账上冲销了，并计入了成本。你零资产收购厂子的时候，这笔钱根本就不在应收款账上。"

"你！"既没整住他想要整的人，又没得到利，这真是狗咬尿脬——瞎喜欢，气得云霄翔差点一头栽在地上。

这时，奉他的表哥、当下的鲁阳县常务副县长封春发"旨意"收拾季健中的朱检察官也无言以对，愣在了那里……

第二十章　新的突破

这天，季健中和往常一样，一大早便来到厂里。路过二楼的时候，他见肖汉伟比他来得还早，他就拐到肖汉伟的办公室里来了。

由于昨天下午在政府开会，出来后又去看望了一下老伙计何百松没有再回集团，季健中惦记着生产上的事，两人就扯起来。

季健中道："第一季度的指标出来了吧？"

"出来了。"集团副总、恒星公司董事长兼经理的肖汉伟知道季健中问的是集团生产上的事，忙把报表拿起来递上前，道，"第一季度已经生产了将近一万吨。"

"哎哟，这么说，今年的产量有望突破四万吨啊！"季健中说着，伸手接过报表看起来。

"会的。"肖汉伟道。

季健中道："这是我从来也不敢想的。"

肖汉伟道："集团上下都憋着劲儿，加上'微孔刚玉莫来石砖'和'微孔炭砖'两个获批项目都已批量生产，市场进一步扩大，年产量突破四万吨大关，是板上钉钉的事。"

想想国家已经成功加入WTO，成了世界贸易组织中的一员。再想想晓明和麦克开拓欧洲市场已经有了初步成效，季健中道："前些天，我在集团办公会上说过，我们有了产量上的飞跃，下一步就该在质量上做文章。"说了这话，健中想起保尔斯特专家来厂考察交流一事，以及县农信社胡主任那里追加的贷款也已经批下来了，他想在硬件上打个翻身仗，把装备水平提上去，就马上道，"接待工作不成问题，关键是我们的设备改造任务还很大，还得抓紧进行。不然的话，就跟不上生产高质量炭砖的前进步伐了。"

听了这话，肖汉伟知道季健中心里想的什么，就道："孔科长在上海、广州几个地方转了一圈，都不理想，正着急哩。"

"祥志科长有眼力，也有闯劲儿。但这是件大事，有些事情，他不好做主，要给他权力。同时，集团领导也要出面，帮助他抓好落实。孔子说过，'工欲善其事，必先利其器'。眼下条件基本具备了，要想在欧洲市场上分一杯羹，咱得有能揽瓷器活儿的金刚钻。"看着肖汉伟给他续了水，健中道，"生产和销售上事多，你们在一线分不开身。设备改造安总通行，你们要主动一点儿，多和安总碰碰头，看哪儿该换了就换下来，该花钱的地方，要舍得花出去。"

肖汉伟道："就目前的情况，最急需的就是加工炭砖的数控磨床。不然的话，生产量这么大，现有的磨床效率低，而且加工精度也上不去，是要拖后腿的。"

"这是个关键问题。"季健中说着，拿起肖汉伟桌子上的内部电话，拨通了孔祥志的电话。

和肖汉伟一起来到三楼自己的办公室里，季健中拿出杯子泡了杯茶，又给肖汉伟捧着的杯子续了水。刚擦了手坐下，孔祥志拿着记事本进来了。

肖汉伟摆摆手让孔祥志挨着他在沙发上坐了，道："孔科长，大家都惦记着数控磨床的事，这一趟怎么样？"

"季总刚刚打电话的时候，我还正琢磨这事儿。"孔祥志道，"制造数控机床的厂家是不少，但针对炭砖的专用数控磨床还没有。不过江苏泰州智能机械制造有限公司，曾给南方炭素生产过一台数控车床，只是南方炭素是生产石墨电极用的。同时，车床和磨床是两码事，泰州虽没有制造炭砖数控磨床方面的经验，但他们有信心。"

季健中道："这么说，泰州智能是比较理想的合作厂家？"

孔祥志道："眼下是这样。"

季健中想了下，道："石墨电极和炭砖，一个是圆的，一个是方的，虽然加工产品品种不同，但数控原理应该是一样的。祥志，你认为泰州智能方面，他们的设计理念怎么样？"

孔祥志道："这我作了详细了解，他们的设计理念比较先进。设备控制系统采用西班牙的技术，传动部分采用德国滚动导轨和滚珠丝杠，磨头进给部分采用日本伺服电机。从主要部件上说，都是当今世界一流水平。"

看看孔祥志说到此打住不说了，季健中道："你觉得可行吗？"

孔祥志道："可行。只是他们还没有制作过炭砖专用磨床，有一定的难度，但他们想和我们共同研发。因此，想让我们提供炭砖的规格和性能指标以及加工精度要求。"

"这好办。"季健中道，"刚才正和肖总商议这事儿。这样，安总在这方面有专长。你和安总一块儿过去，遇到事儿好商量着解决。"

孔祥志道："这太好了。"

季健中道："那就直接带上几块炭砖，也方便现场搞试验。我的意思是，根据集团发展的整体需要，设备的技术参数，以及设备大的结构框架，由我们提供。细节问题，由他们解决。我在网上搜了，保尔斯特跟咱的弄法不一样，严谨的程度，几近苛刻。就我们现在的情况，不可能成为他们的供货商。与欧洲客户打交道，就是和世界先进技术接轨，要求很严，标准很高。我们一定要有充分的思想准备。"

说话间，集团质检中心主任宋晓燕，以及工会主席兼综合办主任王红珠和团委的小章一帮人一块儿过来，汇报招聘人才以及组织员工春游等工作。说起早两天被检察院弄去受那磨难，总被人惦记着往死里整，却总没有被人弄倒，健中心里虽然窝火，但也有战胜邪恶和胜利的喜悦，办公室里充满了浓浓的亲情和友谊。

下起了蒙蒙细雨，夜就来得特别早。

灯光下，早已由鹅黄变成了嫩绿的柳丝，变成了朦胧的墨绿。季节虽然已经开始暖和了，但在这样的天气里，加之微风一吹，还真让人有春寒料峭的感觉。

在楼廊里穿好了雨衣，季健中还和当初才来时那样，"噔噔噔"从三楼下到一楼，步履是那么稳健和快捷。那时他才三十九岁，十五年后的今天，虚一岁他都是五十五岁的人了。若说这是个大家庭的话，像他这样年纪的人，就到了该放松放松的时候。一般情况下，不遇到"焦麦炸豆"的事，有年轻人在前面冲锋陷阵，他只需出出主意，在后边敲敲边鼓就行。

但他没有享受清闲的性格。

从组建新星公司重新起步，发展到今天的恒星、双星、海星和吉星等五家公司，根据集团分工，有做炼铁高炉炉衬材料的，有做矿热炉炉衬材料的，有专攻海外工程的，也有做散装料及配套产品的，公司分工明确，又各有各的核心技术和拳头产品。从接手时的一两百名职工，到当下八百多人的企业集团，炭砖年产量从几千吨，到现在的四万多吨；产品从单一的新型炭砖，到优质焙烧炭砖，再到半石墨质、石墨质、微孔炭砖、钻孔式大块铁口砖等；从各种散装料，再到黏合剂三大系列三十多种新产品；炭砖预组装平台，从当初的一个，面积不足二百平方米，发展到当下的六个，总面积达两千四百平方米；从国内外小高炉供货商，到世界最大的五千多立方米高炉合作方；从依赖外援指导生产，到培育人才自主研发；从八万元起步，到总资产近两个亿，年销售收入三个多亿、利税四千多万元，季健中自忖没有那样的雄才大略，却要承担擎天立地的重任。为此，他靠的是信念，凭的是一腔热血，甚至像蜡烛一样燃烧自己，把企业的未来照亮。

在淅淅沥沥的春雨中，他来到生产区。借着满院生辉的路灯照耀，他四处走走看看。这是他多年来养成的习惯。即便他心里再郁闷，愁苦事再多，只要在厂区走两圈，他的心情就好多了。

此时，灯火通明的车间里，工人们都在按部就班加紧生产。特别是在大型高炉炭砖预组装中心，六个预组装平台上，有的正在组装炉底，有的炉缸都已经砌起来了，像战场上的碉堡一样在那里矗立着。叉车轰鸣，吊车声声，工人们正在熟练地操控着机器，一片繁忙的景象。

离开车间，季健中见技术中心的灯光亮着，他就顺道走过来。隔着窗子观看，见是李德昌一个人在案子上趴着比比画画，而旁边趴着的则是他的妻子小桃，正在看什么材料。

为不惊着对方，季健中轻轻地敲了敲门，十分客气地道："小李，我可以进来吗?"李德昌眼下是集团的副总工程师,但健中还是喜欢叫他小李。

一听是老厂长的声音,正在精心制图的李德昌忙应着起身迎上来,接道:"您还没休息?"说着,忙又扭过头去对妻子说,"快,健中哥来了。"

这时,小桃已经站起身了,忙道:"我听出来了。季厂长,您好!"

"好、好!"脱下雨衣,又跺跺脚上沾的雨水走进来。他知道小桃眼下的制衣公司,早已是沿海一家著名服饰公司在内地的重要合作伙伴,年产值已经突破了一千万元,而且接的百分之八十都是海外订单,每日里忙得很,就道,"你那里那么忙,今天怎么有空到公司来看看?"

听季健中这么问,喜欢说笑话的小桃,就笑着朝德昌看了下,道:"都怨您这兵,中午没回去,晚上还没回去,打电话问,说是加班哩,不放心,这就来了。"

"啊,这是来查岗的呀!"季健中一边看李德昌画的图,一边也开玩笑地说。

"那倒不是。"小桃答。

"那是什么?"季健中问。

"这几天德昌闹胃病,我怕他在外边吃不好,赶上这会儿不太忙,我给他煮了碗龙须面送来。他只顾画图,还没吃哩!"

听小桃这么说,季健中感到十分惊喜,朝一旁的桌子上望去,这才发现那里放着一只保温饭盒。走过去,揭开盒盖子,里边果然是热腾腾香气扑鼻的鸡蛋龙须面,季健中道:"德昌,快吃快吃。等你吃了,我还有话问你。"

"那你先说,说了我再吃。"李德昌坚持说。

季健中知道对方的性格,也是个工作起来不要命的人,就吩咐道:"小桃,麻烦你给他倒上。"看到小桃上前开始倒饭了,健中接道,"下班不着家,你这是画的什么?"

"这是画的可调式钢制预组装平台。"李德昌见季健中愣愣地看他,忙解释道,"海外业务不断拓展,设备也得跟上呀!"

"啊,我明白了。"季健中十分高兴,道,"德昌,你真是好样的。要接海外的大高炉，现有的花岗岩预组装平台平整度都无法保证，你这是要设计精制预组装平台呀！"

听对方领会了他的心意，李德昌无声地笑了。

"你娶了个贤惠妻子。"季健中说着，上前拍了拍德昌的肩头，关切地道，"工作当紧，身体同样重要。别光端着，赶快把面吃了。"说罢，健中欲走，又道："天黑，家里还有孩子，陪着小桃早点回去，别让家里人挂念。"

"哎！"

这天，季健中正念念不忘数控磨床的事儿，安心平从泰州打回了电话。一听人家对炭砖用磨床的结构又进行了仔细研究，设计上有把握，季健中对着电话就笑起来，说："太好了，你替我先谢谢人家！"

接下来，一听价格，季健中禁不住哎哟一声，道："一台普通磨床只需十几万，一台数控磨床都得六十多万，是不是价格太高了？"想想眼下国内还没有这方面的数控磨床，现在是走前人没有走过的路，健中沉思一下，遂狠狠心，果断地道，"安总，我认为，只要设计方案可行，他们有把握，能保证达到我们要求的加工精度，我们就要敢做第一个吃螃蟹的人。俗话说得好，'舍不了孩子打不住狼'。就这样吧，利益与风险同在。你们辛苦点儿，时间上，既要抓紧落实，又不要催得太急。俗话说，慢工出细活儿。"说到这里，健中想了下，又道，"另外呀，心平，北京的杨先生刚刚打来电话，保尔斯特的客人，因为有重要的商务活动缠身，时间上有冲突，分不开身了，会推迟两天。我的意思是，与欧洲的合作至关重要，若能在保证质量的前提下，赶在白瑞博士一行来访前把机器赶制出来那就最好！"

"这个嘛！"安心平在电话中说，"赶紧点儿，应该不成问题。"

与此同时，由李德昌牵头自行研究设计的大型可调式钢制预组装平台，也于一个月后开工建造。

这天，季健中匆匆朝集团第五座"大型高炉炭砖预组装中心"走来。

当然，此时来这里，季健中不是检查平台的，而是来看刚刚安装完毕的专用数控磨床试车的。

历时三个月，饱含鲁阳群星人心血，又凝结着江苏泰州智能机械制造有限公司专家们智慧的数控磨床，在组装中心最宽敞的车间里安装就绪了。

随着桥式行车电机发出悦耳的响声，一块大炭砖被稳稳地吊放在磨床工作平台上。只见协作方数控操作员，把给出的数据一一输入电脑，磨床的刀盘按要求自动旋转起来时，组装中心里所有人的眼睛全都瞪大了。因为，鲁阳炭材与泰州智能机械制造有限公司联合研制的这台数控磨床，与先前的磨床不一样。这台炭砖数控加工磨床，三轴联动，在向前推进的过程中，磨头能根据加工要求，加工不同角度的炭砖，速度快，效率高。当然，这只是设计理念。现在试车了，能不能按照要求做到高效加工呢？也就眨眼的工夫，一块重三百多公斤炭砖的两个面便加工完成了。

随着操作员关闭电源，指示灯熄灭，待车间质检员检查完质量，把数据递给在一旁站着始终不语的季健中时，他不敢相信这是真的。因为，任意形状的炭砖仅用几分钟时间，它能完成精确加工吗？

季健中亲自走上前，对照数据又仔细做了测量。他发现，炭砖在宽度和高度上的公差在零点二毫米左右，远远超过了国内同类产品的加工精度。

立时，组装中心一片欢腾。因为，这台完全靠自主研究、设计、制造的国产数控磨床，不仅结束了鲁阳炭材自建厂以来加工磨床精度差、效率低的落后局面，还改写了行业内没有国产炭砖专用数控磨床的历史。

行业内专家说，这是一个历史性突破。鲁阳炭材交给用户的是无可挑剔的精致产品。

季健中心里十分高兴，遂在菜市场买了块儿羊肉和一些调配的食材，骑着他的自行车回到家里。

父亲去世后的第二年，季健中最小的妹妹——健秀也长大了。她找了个很不错的男朋友出嫁了。之后没几年，随着家庭经济的逐步好转，除了健民外，健中的弟弟健辉，靠着自己的努力也盖起了自己的新房。这样一来，如果健中没时间回来的话，守着老宅的就只剩母亲和健民两个人了。母亲一天天老了，健民又是那个样子，天天那次回国临走之前不放心，除了给健中留下美金外，同时还给婆婆和健民在银行各存了两万美金，说是自己不能在婆婆面前尽孝，也无法照顾小叔子，就让存的这几个钱，每月生出的利息，用来找个保姆代劳。有关找保姆的事，母亲开始的时候不同意，但不久就想清楚了。她不忍心因为自己和她的傻儿子的生活，让自己的大儿子操心。在母亲心里，健中整天忙得脚不沾地不说，一个大男人，整天过的日子，跟光身汉没什么两样。老头子没闭眼的时候她没有问过，更没有催促过，她知道儿子孝顺，看着自己的爹那个样子，无论如何他也不会拍拍屁股走人。可是就在老头子走后的第三年，看看守孝已满，趁着健华和健秀还有嫁到洛阳去的健梅回来给父亲上坟，母亲就让人把她和她的傻儿子健民的行李给打好了。没等开腔，健中就笑了，说："妈，您是不是低估了您的儿子？"看着母亲沉着脸没接腔，健中又道，"快别瞎折腾了，我知道您的心劲儿。"事后，健中对母亲说，"我想天天和晓明，但我不用为她们的衣食住行担忧。假如我到美国去了，守着老婆孩子，我一日三餐会吃不下饭的。因为，远离了我的一帮好兄弟，我的魂会丢的。"知儿莫若母。于是，母亲叹息一回，就在好心邻居的介绍下，找了个叫穗儿的女人来做家政服务。

穗儿是山里人，三十刚出头，曾有过一次婚姻。开始的时候，穗儿的男人待穗儿还不错，只是四五年没显怀，那男人就和穗儿翻了脸，把穗儿的身上打得青一块紫一块不说，还给穗儿准备了一瓶"一六〇五"，显然是等着让穗儿死的。知道男人心狠容不下她，穗儿就和男人离婚回了娘家。山里人思想守旧，穗儿在娘家住着，免不了被人说长道短，加之穗儿识不了几个字，几次都有了死的念头。也就是这时候，穗儿到了季家做家政。两年后，穗儿突然向健中妈提出一个要求，说是要嫁给健民。一听这话，健中妈当时就愣住了，说："俺健民脑子有点儿问题，你嫁给他做什么？"穗儿听了，抿嘴一笑，说："他心里有俺。"原来，穗儿到季家半年多点的时候，健中的母亲到洛阳看闺女，曾离开过一段时间。赶在那时候，穗儿就把健中母亲铺的、盖的、穿的、戴的，里里外外都拆洗收拾了一遍。接下来没活儿干，穗儿就把当闺女时跟着父亲学的手艺给用上了。也就不到半个月时间，穗儿从健中母亲那屋开始，给季家的老宅来了个大扫除。除了厨房因病倒没来得及整理外，其他所有地方，穗儿全都把老墙上的泥皮抢掉，用她的工钱买来白灰粉到墙上去。可是接下来就要收拾厨房的时候，连日劳累加之风雨中到外面找健民时被大雨激住，一病三四天没有下床。穗儿觉得自己要完了，这是要死在主人家里了。口干舌燥，烧得浑身直冒火。迷迷糊糊中，穗儿做了一个梦，见一位仙人给她端来半碗水让她喝。这时候，穗儿醒了。但她没看到仙人，而是看到铁塔一样的健民在床头站着，而他的手里还真的端着半碗水。母亲知道穗儿说的是心里话，加之她着实喜欢穗儿，她就到穗儿的娘家去了一趟。一听穗儿的娘家兄弟媳妇说，穗儿是嫁出去的闺女泼出去的水，母亲知道穗儿的娘家人不待见穗儿，就张罗着明媒正娶把穗儿给娶到家里。也就一年多点时间，在前夫那里，怎么都不显怀的穗儿，却给季家生了个大胖小子。说是命里缺木，遂取名叫晓森。眼下四岁多上了幼儿园，都会把"松下问童子，言师采药去"一些古诗名句背得滚瓜烂熟了。同时，穗儿的到来，健民的智商似乎也恢复了一些。每到冬天来临，家里要打蜂窝煤球什么的，只要给做出个样子，健民都会照着往下干。而且，有穗儿在跟前守着，健民也不往外面跑了。这样，穗儿就买了台织机，把空余时间给利用起来，专门加工手套，生活充实而又幸福。对健中来说，有穗儿这把好手，他自然对健民的事情放心多了。但母亲越来越老了，算算有四五天没进家，加之应邀要到日本去，作为孝子，他必须回来看看。

此刻，一看是大哥回来了，穗儿忙寒暄着从织机上下来，准备做饭。健中笑了，说："你别插手了，你那手套越织越好，人家说，有多少要多少。"

"那是托大哥的福。"穗儿道，"无论挣多少钱，我都不会忘记大哥。"

"看看人家穗儿，说话就是暖人心。"母亲在屋门口把话接住。

"不是我说话暖人心，是大哥当得好。"穗儿道。

健中道："你挣的是血汗钱，起五更打黄昏不说，还要照顾一家人的吃喝拉撒，大哥感谢你，穗儿。要不然，大哥在外边跑，能这么放心吗？"

这话让穗儿听了，心里倍感温暖。想想前夫对她那个样子，穗儿的眼泪立时就掉下了。她觉得，本是伺候人的，可伺候的人却在她要死不得活的时候，给她端来救命的水喝。穗儿在心里庆幸自己走进了好人家，就道："大哥，要感谢的是我。你工作忙，别哩帮不上你，家里的事你就放心好了。"

一家人自然没有那么多外套话，穗儿说罢，麻利地沏上茶，端到健中面前，就又回到织机上"剌啦剌啦"织起手套来。

看看儿子收拾了羊肉，又开始洗葱抠姜择芫荽，母亲就开始和面。也就一会儿工夫，馅剁好，面也醒好了，穗儿就从织机上下来，和母亲还有大哥一起，拉着家常包起饺子来。

这中间，想起健中说起工作上的事，母亲觉得儿子已是五十有几的人了，眼下厂里的难关也过来了，这几年坚持下来不容易，儿子该歇歇了，就道："集团里都是各自一摊儿，你还操恁些心干什么？听说你还要到日本去？"

健中道："日本的技术先进，产品质量好，过去咱没条件，现在有条件了，我到日本去，要好好儿向人家学习学习。"

母亲笑了，不无埋怨地道："这好，那好，哪有老婆孩子在跟前好？再说了，你又吭卖给厂里，该甩手时就得甩手。"

健中也笑了，说："妈，我知道您心里想的什么。要是当初不来炭材厂就好了。若不来，天天也不会泰国新加坡还有中国和美国南哩北哩来回跑，我也早到闺女那儿享福去了。眼下，虽说没有人把我卖给厂里，但比卖给厂里还让我费心。说实话，现在不是炭材厂离不开我，而是我离不开炭材厂呀！"

母亲说："连个电话费的钱都没有的日子已经过去了，为那几家公司，你也真尽了心。趁你还走得动，别让你媳妇成年合月星星过月儿似的来回跑了。"

看着就要奔八十的老母亲满是青筋的手，捏着小擀杖，日渐迟钝的样子，季健中实在不忍心再让老人为他操心，可是他心里装着放不下的鲁阳炭材，就假装开心地笑着，道："我知道这个理儿。妈，您想过没有？碰上天天，这是上天赐给我的福气，再苦再难，对我来说，都是甜的。同样，走进炭材厂，也是我和炭材厂有缘。说实话，开始的时候，振国动员我到炭材厂工作，我真的不想来。可现在，无论走到哪里，只要说起鲁阳炭材，没有人不对咱鲁阳人竖大拇指的。是的，连个电话费都没有的时候已经过去了，可因'三角债'所欠下的账还在那儿趴着，破产清算后余下的债务，只有一分不少地还给人家，我才能心安理得。同时，世界上那么多大高炉需用炭砖，也不只是他们西方人的专利，我们为什么不能去比试比试？所以，容您孩子再去努一把力。弄成了，是咱鲁阳炭材有这个实力，日后再遇到什么风啊雨啊，日子总会好过些。失败了，怨您孩子没本事。到那时，您就是不说，有穗儿在您跟前伺候，该走我会毫无牵挂地走。"

好不容易逮住一个空闲，本是要说服儿子的，可反被儿子的一番肺腑之言感动，一边擦着眼泪，一边不无自豪地道："你跟你爸爸一样，看准的路，就是有十八头壮牛也拉不回来。"

日本有家非常著名的高炉用耐材企业，那便是 SEK 株式会社。两下搭上关系，是四个多月前的事。那时，季健中正带着翻译，在印度、伊朗等地考察耐材市场，顺便慰问在外施工人员。在这之前，季健中从行业协会一朋友那里了解到，日本 SEK 株式会社池田孝雄将到北京，拟在中国寻找合作伙伴。考虑到 SEK 株式会社有着悠久的耐材生产历史，季健中便盯住了这家日本企业。SEK 株式会社生产规模虽然在日本占不到第一位，但人家的技术力量和研发实力，在国际上处于领先水平，其服务过的高炉炉龄已超过了二十年，莫说是中国，就是欧洲同行也十分佩服。

一听日本具有耐火界外交家之称的池田孝雄先生已到沈阳，并且已经在中国考察了几家耐火材料公司，季健中知道所得的信息滞后了，遂立即飞往沈阳。

见面寒暄过后，翻译森木哈穆先生介绍了 SEK 株式会社的基本情况和来华的意图，并谈了他们在中国所考察的几家公司的情况。

听听对方考察过的几家耐火公司都是大型国有单位，一个个实力雄厚，但要成为日本企业的合作伙伴，季健中觉得，大国有企业有他们的优势，民营企业有民营企业的亮点，遂把鲁阳炭材的基本情况向客人作了介绍。从对方回应的表情来看，健中知道对方没有小看他这个民营企业的代表。但接下来的一幕，却让健中和在东北出差，赶到沈阳参加会谈的李军强科长和翻译章晓琳禁不住一愣。因为，池田孝雄先生面带微笑，正品茶时突然发问道："季先生，你们中国人，怎么看待我们日本？还有你认为我们日本人如何？"

这是季健中怎么也没有想到的问题。试想，健中的爸爸十七岁离开读书、见习的河大医院，只身奔赴豫北抗日前线救护伤员；季健中自小是捧着抗日题材的连环画，长大了又是看着《地道战》《地雷战》，读着《铁道游击队》《烈火金钢》和《平原枪声》等影视及文学作品长大的。从骨子里，他能对给中国和亚洲人民造成无限痛苦与灾难的日本侵略者有好感吗？但和池田孝雄要谈的是实业，要向人家学习的是先进的耐火材料制造技术。这么想了，他就以中华民族的真诚，微笑着向客人道："二战后的日本科学技术各方面都发展得很快，继美国之后，成为世界第二大经济体。你们有许多值得我们学习的地方。另外，从中国官方近期披露的数字看，中国改革开放以来，实际利用外资，日资占了百分之五十以上。今天中国经济的高速发展，日资起了相当大的作用。这说明，中、日两国间的经济互补性很强。因此，不仅是我个人，还有相当多的中国人都对此持认同态度。"

"说的好！"池田孝雄非常高兴，说话间，他把头深深地往下一沉，鼻子都几乎碰到桌面上，表示赞许。然后站起身来，往前走了两步，伸出手与健中的手紧紧地握在一起，用一口不太流利的中国话说，"我们本打算从北京离开中国，可是鬼使神差地来到了沈阳，又十分意外地见到了您，使我们又多了一个选择，得到了非常有价值的信息。或许你们就是我们期许的那个能帮助我们以后在中国大陆发展业务的贵人。"

接下来，没过两个月，日本 SEK 株式会社国际部池田孝雄部长和他的助手森木哈穆课长再次来到中国，对鲁阳群星炭材集团进行了全面和认真的考察，并最终选择鲁阳群星炭材集团作为他们在中国的合作伙伴。

现在，应邀飞往日本名古屋，除了礼节性拜访和交流参观外，由于双方的合作意向很明确，落地后经过几轮谈判，终于达成合作协议，双方同意相互代理对方的产品，并共同开拓国际市场。

之后不久，SEK 株式会社的高品质炭砖就与鲁阳群星炭材集团的新型炭砖打包进入了海外高炉市场。

第二十一章　东西方文化的碰撞

保尔斯特冶金工程设计研究院是世界知名的科研机构，业务范围主要在欧、美等发达国家。它与创建于一八八二年的钢铁巨子——阿尔贝德钢铁公司有着紧密的合作关系，总部在卢森堡。

一九九九年年末，初涉耐火材料业的晓明意识到，要想使鲁阳的炭质耐火材料业融入欧洲冶金行业，就必须有世界顶尖的设计院的支持。鉴于此，经多方联系，遂与保尔斯特的杰克·白瑞博士搭上了关系，并邀请其在适当的时候到中国鲁阳炭材厂访问。二〇〇三年冬，白瑞博士利用到俄罗斯商谈业务的机会，与保尔斯特冶金工程设计院技术经理雅克先生，在他们驻北京公司的项目经理杨卫国先生的陪同下，来鲁阳考察微孔炭砖的日程安排虽然延期进行，但由于新组建的几家公司起点比原来的高，特别是新建的当下国内最大的二十五米乘二十五米大型可调式钢制预组装平台，使白瑞博士眼前突然一亮。欣喜中，白瑞博士放眼看去，宽敞的组装车间里，房顶上安装了透明塑胶板和自动旋转排气扇，使车间里明亮而又清爽。加上昂扬向上的职工精神面貌、科学严谨的现场管理，以及质优价廉的产品，白瑞博士当即就萌生出合作的念头。接下来，为了切实了解鲁阳炭砖的真实情况，外边飘着雪花，白瑞博士只身趴在滴水成冰的钢制平台上，对已经砌好的炭砖的砌缝和平整度等关键部位，进行了仔细检查和测量。结果显示，鲁阳加工的炭砖公差只有零点二毫米，砖缝不大于零点五毫米。白瑞博士对如此高的加工精度感到十分惊讶。他沉思了下，通过翻译说："这样的水平已经达到了保尔斯特的质量要求，但不知你们的产品内在品质怎样？"随后，他提出一个要求，希望带样品回保尔斯特耐材实验室对炭砖的内在品质进行分析，并表明，只要达标，可以考虑鲁阳炭材成为保尔斯特的供货商。对此，健中十分高兴。从随后的信息反馈情况看，鲁阳炭材提供的炭砖样品，各项理化指标，经卢森堡保尔斯特耐材实验室检测，全部达到国际标准要求。显然，白瑞博士一行此访非常成功。

次年初夏，晓明和麦克先生利用到欧洲出差的机会，对保尔斯特进行了回访。白瑞博士和他的一位意大利同事，在保尔斯特总部热情接待了晓明和麦克，访问效果比预期的还要好。是年底，保尔斯特第二次派专家到鲁阳炭材进行技术交流，并与海星公司签下了欧洲一家钢铁公司三千两百立方米高炉炭砖的商务合同。

昨天下午，保尔斯特打来国际长途电话，白瑞博士和雅克经理将来鲁阳验砖。

在鲁阳群星炭材集团海星公司生产现场，无论生产装备、检测仪器，还是场地设施，一切都远远高于炭材厂那时的水平。而这一切，全都仰仗县农村信用社胡海潮主任的支持。那时候，炭材厂遗留问题尚未明确解决方案，作为主任，胡海潮便毅然决然地开始发放新的贷款，真的是雪中送炭。紧接着，根据项目建设需要，胡主任又追加了部分贷款。于是，集团就用这笔宝贵的资金，与泰州智能机械有限公司共同研发出我国第一台加工炭砖的数控磨床，使加工精度有了极大的提高。同时把老旧的蒸汽加热混捏设备改成油加热，大大提高了混料的加热温度，混出的糊料更加均匀，塑性更好。在以前，即便是在当下的同类企业里，煤沥青和焦油加热时就免不了有各种难闻的气味，但在这里却闻不到。因为，它通过抽风设备，直接把加热炉产生的废气送进净化设备里做了处理。眼前，公司预订的生产合同排得满满的，拉送原料的短途小型装载车辆来来往往，封闭型传输设备不停运转，生产现场繁忙而又有条不紊。

要接待欧洲专家了，鲁阳群星炭材集团工会主席兼综合办主任王红珠，早在三天前就忙起来了。此刻，她就拿着对讲机，踏着厂播音喇叭里播放的贝多芬充满激情的《英雄交响曲》音乐，朝海星公司走来。

金秋十月，甬道两旁，绿油油的草地里，菊花、美人蕉、月季花等竞相开放。

作为从事高炉用新型炭质材料研究与生产、具有二十多年发展史的鲁阳炭材人，都知道保尔斯特公司在世界上的名气。现在客人要来验砖了，公司上下格外用心。对此，王红珠对有关部门交代过多次，又不厌其烦地到现场督查。在她心里，生怕有一丝的疏忽而影响到集团的声誉。

这个贫困地区农民的后代，为能当一名工人而自豪。特别是做梦也不会想到，自己有一天能成为一家名扬海内外知名企业的工会主席兼综合办主任。

她爱自己的企业，就像爱自己的生命一样。

有一天，在餐厅里用餐，面对耐火厂周菊和梁如宾一帮人闹分裂，王红珠心里怎么也无法平静。

想到云霄翔在耐火厂职工大会上，信誓旦旦又是补发职工工资，又是加大投资力度，研发核心技术、培育拳头产品等所有的承诺，到头来全都成了空话的时候，她恨当下的一些人简直都成了骗子和强盗。再想想自炭材厂兼并冶炼厂后，厂领导对冶炼厂工人的关心与爱护。为了适应市场，把冶炼厂改为化工厂，而今又将化工厂改为耐火材料厂，每一步都根据市场的变化而变化，当然每一步都倾注了炭材人的心血。也正是在这一时期，她渐渐明白，地方小企业，只有在不断地联合、创新中才能发展壮大。企业好了，工人的生活才能真正得到改善。每想到这里，她的眼泪就情不自禁地从脸颊上扑簌簌地流下来。

事后得知，尽管王红珠是冶炼厂人，与耐火材料厂那边毫不相干，之所以她会落泪，作为一名员工，她珍惜自己的这份工作，恨那帮人胡闹搞内讧，把好端端的厂子弄零散了，是苦无办法而落泪啊！

后来，炭材厂也陷入了困境，特别是当她得知厂里几个主要领导，被债主逼得走投无路，不得不背井离乡的时候，王红珠心里简直比刀割了还疼。在那些日子里，每当她看到这站那所，把厂里大小车辆一辆一辆开走抵账去的时候，她几次都想冲上去制止。可是，欠债还钱的道理她怎能不知道啊！

当王红珠看到业务员连出差的钱都没有时，她只好回老家去。卖了一棵生长了几十年的香椿树，又把父亲刚刚领到手的救济金拿上，凑了两千元钱。

这时候，在厂里留守的肖汉伟正为钱一筹莫展。毕竟，外边欠的两千多万元货款，能收回来一块就能顶一块钱的事。再说了，能出去跑跑，总比在家一筹莫展强。一看王红珠给他拿来钱用，肖汉伟知道王红珠和厂里许多人一样，早就裸捐了自己，就惊讶地道："你哪儿来的钱呀？"

"这你别管，反正不是偷来的。"王红珠说。

肖汉伟知道王红珠的为人，遂笑笑没有再说什么。看着王红珠转身出门走了，肖汉伟拿起内部电话，叫来业务员，给每个人安置些路费，打发他们立即动身出去讨账。

眼下，老厂子正在破产清算，眼看大功就要告成。同时，新成立的几家公司一家比一家红火，特别是保尔斯特的专家要来验砖，这一切让王红珠的心里都有掩饰不住的高兴。她又仔细地把接待方案看了一遍，一环套一环的十分严谨，可她还是不放心。因为，这次是欧洲的专家要来验砖，组装中心是客人现场工作时间最长的地方。王红珠明白，几家合同都赶到一起了，这就免不了有手忙脚乱的时候。卫生什么的她不用担心，她就对石惊天道："秋老虎还没真正过去，天气热，生产又紧，大车间又没空调，在外国专家面前，特别是你那几个技术员，是直接跟人家打交道的，如若遇到磕磕碰碰的事，一定得注意方式方法。"

"你放心，王主任，我们一定注意。"这是石惊天的承诺。

由于头天晚上石惊天陪着集团领导给外国专家接风，喝了几杯酒上了头。同时，从酒店出来回到集团，大伙儿就次日参与炭材厂破产财产拍卖竞标的事讨论了很久，石惊天到家临睡的时候，已是凌晨一点。可他还是一大早就赶到了公司。

这是第一次就要将产品打入欧洲市场，季健中和安心平等都特别重视。按理说第一天验收产品，他们都应该到场，一是礼节，二是重视。只是和炭材厂破产清算拍卖会的时间发生了冲突，季健中和安心平遂向客人说明了情况，就匆匆忙忙地走了。

现在，当石惊天把公司里需要安排的事情分派好的时候，刘华平和集团总工程师牛志刚陪着客人也到了公司门口。于是，石惊天和他的几个管理人员便满面笑容地迎上来。

可是，当白瑞博士一行一来到组装中心，看看递到手里仅有两页纸的组装报告，立时便傻眼了。

白瑞博士怕解释不清楚，忙对一旁的翻译章晓琳说了一阵。晓琳遂翻译道："博士先生说，这可能是他们事先没有说明白，按照欧洲冶金工程设计研究院有关对高炉供货方的要求，他们要看的是从原料进厂，到产品出厂各道工序的原始记录。"说了这话，晓琳见跟前的石惊天一帮人大眼瞪小眼，一个个愣在那里，就提醒道，"石经理，生产过程的原始记录咱们有吗？"

石经理听了，两手一摊，做出无奈的表情，喊了声"晓琳"，道："他们是来验砖的，现在突然要原始生产记录干什么？"

依着石经理说的意思，章晓琳生怕翻译不明白，就一边用英语向白瑞博士说着，一边朝预砌平台上放着的实物指了指。白瑞很快就明白了，挥了下石惊天刚刚给他的报告，说了一阵，让晓琳给翻译。晓琳点点头，转对石惊天道："白瑞博士现在不是要炭砖的预砌自检报告，而是要看做这批炭砖的原材料进厂时的检验报告，以及各个加工环节的原始记录文件。"

石惊天明白了，嘟囔道："早说啊！"转身对集团副总工程师李德昌道："李总，各工序原始记录都在技术科，麻烦你把这些材料准备一下给他们。"

李德昌道："原材料进厂时是有检验报告。但这一批砖的原料检验报告，到底跟哪批原料检验报告相对应，这个我们还真没有这么细致做过。"

晓琳给白瑞解释了这个情况。

白瑞听了，他不知道用什么词来形容此时此刻的心情。过了一会儿，他忽然用生硬的中国话道："荒唐！"说罢这话，白瑞又对晓琳用英语说了一番。

晓琳翻译出来的意思是，原材料进厂检验报告，不仅是保证最终产品质量方面的重要依据，而且也是质量控制中的重要环节，你们没有把这项工作重视起来。对此，白瑞表示非常不理解。

面对白瑞博士的不理解，石惊天咂咂嘴，作为海星的负责人，也出于对客人的尊重，他没有反驳什么，就自言自语道："只要最终产品好，就说明原材料没有问题。现在要几个月前的原料检验报告，真是六根指头挠痒——多那一道。"

白瑞看出石惊天有情绪，但听不懂他说的是什么，就愣愣地看着。

石惊天看了，十分不快地对晓琳道："你问他，还想看什么，让他都说出来。别跟老牛倒沫样，一会儿咕咚一口，停一会儿再咕咚一口。"

这话逗得晓琳禁不住笑了。

白瑞不知道晓琳笑什么。盯住问，一听是这么个意思，也禁不住笑了。

石惊天也被逗笑了。考虑到建立良好的合作关系，以便于顺利通过验收，遂满面堆笑地对晓琳道："请你告诉博士先生，我们虽与海外客户多次打交道，参与过许多高炉大修，也赢得了良好的口碑，但真正接受欧洲专家验收还是第一次。在生产管理方面，我们诚恳接受博士先生提出建议和批评。至于每个工序的质量检验记录，我们可能不会太齐，请他多多谅解。"

翻译给白瑞博士听了，他的脸立时又拉了下来，道："什么是'多多谅解'？"

"就是想让您理解他们的做法。"见对方一副茫然的样子，晓琳又解释说，"他们想让你们在材料验收方面稍微放宽一些。"

"这个我不懂，我也没有这个权力。"白瑞愤愤地说。

这么领教了一番，石惊天清楚对方在职业操守和技术要求方面是严苛的，也是不可动摇的，心里顿生敬意。想想刚才李德昌说的原材料进厂验收情况，遂对晓琳说："原料进厂检验记录我们有，但不一定跟这批产品对上号。"

白瑞博士听了，与雅克合计了下，觉得不能因为这个缺失就把验收工作停下来，遂对晓琳作了解释。

晓琳道："白瑞博士的意思是，既然原料进厂时都有检验记录，就应该根据这批砖的生产周期，推算出原料进厂时间。意思是，如果能把那个时段的原料进厂检验记录拿给他们看，也是可以的。"

"这还差不多。"说罢这话，石惊天对站在身边的李德昌吩咐道，"李总，麻烦你再安排一下，派人把那个时段的检验记录找一下。"回过头来，考虑到博士要看工艺过程中的其他原始记录，他遂向成型车间和焙烧车间分别打了电话。很快，成型车间和焙烧车间的两位主任，拿着成型和焙烧工作日志一路小跑过来了。

接在手里，石惊天看看记录，遂满意地递给白瑞。

白瑞博士搭眼看了，脸上立时有了喜色，说起了中国话，道："对对对！就是要这些东西。"可是，接下来仔细一看，又开始摇头了。

原来，他所要的东西，远不止原料进厂时要有检验记录那么简单。具体到每一块砖，成型时要有某年、某月、某日，以及某班生产的详细记录。而在焙烧过程中，不仅要有炭砖焙烧升温曲线记录，而且还要有每块砖装在窑内的位置图。

这样，在石惊天看来非常简单的事情，白瑞搞得这么复杂，这就少不了又惹火一阵。

晓琳翻译道："白瑞博士说了，他们要的是全流程原始记录。拿这批砖来说，从原料进厂、分级，到混捏、成型，一直到焙烧、成品检测等每个过程的记录，他们都要一一查看。尤其是还要工艺流程图。图中要显示每一块砖的生产批号，及其在焙烧窑内的位置和出窑时的质量检测报告。特别是不合格品在窑室的摆放位置，以便作为掌握和调整工艺参数的依据等。"

这一下，石经理彻底卡壳了，而且也全都明白了。

因为，从晓琳翻译的话里，石惊天的理解是，公司里每生产出一块砖，就像是一个人，打娘肚里从怀孕开始到出生都得留下记录。然后在成长发育过程中，高低胖瘦什么的，都要有详细的档案。对于这些，鲁阳炭材从建厂到当下二十多年来，从来没有这么细致地要求过，更是前所未有的。

遇到这么个验收专家，一种无可奈何又难以名状的苦恼立时便笼罩在大家的心头。是的，莫说当下已变成民营的海星，就连国有时期炭材厂最红火的那些年，也从来就没有哪一家设计院、炼铁厂的专家，有过如此详细、严格的要求。还真是破天荒了。

现场气氛就像是五六月间的天气，刚刚还艳阳高照、风和日丽，顷刻间就变得乌云密布、天昏地暗了。

遇到这个情况，白瑞博士十分无奈，遂对晓琳说了一通。最后，晓琳想想双方存在的差异实在太大，便对石惊天道："很遗憾，按照欧洲的验收规范，海星公司还不具备验收条件，白瑞博士认为，验收无法进行下去。"

作为海星公司的老总，石惊天一听这话，血压突然升高，整个人差点儿一头栽倒。发展海外业务，服务海外客户，成为世界耐火材料业大家族中的一员，从而造福社会，从老专家杨逸菡到老厂长季健中，再到他们这一批批从生产一线被选送出来到大学深造的新一代，那都是日思夜想的一件大事。可就是这么个梦想中的大事，他这个当经理的一伸头就被人一把摁下了，那他不是鲁阳炭材业历史上的罪人又是什么？

冷场了，海星公司上上下下抓耳挠腮，手足无措，下一步该怎么破解眼下的困局呢？

第二十二章　艰难的接轨

　　欧洲专家白瑞博士按西方规范严格要求，致使现场验收就要戛然而止，这在海星公司经理石惊天心里所产生的震荡确实是巨大的。

　　此刻，稳定了情绪，想想集团对此事的高度重视，特别是昨天晚上老厂长说到验收一事时的叮咛和嘱咐，天大的责任在肩头压着，见白瑞一行摘下安全帽要离开，早就急出一头汗，差一点儿一头栽倒在地的石惊天，是绝不会就这么放弃的，遂"哎哎"喊叫着追上来拦在白瑞博士面前。

　　这时候，心里憋着话要说，看看晓琳在一旁忙着接电话，石惊天怕博士甩手走人，他等不及就用较为生硬的英语对白瑞博士说起来。大意是，鲁阳人的新型炭砖，早在十多年前，就已经上了中国的大高炉。并且创造出一代炉役近十四年无大修的记录。经过多年的努力，现在的产品，无论技术还是生产工艺，又有了很大的提高。所以，在海星公司的产品中，我石惊天敢以一个中国人的人格来保证，我们在平台上摆着的每一块砖，不仅都是合格的，而且质量是最可靠的。

　　白瑞十分茫然，朝晓琳看去，而且情绪十分激动地用英语发出质疑。

　　晓琳翻译道："白瑞不相信，让我问问你石经理，凭什么说是最可靠的?"

　　"凭什么说最可靠?"石惊天一下子又被弄糊涂了，就没好气地道，"晓琳，你给他说。自签下合同后，我们海星公司的所有员工，知道涉外工程的重要性。所以，包括集团理事长在内，都亲自抓。对公司上下作了动员部署。每个工人发誓言，各个班组写保证，技术人员跟班监督，领导干部天天检查。我们绝对是按照技术要求严格组织生产的。因此，这批砖的质量，是绝对有保证的。"

通过翻译，白瑞也糊涂了。海星公司搞的这一套花里胡哨的东西使他感到十分惊讶。他沉住气来到石惊天面前，用生硬的，而且是非常气愤的语气，用中国话吼叫着质问道："保证？石经理，你拿什么来保证？真是天大的荒唐！"

这句话，在海星人心里，不仅仅是质疑和责怪，简直跟训斥差不多。于是，车间员工们脸上的表情，从惊讶变成了愤怒。因为，他们面前的石经理，为着鲁阳炭材的发展与进步，和牛志刚、李德昌一样，耗去的何止是心血。在员工们心里，他们就是鲁阳炭材的大英雄，是功臣。自己呵护还来不及，怎容得下别人这么粗暴地恣意诋毁？同时自打上了北方钢铁大高炉，这么多年来，无论是国内、国外，鲁阳炭砖都是抢手货，向来没有遭人指责过。对此，大家真的想不明白，表露出来的，自然就是愤怒。

是的，现在的鲁阳炭材人，那可不是早年间那个时候了。自季健中主政炭材厂以来，从开始的尊重知识，到人才培养，许多人都学到了很多专业知识，真正地由门外汉成了行家里手。公司生产出来的产品，已在国内冶金界成了炙手可热的抢手货。而现在你白瑞来了，就什么也不是了。人们无法接受这样的现实，憋不住又不敢对面前的欧洲验收专家正面开火，遂就在下边小声议论开了。

这个说："这是什么专家？这是专门来找事的，不是来验砖的！"

那个道："他们西方人，就是这德行，看不起咱们中国人！"

又一个道："看那头仰得大公鸡样，就知道训斥人！"

还有个说："又不是卖不出去，何必求到他下巴颏底下说好话！"

……………

看看现场情况，再听听人们的议论，雅克经理渐渐地明白了问题出在哪里，就也插进来对晓琳说了几句。大意是，我们的任务就是来验砖的。现在，不是白瑞博士怎么着，而是海星方面没有搞明白。也许是东西方文化上的差异，导致我们无法验收，海星方面也无法接受。是这样，按照惯例，在验收时，我们不仅要看客户做出来的产品如何，还要看是怎么一步一步把产品做出来的。

听了这话，石惊天又是一愣。他知道对方懂得一些汉语，就放慢语速，说："雅克经理，照你这样说，我们卖砖，还得把我们的技术配方都得给你们？那我们还有什么可以保密的？"

雅克笑了，解释说："我们不要你的技术，更不要你的配方，只要你给我们提供可以公开的一些数据。只有这样，我们才能相信你们在严格的工艺管控下，最终的产品质量是有保证的。"

听雅克这么一说，一旁的牛志刚明白验收是无法进行了。他就想退一步先稳定一下大家的情绪。要不然，博士要起大牌，一气之下拍拍屁股走了，那就真的糟糕了。他把石惊天往一旁拉拉，道："验收是验收不成了，不如先把博士领到办公室。下一步怎么办，我已经给季总通了电话，等他回来再说。你看怎么样？"

"只能这样了。"说了这话，石惊天就要走到白瑞跟前了，又停在那儿，又急又气，哭笑不得地对牛志刚道，"还是你给他说吧！"

在石惊天心里，事情到了这种地步，他都懒得再理他们了。

牛志刚愣了下，走到白瑞面前，用一口流利的英语说了一通。大意是，尊敬的博士先生，正像这位雅克经理说的那样，由于双方文化不同，加上沟通不到位，我们在质量管理方面，包括工作习惯和你们要求的流程不一致。同时由于双方执行的标准不尽统一，致使验收工作无法按您的要求进行，给您增添了意想不到的烦恼。对此，我代表我们石经理，也代表公司，向您表示歉意。说到质量，您大可不必担心。如果这批砖无法按您的要求验收，我们会按您的要求，重新组织生产，直到您满意为止。至于下一步怎么办，请博士先生和我们一起到办公室稍坐片刻再说。

气氛缓和下来，白瑞和雅克二人遂跟着集团总工程师牛志刚，由石惊天等海星公司的几个负责人陪着，朝办公室走来。

这个时候，原先那种期待、舒心的气氛一点儿没有了。

倒上茶，在冷场中坐着想了一会儿，作为海星的董事长兼经理石惊天，长长地出了口气，似乎把压在心里的郁闷排除了，就十分诚恳而且满脸堆笑地通过翻译和白瑞博士交流起来。大意是，博士先生，刚才在车间，由于多方面的原因，致使验收工作无法进行。对此，我们表示非常抱歉！但是，我可以负责任地告诉博士先生，就这批产品而言，我们真的用心了，真的是我们公司组建以来最好的产品。

从这番话里，石惊天经理带着歉意，本是要缓和气氛的，但事与愿违。

白瑞博士听了翻译后，立时便不以为然起来。他用汉语道："最好的？"

石惊天毫不犹豫地道："是的，最好的。"

白瑞毫不领情，几乎是脱口而出道："我们不需要你们最好的产品。"

听了此话，会议室里，所有中方人员一片愕然。

特别是刘华平，她把公司当成是自己的家，一草一木都是爱在心上的，你现在却来损它，她能不护短吗？于是，她不管对方听懂听不懂就直接提出质疑，道："请问博士先生，你这是什么话？最好的产品不要，你还想要什么？"说罢这话，这位心直口快的女经理实在无法忍受，遂嘟囔道，"这活儿干不成了！"说罢，刘华平起身要走，却被石惊天一把拉住。刘华平愣了下，遂气鼓鼓地又坐下来。

这时，白瑞博士也是一肚子气。他就对翻译发起牢骚来，而且也说出了他一定要从原材料进厂开始，到产品出厂的各个环节，严格检查验收的原因。大意是，他曾不止一次来到中国。中国的工厂总是说把最好的产品给他们。一开始都还不错，但后来供应的产品质量就不稳定了，没保证了，甚至让人上当受骗，给客户造成了重大损失。因此，他吸取教训，为了保住产品质量，必须从各个工序把关。并强调说，他不要中国所谓最好的产品，而是要质量最稳定的产品。

细想之，白瑞博士这番话不无道理，石惊天这就成了茶壶里煮饺子——有嘴儿倒（道）不出来了。

晓琳看看大家，觉得双方都憋着一肚子气，她怕话不投机，影响到合同执行，心里就十分着急。想想刚才在车间门口接到舅舅的电话，晓琳觉得，作为翻译，换个厂家，她会默不作声，因为她的职责就是翻译，别的她没义务，也没法插嘴。可在鲁阳，她就不一样了。

那年，因为要与景山钢铁海外工程部携手开拓印度市场，章晓琳被请来当翻译。从那时到当下，转眼已经十多年过去了。其间，晓琳和鲁阳炭材厂的工程技术人员一道，顶酷暑，冒严寒，从亚洲，到非洲，足迹踏遍了十多个国家。流的汗和鲁阳人一样多，遇到难题时，心里和鲁阳人一样急。在她的脑海中，她早已把自己当成了鲁阳人，心是连在一起的。想想改革开放之初，一些人急功近利，以次充好，甚至榷榷捣捣，在国际市场上干的那些有辱人格、国格的事，不是猜测，而是从对方的话语中她听出来了。白瑞博士之所以要这样，完全是为着人家承包的工程做到质量上万无一失，所以才一定要用欧洲标准，而且也一定要从原材料进厂这一最初环节开始检查验收，以确保最终拿到的产品，有可靠的数据支撑和质量保障。说实话，章晓琳来鲁阳从事翻译工作这么多年，接触了不少国内外专家。但她从未遇到过像白瑞博士这么执着、这么认真的人。她对他们严谨的工作作风、一丝不苟的工作态度顿生敬意。晓琳觉得，白瑞博士为了客户能够买到真正的好产品，这种对客户高度负责的工作精神，用句中国人的话说，那就不仅仅是尽职尽责，而是为朋友甘愿两肋插刀的牺牲精神，是十分难得的。现在，能与这样的人打交道，坚持的是人与人之间必须秉承的两个字，那就是"真诚"，而坚守的则是商道中永恒不变的"信誉"。同时，晓琳还觉得，与白瑞博士打交道，就像是遇到了严师。挺过这一关，一定会把今后的路走得更扎实、更稳健。思索了一阵子，她用英语叫了声博士先生，遂对白瑞说了起来。

大意是，作为翻译，她知道自己的职责，没必要，也没资格介入翻译之外的任何事情。但在鲁阳，她不仅仅是翻译，还有另外一个身份，那就是鲁阳是她的外婆家。从这层关系说，她至少算半个鲁阳人。为此，她希望博士先生针对当前出现的问题，该怎么处理，请提出意见，以确保合同顺利执行下去。尽管各个工序的原始记录一时还不齐备，但鲁阳人为制作这批砖，是尽了心的。这一点，请博士先生放心。正如博士所说，尽管在交往中有些企业有不讲信誉的现象发生，但在鲁阳，是绝对不会出现的。这方面，自先生一踏上鲁阳这片土地，应该感受得到鲁阳人的真诚。同时，鲁阳人知道保尔斯特在国际耐火材料界的名声和地位。作为中国最大的专业从事炉用炭砖生产的企业——鲁阳群星炭材集团，十分珍惜这次合作的机会。也希望通过这次合作，影响和带动鲁阳炭材海外市场的发展，实现华丽转身。

听了晓琳这番肺腑之言，白瑞博士叹了口气，情绪渐渐平静下来，他和晓琳交流了一番。翻译成汉语大意是，今天我们要验收的炭砖，看得出已经组装好了。为此，公司付出了很多。但根据我们的验收规范，我们确实是无法再验收了。在这方面，我们检讨自己，可能是我们之间交流不够造成的。因此，我们也是有责任的。

白瑞先生不愧为博士。他坚持欧洲人的标准，是为着他追求的质量，是为了对他的客户负责。他激动，他给人们红脸，又似乎让人下不来台，也是为着双方真诚的合作。

看看面前的石惊天愣在那儿不语，再想想一踏上鲁阳这块土地，正像晓琳说的那样，无论大事小事，鲁阳炭材人对他们的一片真诚，他当然体会得到。这样，白瑞博士遂推心置腹地通过翻译，说出了他的一片心声。大意是，你们真心把我们当朋友，我们非常感谢你们。如果贵公司想进入欧洲市场，我们也会极力推荐。但是，你们必须按照欧洲程序和规矩办理。因为，产品质量的稳定性很重要。稳定的产品，必须有严格的程序管控，没有过程，就没有结果；没有数据证明，一切都是空的。因此，贵公司要重视程序管控，重视数据管理，让数据为产品说话。

品品白瑞这番话，还真的是站在朋友的角度说出来的。这么想了，石惊天和牛志刚似乎领悟了对方的真情，没有再说什么。而坐在一旁的刘华平一看对方的态度缓和了，觉得也不是阴曹地府的阎王——心是冷的。想想第一批产品已经做出来了，如果就这么验收不上，那就是把血本给赔进去了。于是，借着给客人倒茶的机会，刘华平对翻译晓琳说："你说话博士听得懂，你跟他说说。博士那一套，毕竟是个过程，能有那么重要吗？眼下，这批砖我们已经生产出来了，就在车间里组装平台上摆着。为生产这批砖，我们确实下了功夫，质量也确实不错。如果能迁就一下，能过去就让过去吧！下一批砖我们再按他们要求的去办。你看这样可以不可以？"

翻译过来一听，白瑞就火了，只是碍着刘华平是个女同志，语气虽然没那么严厉，但意思是同样的。他一边摇头，一边说道："不可能!"

一听这话，刘华平又给弄了个大窝脖儿。

这时，王红珠打来电话。一听午餐时间到了，石惊天遂起身邀请白瑞和雅克二人离开办公室朝餐厅走去。

还在白瑞和雅克一行要按欧洲的程序进行验收，工作进行不下去的时候，牛志刚当时就知道遇到了难题，随即就同季健中取得了联系。

那时候，季健中和安心平、肖汉伟几个人一起，正在市体育村宾馆临时安排的拍卖会上静等着拍卖师进场。

三天前，季健中就炭材厂破产财产拍卖，有关竞买方面的事情，做了精心安排，志在必得。因为，破产财产中的机器设备连同厂房，已按照承包经营的方式，由几家新成立的公司租用着，若在竞买中失败了，鲁阳炭材将会更惨，甚至会和县服装厂，还有耐火材料厂那样从此消失掉。之所以他会这么想，那是因为，在原来的三家申请参加拍卖活动的竞买人中，有一家提前退出了，而剩下的那个叫王冠军的人，身份神秘。季健中和安心平几个人分析过，保不准那人就是个马仔。那么，是谁在幕后操盘呢？季健中断定，在鲁阳地面，除了云霄翔，别的没第二个人。若真是那样的话，早就想置炭材厂于死地的云霄翔还能让企业存在吗？

此刻，季健中和安心平就坐在拍卖场的竞买席里。他们的左边坐着手中拿着恒星公司牌子的肖汉伟，身后则是集团的一帮骨干。离他们不到两米远的地方，则是王冠军一帮人。打面相看，有两个可能见过面，其他人则全是新面孔。都到这时候了，季健中觉得，若真的是老冤家云霄翔在背后操盘该出来却没出来，那云霄翔的道行还真的不浅。按照预先的安排，拍卖时间马上就要到了，季健中一帮人谁也没有说话，那表情，一个个都十分凝重。再看王冠军那边，一个个嘻嘻哈哈，不仅跟没事人样，还一个个贼眉鼠眼不住朝季健中这边看，嘲笑的意味非常浓。

就在这时，季健中的手机突然响了。一看是牛志刚的电话，季健中匆匆起身来到拍卖场外边，急急地对着电话道："志刚，有什么事？你说。"

听到验收遇到了难题，季健中心里立时就急了。

鲁阳炭材，东山再起，为的就是向海外发展，而保尔斯特白瑞一行不就是最好的引路人吗？这么想了，季健中扭头看看拍卖场那边，人出人进的，十分热闹，就犹豫了下，拨起晓琳的电话，让她转告白瑞博士和雅克经理。

大意是，牛总刚刚给我通了电话，知道我们的工作不到位，感到非常抱歉。白瑞博士和雅克经理是我们的好朋友。有些话，请给博士说明白。关于他们要求的程序，包括我在内，说实话，都很不习惯。不过，这不要紧，一切问题我都会妥善解决。

说罢这话，季健中回到拍卖场里，看看拍卖师还没到。派人一打听，拍卖师正和拍卖行的赵经理，同银行的几个人还在说拍卖上的事。健中等不及就对肖汉伟和安心平道："看来拍卖还得再等一会儿。欧洲专家在海星公司炭砖验收上出了问题，工作已经停了下来，我得赶紧回去。"

听了这话，安心平与一旁的肖汉伟当时一愣。看样子，关键时候，谁也不想让他走。可是他坐不住，遂交代说："汉伟啊，安总在这儿坐着，你们只管放心。如果遇到问题，你们几个商量着来。"在健中心里，费心尽力，为的就是要保住"鲁阳炭材"这块牌子。保住这块牌子就是保住了工人的饭碗。如果连大本营都丢了，那就是把鲁阳炭材人的脸给丢了。更何况，种种迹象表明，一旦竞争方竞买成功了，他绝不会心慈手软，也绝不会给鲁阳炭材人留下任何生存之地。这么想了，季健中遂毫不犹豫地又补充道："就这么定了——不管花多大价钱，只要有人跟叫，你们就往上追加。目的是不惜一切代价，一定要把炭材厂保住。"

一场惊心动魄的工厂保卫战马上就要打响了。是输是赢，牵动着鲁阳炭材每一个员工的心。

第二十三章　站在了十字路口

急急地回到鲁阳，季健中没有急着去见雅克经理和白瑞博士，而是直接到了海星公司炭砖组装中心。

听到汽车响声，一看老厂长回来了，正对着预砌平台上摆得整整齐齐的炭砖发愣的石惊天和刘华平一帮人急忙迎出来。

下来车子，健中等不及，就道："客人呢?"

"刚刚就过餐，回宾馆了!"石惊天答。

季健中想了下，道："按规定，每进一批原料，咱们都有验收和质检报告啊!"

石经理叹了口气，道："不仅仅是原材料验收报告，人家要得多了。"

季健中道："这样——人家不是要看资料嘛，咱有的，能找的马上找来，要抓紧。"

牛志刚说："进哪批货都检验，但我们没有把供应保尔斯特的炭砖和供应别的企业的产品分开批次管理。"

"哎哟，这是遇到真正的高手，要交白卷了。"走进组装车间，看看平台上的产品，又伸手摸了摸两块砖之间的对接缝，季健中对跟脚进来的石惊天等人道，"不错嘛，博士先生怎么连看也不看?"

于是，牛志刚遂把白瑞博士强调要看的东西向季健中扼要说了一下。针对没说到的地方，石惊天又作了补充。最后强调说，特别是焙烧期间，除了窑炉的升温曲线，还得有焙烧时间、冷却时间，以及焙烧砖的合格率是多少? 不合格率是多少? 有没有分析报告? 具体到不合格砖，编号是多少? 不合格砖装在焙烧窑的什么位置? 造成不合格的原因是什么? 等等。

接下来，翻译章晓琳就她与白瑞对话中所悟到的问题，又引申说，在欧洲人那边，每生产出一块砖，通过刻印在这块砖上的生产编号，很容易追溯到原材料产地，以及生产过程中质量管控情况的一切信息，以便日后查对。

"好家伙，这真是炭材厂建厂以来前所未有的。"季健中感叹道。

"是呀，近八百吨砖的生产合同，第一批二百吨已经生产出来，在平台上摆得好好儿的。怎么办？"刘华平这是真的发愁了。

如此严重的局面，忽一下也真把健中头上的汗急了出来。

在海星车间，员工们都为眼前出现的这一幕着急犯愁。现在，他们看见老总回来了，忽一下全都围过来。尤其是号称鲁阳炭材加工能手的杨长根老师傅，一看要砸锅了，老人心疼啊，他就挤到前面，一脸无奈地对健中道："季厂长，这可怎么办呀？从小高炉到大高炉，从小块炭砖到大块炭砖，从不焙烧的到焙烧的，干了二十多年，可眼下却过不了关了。"

一旁，刘华平针对面前遇到的难题，不无埋怨地对健中道："他们要得也太大了。我们尊重他们，可他们压根儿就没把我们放在眼里。你看看，他们说是来验砖的，可平台上的砖，连看也不看，尽扯些产地呀，刻字编号呀，什么图呀表呀那些没用的东西。他们那样子，简直就是吹毛求疵。"

听了刘华平这话，炭材厂时期的原料车间主任，在这次自筹资金自愿组合中一下子拿了两万元钱，最后被勉强结合上岗，人称"耗子"的卢先光，一看辛辛苦苦做出来的炭砖人家连看都不看，担心投到公司的钱没有收益不说，反过来还得把老本赔进去，这就坐不住了。于是，他咂咂嘴，十分痛心地道："季总，白瑞博士这是什么规矩？就像是吃馍，总归是充饥的。再问问这粮食是在哪块地里种的？地的土质如何？又是在哪儿磨成面的？是大火小火蒸出来的？这……这……有这个必要吗？"

"就是！他们这是脱裤子放屁——多此一举。"原来跟着云霄翔跟得很紧的"跟屁虫"元根壮道。

"不能！绝对不能就这么死这儿。"卢先光道，"季总，该是您出面的时候了。"显然，卢先光是要季健中去找白瑞博士一行理论理论的。同时，现场所有人，包括石惊天、刘华平和牛志刚在内，在没办法的时候，都想让他们的老厂长，这就去找白瑞博士协调解决此事，把别住马腿的死棋走活。

刚才，就是在拍卖场，接了牛志刚电话的那一刻，健中就知道是遇上坎儿了。凭着自己过硬的炭砖生产技术，以及在北钢的大高炉和出口到印度等多个国家的使用情况来看，质量是有把握的。

在季健中心里，他也在想着，用什么办法说服保尔斯特的验收专家。毕竟，砖已经做出来了，一旦被否定，浪费了人力、物力、财力不说，耽误客户大修，仅失信于人这一点，季健中就无法接受。可是，一想到这么多年努力所要实现的梦，他急躁的心情很快又平静了下来。二十多年的辛勤努力，鲁阳炭材已经有了不错的业绩，但通向西方大高炉的路却遥遥无期。眼下，尽管鲁阳的炭材年产量已经突破了四万吨大关，占中国炉用炭砖的半壁江山，成为中国最大的集研发、生产为一体的炭质耐火材料制造商。可你能与人家保尔斯特，与美国贝克、法国西玛尔、日本的 SEK，这些当下世界冶金界的耐火材料巨头相比吗？不是通过互联网的推介，还有晓明和麦克这些年轻人的毛遂自荐，以及登门拜访，人家白瑞博士，还有雅克经理，哪会知道偌大的中国，在深山里还会有个鲁阳炭材呀！是的，鲁阳炭材人是有了一些成就，也敢在国人面前吹嘘两下，用鲁阳的炭砖和独一无二的陶瓷砌体复合炉衬技术，能保高炉安全长寿。但欧洲的专家和客商认可吗？能没有差距吗？

就当前的现状，鲁阳炭材人所生产的产品，在质量管理过程中，连人家的基本要求都无法满足，还能跟人家比什么呢？此刻，经白瑞博士这么一折腾，季健中真真切切地看到了鲁阳炭材和欧美国家的差距。还有，中国已经加入 WTO 了，可时至今日，还不能真正地同世界前沿的先进技术接轨，尤其是与人家的标准和程序管控都不能同步，那差距该有多大呀！是的，通过多方努力，鲁阳炭材人终于盼来了发展的良机，也同世界冶金界的翘楚们拉上了关系，并且签下了生产合同，造出了第一批炭砖，这是值得庆幸的。但是，就像是十月怀胎终于盼到了分娩的时候却出现了难产。

看着被无情地晾在一边的炭砖，作为企业的掌门人，除了着急、难过之外，还有一连串的问题和一阵阵的反思，以及早几年到美国看天天和女儿时的所见所闻，这些让季健中从心乱如麻中渐渐明白，鲁阳炭材人，尽管每日里也念念不忘要与世界接轨，并且付出了努力，但不知道该从哪里接起，已经真真切切地被甩在了技术更新大潮的后边。

冷静下来，季健中认识到，由于东西方文化上的差异，这就不可避免地在程序思维和处理问题的方式、方法，以及在对生产工艺的要求等方面，与欧美比，都有很大的不同。现在，企业要走向世界，仅有好的产品、技术和优质的服务还不行，还必须改变我们固有的思想观念和传统习惯，了解国外先进的技术标准和管理方法，严格地按人家的要求去做，变被动为主动，使其在行动思维、工作程序、执行标准等诸方面，消除差异，尽快地融入世界潮流中去，方能共赢。

同时，透过白瑞博士这堵高墙，季健中更加深刻地意识到，目前出现的问题，还不仅仅是东西方文化上的差异，以及对生产、材料、工艺技术、设计理念等方面的问题。更重要的是欧洲工程技术人员背后独有的敬业精神——执着、严谨、科学，以及对生产流程严格管控等诸多方面所具有的匠心独运。讲究过程，重视数据，看似太过死板，甚至没有一丝退步的余地。但恰恰反映出他们的科学严谨和精益求精，依靠严格的质量标准和完备的监督管理体系，将"产品品质"打造成"欧洲制造"的核心竞争力，对精准和品质作出了最好的诠释。于是，人家便在探索未知世界、追求卓越品质、打造高端产品、超越他人的道路上，不仅仅制造出了洋钉儿、洋片儿、洋火儿、洋面儿，还有洋枪和坚船利炮……

自轻吗？非也。是彻悟！

于是，从反衬中，季健中看到的不仅仅是鲁阳炭材厂，而是我们许许多多的中小企业，在生产工艺及产品质量诸方面所存在的管理粗放、标准偏低、技术要求不严格、产品制品不精密等，这个需要国人深刻反思和认真检讨的重大问题，真真切切地到了非解决不可的时候了。

找到了问题的症结，看看停下来的工作，再听听大家的牢骚话，季健中心里五味杂陈。但他没有唉声叹气，他决心要从头做起，补上这一课，使鲁阳炭材与世界先进技术实现真正的对接。

站在预组装平台上，见现场的人都愣愣地看他，季健中道："遇到难题了，在欧洲专家面前，我们几乎是交了白卷，大伙儿心里窝憋得慌，是不是这样？"

听健中这么说，刘华平愤愤地道："不是窝憋，摊上他们这些老外，那就是碰上了扫帚星。都看看吧，我们辛辛苦苦生产出来的产品该怎么办？"

一旁，向来不善言谈的黄玉枝接道："杀猪杀屁股——一人一杀法。也不能光听他们的。"

"是啊，季总，咱们不能光听他们的。"卢先光摘下手套，啪的一声往旁边一摔，眨着他精明的小眼睛，解释道，"俗话说，十里不同俗，百里改规矩。他们有他们的规矩，咱们还有咱们的弄法哩！一根头发丝分八瓣——特细发了。什么图表不图表，什么位置不位置，依了他们，我们这亏就吃大了。"

"行了，卢主任。"季健中道，"这不是娶媳妇嫁闺女，讲究的是入乡随俗，一团和气。这是国与国之间的业务交往，是技术对接。说白了是给人家做买卖。千里迢迢的，人家为什么要花钱跑到山沟里来买你的东西？那是人家相中了你，才乐意和你合作。现在，你说你的东西好，可人家不放心。那么，你就要虚心向人家学习，把产品做得符合人家的要求。物竞天择，适者生存，这就是天道。"看看大家都默不作声地听着，季健中又道，"白瑞博士一行，是咱千方百计请进门的。人家是博士，是专家。人家公司承担的大小工程的合格率是百分之百，是零缺陷。可以这么说，在供货商面前，人家从来就是说一不二的。也正是由于人家在产品技术方面的说一不二，才保证了人家一百多年来都有做不完的生意。要知道，经他们的手验出来的砖是往客户的高炉上用的。这说明什么？这就是人家的责任心。面对保尔斯特的合同，我们有压力。这不是坏事，而是好事。因为，没有压力就不知道差距，不知道差距就没有前进的动力。相信通过这次与保尔斯特的合作，我们的生产管理和产品质量一定会和世界一流的制造商更靠近一步。也只有这样，我们才能真正地与世界先进技术接轨，从而提高国际竞争力，真正地把企业做优做强。"

离开海星公司，季健中觉得，面前生产过程中出现的问题，不仅是管理上和标准执行上存在的差异，更是思想观念上的问题。在今后的工作中，要努力补上这一课，积极主动地转变思维方式，把基础工作做细。但除了前工段，加工和组装环节上会是什么样呢？在组装平台上摆着的那些砖，自检中每一个砖缝都合格，平整度和直径的误差也都在技术标准要求的范围内。但有没有其他问题呢？白瑞一行是等着验砖的，下一次他们再来，前道工序的问题解决了，但加工组装工序一旦出现问题又该怎么办呢？何况，当下遇到白瑞博士这样的专家，是我们求之不得的。因此，健中想让白瑞博士以欧洲的标准，来检查一下已经组装的炭砖。为此，他来到了宾馆。

说句揭底话，对照西方人的要求，我们在产品生产过程中，尤其在质量管控方面，谁敢说没有问题呢？接过牛志刚从质检中心找来的原煤进厂时的质检报告、炭砖焙烧升温曲线图和内外质检分析报告等材料看了看，季健中沉思一下，示意牛志刚给白瑞递过去。

白瑞博士是个非常严谨且一丝不苟的专家。一看材料递过来了，唯恐看不清忽略了什么，忙抬手摘下眼镜，又掏出眼镜盒，取出拭镜巾擦擦镜片，使其更清亮一些。

一旁，当白瑞戴上眼镜要接单子的时候，健中对晓琳说："晓琳，你给博士先生说，这仅仅是要看的一部分材料。其他方面的，诸如炭砖编号、装窑位置图什么的，因为我们在这方面没有要求过，所以现在还没有。你给他强调一下，成品砖已经这样了，因为未达到验收要求，我们不再说了。接下来，我们会按他们的要求，重新组织生产。为了抢时间赶工期，也为了尽早发现后续工作中的不足或漏洞，请他务必看一看组装平台上预砌好的炭砖，并提出意见和建议，为我们下一次整体验收提前做好准备。"

章晓琳听了季健中这番话，用英语讲给白瑞博士一行。他们表示理解。大概是觉得送来的材料不齐备，而且有的还缺乏英文译文，白瑞博士只简单看了下，便给晓琳讲，今后所有材料要更详细，并且要完整的中英文版的。然后把材料还给了牛志刚。

再次来到组装中心，白瑞博士为了检查砌成后的炭砖底面砖缝及错台，由于平台和炭砖之间只有七厘米高的距离，他就平身躺在用铸铁板组合成的预组装平台上，伸出手来，将边沿的炭砖砌缝，一个缝一个缝地进行检查。还好，和他第一次来鲁阳进行技术交流时检查的情况一样，砌缝咬合得非常严密，博士脸上露出了满意的笑容。

接着，白瑞博士从地上爬起来，开始对砌好后炭砖表面的平整度和直径偏差进行检查。检查结果令他高兴地竖起了大拇指，表示由衷地赞赏。然而，当他要求工人们把组装好的炭砖拆分开来，拿起卡尺，对单块砖进行测量时，他脸上的笑容立时没了。再量一块，还是如此。他发现，鲁阳人做出来的制品，摆在平台上，整体看确实不错，可逐个检查，问题就大了。因为，炭砖在加工过程中，由于加工公差没有一个严格统一的标准要求，加工出来的炭砖尺寸公差是不一致的。这样，按照欧洲标准验收，自然达不到要求。

在白瑞博士眼里，他所要求的标准是每块砖的长、宽、高，尺寸都要符合图纸要求，然后组装起来的炭砖也要符合总装图的要求才行。只有这样，如若产品在后续过程中出现了问题，才具有互换性。换言之，在炭砖运输和砌筑过程中，假如某一块砖出现问题，影响到施工，只要把损坏的砖取出来，通过喷涂在砖上的生产标记，从原始记录中查找到它的所有数据，再制作一块同样尺寸的砖换上去，就什么问题都解决了。这样做，用中国人的话说，那就是我国建筑鼻祖——鲁班发明的榫卯结构，榫头对卯眼。一座大型建筑物由无数个结构件组成，只有严格的统一的技术标准，才能够做到结构件互换和互换后的严丝合缝，才能最终使这座建筑物成为不朽的艺术经典。同样的道理，炭砖的互换性对高炉的施工及生产运行也至关重要。不然的话，不能互换，就会由局部影响到全局。

季健中压根儿没有想到中国老祖宗的发明，欧洲人运用到如此娴熟练达，而榫卯结构的发明人鲁班正是鲁阳人。

这时，白瑞博士除了检验炭砖的尺寸外，还拿了个手电筒对炭砖的六个面，一个面一个面地进行仔细检查。发现有细微裂纹的地方拿着放大镜检查裂纹的宽度是否超出了标准要求。其苛刻的程度，连季健中都感到汗颜和吃惊。

看看砖上大都被打上了不合格的标记，这一幕，让现场所有人心里都滴溜溜地难受。

石惊天憋不住了，朝白瑞博士问道："不行？"

见对方听不懂，晓琳马上翻译给白瑞。

白瑞没好气地道："是不合格！"

一旁，季健中也急了。他走上来，二话没说，让工人从组装平台上把检测出不合格的炭砖，一块一块吊放在电瓶车上，挥手让人给拉走了。回过身来，季健中对愣在一旁的晓琳道："晓琳，给白瑞博士解释一下，让他再仔细看看，但凡有毛病的砖，统统都挑出来，一切按他们的标准要求来验收。"

听了翻译的解释，白瑞朝一旁的雅克递了个眼色。雅克会意，接过卡尺，一连量了几块，发现有合格的，也有不合格的，遂把合格的留下来，余者全都用记号笔在上边一一给做了标记，然后朝白瑞看去。白瑞耸耸肩，两手一摊，做出无可奈何的表情给健中看。

看着白瑞一行十分失望地走了，季健中沉思了下，果断地下达了指令，道："返工！"说罢，挥手让人把不合格砖一块一块往电瓶车上吊。

在加工车间，具有二十多年操作经验的杨长根师傅，看看返工回来的砖，成垛成垛地在面前摆着，脸涨得通红，像做错事的孩子那样，手足无措。

此人十八岁招工进厂，是原钢铁厂机修车间最年轻的磨床工。可是他没赶上好时候，刚进厂不到两年，钢铁厂就倒闭关门了。组建炭材厂的时候，老厂长温来运看他年轻有才，又勤快好学，就把他带过来，是炭材厂的十三元老之一。在加工车间，都知道炭砖加工是细活儿，关系到每块砖的最终质量。同南方院横向联合办厂的时候，刘文革总嫌鲁阳人干活没材料，任怎么操心，左右都不是。看着磨出来的砖没有一块能让刘文革看上眼，杨长根就赌着气亲自操作。刘文革看了，拿起卡尺，横量量、竖量量、上量量、下量量，最后笑着说："这还差不多。"接下来，为了提高职工技艺，厂里开展技术比武，杨长根回回都是加工状元，成了鲁阳炭材有名的能工巧匠。

季健中走进加工车间，看看总工办、技术研发中心和质检中心的牛志刚、李德昌、宋晓燕，设备科科长孔祥志，以及炭材厂时期总工办的总工程师景前进等人，一个个束手无策的样子，他走到加工机床旁，对着急出一头汗的杨长根老主任道："杨主任，大家都不要急。咱们第一次同欧洲客商打交道，人家代表的是当今世界耐材业最高水平，执行标准比咱们的更细更严格，必须按图纸要求全部对上号才行。我从侧面打听了，白瑞博士那么大年龄了，出大学校门就是搞这一行的，光验砖验了几十年，经他手验过的砖，摆到炉子上检验，不合格率一直保持为零。这又是什么概念呢？至臻呀！可以说人家要的不仅仅是商品，简直是完美无缺的工艺品。大家想想，咱们攀上了这样的客户，这不是老天爷在眷顾咱又是什么呀！所以，我们要打起精神，绝不能被面前的失败吓倒。杨主任，您见识多，您说说，我说这话对不对？"

杨长根老主任一副为难的样子，嗫嚅道："对是对，可每块砖除长度外，都要保证正负零点二毫米以内的尺寸公差，这……怕是神仙也很难做到的呀！"

"神仙做不到的事，我相信咱们能做到。"季健中说着，看了下一旁的几位师傅，接道，"我大体看了，返工率超过了百分之五十还要多，问题出在哪儿，大家分析一下。都记着，不要发牢骚，要寻找解决问题的办法。"

还没开始正式验收，也就是预演一下，就出现了这么大的返工率，似乎一下子让有着二十多年创业历史的鲁阳炭材又回到了和南方院合作之初的水平。

一时间，就像是晴朗的天空，猛一下被突然而至的乌云笼罩了，整个集团所有人的脸上都立时愁容满面。

莫说组装中心和加工车间的员工，就连煅烧、原料和成型等车间的员工听到消息，都停下手里的活儿慌慌张张跑过来。甚至吉星公司的经理刘昌盛、副经理王铮，恒星公司副经理姬海洋等，不知他们从哪里得到信儿也都赶过来了。

海星公司组装车间站满了愁眉不展的人。

看看沉默的场面，季健中知道大家一时无法找到解决问题的办法，就道："大家不要灰心，返工率虽然高，可我们不是还有百分之四十多的合格砖嘛！这说明什么？这说明我们还是有加工技术的。关键是我们要冷静下来，认真查找合格砖是怎么加工出来的，不合格的又是什么原因造成的。"

看透了这一点，季健中想，若说当初最缺的人才、技术和市场已经通过努力得以解决的话，那么当下要在海外的大高炉市场上占有一席之地，最缺的是严谨的工作态度和精益求精、追求卓越的能工巧匠。现在，产品加工中遇到坎坷，而且就像是一座大山横在了人们面前，把人们难住了。但假如憋住一口气，把每一块炭砖的尺寸公差都控制在标准要求以内，从而把队伍带出来，那么鲁阳炭材的未来还能有什么困难不能克服呢？想起刚来炭材厂时，一无人才、二无技术、三无市场，又到处是欠债的困难局面，最后都一一被克服了，季健中的心里就充满了必胜的决心。因为，山里人与外界比，可以说什么都缺，唯独不缺克服困难的志气和天不怕地不怕的勇气。

这么想了，季健中和景前进、牛志刚、石惊天、杨长根及孔祥志、宋晓燕几个人，在车间员工们焦急不安的期待中，围着面前的炭砖摸摸看看，比比量量，又来到数控磨床前试试机器，众人仔细观察了一番，一致认为，造成产品不符合欧洲标准的原因虽然是多方面的，但最主要的集中在三点：一是检测方法不一样。鲁阳炭材一直注重产品的整体组装质量要求，而忽视了对单块炭砖的精度要求和统一的数据检测。拿预砌效果看，整体上没问题，但拆分开单个检测，差距就出来了。二是设备缺陷。现有的数控加工磨床，由于是国内首创，说白了也就是一台实验性样机。其机床整体的防震性、内部游隙及滚道面、保持架和密封圈等精密度要求还有待提高。由于运行的稳定性不好，即便再怎么努力，加工出来的炭砖也不可能整齐划一，更不可能像一个模子里刻出来那样具有互换性。三是执行标准不统一。目前，国内对炭砖加工的要求是，一块砖加工精度超标了，还可以用另一块砖的加工公差来补偿，只要保证两块砖之间的砖缝达到要求就可以。至于炭砖的互换性，压根儿就没人考虑过。

而欧洲的加工精度标准统一在零点二毫米以内，并且要求每块砖在宽度和高度上必须达到这个要求。他们认为只要保证单砖合格，整体砖缝才能更好地把控住，而且具有互换性。

两下相比，国内的标准就宽泛得多。

那么，怎样才能达到欧洲人的要求，使炭砖在质量上具有稳定性，生产实践中又具有互换性呢？

显然，这是摆在每个鲁阳炭材人面前亟待解决的问题。

第二十四章　跳起来摘桃子

　　找到了差距，又有了突破的方向，季健中想到两年前杨主任车间里的两个大学生——一个是机电专业毕业的程文渊，另一个是自动化专业毕业的卢鹏远。那时候，厂里开展"科学发展观"大讨论，小程和小卢以年轻人敏锐的眼光，结合企业发展和生产实际，就大胆地提出"以科学发展观为引领，以设备改造为突破口，提高单砖加工精密度，推动企业做优做强"的建议。

　　由于当时集团任务重，加之国家行业标准及用户尚没有这方面的要求，因此就忽视了这个建议。

　　现在看来是该琢磨这件事的时候了，并且要正式提到工作议程上来。想到这里，季健中就把杨主任和他的两个徒弟拉到跟前，围绕数控磨床的运行稳定性，正式成立"精密磨床研发攻关小组"，按欧洲的标准要求，开始进行针对性的技术攻关和技术改造。一旁，程文渊、卢鹏远、孔祥志和杨长根几个人一听季健中这么安排，一个个昂首挺胸，马上来了精神。

　　这时，卢鹏远的父亲卢先光，这个人称"耗子"的老师傅，一看儿子也成了众目注视之人，这个活了大半辈子总是浑浑噩噩的人，立时便挺直了腰板，且不由自主地走上前与儿子并肩站在了一起。

　　季健中道："杨主任，只要用心，任何奇迹都可以创造出来。我们就瞄准零点二毫米以内的尺寸公差，慢慢儿琢磨。眼下，美国的贝克、法国的西玛尔加工出来的砖都能控制在零点一毫米以内，砖缝控制在零点三毫米的水平上。目前，达到这样的水平我们还有困难，但这是我们的奋斗目标。因此，我们必须下大力气，追求这样的目标。我相信，经过努力，我们一定能够做到。”说罢，季健中拉住小程和小卢两个年轻人的手，有力地一握。

这一握，有鞭策，有激励，也有重托。

回过神来，他深情地望着杨长根，杨长根老主任也在看着季健中。杨长根老主任掷地有声地道：“放心吧，我知道‘宁吃过天饭，不说过天话’的道理。可我今天，就是要说回大话——有我们这帮人在，人家能办到的，咱鲁阳炭材人指定也能办到。”

得住这句话，季健中心里也十分激动。而现场所有人受此鼓励，脸上立时就有了笑容。特别是卢先光，还带头拍起了巴掌。顷刻间，车间里掌声雷动。人们明白，打住车了，走不动了，但他们相信，凭着鲁阳炭材人的聪明才智，什么样的困难都一定能够克服。

但是，要解决问题，远不是说几句鼓舞人心的话那么简单。当然，这也不是海星一个公司的事，而是关系到整个集团的未来发展的大问题。

这么想着，季健中在离开海星公司的路上，正好碰上完成竞拍任务后匆匆赶回来的安心平和双星公司经理王远山。

此刻，安心平已经知道了海星公司和欧洲专家，由于东西方文化上存在的差异在验收环节上产生了激烈的碰撞，使公司遇到了麻烦。

拍卖会结束后，本来还有很多后续工作在等着他，诸如在竞买书上签字确认，与主持拍卖活动方面的主办人员坐下来，进一步商谈落实拍卖后的一些细节问题，等等。但是，安心平惦记着海星公司的事，遂把竞买成功的恒星公司的董事长兼经理肖汉伟几个人留下，他和王远山也提前回来了。

就在厂院的亭子里坐下来，安心平和王远山告诉季健中，恒星公司和对方竞争十分激烈，这就逼得躲在幕后的云霄翔跳了出来。季健中一听就笑了。显然这是在他预料之中的。听了拍卖现场惊心动魄的一幕，季健中向安心平说了海星公司遇到难题的前因后果。在安心平心里，他的认识程度和健中的一样高。于是，两人当即就决定，立即召开集团机关和各公司副经理以上干部会议，以便统一思想，转变观念，谋求跨越式发展。

会议是急迫的。看看要参加会议的人基本上都到了，唯独不见石惊天和刘华平二人。

这时候，集团总经理和副总经理——季健中和安心平，一个在喝水，另一个在抽烟，谁也没说话，显然是在思考问题。而其他公司的头头儿，由于大伙儿都知道刚刚发生的事情，心情都特别沉重。

又等了一会儿，石惊天、刘华平二人低着头，一声不吭地到了。

安心平摁灭了手中的烟，对捧着杯子正在思考问题的季健中小声说了句什么，会议便正式开始。

作为集团的副总经理，安心平道："眼下，各公司生产任务很重，时间也很紧。之所以让大家这么急着过来开会，那是我们遇到了十分尖锐的问题。这不仅仅是海星一个公司的问题，而是整个集团的大事。怎么对待已经出现的问题，怎么转变观念，以及怎样才能与世界先进的制造业接好轨，从现在起，集团的工作重点，日常事务的中心，都要围绕接轨这一件大事来加强企业管理。"说到这里，他看看季健中，见对方胸有成竹的样子回看他，安心平道，"下边呢，我把时间交给季总。"

挺起身子，季健中看了下参加会议的人，准备讲话。

可是，就在这时，一旁的石惊天十分礼貌地举了下手，见健中朝他看了，他便道："季总，能不能耽误大家一点儿时间，让我先说两句？"

见是这样，季健中朝前面伸伸手，作出示意，道："请讲！"

石惊天两手扶着椅子往前挪了下，以示重视和便于引起大家的注意，道："刚才晚来了一步，也不是有什么其他事。而是我和刘经理仔细想了，有关卢森堡保尔斯特的合同，我们认为，与他们打交道，想不到的麻缠事儿太多了。同他们比，咱根本就不是那把金刚钻，咱揽不了这个瓷器活儿。"

看看石惊天说罢这话打住不说了，会场上的人们也都愣住了，刘华平遂解释道："是这样，出口方面的订单，咱也不是现在才接。印度、伊朗，还有津巴布韦、俄罗斯，都用过咱们的炭砖，可偏偏碰上保尔斯特咱们就屁钱不值了。不是光我和石经理这么想，这几乎是海星公司全体职工的意见，这合同，不能再干了。现在退出来，赔就赔了点儿，大伙儿都认了。但要干下去，八百吨合同，已经生产出来二百来吨，如果把半成品也计算在内，将近二分之一成了废品，我们赔不起呀！"

刘华平这番话说得王远山和刘昌盛几个公司经理连连点头。因为她说得有道理，而且也是事实。毕竟，拿印度浦尔六百多立方米高炉来说，那是鲁阳炭材厂与人打包在国外参与新建的第一座炉子，到当下为止，就印度一代炉役，已经连续生产十多年了，可眼下还在安全运行。这说明什么？说明咱鲁阳的新型炭砖，质量是过硬的。而现在生产的是微孔炭砖，比十多年前生产的新型炭砖又进了一步，其质量是完全符合大高炉需要的。

由于有海星公司两个老总的现身说法，除了肖汉伟在外没回来，其他参加会议的经理、副经理，也包括集团机关几位部长、主任，想想国内的合同眼下都做不完，因此支持海星公司老总意见的，占了大多数。

听大家议论了一番停下了，而且意见相当统一，都是坚持要把已经签订的合同退掉的。说实话，这时候安心平也动摇了。认为顺利执行合同的把握不大，为了避免更大的损失，退掉合同也可以说是明智的。可是作为集团的掌舵人——季健中想想自己的炭砖梦、行业梦，再想想眼下已经到世界耐火材料业的大门口了，他就不能再犹豫和错过这个机会。

他抬手擦了下头上的汗，看得出他心里也翻江倒海似的难以平静。

一双双眼睛在盯着他，等他拿主意拍板定案。

这是集团发展的大事。而且召开这次紧急会议的本质和初衷，也不是让大家讨论保尔斯特的合同该不该接，或赔起赔不起，以及合同退不退的问题。而是从海星遇到的问题说起，要举一反三，强调其他公司比照白瑞博士验收要求，查找不足，补上短板的。就当前的形势，由于海外宣传力度大大加强后，订单一天天多起来，海星公司做不完，眼下日本的订单恒星公司就正在做着。为此，从大局考虑，接轨的事情，就不仅仅是海星公司的事，而是集团旗下所有公司的事。

季健中从来就没有这么踌躇过。他都不知道自己是怎么从座位上站起来走过去的。

正前方的墙壁上恰好挂着开春时晓明和麦克从美国寄回来的世界各国一千立方米级以上高炉分布图。

这一看，季健中的头脑立刻清醒了。

因为，就当下来说，鲁阳炭材厂从一九九四年与景山钢铁总公司海外工程部合作参与浦尔钢铁厂高炉工程到现在，除下打包工程，仅自己在海外独立承建的项目就不下三十座。可在这张世界千级以上高炉分布图上，鲁阳炭材除我们的近邻俄罗斯外，进入欧美市场的业绩还是空白。因此，真正进入国际市场的路，对鲁阳炭材人来说，只能是刚刚起步而已。想到这里，季健中心里真的有许多话要说，可是他一时又不知从何说起，遂想起拍卖场上的事，就道："就在刚才，安总给我捎回来个好消息。现在我可以高兴地告诉大家，在炭材厂的破产财产拍卖中，经过努力，咱们的恒星公司成功竞买到手了。这一点，就请大家放心吧！这块根据地，将永远属于我们啦！"

看看在场的经理们一个个兴奋不已地拍起了巴掌，而且一个劲儿喊好，健中又道："但是，由于从我们这里走出去的某些人从中作梗，他们一个劲儿地叫价，我们万不得已比底价多掏了五百万元！相信我说的某些人大家也清楚，他就是云霄翔。当然，太出乎他的意料了。他不相信我们敢这么不惜血本，这就逼得他露出了狐狸尾巴，最终从暗地里跳出来，现出了原形。意外吗？意外，但又不意外。因为，他的德行我们早已看出来了，那就是一只披着人皮的豺狼，是吸血鬼。打着复工、复产，帮助职工上岗的名义，以零资产收购停产倒闭的企业后，却把厂里的工人扔到一边，靠开发房地产赚了大把的钱装到了自己的腰包里还为富不仁，普天下有这样的事吗？有这样没良心的羔子吗？没有吧！可人家就是这么干的。我们这次多花五百万是值得的！因为，我们就是要保住脚下的这片土地，保住我们的工作岗位，还有我们辛辛苦苦用汗水和心血换来的'鲁阳炭材'这块金字招牌！"掌声中，季健中稍稍停顿了下，话锋一转，又道，"大家看到了，在国内畅行无阻的产品，在欧洲客户面前却成了不合格的东西。是人家苛刻故意找我们的碴儿，跟我们过不去吗？不是！人家西方就是这么个标准，也都是这么要求的。甚至比要求我们的更严。这是什么？这就是人家的规矩，现在人家的规矩却成了我们同西方人之间的差距。"停了下，又接道，"大家还记得吧，十七年前我来炭材厂就职，曾经说过大话，是要让鲁阳的炭砖走出国门，冲向世界耐材业高地的。什么是高地？我们的产品虽然走出了国门，但没有走上高地。眼下人家保尔斯特所要的品质稳定的产品，就是我们工作的目标。人家要求的规矩，就是我们要攀登的高地。所以，不想让云霄翔之流在我们这里捡漏子，我们必须把自己的饭碗牢牢地端在我们自己手里，我们就要扑下身子，千方百计提高我们的管理水平和制造技艺。只有这样，我们才能真正地冲出国门，与世界先进的耐材业的巨头们比肩。当下，我们鲁阳炭材，尤其是我们在座的经理们，为着企业的发展，我们必须有更多的技术人才，有更多的能工巧匠。也只有这样，我们鲁阳炭材才能在这张世界千级以上高炉分布图上亮起星来！"

这是集结号，是动员令，更是向集团全体员工发出的战斗檄文。

接下来，按照白瑞博士的验收要求，由集团出面，不仅仅是海星公司，也包括恒星、双星等几家公司，各部门组织攻关小组，按欧美的验收标准要求，一一对接。同时，为把此项工作做扎实，健中知道欧洲人好喝酒，就备了酒，宴请白瑞一行。酒至半酣的时候，听对方乐意接受炭材厂的请求，便当场商定，聘请白瑞一行为鲁阳群星炭材集团名誉技术顾问，并于次日在集团会议室举行了聘任仪式，颁发聘书的同时，作为大礼，季健中亲自前往鲁阳花瓷艺术馆，把精选出来的"富贵瓶"和"合和峰盘"花瓷珍品，赠给白瑞和雅克两位欧洲专家。

鲁阳花瓷，是我国发现最早的高温窑变釉瓷器，以色彩绚丽、富于变化闻名于世，在我国釉瓷发展史上占有重要的位置，是我国制瓷业的一个伟大成就。

白瑞和雅克，既是耐火方面的大家，同时又都是东方艺术的痴迷者。一看是这么个宝器，眼睛闪出了光芒。

于是，白瑞和雅克非常看重技术顾问这一角色。同时也正是他们要寻求更优秀的供应商，来满足不断开拓下来的市场需求。因此在接下来的工作中，他们为鲁阳炭材业的发展着实出了许多好点子。毕竟，以心换心，尊为博士和享誉世界的耐材业专家，人家的内心世界，也真的是比天还大。

内因发生了变化，又在外因作用下，集团各公司从原材料进厂、混捏、成型、焙烧，到加工、预组装、检测分析等，全过程一项不漏，一一按欧洲标准要求和操作流程，精心组织生产。

在此活动期间，集团理事长兼党委书记季健中一班人，还领着全体员工，在集团门口修整一新的鲁班像前，举行了庄严的宣誓仪式。鲁班是中国建筑业的鼻祖，是鲁阳人的骄傲。其一丝不苟、吃苦耐劳、勇于实践、锲而不舍、敬业创新的工作态度和追求卓越、乐于奉献的工匠精神，再一次在鲁阳炭材得到激发和传承。

然而，就是在这个时候，通过车间里一件极其普通常见的小事，让季健中又看到，鲁阳炭材人，不仅在企业产品制造的质量追求方面，与西方存在着一定距离，而且在员工的价值观上，也有许多亟须提高的地方。

事情是这样的。也就是卢森堡保尔斯特公司白瑞一行离开鲁阳的次日，日本 SEK 株式会社国际部池田孝雄部长和他的助手森木哈穆课长来鲁阳洽谈业务，并签订下一份海外业务合同。考虑到海星腾不出手接，经理事会协调，遂由恒星公司承担这一生产任务。

这天，日方在恒星公司加工车间参观，正碰上一名员工用行车在吊送加工好的炭砖时，由于不小心，砖块从一米多高掉在了预组装平台上。当时，池田孝雄一行正好看见。这一幕，令他们大吃一惊。然而，周围的员工对此，不仅没有一丝的怜惜表情，有的还伸了下舌头，做出一个鬼脸，更有的还笑着说俏皮话。显然，员工们没有把加工好的砖块掉下来一事当成是一起生产事故来对待。池田孝雄和森木哈穆课长立时就愣在了那里。

晚上陪客人散步的时候，无意间说起白天在车间里的一幕，大概是池田孝雄觉得太不可思议、太反常了，遂对季健中道："季先生，白天我们在车间里，看到有人失手把炭砖掉在地上了，你对此有什么看法？"

"这是个意外。"季健中知道日本人对国家，包括对企业的效忠精神是任何国家的人都无法相提并论的，他解释道，"几百斤重的物体失手了，我们所关注的，不只是产品怎样，而是失手的重物是否伤到了人。因为，生命是无价的。"

月光下，池田孝雄先生脸色十分凝重地看着季健中。

见此，季健中道："池田先生，您以为呢？"

池田道："员工是靠企业生活的，如果企业失败了，员工就无法生存。所以，企业利益高于一切。在我们日本企业里，莫说这么大的事故，即便是一不小心把炭砖给碰掉很小一个角儿，都会感到很痛心。并且把它当作一起事故来处理。"

事后从翻译那里得知，池田孝雄先生之所以对健中说那么一番话，人家看健中是个正经干实业的，企业发展情况不错，何况两家又在合作，人家是盼着企业越来越好。

试想，当一个员工把自己经手的每一件产品，都当作是自己生命中的一部分，真正像呵护自己的眼睛一样呵护自己的产品，甚至比生命还重要，企业能失败吗？

弄懂了这番道理，借助执行保尔斯特合同这一契机，季健中借鉴日本SEK株式会社几十年一贯制的班前宣誓仪式，下力气对全员开展爱岗敬业素质教育与培养。

当然，作为企业管理者，只有把员工的利益真正地放在心上，才能有效地激发员工的责任心和主观能动性。

这方面，日本的企业，不管你能否接受，那都是我们的一个标杆。就拿SEK株式会社来说，他们的公司，即便是在早几年整个日本经济长期处在零增长的困局中，他们也能立于不败之地。

为着接轨，跟上西方国家对产品质量近乎严苛的要求，也就是聘请白瑞博士为名誉技术顾问半个月后的一天下午，为适应炭砖生产检测工作中的技术要求，先是由白瑞博士推荐联系，季健中吩咐集团技术部提出申请，拿出专项经费，从德国进口的"马尔"牌——尺度长达六米的检测炭砖平整度的靠尺和从日本购买的一米长的数显游标卡尺到厂了。接着是总工办和技术中心的人，配合杨长根师徒，借鉴数控磨床工作原理，邀请泰州智能机械有限公司的技术人员共同合作，重新改造一台精密数控磨床的设计方案也定了下来。

有关精密数控磨床的研发，季健中已在车间里同大伙儿说过了，源自两年前。那个时候，从大学毕业应聘到海星公司的程文渊和卢鹏远，在刚刚研制成功投入使用的数控磨床的运行中观察到，虽然速度和生产效率上去了，一台能顶多台，有许多先进的地方和可取之处，但在设备运行的稳定性方面却不是很好，直接影响了高品质炭砖的加工精度要求。鉴于此，二人通过反复钻研和琢磨，优化后的图纸都设计出来只差买机件组装了。这两年，组装的事虽然暂时放下了，但两人并没放弃。现在机会来了，经过和制造方一起集思广益，进一步优化结构，一台崭新的由鲁阳炭材年轻人在实践中激发出灵感的精密数控磨床，也就一个月零几天，便改造完毕，安装到位。

这天半夜，老主任杨长根带着徒弟小程、小卢，正同牛总几个人围着新改进的机器做最后调整，卢先光突然远远地道："鹏——远——"

听见喊声，卢鹏远扭头一看是父亲来了，不摸底细，还当是父亲又拖他的后腿，遂应了一声却没有动。

一旁的杨长根看了，心里十分不快。

平时里，杨长根和卢先光二人本就尿不到一个壶里，关键时候更是你给我个初一，我给你个十五——互不相让。可眼下当着徒弟的面，老主任杨长根就不能那样了。毕竟，师徒如父子，在晚辈面前，长者要有长者风度。更何况，卢鹏远各方面都与他老子不一样。特别是眼睛，卢鹏远随他母亲，明眉大眼的，个子又高大，肤色也白，人长得英俊，工作上更是踏实能干，老主任杨长根十分喜欢。

此刻，杨长根怕卢先光在一旁影响干活，不想吭气又憋不住，就朝卢鹏远摆头示意了下，道："恁爸来了，半夜三更哩，还不安生。"

卢鹏远无奈，遂十分不情愿地走过来，嘟囔道："爸，我们正加班呢，您来干什么？"

卢先光嘿嘿笑着，道："我来看看是否需要帮手。"

"你……"卢鹏远不无嘲笑地道，"不拉后腿，我就烧高香啦！"

"你呀，爸什么时候拉你后腿？"

"那你现在来干什么？"

"你说干什么！"卢先光说着，伸手拿出一个包子。

干到下半夜了，一见包子，卢鹏远顿时就觉得饿了。可是，接过包子咬了一口，见师傅几个人正扭头看他，他立时又停下了，道："不饥了，拿走！"

"你这孩子——"卢先光道，"爸让你尝尝好吃不好吃，要是不好吃，爸怕给你丢脸。"

"好吃！"

"那你过来。"

从黑影里端出一盆包子。

卢先光见儿子和大伙儿都洗了手吃得很开心，他就故意朝杨长根的屁股蹬了下，道："老家伙，机器要是弄不好，你记着，你可得把吃掉的包子给我吐出来。"

"那我要是弄好呢？"杨长根故意挑战对方道。

"那我就包更大的肉包子喂你只'老黄角'。"

杨长根见牛志刚几个人听了此话都扭头看着他笑，欲瞪起眼还嘴，又碍着徒弟在一旁坐着，遂咂咂嘴，咽了脏话，道："闭住你那两片子吧！"说着，朝一旁的配电柜指了下，吩咐道，"既然喷那儿了，就别闲着。推上。"

卢先光走过去按了下电钮，把电送上了。

牛志刚几个人围着机器听听声音，觉得不错，遂又吊上一块砖，小卢对着控制盘一一把数据输入进去，并按下确认键，机器便自动转起来。随着磨头的自动给进，劳累了多天的十几个人立时就笑了。因为，单听听这机器的声音，就感觉出与先前的不同。先前的声音明显带着让人生厌的噪声，而现在的则像是蜂鸣那样让人听着心里舒服。

这情景感染了卢先光，而且他也看出了门道，遂禁不住在一旁笑起来。

按照尺寸要求，第一块砖加工好了。待要加工第二块砖的时候，总工办的牛志刚挥挥手，说："先别吊。"

牛志刚招呼上石惊天几个人琢磨了一阵，对磨床做了一些微小的角度调整。接下来，孔科长也发现了一些联动方面的小毛病，这就拉了闸，指指点点议论了会儿，找出了校正的办法，遂动手做起改进来。

　　大功就要告成，卢先光美得跟吃了笑豆似的，笑得合不拢嘴。

　　两天后，第二块炭砖吊上了工作台。输入数据，定好位开始加工了。巨大的电流带动机器随着平台的移动，砖很快就被加工出来。然后他们测量了一下，感到满意，遂又吊上一块继续加工。

　　这是炭材人心血的结晶，就像是呵护褓襁中的婴儿，众人小心翼翼地，把经过精密磨床加工的炭砖吊放在检验台上。这个时候，杨长根老主任拿卡尺的手都是抖的，显然他心里十分激动。经过测量，精加工后炭砖的尺寸在高度和宽度上的公差均小于零点一五毫米。接下来，他们把两块砖拼到一起，砖缝等于或小于零点三毫米。他不敢相信这是真的。测量一番后，仿佛认不准似的，最后又把卡尺递给小程，道："我眼睛不好使了，看不准尺子了。"

　　小程一量，立时便惊叫道："师傅，哪是您眼睛不好使，是零点一五毫米，这分明是分毫不差呀！"

　　牛志刚和孔祥志都是办事谨慎小心的人，二人生怕没有量准确，就又一齐上前。牛志刚道："来，让我和孔科长再仔细量量。"量罢，二人立时便愣住了。

　　一旁，小程也愣住了，收了脸上的笑容，道："牛总，怎么了？"

　　回过头来，牛志刚看看一旁也同样愣住的石惊天，道："石经理，走，咱们再加工几块看看。"牛志刚说了，转身走回机床。这回，他们用行车吊了个大块头的砖放在工作台上。那么大块头有多重？足足半吨重。调整好机器，他们很顺利地把大个头炭砖经过磨床全自动精细加工，然后用新买回来的数显游标卡尺仔细一测量，显示出来的数据全部合格。

　　这时，现场所有人都流出了眼泪。

　　但这不是辛酸和无助的泪，而是创业者经过苦苦追求终达目标后流出来的激动和幸福的眼泪。

第二十五章　脚下的路还很远

就在石惊天、牛志刚和杨长根师徒，在组装中心挑灯夜战，做最后冲刺的时候，在政府会议室里，炭材厂破产财产拍卖之后，围绕清偿工作，季健中作为破产企业的法定代表人，正在和杨文忠主任一起，向主管此项工作的副县长李延强汇报债务清偿的有关情况。根据最后确定的数字，鲁阳炭材厂所欠职工工资、职工养老金、职工集资款等，依法列入第一受偿顺序的债权，由于恒星竞买时比评估价多支付了五百万元，再加上其他因素的影响，调整后的受偿率提高到了百分之四十八。这样，破产后的鲁阳炭材厂还有百分之五十二的债务无法清偿。

听了这么一组数字，李延强端着茶杯正要喝，就愣在了那里，然后他十分沉重地道："我们是搞清算的，而清算的目的就是要千方百计保全债权人的利益。换个位置，在座的是债权人，假如说投出去的钱是一百块，而现在只能拿回来一半还不到，我们自己会怎么想？"

季健中笑了下，道："您说得没错，这事搁在谁身上谁也不愿意。不过这一点也请您不要担心。"

"是的。"杨文忠在一旁把话接了过去，对愣愣地看着季健中的李延强道，"炭材厂虽然破产了，但由于新成立的几家公司通过改制，已经积累下了一些资金。现在又由恒星公司牵头，双星公司、海星公司参与采取一次性买断炭材厂的办法，终于使破产改制工作告一段落。应该说是一件看似不可能的事，却有了一个非常圆满的结果。"杨文忠看了看季健中，接着道，"这样一来，过去所有的担心都化为乌有了。我和季总粗略地算了下，就当下的情况，几家公司努努力补上这百分之五十二的窟窿不成问

259

题。当然这要感谢季总。说实话，季总为破产清算顶着多方压力，吃了常人吃不了的苦，受了别人受不了的气，也做了别人做不下来的工作。他的最大心愿就是把破产前所欠下的职工工资，还有集资户的所有集资款，一分一厘都还上。但他也有个要求——"

李延强说："什么要求？只要有利于清偿，请讲！"

"当然有利于。"杨文忠道，"破产财产拍卖工作已经结束了，政府事前承诺竞买方可享受的优惠政策也应该给人家兑现。"

李延强想了下，道："他们有什么具体要求吗？"

"有！"季健中说着拿起面前的一份材料，接道，"为了社会的稳定，由于以恒星公司的名义承担了应由政府承担的一些国有企业债务，根据事先达成的共识，恒星公司请求政府，落实有关优惠政策，将恒星公司每年上缴税金的地方留成部分全额返还企业，直到债务清偿完毕为止，以帮助公司发展壮大。"

李延强道："还有其他的吗？"

季健中道："这就是当务之急。其他问题请放心，集团会慢慢儿想办法解决。"

"好！"李延强道，"如果我没记错的话，咱们的破产工作是从九九年秋末冬初开始酝酿的。那时候，党的十五届四中全会刚刚闭幕不久，健中同志借国有企业改制的东风，大胆提出破产改制意见上报政府。我是第一时间看到的。说实话，猛一看'破产'二字，我也是一惊。当时开会讨论时，个别常委也是持保留意见的。大家最大的担心不是国有资产流失，因为国有资产早就名存实亡了。担心的是企业员工和集资户的切身利益怎么处理，这关系到社会稳定的大事，也是难事。屈指算来，风风雨雨，破产工作已经六年多了。多么漫长，多么曲折，你们两个应该是体会最深的。现在，到了结疙瘩的时候。季总，如果集团能协调新成立的公司，把法律责任以外的债务清偿了，老兄啊，你这是给鲁阳的所有企业带了个好头儿，全县人民都会感谢你的。"

"那倒不必，我只是做了企业法人应该做的工作。"季健中道。

"有关地方留成返还问题，政府说话也应该是算数的。"李延强说。

"那我就先谢谢了。"说话间，季健中的电话响了。一看是牛志刚的电话，他一边向在座的摆了下手打了招呼，一边走到会议室外。一听是试车成功的消息，健中心里有掩饰不住的高兴。当他在电话中证实尺寸公差，可以全部控制在零点一五到零点二毫米时，他回话的声音都有些颤抖了，说："谢谢！谢谢你们！！辛苦啦！！！"

看着季健中掩饰不住内心的激动回到了座位，李延强不知道接个电话能有什么好事，就问道："有好事了吧，看把你高兴的。"

"告诉你们吧！"季健中道，"这次出口欧洲的产品，要求很严，我们的炭砖加工尺寸公差大，而且不一致，外国专家不满意。"

"返工啦？"李延强问。

"不仅是返工了，而是高达百分之五十以上的产品不合格。"季健中道。

"那你高兴什么？"李延强道。

"经过改进，我们现在达到了欧洲客户的技术要求啦！"季健中答。

"哎呀，这可是一件大好事呀！"李延强说着拍了下一旁杨文忠的肩膀，共同表示祝贺。

季健中十分高兴，政府的承诺将要变为现实，出口欧洲的产品加工问题也得到了解决，真是双喜临门。他看看面前的人，喜不自禁地道："杨主任为炭材厂搞破产清算，都忙了几年了，而且眼下已经退休了还在昼明昼夜地忙。你李副县长几年来同样操了不少心，做了许多工作。说实话，那次破产工作推进会上出了岔子，不是你苦口婆心做通了贾副主任和顾主任他们的思想工作，破产清算指定麻烦大了。嘴上昼说，但我心里记着。鲁阳炭材走到今天很不容易，破产清算更是难上加难，总想表示一下也没机会。今天碰上这么个大喜事，我应该补上这个人情。"

"那得补上！"杨文忠随声附和道。

"那咱们还等什么？"季健中说着，起身拉起李延强，道，"撇开企业不说，单为我这几年欠大伙儿这么多人情，我也该请大家。劳累大家啦！走呀！鲁阳西关大街的名吃——羊杂可，大家敞开了喝。"

"好啊，这几年总是忙，西关大街羊杂可的味道，我都快忘啦！"杨文忠乐呵呵地道。

"那可不能忘。"这么说了，季健中向杨文忠跟前凑凑，诡秘地道，"北钢的张总，那可是当今炼铁界的大腕，就因为一碗羊杂可，你猜怎么着——"见对方看着他在等下文，又道，"把我好一顿数落。说这么好的小吃，怎么不早讲！还别说，真是吃一次就忘不了了。打那之后，只要再来，张总只认羊杂可。别的什么十大盘子八大碗……"话说半截，季健中的手机又响了。

打开电话一看，是晓琳的电话。晓琳搞翻译，是鲁阳炭材与海外客户之间的桥梁，但这个时候来电话肯定有急事。季健中心里立时就是一沉。在他心里，他的第一个联想就是涉外的炉子是不是有什么事了。沉下脸来，他急急地问道："晓琳，有什么事，你请讲！"

"舅舅呀，实在不好意思，我怕耽误了，想了半天，还是得提前告诉您呀！"晓琳在电话中说。

"你讲。"季健中道。

晓琳电话中说，印度伊斯帕特钢铁公司两千五百立方米高炉大修需要用砖，负责供应的阿朴特先生打电话，要晓琳带有关人员到北京和他们进行技术交流。由于卢森堡保尔斯特的专家眼下正要来鲁阳验砖，晓琳走不开，就把情况如实告诉了对方。阿朴特先生一听是这么回事，心里非常高兴。因为，和保尔斯特一样，印度伊斯帕特钢铁公司同属于阿赛·米塔集团。既然保尔斯特已经认可了，伊斯帕特自然就省了好多事，可以直接进行商务谈判。这样，阿朴特言明他们直接到鲁阳来。现在给季总打电话，是让他加紧准备接待工作的。

这又是一喜。根据以往供应印度高炉用砖情况，这么大的炉子，各种材料加起来，当在千吨以上。对此，季健中心里十分高兴。接住前面没说完的话，他道："走，西关大街老买家的羊肉杂可，几辈子传下来，从不掉价。不仅肉多汤好，鲜而不膻，香而不腻，质醇味美，而且人家会待客。今日三喜临门，难得这么开心，我再加两个菜，让我们为这么多开心事也来个一醉方休！"

见李延强副县长有些迟疑，杨文忠道："想什么呢?"

李延强道："大半夜了，人家能不关门？"

看了下表，杨文忠道："这才几点？人家那生意，不到凌晨两三点，包你随到随吃。"

离开政府大院，几个人沿大街说说笑笑正走着，突然从后面开过来五六辆警车呼啸而过。估计是公安人员在执行紧急任务，但令人没想到的是，那警车呼啸过后，就在前面一箭多远的地方停下来，把一所院子给包围了。鲁阳城就巴掌大片儿地方，那警车是县公安局的，他们不知道这是出了什么事，遂快步往跟前走。这时，公安人员似神兵天将，最多不过五分钟，云霄翔就被押上了警车。

从赤肚儿孩儿一起长大，到磕头结拜成异姓兄弟；从童心可敬帮着赶跑王二怪，到点着麻秆撵跑狼扒子；从芝麻种事件怀疑有人告密，到为了知青回城指标和工作安置而反目成仇；从横幅上"厂长"二字掉下来和倒卖厂里原煤，到退赔赃款劝其调离；从槲树岭事件和设下美人计，到诬告季健中贪污挪用公款——一桩桩，一件件，季健中心里翻江倒海似的五味杂陈。一路走来，季健中明白，他这个唤不醒的二哥，尽管头上罩着无数个光环，是所谓的"企业家""创业先锋""社会精英"，外表红得发紫，内心里是越来越坏了，却万万没想到他会被押上警车。天道轮回，或许真的到时候了，该遭报应了。不过出乎意料的是，引发云霄翔成为阶下囚导火索的真正原因，不是他贿赂政府有关人员骗取多少国家扶贫资金；也不是他以零资产方式收购国有、集体企业从中获利，却把那些勤劳朴实的企业员工撂下不管，干的那些个伤天害理的事……人家有能耐，官场上有人，眼里有活儿，手里有钱，再复杂的事都有人帮他摆平。而是他手里的臭钱多得没处花，这就金屋藏娇，致使富兰姑娘与先前的情人俞小曼生了嫌隙。同时，俞小曼已是四十五六的人了。她怕云霄翔半路上把她甩了，弄得老了老了成了鸡飞蛋打的人没了依靠，遂赌气要告云霄翔。

哪知云霄翔心狠手辣，俞小曼不仅没有拽住对方的心，反倒惹上了杀身之祸。你想，云霄翔平日里所干的那些事，可以说他哪一条都犯着刑律，俞小曼最清楚，抖搂出去能有他的好吗？这样，他能放过俞小曼吗？在云霄翔心里，他觉得灭了俞小曼，一切都会风平浪静。哪知富兰见云霄翔趁俞小曼犯失眠症睡不着，下药要慢慢儿毒死俞小曼，心里立时就特别害怕。富兰觉得，云霄翔对跟着他鞍前马后打天下的人心都这么狠，何况她一个被花言巧语骗来的外地人，那不跟弄死只蚂蚁那样容易吗？看云霄翔把举报信给烧了，俞小曼马上就要归阴了，富兰断定电脑上留的有痕迹，遂三鼓捣两鼓捣就把文档给恢复出来，一连打印了五六份，并趁机脱离云霄翔的魔掌，直接把举报信给寄到了鲁阳县委政法委书记手里。

与此同时，蓄意烧毁一百万元现金后，现场发现了已经烧焦变形的煤气点火枪引起了公安机关的怀疑，马晖在接受调查时自知罪责难逃，遂来了个人间蒸发。可是躲了一段之后，他就躲不下去了。因为，有用的时候，云霄翔又是请他吃喝，又是送红包，把他当成了宝贝，现在没用了自然就成了累赘。时不时断供，又过着耗子一样的生活，使马晖深受煎熬。马晖是财会学院毕业的大学生，岂不知法网恢恢疏而不漏之理，遂投案自首。

喝着羊杂可汤，看着季健中愣在那里没有动筷的样子，李延强遂叹了口气，道："你老兄也想开点儿。人嘛，生来的时候都是一张白纸，可在尘世上走过这一遭，什么颜色都出来了。要不，怎么叫花花世界？"

把泪水吞进肚里，季健中心里还是像打翻了五味瓶，那真是什么样的滋味都有。

一年后。

在一个雪花飘飞的日子里，鲁阳群星炭材集团理事长的办公室里灯火通明。

季健中一会儿仰面躺在沙发上，两手支在脑袋下面，一动不动地想心事；一会儿又忽地起身，皱着眉头不停地在办公室里踱来踱去。

他的豆青色驼绒毛衣外边，罩一件黑色夹克，雪白的衬衣领子开着口。年轻的时候，无论出门还是在家，他的衣帽总是那么整齐，而现在就显得十分休闲了。下身穿黑色直筒裤，脚上是一双浅棕色软帮皮鞋。生活中，虽然有公务用车，但他没什么要紧事的时候，还是喜欢骑他的自行车来来去去。所以，他的脸色还是健康美——赤红色。只是常年的劳累和过多的付出，使他那原本浓密黑亮的头发变得有些稀疏和花白了。现在，他虽然已年近花甲，但他的眼睛依然是那么炯炯有神。不知是遇到的问题太多、太复杂、太耐人寻味，还是在磨砺和挫折中看破了红尘，他就无形中养成一个习惯，总爱把眼睛微微地眯起一些，有点似睁非睁，有种洞穿世事的老成相。但无论坐着还是站着，浑身都透着慈祥和善解人意的神态。若不然，那年到南方院办理集资款时，在那种困难情况下，盖老盖国富教授在大家都挤破头，争着抢着取款的时候，他会逆向而动，毫不犹豫地把血汗钱，续存到炭材厂账户上。当炭材厂不能按时偿还这笔债务时，盖国富教授坚信，季健中早晚会偿还的。拿他的话说，他一眼就看出了季健中身上带着的"佛相"。有这样的人当厂长坐镇，即便有多大的风险他都不怕。

天麻麻黑了，雪也开始下大了，像棉絮似的。

不远处，车间里机器的轰鸣声隐约传来。那声音，不似天籁却胜似天籁，就仿佛是天神，在向你娓娓诉说一个发生在昨天，又继往开来的绝美的传奇故事，令人欣慰和激动。

正是昼短夜长的季节，天黑得早。由于天气突然变了，季健中还是那么担心大伙儿路上的安全，都催促着让提前下班走了。

现在，轮值人员大都到职工食堂就餐还没过来，整座办公楼上，只有健中的办公室里还亮着灯光。

站在稍远的地方看，大雪中发光的地方，既充满温馨，又给人以向往。

秦明杰早两年已经办理了退休手续，离开了集团。那是个再实诚不过的人。为着一个"孝"字，一拳头下去，妻子带着儿子跑了。不过实诚人总有实诚人的福气，离开了秦家的那个媳妇，在外边闯荡了一圈，最终还是回心转意，尽管不好意思回来，还是捎回来了信儿。眼下在她的南召亲戚村上落了户。儿子办了一个养鸡场，家里富裕了，赶着要结婚，没有他这个爹怎么能行啊，所以秦明杰就被他的儿子开车接到南召去了。

眼下，接替秦明杰负责集团安保的人，是当年的老书记奚道强的儿子奚春阳。他有个加长的手电筒，能装四节大电池，在零点一平方公里的厂院里，他的电灯光哪里都能照到。

看着面前漫天飞舞的大雪，听着自己脚下咯吱咯吱的踏雪声，奚春阳像边关上巡逻的哨兵那样，四处转了一圈，在玉兰树下站定。抬头往办公楼上亮着灯光的地方望去，他知道老厂长还没有走。从雪幕中透视过去，大雪覆盖，有一种琼楼玉宇似的幻觉。奚春阳由衷地发出了一声感叹："庙小菩萨灵啊！"

现在，一年过去了，从生产报表看，集团下属五家公司的年产量，早已突破了四万吨大关正在向五万吨靠近，销售收入将近四亿元，利税四千五百余万元，各项指标都是原炭材厂时期望尘莫及的。

面对这可喜的成果，季健中心里既高兴又纠结。高兴的是，改制后企业的活力充分地激发出来了，生产销售都得到了空前的发展，形势喜人。纠结的是，因为公司兴旺了，手里有了钱，公司经理们就有了新的想法。

考虑到集团的未来发展，一项列入国家计划，并且完全由集团的工程技术人员承担研制开发的炭材新产品——"高抗蚀超微孔炭砖"，已经研制成功，并获得了批准。为着国家大型高炉炉衬寿命也能达到发达国家的水平，集团日前做出决定，在辖区内新征了六十多亩土地，准备上一条新的生产线，转化科研成果。这是集团的核心技术，是高附加值的拳头产品，对于鲁阳炭材的可持续发展十分重要。与此同时，大家还建议，建一栋集科研与办公为一体的集团多功能大楼。

尽管鲁阳的炭砖已经成功地打入了欧洲市场，实现了埋在心里的梦想。但季健中心里非常清楚，市场是在竞争中发展和巩固的。就像是擂台上的搏击手，没有制胜的长拳和坚实的抗击打能力，势必会被对手击倒。所以，这条"高抗蚀超微孔炭砖"生产线，必须加大投资力度和加快建设速度，使其尽早落地开花。

想想那年青峰钢铁的专家来鲁阳考察时，嫌弃这嫌弃那的往事，几家公司早就吵吵着要把科研大楼盖起来。可手里的钱仍不算宽裕，季健中迟迟下不了这个决心。

还有，为了稳定，也为着曾经的承诺，偿还南方院和"三会一部"以及职工们的集资款一事也该正式提上日程了。

　　生产、发展和还账三件大事，在季健中心里是同样的重要，一个不能少。

　　俗话说：共患难易，同富贵难。

　　但要把炭材厂破产改制工作画上一个圆满的句号，他又该怎么协调几家公司，像过去那样同心、同力、同步、同行呢？

第二十六章　说话要算数

一年前，在破产清算中，按政策从破产财产中已经清偿了百分之四十八，余下的百分之五十二的债务，"三会一部"加上职工工资和职工集资款等，大概数额是一千七百多万元。再加上县农村信用社的一千五百万元，总额是三千两百多万元。

时下，虽然炭材厂破产清算工作基本结束了。但为了社会稳定，更为了天地良心，有关无法清偿的债务问题，季健中和他的兄弟们，由于有先前的承诺，现在到了逐步兑现的时候。为此，集团理事会根据几家公司发展状况和规模大小，已把剩余的百分之五十二的债务，按不同比例分摊下去，计划三年内分期进行清偿。

三千两百多万元，对于地处贫困地区的企业来说，绝对不是个小数目。

按道理讲，破产清算后的这三千多万元债务，与新成立的几家公司没有任何关系。何况恒星公司已经整体购买了炭材厂的所有资产。

根据破产法有关规定，炭材厂破产清算时，能清的债务已经清偿完了。用句通俗的话说，剩下的哪怕是职工工资、职工集资款，还是"三会一部"及农信社的钱，因为破产财产没有了，破产案也终结了，过去所有没有清偿的债务也就此画上了句号。

对此，季健中总觉得是亏欠着人家，并把他煎熬得寝食难安。当然，这不仅是有诺在先，而是天地良心。

集团党、政、工联席会是大前天夜里召开的。在会上，为兑现承诺，他和大家讲形势、讲过去、讲稳定，也讲集团的未来发展，健中苦口婆心和大家说了大半天。都是风雨同舟、上山打猛虎、下海擒蛟龙一路走过来的好兄弟，经理们大都理解他的心情，最后大家一致同意他的意见，想尽办法，集中一切力量，争取用三年时间，把炭材厂遗留的债务还上。

可是，约定好的时间，恒星、双星、海星和吉星四家公司，全都按分摊任务，把钱划到集团账户上来了，唯独成立时间最早的新星公司却卡住壳了。

季健中正为此而苦恼。

突然，门被人敲响了。

季健中开门一看是郑光荣，立时就愣在了那里。

跺跺鞋子上的雪进到屋里，郑光荣呵着手十分抱歉地道："对不起，老领导，你撤了我的职吧！"

"撤你的职是你们董事会的事，我可没那个权力。"说这话，季健中心里显然是带着情绪的。可是，当他倒了茶端给对方的时候，见郑光荣眼里泪花花的，心里反而不安起来。他知道他是老实人，想装是装不来的，他就叹了口气，不无埋怨地道："这么大雪，又不是白天，爬坡过岭的，你回来干什么？万一出点儿事怎么办？"

新星公司是炭材厂最困难的时候，健中领着人在鹰城凑钱建起来的。从新星到鲁阳，二十多公里的进山雪路，季健中担心郑光荣路上的安全。

听老厂长这么说，郑光荣心里更难受。想想老领导把他派出去是要其独当一面的，可关键时候却总是掉链子。他觉得，他这个经理白当了，办了一件对不起人的事，何况面对的是自己的恩人。试想，厂里公选时，由于在外执行任务，郑光荣错过了机会，没能参加公选。若不是面前的人在下边做工作，破格让他到大学里深造，他能圆自己的大学梦吗？这么想了，就又说了声"对不起"，道："这个董事长我真的干不下去了。"

季健中一愣，道："你怎么这样说？"

郑光荣眨眨眼，强把泪水咽回去，他道："从前天开始，一接住您的电话，我就把几个董事叫过来。可他们顶得很死，我实在呒办法，所以呒脸来见您。"停了下，又解释道，"大伙儿觉得新星公司跟其他公司不一样。其他公司，不管租赁也好，承包也罢，他们都使着炭材厂的厂房和设备，从根儿上说，都是连着气的。从法律角度上讲，由于恒星公司已经购买了炭材厂的破产财产，几家公司不应该再承担炭材厂的任何债务，但从情理上说，大伙儿毕竟都是从炭材厂过来的，承担一些也能说得过去。但新星公司就不一样。那年，又是纪委，又是检察院来查账，在新星公司，他们愣是连炭材厂的一颗螺丝帽也没查到。几个董事说，新星公司与炭材厂没有任何关系。"

对于鲁阳炭材来说，新星公司真的像黑暗中的一颗新星，是在极其特殊的环境下，在夹缝中生存下来的。当下的新星，虽然发展了，但新星公司基础很差，设备简陋，改造任务很大。因此，让新星公司也来尽这个义务还债，大家想不通。

想想是这么个理儿，季健中遂叹了口气，道："董事们大都不是从炭材厂过去的，他们想得不无道理。但你应该明白，新星公司是怎么发展起来的，还有鲁阳炭材厂的技术支持与市场品牌价值是不能忽视的。没有炭材厂的支持，它能发展起来吗？"

"我讲了。"郑光荣道。

季健中道："他们怎么说？"

郑光荣道："他们说，集团有事怎么花钱都可以，管理费提高一些也可以。但要还炭材厂的老账，他们一个子儿也不能出。"

季健中无奈地笑了，道："既然是这样，冰天雪地的，你打个电话不就行了，还跑回来干什么？"

"不跑回来，我坐得住吗？"郑光荣道。

在季健中心里，他一门心思是要清偿炭材厂的老账的。因为，当时没有这些资金支持，也就没有鲁阳炭材的今天。但现在已不是过去了。民营企业也有民营企业的特点，董事会不通过，季健中也只有认了。想到这里，他不无灰心地说："指水水跑，指山山倒呀！"

第二天，雪停了，路却更滑了。季健中带着破产清算之初县里决定的有关企业上缴税金返还的会议纪要，一大早就来到了县政府。

有关上缴税金返还这份文件的出台，季健中当时是经过努力争取的。因为，根据破产法有关规定，县农信社的债务，既没有剥离政策，又不适合在法定清偿范围之外进行补偿，现在你要给人家清偿为零了，人家当然不同意。如果大家都不同意，破产清算就进行不下去。鉴于此，县领导和破产清算工作组为了能够使炭材厂顺利破产，他们就出面要健中答应，把这些债务承担起来。之后，经多方协调，鉴于恒星公司参与竞买时买断了炭材厂，为了减轻企业负担，使企业更好地发展，因此县政府同意给予恒星公司优惠政策。对此，政府常务会议纪要上也写得清清楚楚，同意返还恒星公司上缴税金的地方留成部分。

现在，到了返还的时候。恒星公司在顾全大局、心胸开阔的领头人肖汉伟的安排下，召开了董事会，大家一致同意，除了恒星要完成集团分摊的债务外，还同意再拿出百分之五十的返还资金上缴集团支配，用以平衡各种矛盾和稳定大局。

在季健中心里，有关返还税款的事，他本没看得那么重要。可是，现在新星指靠不上了，他就得指靠这笔返还款了。

当年，李延强副县长负责此项工作，最清楚炭材厂破产清算中的艰难和曲折。

二人寒暄了一阵，一听是这么个事，李副县长说这是应该的，当即便在文件上签署了意见。但当健中拿起签好了的文件，道了谢，转身就要走的时候，李延强喊声"季总"，然后压低声音，而且颇隐晦地说："好好儿给领导解释一下，你可不敢把封县长的门槛儿隔过去。"

健中听了一愣，道："这事应该归你管呀，怎么还要找他？"

"哎，人家还管着财政的。"说罢这话，见健中迟迟疑疑的，样子有些为难，李延强遂解释说，按原来的规矩，这类开支，只要有政府会议纪要，他这个副县长签了字就算数。但现在不行了，现在实行的是"分口审核、集中管理"。

想想封春发这几年对炭材厂的态度，季健中着实不想去见姓封的，可是李副县长这么好心地说了，为了办成这件事，季健中就不得不硬着头皮，从二楼来到三楼，敲响了封春发常务副县长办公室的门。听听没应声，当要再敲的时候，一旁秘书科的高科长听到动静走出来，十分亲热地打了声招呼，道："领导可能在外边忙着哩，先到这边坐坐吧！"

"怎么，封县长外出了？"季健中说着走进来。

"不太清楚。季总，你坐！"说话间，高科长倒了茶端过来。

接过茶，季健中道："那你怎么说在外边忙着？"

高科长见健中一副颇不理解的样子，知道是涉及领导的机密了，遂机智地笑了笑，不无戏谑地道："领导掌握住规律了，刚上班这一个多小时，找的人多，指不定啥事，有时候会来晚一会儿。"

听了这话，季健中无可奈何地笑了下。

坐着翻了会儿报纸，听听没动静，健中心里有事等不及，正要起身，见王副科长拿着材料，来找高科长汇报工作上的事，健中遂和王副科长打过招呼来到走廊里。看到新任县纪委书记安跃生指指封春发的办公室，给他使眼色，明白对方也是来找封春发的，季健中就摇摇头，表示人不在。接着，他见安跃生又朝他招手，健中就走到了跟前。安跃生附在健中耳边，小声说："走吧，人家不在，你到我那儿坐坐。我那里有点好茶，请你品品去。"

安跃生是安兆良的小儿子，一九七八年报名参的军，次年正赶上对外作战。从穿上军装，到跨出国门作战，满打满算，也就是几个月时间。在随主力部队实施大纵深、大迂回穿插合围中，安跃生的小命差一点儿丢在前线的丛林里。从部队上下来后，他身上的多处伤疤，从没对人说起过，他的军功章，也从不示人。转业到市公安局，他从基层干起，是一步步走出来的。去年比这早些的时候，调整到鲁阳县纪委任书记。就鲁阳炭材的发展来说，人家虽然是旁观者，但内情是再清楚不过了。同时，安跃生和他的父亲安兆良一样，地方情结重，所以对地方安宁和经济发展特别上心。

并肩来到纪委，办公室的人倒茶弄水后，安跃生把杯子端起来，递到健中手里，十分谦和地道："怎么样？一眨眼一年又过去了。我知道，你老兄那儿经营情况不错，你这是到政府来忙什么呀？"

季健中叹了口气，道："解决老厂子的遗留问题，领导得签字。"

安跃生听罢，道："不仅领导要谢谢你，我也要谢谢你。几个亿的产值，几乎占全县工业总产值的半壁江山，要不然，大家吃什么？"

接下来喝着茶闲聊了一阵，安跃生十分机密地道："季哥，有点儿事儿，我一直发迷，总想问问，也没机会。集团发展到今天不容易，眼下贡献又这么大，可我看出来了，封县长好像不怎么待见你呀！"

季健中无奈地摇摇头，道："不是不怎么待见，而是很不待见呀！"

安跃生道："为什么？"

"这我哪知道！"

安跃生意思了会儿，就笑笑道："什么时间把迷解开了，麻烦老兄告我一声儿。"

季健中听罢，深深地吸了口气，似乎有一肚子话要说，但他却摇摇头什么也没说。

离开纪委，当季健中又到县政府的时候，封春发的门依然关着。这个时候，季健中心里就有些发急。看看都十点过了，问问政府这边又没什么其他活动，这就忍不住小声对高科长咕哝道："都这时候了，领导不会来了吧？"

哪知说罢这话，刚一扭头，正看到封春发夹着皮包阴沉着脸到了。

人家是常务副县长，莫说是找人家来办事的，就是不办事，碰住头了，他自然也会笑脸相迎，就立马道："封县长，您好！"

封春发应了一声，翻眼看看季健中，道："什么事？没耽误你的时间吧？"他那样子，显然是一看见季健中说话都带刺儿。

季健中忙道："哪能！哪能！"

这时，看到领导来了，跟班的高科长急忙紧走几步，赶在封春发前边，把办公室门打开。

看着高科长忙了一阵，把茶倒上放在姓封的面前，又向他打过招呼走了，季健中遂掏出已由李延强签过字的文件递到封春发面前。

接住文件瞄了眼，封春发一愣。接下来，他放下文件，慢慢腾腾打开他的鳄鱼皮包，找出眼镜戴上，这才又把文件拿起来。可是，看了一下，拿起笔就要签字了，又道："放这儿吧，回头再商量个意见给你。"

还用商量吗？这是县政府常务会议早已定下来的事情，现在是落实，怎么还要再商量商量呢？季健中想说明自己的观点，可又觉得说多了无益，就笑了下，想把要说的话打住，但他窝憋不住，就十分委婉地道："封县长，一年到头了，为了稳定债权人的情绪，兑现承诺，有关返还一事，还望您百忙中帮帮忙，看能不能快一些。"

封春发翻翻眼看看季健中，十分不情愿地道："这个会议纪要我早就看过了，财政收入的县留部分应该返还给你们。但炭材厂债务比较大，返还时间很可能会超过五年。因此，当时文件一发下去，同志们就提出了不同意见。我们这一届政府只有五年。五年内的事我们可以办，但五年后的事，我们决定了就不太合适。我们不能寅吃卯粮。"

听了封春发不紧不慢的解释，季健中就愣住了。因为那年临到春节的时候，就是面前的这位姓封的把厂长、经理紧急叫到县政府，然后一个一个挨着"过堂"，要企业提前上缴下年度利润，并要县财政担保，金融部门现场办公，钱到企业账户后立即转到县财政，那可是实打实的寅吃卯粮呀！而当下呢？因为恒星公司在五年时间内根本偿还不了当时本应由政府承担的巨额债务，所以在签这份合同时，就有意把时间放得稍长了一些，并且一切都记录在案，现在却成了寅吃卯粮。季健中不是暗自笑了，而是目瞪口呆了。这时候，他很想理论理论，但又怕把事情办砸了，遂迟疑了下，无奈地道："那就办一年是一年吧！"

"无规矩不成方圆。"封春发振振有词，且大言不惭地说。

"这……"在封春发面前，季健中真不知道该说什么好了。

郁郁而回之后，季健中为着拿到财政返还资金，早一趟、晚一趟，不知找了多少次，最后文件总算是转到财政局了，可想要那笔资金却比登天还难。财政局不是不给，而是没钱。待打听到有钱的时候，人家说钱是专款专用，不能用到地方留成返还上。就这样，看看春节都快到了，健中实在没办法，就赶在月黑夜，到了县农信社胡主任家。

胡主任是个过日子的人，家里没什么好吃的，他就把糖蒜端出来，又让当家的忙活了一阵，一盘醋熘白菜和煎得黄灿灿的鸡蛋炒蒜苗就端了上来。两人喝了大半瓶酒，唉声叹气中，季健中遂把来意说了，问怎么办。

一听县财政返还资金不到位，集团又急着用钱，胡主任想了一下，实话实说道："眼下的农信社跟过去不一样了。过去社里缺钱，总担心周转不开。现在宽裕多了，最大的问题是担心放不下去。有关炭材厂欠农信社的债务问题，看能不能把债权转成贷款，让新公司承担了。这样，群星集团整个信誉就恢复了，农信社就可以大胆地支持新公司的发展。毕竟，超过五十万的贷款还需市里批。如此，岂不是两全其美！"

实际上，在破产方案尚未通过之前，为了鲁阳的投融资环境，李延强副县长和季健中沟通过。当时，就此事健中和新公司也议论过。

此刻，胡主任这么说了，健中觉得，此事也到了该了结的时候了。但是，为了获得农信社的支持，几家公司愿意承担这笔债务，却不愿承担这笔债务所产生的利息。这样，双方斤斤计较了一番，遂咬出牙印，过去的利息上报后争取"减免缓"政策，然后按最低档次的贷款利率下浮百分之十，把农信社一千五百万原炭材厂的债务，以贷款的形式转到鲁阳群星旗下除新星外的各家公司。同时按各公司承担的份额，农信社再以同样额度的资金，支持企业的发展。并且按基准利率，一是保证五年内不上浮，二是贷款期到后，可办理延期手续。

次日，带着这一揽子问题，胡主任又领着季健中向市农信社专题汇报后，这个问题便迎刃而解。

第二十七章　真破产真还账

解决了县农信社那方面的问题，剩下的是职工工资和集资款，以及"三会一部"等债务，数额是一千七百多万元。

回到集团，扒扒手里能用来还款的钱是七百多万元。季健中反复考虑了下，他打算把原计划三年内还清欠款的时间提前一年，在两年内还清。

因为破产清算工作进行了这么长时间，大家理解你，你也应该体谅大家。

为此，季健中想把集团可办可不办的事情，以及内部职工集资款都缓一缓。这样，所有外边的债务他就能一次清偿完毕。但他又担心职工们有意见。毕竟，用来还债的每一分钱都是职工们用辛勤劳动换来的。现在要还债了，却没有他们的份儿，他们能没意见吗？

赶在次日傍晚的时候，季健中一连打了几个电话。他把老书记奚道强、车间主任余华星，还有卢先光、鲍克强、诸葛哲、王克夫和当年云霄翔的"跟屁虫"元根壮几个老同志约在一起。

现下，继奚道强、余华星之后，鲍克强和王克夫也早已办了退休手续，诸葛哲和卢先光年轻几岁还没有退休。至于元根壮，他才四十六七岁，是作为较有影响的职工身份被邀请来的。

这么几个老人碰面了，大伙儿端起酒全都喝得十分痛快，特别是卢先光。以往，遇到这样的场合，即便是你花钱请他，不念你的好不说，他还要暗中思忖，总觉得你是不是要利用他。显然，卢先光生性就是那个敏感多疑的人。然而此时，由于儿子卢鹏远在高精密度磨床技改中为他露脸了，他不仅显得格外开心，而且他那多疑的性格也不见了，整个人变得阳光、开朗而又和善，真的像是换了个人似的。

一连三杯下肚，看季健中拿起酒壶要给他倒酒，老书记奚道强伸手按住酒杯，笑嘻嘻地看着健中，道："你是理事长、总经理，又兼着党委书记，集团已经发展到一千多号人了，年产值几个亿，你没有分身的空儿。说吧，老伙计，什么事掂不开了？你不说出来，这酒再香，老哥已经喝了三杯，要再喝就喝不下去啦！"

听老书记这么说，季健中叹了口气，遂解释说，由于县财政返还资金暂时无法落实，因此想把偿还内部职工集资款的计划暂时缓一下，好集中力量把外边的债权人的债务一次清了。目的是为集团的可持续长远发展，营造更加宽松的环境。

老书记一听就愣住了。想了下，他突然又抿住嘴笑了，道："我当什么大事，原来就这呀？"说罢，他端起酒杯，一仰脸咽了，然后抹了下嘴巴，左右看了看众人，转向健中道，"你这是没有把我们这些老家伙当外人，好啊！"看看卢先光几个人都附和着点了头，他叹了口气，道，"本来没有义务，却为着当年的承诺硬是给承担起来，这才是我们鲁阳人的良心。别的我不当家，我就代表我自己。你想得没错。你说有义务还他们，我虽然退休了，可我还是炭材人，我也有这个义务。先还他们吧，我没有意见。"

听奚道强这么说，余华星笑着没吭气，卢先光几个人慌了，也马上跟着表态，说没意见。

这几个人，除了奚道强和余华星跟健中合得来压住不说。单说卢先光、诸葛哲、王克夫和鲍克强四个人，在炭材厂时期，一个个都不是省油的灯。但在这十多年的朝夕相处中，经过那么多的沟沟坎坎，他们对面前的老厂长，那可是看得再清楚不过了。以心换心，那还真的把心和健中贴在一起了。想想老厂长把一个幸福的家庭抛在一边，真的是放着福不享，而且都这把年龄了还在为老厂还债一事作难，卢先光几个人心里禁不住咯噔一沉。自忖，搁在自己身上，那是一百个办不到，遂一个个表态，支持健中的这个想法。当然，眼下的群星炭材集团，生意红火，大家没有后顾之忧。更何况，是因为县财政没有兑现承诺造成的，晚一步再还，即便有意见，就当下的情况，谁也不会再说什么。同时，集资款现在不还那可不是扔那儿了，而是健中答应到期应还而没还的部分还可以按银行利息计息。

可是，当大家饭罢酒罢言笑着要离开时，"跟屁虫"元根壮拉住健中的手，一个"季"字还没喊出来，就扯天扯地哭起来。

众人立时愣住了。

待被扶到沙发上，想想由他透出去的一句话，差一点要了季健中等人的命，元根壮怎么都无法原谅自己，遂咚的一声跪在健中面前，左右开弓，对着自己的脸扇起来……

也就在次日下午，季健中叫上集团财务部的曹艳玲部长带着有关手续，亲自到县政府"三会一部"办公室，把欠下的债务一次性全部清偿。顾主任感激涕零，双手紧紧握住健中的手，好久没有松开。

回过头来，他又电话通知南方院代表，并约定好时间，准备到南方院统一办理还款手续。

从一九九〇年春夏之交来南方院融资，到当下还款，撇开一九九七年上半年以前按照合同及时还本付息，还有南方院代表来鲁阳上访时已解决的二十万元，以及那年带着八十来万元钱前来安抚解困外，剩下这几年，除去破产清算时已经清偿了百分之四十八，眼下，南方院职工集资款本息加起来，仔细算一算还有三百多万元。

作为集资人，本想着本息无归了，现在却又看到了白花花的银子，当在名册上签下自己的名字，一分不少地拿回按政策就要清零的钱时，许多人都不敢相信这是真的。特别是早几年，领着人到鲁阳讨要集资款的韩阿姨和陈阿姨几个人，当下她们家的困难期早已过去了，手里有钱花不着，算算三四万元存到银行的利息远没有在鲁阳炭材集资的零头多，想了半天，最后还是拉着健中的手，说："季厂长，您把钱还捎回去吧，还是放在您那儿更合算。"

听了这话，一旁的集资户也一起挤过来，缠着健中要把领出来的钱再存上。

季健中十分真诚地笑了。想当年，企业发展需要资金，南方院一两百人慷慨解囊的情景，作为鲁阳炭材的当家人，他到什么时候都不会忘记。

企业改制后，原本计划用三年时间把炭材厂所有债务清偿完毕，现在，除了农信社的一千五百万元债转贷和集团内部职工的集资款暂缓一步清偿外，"三会一部"近三百万、南方院三百万出点头的所有债务一下子清偿完毕。于是，社会好评如潮水般涌来，鲁阳炭材再一次以诚信感动了所有的知情人。

看着南方院集资户脸上的笑容，季健中心里充满了从未有过的愉悦。

正在这时，他接到了远在鲁阳的县纪委书记安跃生打来的电话，从对方询问云霄翔有关耐火材料厂一事的话音里，季健中清楚地知道，安书记这是嗅到了狐狸的臊味。

收起电话，季健中回想着云霄翔这么多年的所作所为，他断定，和姓云的勾肩搭背的那个"两面人"绝不会是个清白的人。现在，已经被安跃生这个土生土长的鲁阳人盯上了，那日子还会好过吗？

正想着，南方院的杨逸菡和盖国富几位老人来了。当着健中的面，盖国富对杨逸菡自豪地道："当年，我是看了他的面相后相信季厂长的。后来，当大家拿不到钱埋怨我的时候，我仍然坚定不移地相信我的眼光。人呀，他的一切，面相上都带着哩！"说到这里，他叫了声"季厂长"，又接道，"好日子在后边哪！改革开放，国家要富强，民族要振兴，前进的路谁也挡不住。尤其是城乡一体化建设，不仅仅是你们炭材厂，全国各行各业的黄金发展期已经到了，你就甩开膀子干吧！"

这一晚，在南方院招待所的客房里，季健中心里像喝了蜜一样甜。

冲了澡，季健中躺下来一丝睡意也没有，他就还和那年在想马河畔赵家的打麦场上那样，把双手交叉着垫在脑后打开了思绪。

眼下，通过这几年艰难的破产清算，鲁阳炭材不仅从困境中走出来了，而且通过改制新成立的五家公司已经发展壮大起来。同时，集团前景一片光明。因为，从那年秋季开始，每年有重点选送到高校培养的人才，回厂后早已成为科研和生产管理中的骨干。特别是在执行保尔斯特的合同中，大家所激发出来的那股钻劲儿和韧劲儿，更让季健中看到了集团的发展实力和内在潜力。

想着这些开心事，往日那一切遭遇、磨难、辛酸与委屈……全都烟消云散了。

夜深了，还是没有一丝的睡意，他就索性把刚刚同杨老、盖老几个人没喝完的白酒又倒上，一边慢慢地品尝着它的醇香，一边回想起往事。

一九七九年秋末冬初，抱着感恩之心，冶金部南方钢铁设计研究院新材料技术推广中心的专家杨逸菡看到商机，热忱相帮。乘着党的十一届三中全会的徐徐春风，县钢铁厂下马后在家待业的温来运克服重重困难，在大山深处办起了鲁阳炭材厂，走企业与科研院所横向联合之路。从一无所有，到三年迈出三大步。一九八九年，炭材厂被人为地绊倒了，又赶上铺天盖地而来的经济危机的冲击，车间停工，企业趴下了。季健中受命于危难之时，把炭材厂从死亡线上拉回来，使企业一天天壮大起来。一九九九年，当企业又一次处在生死攸关的时候，在党的十五届四中全会精神鼓舞下，大胆改革，终于又一次浴火重生，像巨人一样，鲁阳炭材成了全国同行业的排头兵。

面前是幅非常雅致的国画。画的是梅，苍劲的枝干上是风雪中怒放的花朵。久久地凝视着酷寒中的梅花，回想自己把一生最美丽的年华全部奉献给了心中痴迷的事业，季健中感情的波涛怎么也无法平静。从风雨中一路走来，一桩桩鲜活的往事，又一幕幕浮现在他的面前……

于是，他浮想联翩，如潮的思绪涌上心头，他情不自禁地铺开纸在上面写下"痴心"两个字。接下来，他挥笔写道——

这个只有零点一平方公里的厂院，
我丈量了十七年。
一年三百六十五天，
一天丈量两遍。
要出差了，
我一定会回头，
再看上一眼——
出差到家后的第一件事，

就是前后左右，
东西南北看个遍。
捧着一颗跳动的心，
眷恋、牵挂的是你——
如今的鲁阳群星炭材集团。

一九七九年，
乘着改革开放的东风，
鲁阳人也搞起了新型炭砖。
虎生生在大山深处，
画出一道工业地标线。
科研院校，
是我们的合作伙伴。
产学研紧密结合，
使脚下的路愈走愈宽。

一九八九年，
从通胀到通缩，
令人心惊胆寒！
但我们从艰难困苦中挺起，
使共和国高炉一代炉役寿命——
一下子达到了十四年。
鲁阳——
这个从不知名的小县，
在中国冶金行业内传遍。
从一九七九起步，
我们从小到大，
扛着"国有"的大旗，
一干就是二十年。

一九九九年，
受东南亚金融海啸冲击，
全国的中小企业再次经历磨难。
炭材厂又一次，
跌进了债台高筑的深渊。
四面楚歌，
八方风寒。
震惊，
迷惘，
我们究竟该怎么办？
突然间，
来自中南海的曙光，
让我们跨进了洒满阳光的春天。
在二次创业的征途上，
我们的步伐是那么雄健！
年销售收入四亿元，
利税突破四千五百万。
靠我们自己的技术团队，
研发出几十个国家专利产品，
获得了一个又一个知识产权。
从出口印度、西班牙到乌克兰，
从非洲、澳洲到南北美洲，
续写出华夏文明的绚丽诗篇。

而今，又是一条新的起跑线。
打破遇"九"低迷的魔咒，
迎接十年一个轮回的考验。
浴火重生的鲁阳群星炭材集团，

再也不会那么心惊胆寒。

那是因为——

在我们面前，

没有蹚不过去的河，

没有翻不过去的山，

没有战胜不了的困难，

没有跨不过去的坎。

我们有足够的能力，

描绘出民族工业艰难成长的壮美画卷！

夜深了，

聆听着扬子的波涛，

细细地品味，

一生一世，

不易！

干事创业，

真难！

但有了这颗纯真的心，

不易，

也易！

说难，

也不难！

倘若愁苦当作欢乐过，

是苦也会变作甜！

欣赏着从自己心田里流淌出来的得意诗作，季健中端起酒杯一饮而尽，心里温暖极了，感觉也好极了。

在他心里，他深深地觉得，把人生融入社会，融入这波澜壮阔的伟大时代，所留下的每一个脚印，走过的每一段路程，那不就是一壶老酒一首诗吗？

是的，人生啊，无论是一帆风顺还是坎坎坷坷，抑或是仰天长叹、纵情高歌，不仅是诗与歌应有的节奏和韵律，而且也是陈年老酒所散发出来的甘甜与醇香。

正这么跳出红尘似的想着，季健中面前的手机铃声突然响了起来。

拿起一看是当年鲁阳的县委书记，当下在外地任市委副书记、市长的刘振国的电话，季健中深感意外。因为，已经到了后半夜，如果没有什么大事要事，刘振国是不会这时候打电话的。

第二十八章　血脉传承

日前，刘振国在省城开会，夜晚休息时无意间在一本杂志上发现一篇回忆文章，立时引起了他的注意。

会议结束后，他专门到杂志社跑了一趟，遂根据打听到的消息，辗转见到了写回忆文章的作者——王景玉，小名儿狗。

王狗王景玉是南阳方城人。当年，"兴国联军"酝酿暴动的时候，王狗是南阳方面第一个站出来参加暴动的队员。启程那天，他扮成泥瓦匠，跟着义军战士陆续开到了叶县澧河，按指定时日和地点，紧着前往平顶山插旗。可是，上游突发的大水使澧河水槽平河满，义军被困。

等了半日，看看河水还在涨，暴动的人们等不及，大家便悄悄商量，准备扎筏子或迂回过河。可是行动还没展开，打前站的义军战士回来报告，让快跑，说是出事了，有人告密，中央军正在抓人。

行动暴露，不敢回方城，派出联络的人又有去无回，王狗预料到大势去了，只得带着几个兄弟上山打游击。一九三八年秋，王狗他们听说确山县竹沟镇有共产党的队伍，这便投到确山参加了新四军，随李先念打日寇。解放战争中，王狗跟着大部队在大别山坚守，机智灵活，屡建奇功。眼下，告老还乡的王狗看着不断头有人找到家里，了解"兴国联军"那段悲壮的往事，遂写了篇回忆文章。

刘振国是半下午的时候见到王狗的，给季健中打电话的时候，是他刚从王狗家里出来不一会儿。原本，他是要等到天明了再打电话的，可是他静不下来，也等不及。

显然，弄清天天爷爷的事，在他心里，那是一件大事，是一刻也不想耽误的。

此刻，季健中不知何事，愣怔了下，对着电话，忙道："哎呀，刘书记，是您呀！这么晚了，您怎么还没睡？有什么指示？"

刘振国对着电话，道："见了个人，刚刚才从人家那里出来。"大概是听出味儿了，他不知对方正在忙什么，又道，"你这是干什么呢，怎么也不睡？"

"不睡是睡不着呀！"季健中道，"刘书记……"

"搁住馍喝汤吧！"刘振国不无调侃地用鲁阳的老土话打断了季健中的话，道，"二半夜的，哪有什么书记?! 叫振国！快说，遇到什么好事了，让我也高兴高兴。"

"是这样——"季健中掩饰不住内心的激动，遂把来南方院办了的事情扼要说了一下。

一听是这么一回事，刘振国心里着实高兴，遂十分惊讶而又亲切地道："兄弟，我就知道，你季健中不会给咱鲁阳人丢脸。回答我，你是不是已经喝上了？我可是闻到酒气儿啦！"

"既然酒气儿你都闻到了，那还问什么？"开心地、哧哧地笑着，季健中道，"什么时候回来？我得给你敬上两杯。"

"该端的是我，你是功臣。"刘振国道，"当初让你下山，明知道路不好走，可万没想到会那么难。健中，你不简单，风风雨雨的，硬是教你闯过来了。不过也好，应了那句话——路遥知马力，日久见人心嘛！我相信，接下来的路，你会越走越宽。谢谢你呀，健中！"

"别谢了，再谢就外气了。"季健中道，"说吧，有什么事，你还没说呢！"

"当然是好消息。不然的话，谁会这时候打电话？"刘振国掩饰不住内心的激动，在电话中道，"天天爷爷的事情，可能找到一些线索啦！"

"什么？你说我家天天爷爷的事情有线索啦？"季健中都有点儿不敢相信。

听对方重复了刚才的话，他惊喜地道："哎呀，这可太好啦！振国，你说。"

刘振国在电话中说："是这样，健中——有本杂志叫《党史博览》，那上边近期登了一篇回忆文章。我仔细看了，人家说的正是二十世纪三十年代初我们这儿闹'兴国联军''插大旗，随红军'的事。写文章的人我刚刚见到了，人家也是当年'兴国联军'的参与者。"

"哎呀，这可太好了。振国，具体情况呢？"季健中道。

刘振国在电话中道："据多方考证，当年的'兴国联军'，王景玉王老他们南阳方面是一个师，天天爷爷这边是另外一个师。有关天天爷爷的事，他说他不清楚。不过，根据天天爷爷是鲁阳人这个信息和当年'兴国联军'兵源地隶属关系，他给我找了张照片，说是他的战友，让我到豫南军分区干休所找找看。"

一听是这么个情况，季健中道："干休所那人叫什么名字？怎么和人家联系呀？"

"王老给我写的有通信地址和联系电话，我一会儿在手机上给你发过去。"刘振国在电话中道，"不好意思呀，健中，我答应过天天，可这几天实在抽不开身，要不我自己就去了。"

得到这么个情况，季健中也同样等不及，遂于次日同马青云通了电话。

时下，年近六十的马青云几年前便从省委宣传部退了下来。有着大笔杆子这块招牌，又有在省委机关工作的经历，继《天天的故事》长篇报告文学面世后，受多方邀请，马青云每天笔耕不辍，某些情况下，甚至比没退休时还要忙。可是，一听爷爷的事情有一些线索了，她驾着车便到了鲁阳，然后接上季健中就出发了。

来到豫南军分区干休所，一听是来找谢老谢司令员的，工作人员连声说："有有有，有这个人！"

只是这个曾经威风凛凛的人，早几天跌了一跤，眼下正在医院病床上躺着，好在老人神智十分清醒。

一听是来打听"兴国联军"，又是找人的，谢老立时来了精神。寒暄中，看医护人员把病床高低调好了，谢老道："这都几十年了，你们还念着这事儿，也算难得。那时候，为了严守机密，都是单线联系，不准相互了解，不到起义时间，不准提前集中。所以说，有些人，还真的知道得不多。"说罢这话，可能是谢老见季健中和马青云情绪不怎么高，就笑了下，又道，"不过时间长了，又多次在一起召开'无头派会'和商议暴动，莫说打听，光猜也能猜出一二。你们说，打听谁?"

"郑——文——甲——"季健中说着，从提包里拿出根据天天的伯父郑寒星和老支书李麦收等人的回忆，请人画的郑文甲的半身画像。

"郑——文——甲——"沉吟着，谢老接过画像看了，立时惊喜地道，"请菩萨指路——你们二位这是找对人了。"

见是这样，季健中和马青云禁不住相视而笑。

这时，谢老来了兴致，两手按住病床，调整了坐姿，话匣子一下子便打开了。

谢老是郏县西北人。闹"兴国联军"的时候，根据自己联系到的兵源人数，他被任命为副团长。他的团长叫赵文成，是郏县堂街段李庄人。郑文甲有文化，是团部的书记官，掌握团部各级骨干档案和必要的文件。

谢老说，从一九三〇年夏到一九三一春，仅郏县这片，农民武装暴动组织和发展的人员总数就接近两千。其中，仅堂街、石洼至宝丰闹店，还有城西薛店、吴村周围村庄的贫苦农民就有一千多人。初步形成的农民队伍，光郏县城东、城西这方面，就编制了十个营，马天玉、陈方洲、曹殿卿、赵振家等人被任命为营长。当时的情况，暗地里都明确了谁是团长、营长，但发号行令的组织名义叫行动组，核心人物叫老李，直接受洛阳方面领导。谢老说，他和赵文成是姑表兄弟。他是篾匠，走村串户，以编筐握篓做掩护，四处联络。赵文成是桑权窝儿人，家里开有桑权行，人来人去也很方便。书记官郑文甲是赵振家介绍进"兴国联军"的。国民党洛阳警备司令武廷麟派兵镇压时，前后死了好几百人，而他则侥幸逃过一劫。

眼下，一听喊自己爷爷的人是郑文甲的孙女，谢老两眼的泪立时就流出来了。

谢老说，郑文甲是真心随红军的。一看就要暴动了而大伙儿手里连根烧火棍儿还没有，他就把家产关住门卖了，并通过他在洛阳当差的朋友，搞了一些枪支弹药。当时接到的命令，暴动定在农历八月十五，地点在平顶山，以"兴国联军"大旗为号，各路义军前来揭旗举事。可是，八月十四出事了。由于时机不到，枪不在身边，许多人都是赤手空拳被捕的。包括受省委之命下来组织暴动的老李在内，被捕后都是宁死不屈。

他说，暴动失败后，郑文甲之所以没暴露，也不是身份多么机密，而是他当时是打前站的，正在大山里筹集粮草，准备迎接大部队进山，遂逃过一劫。至于怎么死在外边了，谢老说他当时一跑出来就是多年不敢露面，更无法跟没有被捕的人联系，许多事情他都不知道。"四人帮"倒台后，陆陆续续有人说起当年的暴动，以"兴国联军"名义在平顶山"插大旗，随红军"的壮举才得以揭开面纱。

作为当年的参与者和见证者，也为着给死去的人一个安慰，给后人一个交代，谢老以他年迈之躯，多方奔走，四处打听，尤其是通过洛阳和开封两家档案馆提供的方便，他翻阅了大量的民国档案，这才最终得知，暴动失败是因军部出了叛徒。至于郑文甲，谢老说，他在二郎庙、赵村一带大山里走访时还真了解到一些实情。

他说，当时国民党反动派杀人杀红了眼，郑文甲有家不能回，就在大山里藏着，直到次年的秋末冬初。四处打听，郑文甲得知失败原因为叛徒告密。郑文甲气坏了，遂动身从国民党洛阳警备司令部机要处，他的一位拜把子兄弟那里查到了叛徒姓名。返回大山，郑文甲一连三天不吃不喝。他那样子，急坏了和他一起打前站前来大山里开辟根据地的一位姓赵叫宗良的兄弟。问得急了，他只说他查出了谁是叛徒。

这个时候，敌人的大逮捕接近尾声，各要道路口的岗哨撤走了。于是，郑文甲就和赵宗良一起商议复仇事宜，但郑文甲却不辞而别。这样，赵宗良也急坏了。因为他知道郑文甲是找叛徒报仇去了，但他只知道叛徒家在郏县东南乡，却不知道姓甚名谁。追到郏县东南乡，由于不能明着打听，暗中又无法打听，赵宗良就被难住了，遂不了了之。

谢老说到这里，长长地叹了口气，看着季健中和马青云，既是赞叹，又不无惋惜地道："你们的爷爷呀，那是真英雄！可仔细想想，也可惜，他把一辈子都搭进去了嘛！怎么说呢，叛徒嘛，终有叛徒的下场。不是有那么一句话吗？天作孽，犹可违；自作孽，不可活。那是个腥风血雨的年代，郑书记官满腹仇恨，一心要追杀叛徒，可他一个人，毕竟身单力薄，听说他刚要出手，就中人埋伏把命丢了。"至于尸骨，谢老说了个大致，并让找当地一位叫曹志安的人。他说他早些年前去拜访过曹志安，保不准那里埋着的人，就是郑文甲。

季健中和马青云在谢老住的医院停了两天。临走的时候，谢老送给季健中和马青云一本他写的回忆录。书中有很大篇章是回忆当年闹"兴国联军""插大旗，随红军"的往事。其中详细记载了他和暴动组织负责人李书乾，以及赵文成、赵振家、郑文甲等"兴国联军"骨干人员在堂街芦苇荡、孔湾竹竿园，以及北汝河滩碰头，商议暴动的活动细节。

返程途中，季健中和马青云在郏县东南乡山脚下一个名叫曹家村的地方找到了曹志安家。只是曹志安早已去世，好在他活着的时候早就交代过了。一听是来打听事的，他儿子曹新生忙寒暄着颤巍巍地把季健中和马青云让进屋里。

七十多岁的人了，曹新生身子骨还很硬朗，只是说话语速慢了。他说，想当年，他爹曹志安也是被秘密发动起来的"兴国联军"的人。就暴动事件来说，那是惊天动地的。可对曹新生的父亲曹志安来说，由于当时年纪小，才十五六岁，又赶在约定时间没脱开身，没有赶到起事地点就听到了暴动失败的消息，虽然被当兵的拴走了几天，可是他死不承认。如此一来，他被关了些日子放出来之后，就跟呒事人一样，继续给人扛长工。

至于死者，曹新生听他爹说，那是次年入冬后的一天深夜，曹志安起夜，在马棚里看到东家和他的几个护院的拳师抓住个瘦高个儿，三十五六岁那样的年纪。从拷打责骂声中，曹志安觉得，那人好像是"兴国联军"的人。可能是要铲除后患，那人当场被乱棍打死后，又被诬为土匪扔到乱石坑里去了。

停了下，曹新生又说，他们曹家，人老几辈子都是老实蛋儿。见人那么样死了，心里过不去，又想着可能是自己人，遂趁夜黑没人，悄悄把尸首从乱石坑里背出来，挪挪地方埋了。

说罢这番话，又问了一些情况，曹新生起身从黑紫红明的小箱子里拿出一把牛角梳，说是当年死者身上有两样遗物。一样就是这把梳子，一直保存到现在。还有一样是死者棉袍里藏着的一面大旗。只是那年月人们都胆小，沾住杀头的事，谁都害怕，大旗就随着给一起埋进坟里了。

把梳子拿在手里，左看，右看，马青云不认识，季健中更不认识。从对方说的模样长相，还有从时间上推算，以及从谢老那里了解到的情况来说，坟里的人应该就是郑文甲无疑，可又没有足够的证据来认定，健中和马青云心里不免有些惆怅。

问起埋到坟里的那面大旗的事，曹新生听他爹说过，那是一面长方形红色缎面旗子，旗中央有颗白色五角星，星内有个黑色图案，就是人们说的镰刀和斧头。旗子一侧有个白色套管，上面有一行黑字，是"中国工农红军第三十六军"字样。曹新生说，他爹猜测，可能是义军把动静闹大后对外要打的旗帜。

相跟着从村里来到野外，曹新生指着面前一片柏树林，道："俺爹说，当年这里是乱石坑，人是被扔在这里的。柏树林是二十世纪六十年代种的。"

沿着柏树林的边缘往北走了有一里来地远，曹新生领着季健中和马青云在一棵老柿树跟前停下来。

紧挨老柿树，有个用红褐色石头堆起的隆起物，缝隙间长满了迎春花。搭眼看了，虽然孤零零的，但确有几分葱郁和肃穆森然的气势。很显然，这不是荒坟，有人精心照料。

曹新生嘟囔着说："不是亲人，跟亲人一样啊。"说话间，他上前拔掉坟头的几棵野草，又道，"俺爹交代了，我也跟我那几个儿孙们立了规矩，只要俺曹家这一门不绝，每年的十一月十三，那是死者的忌日，还有清明、十月一儿，家里人都要来上炷香，点张纸儿，磕个头。不为别哩，孤身一人的，敢为死去的人报仇，坟里的人，够爷儿们！"

"那您更值得尊敬。"马青云说着，磨过身子就给曹新生跪下了，"素昧平生，没有让死去的人狼拉狗啃，还担着风险，在自家的地头儿挖坑起坟，由几辈人护着，您这就是活着的菩萨呀！"

"那是条命，是老天爷给的。是个人碰上了，都不会不动心。"曹新生说，"在自家的地头儿埋人，坐落的地方又偏僻，除了咱自己人，外人没人把底。这是解放前的事。解放后，俺爹一直在村里跑事，乡里乡亲的，都给面子。就是现在，地虽然早就归公了，又经历这么多年，联产承包的时候，我们家还是把这块儿薄地包了。还有这棵老柿树，也算成粮食产量了，别人刨不走。一是留个记号，看见老柿树，就想起坟里的人。再者是风刮日晒的，九泉下的人也好有片儿阴凉罩着。"

了解了这些，回想起那年在想马河赵三春家三春娘说过的话，季健中断定，同是打前站的人，保不住天天的爷爷郑文甲，在大山里不辞而别的人就是三春的爷爷赵宗良。

可是，三春爷早就死了，活着时又是那么个人，健在的人又能知道什么呢？

现在，死者的身份弄清了，但是不是自己的爷爷，还不能确定。

伫立在坟头默念了一会儿，季健中和马青云便跟着曹新生往回走。想着黑夜里打死人的事，季健中道："那东家后来呢？"

"他——"曹新生说，"出事后被带走了，可是过了一段时间就回来了，说是被人保出来了。接下来，他当了国大代表，州里县里都有人。不仅在地方上办起实业发展经济，还办起民治中学，从事教育，培养人才，整个人红得发紫。四七年解放，枪毙他的时候，很多人都出来保他，就是没保住。是不是与当年背叛'兴国联军'一事有关，也未可知。"

回到鲁阳的次日，一百单三岁高龄的李麦收，一看马青云拿给他看的牛角梳子，未曾出声，两行老泪就扑簌簌地落下来了。

"你爷爷呀，打小儿就义气、大方，啥事儿都想着别人。"说罢这话，老人擦了擦眼睛，招手让马青云扶着他来到床头。他伸手往枕头底下摸了下，随之拿出一把梳子。仿佛是自我间，用梳子梳了梳掉得没剩几根的华发，这才回到现实。他道："那一年，你爷爷带着我下汴梁，搁鼓楼街定制了两把梳子。一个牛角做的，他一把，我一把。"

接过梳子，把其放在一起比了下，真的看不出两样。于是，马青云紧绷的心情立时惊喜万分。

算算日子，已经过去了七十九年，郑文甲背着"破家五鬼"的恶名，又不明不白地把命丢了，对于他的子子孙孙来说，那是多么的漫长，又是多么的熬煎人呀！

现如今，他是闹"兴国联军""插大旗，随红军"武装反抗国民党反动统治、谋求民族解放，不惜抛头颅、洒热血的勇敢战士。马青云相信，有着爷爷这一精神坐标，无论走到哪里，也无论风多大，浪多高，前进的路多么曲折和坎坷，郑家的子孙都不会被时代大潮淹没。

为着了却心愿，马青云跟天天通了电话，商量决定，择日为郑文甲立碑，但不是把尸骨起回来葬在老坟里，而是把碑就立在郏县东南乡老柿树下。毕竟，由曹家几代人立下的规矩，九泉下的人，没名没姓的时候，他都没有被人忘了，现在有了名分，又是那么个舍生忘死的人，假如有天国的话，相信他在那边一定会安息。

次年清明这天，老柿树下郑文甲的坟头黑压压站满了人。市、县有关部门领导，当年"兴国联军"义士们的后人，还有各方代表，以及郑家的至亲，一听县领导宣读祭文，为郑文甲正了名，定性为鲁阳早期的革命者，现场所有人无不为之动容。

撇开郑天天、马青云，还有天天的伯父郑寒星跟前的一大窝不说，单说二十世纪三十年代初，郑文甲被人当作"破家五鬼"，在外边胡混抱回来的那个养女郑暖，那么小年纪进到郑家时的记忆自然什么也没有，可她从记事开始，如果不是听人说她是抱回来的，她还真感觉不到她是郑家的养女。那样一种家庭状况，几乎是吃了上顿没下顿，可养母还是想方设法把她送进私塾跟着先生念书识字，花费的心血，谁能估得透呀！八十二岁高龄的人，郑暖在郑文甲的坟头，一声"爹"没有喊完就哭昏了过去。

遇到这么个场合，郏县东南乡曹家庄的曹新生带着他的儿子和孙子也特地来了。还在坟里的人没名没姓的时候，他都早已把郑文甲认作了自己的亲人，现在更不用提了。

特别是出生在大山深处想马河畔的赵三春一家，与郑家更有着不一般的情谊。想当年，他爷爷赵宗良和郑文甲受组织派遣，打前站在山里筹集粮草，那是生死兄弟。更何况，生死关头，郑文甲毅然决然地走了，而把生的希望留给了赵家。此刻，跪在逝者的坟头，赵三春和现场许多人一样，热泪哗哗地流，怎么也擦不干呀！

第二十九章　圆梦

三年后。

正赶上收获的季节，这天一大早，季健中驱车来到新郑国际机场。

五十九岁的天天，兴高采烈地从航站楼里走来。久别重逢，季健中和郑天天紧紧地拥抱在一起，好久好久，谁也不愿松开。过了一会儿，季健中忽然想起什么似的，忙问："哎，女儿呢？"

天天笑了下，道："什么都安排好了，行李也都打好了，又有事啦！"

"你看这闺女，这是怎么搞的！"季健中不无埋怨地道。

看着丈夫有些不乐意，天天笑了下，解释道："你错怪女儿了。她也是在为炭材集团的事东奔西忙呀！美国贝克公司耐材专家吉姆·柯莱芝先生给她打电话，他的工程师不是来订了产品嘛，人家当老总的，也想来鲁炭看看，闺女需要搞一些资料给人家，还有日程安排、接待方案那些事，也需要和对方沟通，够闺女忙一阵子的。"说着，她从随身的包里掏出吉姆·柯莱芝先生的名片，递给健中。

一看是这么个人物，季健中禁不住道："哎哟，这可是大好事，闺女这是忙到点子上啦！"美国贝克和法国西玛尔同是当今世界耐材业的佼佼者。人家发展历史悠久，信誉度极高。对此，季健中心里十分高兴。

轿车在高速公路上飞驰。

二〇〇七到二〇〇九年，是鲁阳群星炭材集团连续三年的黄金发展期。

想起电话中说的输欧产品发车仪式和鲁阳炭材创业三十周年庆祝活动的事，天天道："向欧洲客户供应产品也不是一次两次了，怎么现在想起要搞个发车仪式？"

"是这样——"季健中道，"以往呢，都是我们的技术顾问白瑞博士联系的客户，而这次就不同了。"

"你说，怎么个不同法？"天天似乎都有些等不及了。

季健中道："这么给你说吧，当今世界，冶金耐火材料炉衬技术方面，有两大巨头，一个就是你刚才说的闺女正忙的那个美国贝克公司，另一个是法国西玛尔。而这两家呢，贝克采用的是导热技术，西玛尔则是隔热技术。导热，隔热，打个比方说，这是鱼与熊掌不可兼得的事情。为此，西玛尔方面来了两位专家。在同我们进行技术交流和参观访问期间，他们又对我们的钻孔铁口砖和冷捣料很感兴趣，随后就签了份合同，要求我们供货。"

"这么说，你们还真的了不起呀！"天天道。

"不是你们，而是我们。"季健中道。

一听这话，天天连忙改口，道："对对对，是我们。"

车子转弯，从郑（州）南（京）高速变道到郑（州）尧（山）高速。

天天道："庆祝活动筹备得怎么样了？"

"办公室搞了个方案，正在酝酿。"季健中说着，从手提包里取出一份打印材料递给天天。

天天掏出眼镜，搭眼看了，十分惊讶地道："啊，这是下了功夫的呀！"

健中自豪地道："在我们集团，有个口号，叫作'接待工作无小事''小事之中见素质'。何况这是集团的大事，不下功夫能行吗？"

天天道："你准备怎么个庆祝法？"

健中叹了口气，道："风风雨雨三十年过来了，炭材厂经历了许多挫折，几次险些倒下，但我们都挺直腰杆顶住了，厂子不仅没倒，还成立了企业集团，发展得像模像样。大伙儿心里高兴，合计了一下，决定请一部分业务紧密的合作单位领导或技术人员过来。国内的，像扬子钢铁、北方钢铁、南方院等，这方面有几十家。国外的，只把卢森堡保尔斯特公司的白瑞博士给请来。人家嘛，可是鲁阳炭材的名誉技术顾问呀，是老朋友了。至于地方上，也就是县里四大班子领导，有关局委一把手，金融、税务系统的；当年的老领导、老专家，像振国书记、杨老、唐老、张总等，当然还有你那个姐姐马青云，我们都要把他们给请回来。这么多年了，没有他们的大力支持，就没有鲁阳炭材的今天。吃水不忘挖井人，鲁阳人知道报恩，这一点，到什么时候都不能变。还有，遇到大喜事了，请些娱乐界的名人助助兴，也未尝不可。"

"你说得没错。按理说，应该这样。"说罢这话，天天想了下，又道，"这是你的主意？"

"几个经理们都是这么个想法，而且也是主管局委和县里的意思。三十而立，鲁阳炭材已经成长起来了。大伙都攒着劲儿呢，都有一肚子话要说。为此，我们已经在去年专门下发了通知，想借此机会，让大伙儿把这三十年来各自的亲身经历，还有心里的酸甜苦辣，都用文字给记录下来。"健中说着，随手拿起放在车后棚板上的一本书——《乘风破浪三十年》递给天天。

这是一部史诗般的纪实性著作。书中收录八十余位集团员工和多家海外客户记录下来的往事及发展历程。全书四十余万字，讲述的是过去三十年风雨历程中员工们的亲力亲为，有总结，有体会，也有分析和感悟，既朴实无华，又生动感人。同时还邀请了海外客户写文章，记录双方的合作趣闻，并希望他们用第三只眼睛看中国，看鲁阳炭材，提建议，谈感受。另外，书中还收录了炭材厂改制大事记、海外客户交流访问录和鲁阳炭材科技工作大事记等。

大体翻了下，天天道："这个好！把自己成长的经历记录下来，是对过去的总结，也是反思，无论对企业，还是对个人，都大有好处。"停了下，天天又把健中刚才给她的庆祝活动方案拿起来，颇为忧虑地道，"这个活动，得花多少钱啊？"

健中笑了下，道："这个不用担心。现在企业形势不错，搞一个庆祝活动的钱还是花得起的。同时，也权当是在电视台做了回广告，借机扩大一下企业在社会和行业里的影响，对今后的发展有好处。"

"你看得远，把心都掏给公司了。我也是做公司的，站在公司的角度，我为公司能够走到今天感到高兴。"说了这话，天天拉住健中的手，亲切地拍了拍，推心置腹地道，"可是，我有个想法，咱换一种方式搞如何？"

健中一愣，道："什么方式？"

天天道："庆祝一下可以，借机宣传企业也是好事。还有，钱是自己的，花多花少外界没人说什么。可反过来再想想，能省下来的钱，还是省下来为好。我建议，搞庆祝活动，不宜搞得太隆重、太张扬。可以请一些退休的老专家、老工人，以及少数为企业发展贡献大的有关人员。大家在一起见见面、谈谈心，集思广益，总结过去，畅想未来。然后搞个联欢会，让大家在热闹中享受大家庭的温暖。这样，活动也搞了，又能省下一笔钱。这么多年，企业的发展，总为'钱'所困。因此，我建议把节省下来的钱存下来，假如能让各公司自筹一些，那就更好。你想过没有——如果搞一个发展基金之类的项目，身后有了靠山，集团的腰杆指定会更硬一些。"

听了这话，季健中愣住了。看看前边到了服务区，健中遂对司机道："小赵，请在服务区停下车！"

"好嘞！"小赵道。

这个小赵，就是张桐花的儿子，叫谷雨。眼下，他的外婆已经去世，外公张枣根也是快八十岁的老人。张枣根在山里当干部，辛苦劳累了一辈子，到老了眼不花耳不聋，只是腿脚不太好。早几年还不断头到县城来，这几年就不行了。但他闲不住，一天到晚，不是到健中他们那批知青个人捐款修建的吃水泵站走走看看，就是替桐花两口子照看一下他们承包的中草药材园。桐花就那样，可她父亲给她招了个同是一道沟里，可以说是看着长大的退伍兵铁蛋当上门女婿。山里人朴实善良，铁蛋又是个知冷知热的汉子，做什么都百依百顺的，桐花一家人的日子过得和顺、安宁。

小赵原是县汽车运输公司的司机。这几年，随着个体车的增多和物流的兴起，运输公司支撑不下去了。正赶上春阳接替明杰去了保卫科，身边缺个人，健中便把他调过来。小赵朴实、有眼色，健中很喜欢他。

车子缓缓地驶入服务区停下。

农历八月天里，大地一片丰收景象。

在服务区花园里，季健中和郑天天在缓缓地走着。

想想天天刚刚说过的话，季健中如醍醐灌顶，遂高兴起来，道："天天，我仔细想想你这个主意好呀！我们要有忧患意识。现在，公司生产经营形势如日中天。在这个时候，是得注意积累。只要我们能连续搞上几年，企业抗风险的能力指定会大大增强。"

"起码不至于像过去那样狼狈吧！"天天道，"民营企业，经营权自主了，自己说了算，可所有的风险也全都落在自己的身上。市场变幻无常，不仅仅是金融危机什么的，还有想不到的事情随时都可能发生，自己不给自己留条后路，不打造一座靠山，怎么能行呀！"

"未雨绸缪，居安思危。天天，你现在已经不是商人了，已经成为谋略家了呀！"健中非常高兴。想想庆祝活动方案虽然有了，但还未正式确定下来，他这就打起电话来。他对电话那头道："安总，有关庆祝活动一事，你通知各公司经理参加，活动怎么搞，咱们再商量商量。时间嘛，就搁在今天晚上吧！"

看着健中收了电话，天天郑重其事地道："这次趁你们三十周年大庆，我想给你们凑凑热闹。"

日前，接到健中代表集团要她回国，参加庆祝活动的电话，天天两三天没睡好觉。从一九七六年出国到当下已经过去了三十三年。其间，她不仅实现了自己的初衷，帮助母亲经营外祖父一手创办的大华珠宝公司，一步步走到现在成了公司的董事长，同时她还用自己的积累支持鲁阳的玉雕产业发展。仅此，对于人生来说，她是问心无愧的。可她又一想，丈夫在国内，顶着那么大的压力，战胜一次又一次困难，不仅成功地保住了企业，而且硬是挺起腰杆，把自己的炭砖做到了世界第一大高炉上，并打入了欧美市场。她不懂这一行，她也无意知道这里边到底有多深水，但她忽然明白一个道理，丈夫热恋的是自己的事业。为此，他泼洒了一腔热血，带领工友们，一步一个脚印，在磨难中不断奋进，最终跻身世界民族工业之林。于是，她掩饰不住自己内心的感慨，就给大华创始人之一的黄志峰老先生打电话。她说："叔，我要转让股权。"黄老先生还当天天受了什么委屈，就道："说吧，是谁惹你生气了？"天天道："在大华，一切都很好，特别是股东们都很支持我，我也从中学到了很多经验和做人的道理。黄叔叔，您答应我吧，我想家了，我要回国。""嘻，我当是什么事，不就是回国嘛，想回就回吧。至于公司的事，给你小黄兄弟说一声就行了，叫他多干点儿，你不必顾及。""不是！"天天道，"黄叔叔，我要回中国定居，有关股权我想全部转让出去。""啊？"黄志峰老先生知道天天的底细，这便愣住了。当下的大华，是公司自开办以来的鼎盛时期，莫说大华总部的业务，仅在新加坡和泰国开设的分公司的年利润，都比原先整个总部的多。换言之，守着大华，守的就是摇钱树、金罐子。接下来，黄老先生以其八十七岁高龄之躯，亲自到公司与天天面谈，希望能把天天留下，继续执掌大华公司帅印，但天天不为所动。看天天决心已定，黄老先生不得不忍痛割爱，遂叹息一声，说："我也曾想回中国，树高百尺，叶落归根嘛。可年纪大了，回去只能是个累赘。刚才你一说，我就知道了，你想带回去一些钱，是不是这样？"见天天点头应是，黄老先生摇摇头，说："闺女呀，你这想法是好，但还是有一定难度的。"说罢这话，黄老先生想了下，又道，"你在国内不是有业务吗？变通变通吧！"对此，天天非常感谢黄老先生从中帮忙。

此刻，听天天这么说，健中道："你想怎么凑热闹？"

天天道："你知道，大华珠宝公司的销售市场在国外。如果在中国生活，我就失去了优势，不便开展业务。为此，我辞去了董事长职务。既然要回国了，除了给晓明留下些，包括泰国和新加坡那边的股权，我全部转让给了黄氏家族。这样，如果顺利的话，东拼西凑一下，我手里也应该有几个钱。到时候，我想麻烦你给你们集团说一声，我这些钱，也想作为鲁阳群星炭材的发展基金存在银行里，好吗？"

对天天这个举动，健中禁不住一愣，显然这是他做梦也不曾想到的。回过神来，他猛地拉住天天的手，有力地握了下，激动地说："好啊！天天，我真得谢谢你！那年春上，你手里那些钱，解了炭材厂的燃眉之急。后来，碰上了金融危机，炭材厂因'三角债'再次陷入绝境。我和我的一帮兄弟不死心，尝试着要东山再起，关键时候又是你回来从天天玉雕公司抽出资金投进来，才有了鲁阳群星集团的第一颗星。鲁阳炭材是一九七九年开始创业的，我是一九八九年踏上炭材厂这块土地的。这么些年来，炭材厂经历了太多的坎坷，归结为一个字，那就是'钱'。而且总是十年一个轮回，从七九到八九，再到九九，逢九必衰的阴影总缠绕在我的心头，让人苦不堪言。如果说炭材厂每次逢凶化吉，你总是雪中送炭，而这次你则是锦上添花呀。现在，假如我们把发展基金搞起来，那就等于有了保险。天天，你是福星，我代表集团真诚地谢谢你！"说着，健中张开双臂，紧紧地把天天拥抱在怀里，表示着深深的谢意和深深的爱。

"谢什么谢？我还没投呢！"天天爱意暖暖地望着健中道。

"那也得谢！"健中道，"有你这番心意，那就是对集团最大的支持。相信我，集团人会把这种支持化作动力，再创辉煌！"

季健中和郑天天肩并着肩、手挽着手，样子亲切，内心充满着甜蜜。

半个月后。

坐落在省道一旁的鲁阳群星炭材集团广场上，一道漂亮的彩门即将落成。彩门上方"输欧产品发车仪式"八个金色大字分外醒目。左右两边门柱上，也已经贴好了对联。上边写着——

全球经济一体化花香全球
鲁阳凤凰二度飞瑞满鲁阳

一群身着崭新工装的员工，正在彩门里外做最后的装饰。与彩门相对，坐西朝东，紧邻着一片银杏林，也有员工在那里忙着布置发车仪式主席台。

发车仪式马上就要举行了，集团到处都沉浸在节日般的气氛中。特别是鲁阳中学的军乐队，他们也早早地来了，铿锵雄壮的军乐声吸引了不少人，莫说四里营的村民，就连附近几个村里的姑娘小伙们也都跑来等着看热闹。

人群外边，牛二娃急匆匆走来。他拨开人群，正看见手里拿着对讲机检查仪式现场的安心平。

他立刻挤过来，拉住了安心平的手。

他把安心平拉到一旁，道："安总，集团组织发车仪式，接下来还要开庆祝大会，这么大的喜事，你们怎么也不通知村里一声儿呀？"

"村里绢花合作社那么忙，你这个董事长，成天跟响器样，哪能再给你们添麻烦。"安心平解释道。

"合作社是忙，可假如不是你们集团又是资金，又是为我们培训互联网人才，多方给予支持和帮扶，就村里那个样子，就是再有二十年，我们也不可能把生意做到国外去。为此，我们四里营人呀，打心眼儿里感谢你们。"牛二娃说着，拉住安心平的手，高兴得抖着不丢。

"二娃——"安心平假装生气地道，"亏你还是村支书呢。'民族要复兴，乡村必振兴。'作为集团呀，也就是尽了我们应尽的责任和义务。若说要感谢，集团还得感谢你们哩！"

"感谢我们？"牛二娃道，"安总，我们又没做什么，感谢我们干什么？"

"干什么？"安心平道，"假如不是四里营人慷慨解囊把土地让出来，我们新的生产线就是怪先进怪牛，那也无法落地呀！"见对方咂着嘴要说话，安心平忙打手势制止了对方，又道，"还有哇，村里的青壮年都在外地打工，一听说新上的生产线人手不够，是你牛支书亲自打电话联系，八九十个年轻人，二话不说，都齐刷刷回来了，集团才得以如鱼得水，发展得这么快这么好呀！"

"那不正应了'远亲不如近邻'这句老话吗？"牛二娃道，"这么大喜事，村里有狮子队、铜器队，还有腰鼓和秧歌队，该热闹的时候，那就得拉出来热闹热闹。"

安心平恍然大悟，笑道："说了半天，你这是想给集团助兴呀！"

"对呀！"牛二娃乐了，见对方忽地拉住了他的手有力的一握，当是同意了，忙道，"我去把人拉过来。"

"哎——"见对方站住了，安心平道，"这是扰民的事，我可不敢当家。再说了，怎么能再劳你牛支书的大驾呀！"安心平说。

"什么我我我、你你你的！我们是一家人。"牛二娃道，"前些时日，一听说集团要搞庆祝活动，我早就是腊月的萝卜——冻（动）了心。现在，莫说家伙什儿都换成新的了，我们还统一了服装，就等着这一天啦！”

安心平笑了笑，没有吱声。

“真没劲！”牛二娃道。

见牛二娃说罢要走，安心平忙道：“你干什么？”

“我找季厂长。”牛二娃还是习惯这么称呼季健中。

“他？”安心平道，“输欧产品马上要发车了。还有南方院的杨老他们也都回来了，季总忙得脚不沾地。”

“你说什么？杨老也回来了？”见安心平笑着点了头，牛二娃道，“杨老在哪儿？我得去看看他老人家。”

安心平道：“那这会儿怕是不行。”

牛二娃道：“为什么？”

安心平道：“他们都到车间参观去啦！”

新落成的鲁阳群星炭材集团吉星公司不锈钢伸缩门前，分左右摆着两块儿牌子。左边是“真诚欢迎老专家、老领导回群星集团参观指导！”，右方为“时代大潮助推吉星公司高歌猛进勇攀高峰谱新篇！”。

一辆中巴车缓缓驶来。

那年，为炭材厂剩下的一帮老弱病残职工着想，大家一致决定成立吉星冶金辅料有限公司，这是个福利性质的企业，刘昌盛过来主政。也就不到两年，由于要上新项目和扩建生产线，和海星、双星一样，原场地实在太小，遂进行了易地扩建。

刚才，集团工会主席兼综合办主任王红珠通过对讲机，与刘经理联系过了。眼下，一看车子到了，刘昌盛、张要才、王铮和公司几个科室负责人急忙迎上前来。

日前，听了天天的建议，理事会集体研究，发车仪式和庆祝大会重新作了调整。现在，接到邀请函，前来参加庆祝活动的嘉宾，只有杨老、张总等几位老专家和县委原书记、现在在外地任市长的刘振国，宣传部原部长马青云等地方老领导。

为了感谢这些老专家的无私奉献和老领导的鼎力支持，又盛邀了纪委原书记现任县人民政府县长的安跃生莅临。至于国内外在过去三十年间发展起来的一两百家业务来往十分紧密的合作单位、县四大班子领导、各局委负责同志，还有地方企业的厂长经理们，集团则统统随感谢信寄上鲁阳炭材人集体创作的《乘风破浪三十年》这一成果。

在此刻的掌声中，刘昌盛和张要才上前分别将车门打开。

季健中从车上下来后，搭手把满头白发的杨逸菡老专家从车上扶下来。接着依次是杨老的老伴儿陶老师、唐工、曹工、吕处长和北方钢铁总厂炼铁厂原总工程师兼副厂长张铁山夫妇。这些老专家和夫人年纪都大了，身边都有一名礼仪人员贴身服务。当然，一眼便看出健中长着"佛相"的盖教授也是要来的。可是，孙子要结婚了，日子发生了冲突。盖老来不成了，在健中心里，还真的跟少点儿什么，让他放不下。

看看人都围过来了，季健中说："由于时间关系，集团成立比较早、实力比较大的恒星、双星和海星公司我们就不看了。这个叫吉星，原本是个配角，技术力量也比较薄弱，以生产冶金辅料为主。可是刘经理配角当着当着也成了主角。三年前，我们承担的国家级科研项目研制成功，我刚刚在车上已经给大家提到的环保型'高导热炭素捣打料'，就是在吉星公司落地生产的。目前这种捣料的市场前景很好。比起那几个公司，吉星成立晚了一些，但也有十年创业史了。下边呢，王主任，怎么安排，权力还交给你。"

"好，各位老师，请到吉星公司车间参观指导。"这么说了，王红珠带着老专家们，在身着保安服的门卫人员的注目下走进吉星公司。

接下来，在干净整洁的厂道上，刚走了不远，王红珠见老专家们一个个被橱窗里老外的老照片吸引了，而且都一脸诧异，就停下来解释道："这是第一次接卢森堡保尔斯特公司的订单，人家执行的标准跟咱的不一样。与他们比，咱们的差距太大了，经理们顶不住气，嚷嚷着要把单子给退了。季总顶住压力，多方面作出努力，还请照片上这个白瑞博士当我们的技术顾问，真的是从头再来。不仅按要求达到了人家的技术规范和验收标准，还在装备改造和员工素质培养方面向前跨了一大步，从而为世界先进技术成功接轨，打下了坚实基础。"这么说了，想起自己所知道的事情，又道，"对了，卢森堡保尔斯特公司，杨老，您比谁都清楚，您给大伙儿说说这家公司的情况。"

杨老收回眼光，稍微沉思了一下，说："卢森堡冶金方面的技术是世界一流的。当年我在法国求学，西玛尔公司虽然是我的第一个实习地，但待的时间最长、收获知识最多的地方还是卢森堡冶金工程设计研究院。健中啊，你们不简单呀，能得到这家公司专家的认可，你们这是把走向世界大高炉的通行证拿到手了呀！"

"是啊，自保尔斯特之后，欧美的单子就接二连三地来了。"季健中道，"不是您老当初建议让办炭材厂，鲁阳这个大山沟里，哪能飞出个金凤凰，还飞到了国外呀！"

"哎哟，这句话我爱听。"杨老笑道，"怎么说呢？搞了一辈子炭砖，不就盼着咱们的这个'金凤凰'飞出国门嘛！"

一旁，王红珠逗杨老道："杨老啊，我们大伙儿可听出来了，您这老专家，可是也爱听奉承话啊！"

"那我爱听，因为呀，这个奉承话里，那可不是光给我戴了高帽子，而且是民族的荣耀！"杨老说罢，哈哈大笑起来。

王红珠道："那我就代表集团员工，祝您老和各位老专家们，全都福如东海，寿比南山！祝我们的国家，国富民强，人民永远安康！"

王红珠这番话，不仅反映出鲁阳接待人员不凡的素质，还表达了受恩人对施恩人由衷的敬意和良好祝愿，以及对国家、对民族深深的爱。

离开橱窗，刚朝里边走了不远，听到外边摩托车呜呜的响声，王红珠扭头一看，见是赵三春骑着一辆崭新的幸福牌摩托车到了，而且还扎下车子快步到了面前，她的脸立时就红了。她不好意思地看了下大家，压低声音对到了跟前的赵三春说："我正在陪老专家们参观呢！"

赵三春穿着一身新衣服，马上就要做新郎了，他有掩饰不住的高兴。听王红珠这么说，又见自己的老厂长在一旁笑嘻嘻地看他，赵三春不好意思起来，压低了声音，道："你的衣服怎么找不着？"

王红珠十分抱歉地道："哎哟，只顾忙，也忘了给你言一声儿。我怕耽误事，就把衣服从家里拿到俱乐部来了。"

看着赵三春应一声朝外跑去，然后骑着摩托车一溜烟地走了，王红珠这个已经迈进三十四周岁的大龄女工心里，有说不出的高兴。

这几年，作为集团工会主席兼综合办主任，王红珠最忙时陪着客人，六天里七上尧山、八下温泉，那滋味一般人是想象不到的。可是，为着鲁阳炭材，王红珠从没有过一丝怨言，甚至把自己的青春年华都献上了。

早年间，王红珠也曾有过两次相亲的经历，而且条件也都不错。第一个是在南方做生意的校友，人家看她长得漂亮，又有气质，就表现得非常热情和主动。王红珠也很乐意，可是都接了见面礼了，一听对方说炭材厂没干头，要她辞了工作跟他到南方去做生意。不是碍面子，她当时就扭头走了。

第二次相的是从部队上下来的退伍兵。人家在市委办公室工作，人比较内向，话语不多，但散文诗和报告文学写得好，得过不少奖项。可是接触了一段时间，问题就出来了。他嫌她家庭负担重，王红珠听了，差一点气晕过去。

后来，碰到赵三春的母亲来厂里送钱，王红珠第一眼就觉得老太太特别亲。再后来，王红珠在抗洪中被大雨激住，发烧去医院，恰好遇上到医院看望战友的赵三春。由于自己有任务要到外地去，三春就捎信让母亲到城里来照顾红珠。两人的感情就慢慢儿发展起来，并两次商量好了婚期，但都因工作太忙，一推再推。

第一次是三春在伊朗施工。就当时的情况，工期再紧，路途再远，只要他说一声，大龄婚姻，任谁也都能理解。可是，他没有吱声，结婚一事就过去了。

第二次是又商量好了婚期，王红珠在北京报项目。按理说两三天就回来了，谁知一去半个月，结婚一事又被耽误了。

此刻，想着集团举办的集体婚礼马上就要开始了，王红珠心里充满着幸福与甜蜜。

快步赶上来，正看到北方钢铁早已退休的张铁山对着不远处的大烟囱出神，王红珠上前挽住张铁山的胳膊，一边往前走，一边道："我们季总经常说起您。想当年，鲁阳炭材上北方钢铁的大高炉时，张总您是把身家性命都押上了，我们都感谢您，没有您当初的侠义之举和担当精神，哪会有鲁阳炭材的今天。”

张铁山十分高兴地说：“由你们供货大修的北钢第二座十号两千五百八十立方米高炉，到二〇〇五年为止，创造了一代炉役寿命十三年零八个月无大修的最高纪录。这是用国内技术和国产材料创下的国际水平。”

杨老在一旁接了腔，道：“那这真是了不起呀！”

这话题引起了大家的注意，走在前边的人也立时停下来。

张总道：“我还没说完呢！当时呢，按照总厂规划，在原址上上新项目，硬是把那座高炉给拆了。要不然，再运转三几年还没问题。”说着，张总走过去，同几位老专家一一握手，表示着心中的谢意，又道，“你们都是新型炭砖的功臣，不仅北方钢铁要感谢你们，就是全国人民也得感谢你们！不说别的，仅技术应用一项，全国所有高炉，到目前为止，几乎全都采用了这项技术。一个年产七八亿吨铁的产铁大国，冶炼每吨铁可节约六至八公斤焦炭，仅这一笔账，你们算算，每年可为国家节约多少吨焦炭，我都算不过来啦！”

早年间，陶老师跟老伴儿一起来炭材厂，听说泡温泉治风湿病，就经常到四里营温泉里泡，再加上用中药洗，她的老风湿腿病不知不觉中还真的好多了。要不然，这一路舟车劳顿的她还真的来不成。这些年，一个是鲁阳炭材自己培养的人才，一个个都挑起了大梁，真的是长江后浪推前浪，无须过多挂念。再个是志凌长大结婚后，媳妇一下子生了个三胞胎，添了隔茬儿人，陶老师和杨老两口想他们的三胞胎重孙子，继唐运生和曹晖两位老专家年纪大了，该享享清福回南方老家之后，遂也离开了鲁阳。此刻，听张总这么说，想想过去几年间，炭材厂在那么多坎坎坷坷面前，不仅没有被压垮，反而愈挫愈勇，最终取得这么大的成就，陶老师深感不容易，就叹了口气，道：“炭材厂发展到今天，真是想不到。健中，你们真是不容易。”

季健中道：“不容易的岂止是我们。那年大正月里，当时您一身病，为打开北方钢铁那扇业务大门，俺老叔二话没说，把您往家里一丢就跟我走了。陶老师，这恩情鲁阳人到什么时候都不会忘。”

"这不值得一提。倒是你那股劲儿感动了老头子，把一个新型墙体项目一推就跟你走了。"陶老师说着，来到张铁山老伴儿郑秀菊跟前，又道，"听健中说，为上大高炉，让您也跟着操了不少心。"

郑秀菊道："可不！那时候，听说是山沟里一家小厂，看着老张担惊受怕的样子，我还真的不放心！"

说话间，众人相随着来到车间里。

眼下，公司的生产合同排得满满的。公司效益好了，员工们的工资也涨上来了，心里都有说不出的高兴，生产现场洋溢着紧张而又温馨的气氛。

这时，看见老专家们来了，正忙着起吊的工人全都自觉地停下来。

副经理王铮见操作员跛着脚到一边去了，遂对愣愣地看着的老专家们说："刚才理事长已经说了，我们吉星公司是个福利企业，公司大部分员工，除了一些国有企业下岗的大龄员工外，其他的跟我一样——"说着，王铮把一边的袖口往上拉了拉，露出假肢让大家看了，道，"都是残疾人。"

这情况又一次引起老专家们的注意，并引起一阵啧啧声。大家感到山区小县里的一家福利企业，也能让产品走出国门，为国家赚取外汇，实实的不一般。特别是杨老和唐工两位老专家，那是为鲁阳炭材业发展立下汗马功劳的人，想想过去的日子，再看看当下企业的发展，心里有说不出的高兴。

接下来，杨老看到不远处是一台庞大的机器设备，就兴奋地走过去，对并肩走着的季健中道："这个是什么？是混捏锅吧，怎么会这么大个头儿？"

季健中道："吉星公司是集团的后起之秀，为了让科研成果转化成生产力，吉星的设备是在那几个公司的基础上，取长补短搞起来的，起点就比较高。这也是让市场逼出来的。"

杨老十分感兴趣，就道："容量有多大？"

季健中："四千立升。一锅能混四吨料，环保型高导热炭素捣打料就是在这里生产的。"

"我的天哪！"惊叹声中，杨老走过去。他动情地用手抚摸着，再也掩饰不住内心的激动。就仿佛见到了久别的亲人，他把白皙的布满皱纹的脸紧紧地贴上去，两眼满含着泪水，颤抖着嘴唇，喃喃地道："太好啦！真是太好啦！想不到昔日里三番五次已经倒下的企业还能有今天。哎呀，了不得，了不得，这又是个创举。"

"那当然哪！"这时，王红珠把话接了过去，她眉飞色舞地道，"这次是运到欧洲去的，接下来，它还要到美洲去。"

一听此话，一旁的张铁山、唐运生、曹晖等人都停下来，十分欣慰地听王红珠介绍。

王红珠道："美国贝克公司已经联系过了，就是我们生产的冷捣料，人家非常感兴趣，吉姆·柯莱芝先生还没来，先期来的专家组，已经有了意向，它就要漂洋过海为亚拉巴马州一家钢铁公司贡献力量啦！"

"是吗？"杨老都不敢相信了。

"是的！"王红珠十分自豪地笑着答。

"那就对啦！"杨老道，"亚拉巴马州的伯明翰是美国重要的钢铁基地。那年我和刘文革去过。当时的想法，是要给咱们的新型炭砖蹚蹚路的。可人家那些钢铁公司，只认本国的产品。眼下，你们这是把产品打进美国的钢都啦！"

王红珠道："那还不是靠你们这些大专家的支持，鲁阳炭材才有今天的成就啊！"

杨老和张总听了，现场又是一阵发自内心的笑声。

"杨老，您看这边——"王红珠亲切地拉起杨老的手，轻轻地拍了拍，接道，"当下，鲁阳群星已经拥有几十项专利，产品由原来单一的新型炭砖，发展为三大类几十个品种。据国家炭材行业协会资料统计显示，鲁阳炭材已是目前国内最大的炉用炭砖生产基地。咱鲁阳炭砖的年产量，已经占到全国同行业炉用炭砖年产量的百分之五十以上。与此同时，鲁阳群星集团起草的几个企业产品标准，已经纳入国家的行业标准。"

听此，老专家们再一次发出由衷的赞叹。

看当年鲁阳炭材厂董事长、南方院科技处老处长吕继忠在一旁始终不语，王红珠唯恐慢待了人家，就高声道："董事长，您在想什么呀?"

"我，想得多了。"吕继忠道。

众人听了，都扭头来看。陶老师开玩笑道："您是大领导，快说说想的什么好事。"

"好事是不少，可我这时想到的不是什么好事，而是当初横向联合时签的那份合同。"说到这里，吕继忠叹了口气，道，"什么时候想起，我都觉得对不住鲁阳人。"

一听是这么个事，季健中笑了，道："非也! 也正是那份合同，让我们有了卧薪尝胆的决心。"

"哎呀，这么说，看似坏事，却是好事呀!"杨老在一旁打圆场道。此话一出，众人都开怀笑起来。

这时，同样身着保安服的奚春阳手拿步话机跑进车间来，对季健中小声道："理事长，嘉宾们都到了。"

"好!"这么应了，季健中抬腕看了下手表，既是对王红珠，又是对众人道，"时间差不多了，咱们也留个馉头，回头再参观。"

这时，发车仪式全都准备齐备。

广场上，军乐声声，还有通向省道去的大路上，已经聚了不少前来看热闹的人。

早年的县委书记、时下在外地任市长的刘振国，当年从省委下来在鲁阳任宣传部部长、后来又回省委去的马青云，还有时下的鲁阳县县长安跃生等新老领导，在安心平、肖汉伟等集团领导的陪同下，一看季健中和杨逸菡等老专家从公司出来了，都迎上去寒暄起来。

汽车马达的轰鸣声响起。

众人望去，一字拉开十几辆崭新的"东风"牌卡车披红戴花，从集团仓库那边开过来在彩门前停了下来。

王红珠见老专家和新老领导们像看稀奇那样朝车队那边看，她急忙来到季健中跟前，又小声说了什么，遂打开无线讲解器开关，对众人道："各位老师，各位领导，请跟我来。"

来到近前，王红珠指了下为首的卡车，那上边装着一个大物件，道：

"我想考考大家。大伙儿猜猜，这辆车上装的是什么?"听人们议论，她道，"对，大伙儿猜出来了，这个大个头儿，就是我们今天要发往欧洲去的产品——超大型钻孔铁口砖。"见老专家们都惊喜地迎上来，看着同样披着红绸，包装结实、规整的物件，啧啧不已地称赞起来，王红珠又道，"咱们再往下边那辆车上看。"

来到第二辆车前，王红珠道:"这第二辆车上拉的是脱硫铁水罐衬砖。别看它个头儿不大，却也是我们的专利技术产品。它的开发和应用，解决了铁水罐因脱硫造成使用次数减少的技术难题，而且也是世界性的。"

杨逸菡等不及了，朝车队后边走去。他指了下其中一辆车，道:"这上边装的什么产品?"

王红珠跟过来，道:"它呀，它拉的是我们的冷捣料，也是要输往欧洲的。"

杨逸菡听此一愣，当是搞错了，忙凑向王红珠，悄悄地道:"冷捣料也要输往欧洲啊?"

"是的。"王红珠见杨老提出了疑问，而其他老专家们也都愣愣地看着她笑，知道笑从何来，就解释道，"冷捣料是环保型产品，这种捣料能在常温下捣打，具有较高的导热性能，很受欧美市场的青睐。"

这些老专家，毕生奉献的都是冶炼耐火事业，可以说浑身都是灵气。一听困扰世界冶金界的技术难题就这么轻而易举地被鲁阳人解决了，无一不佩服有加。

看到这一幕，特别是看到一旁的刘振国和马青云等人也议论起来了。集团副理事长兼恒星公司董事长、经理肖汉伟走上来，悄声道:"各位领导。当下群星集团输出的不仅仅是单纯的产品，还是中国技术和中国制造，是知识产权所带来的成就啊!"

是的，给人当配角的时代已经一去不返了。

待季健中代表集团发表了热情、激昂而又简短的讲话之后，王红珠和另一名礼仪人员，搀扶着杨老杨逸菡来到扩音器前停下。

未曾开言，杨老早已热泪盈眶。

倾其毕生心血，未曾实现的梦想，在几代人的共同努力下，不仅终于圆了梦，而且由单纯的产品输出，变成由知识产权带动技术输出，实现了超越。作为奔走在科研、生产一线的高级知识分子，杨逸菡知道这里边的难度有多大，更知道坎儿有多少。可是，千难万险都终于被踩在了脚下，换来了惊人的成就。回想起早年间我们苦难民族所走过的艰难路程，从鲁阳炭材人身上迸发和折射出来的，又何曾不是我们伟大民族生生不息、永不言败的进取精神和崇高而又坚强的优良品格。

现场一片寂静。

众人注目下，杨逸菡的手都有些微微地颤抖。显然，他这是太激动了。他挺直了腰板，声如洪钟自豪而又庄重地道："我宣布，河南鲁阳群星炭材集团，输欧产品，现在发车！"

立时，在鞭炮声、军乐声，还有人们的鼓掌欢呼声中，卡车发动起来，吐着淡淡的青烟，缓缓地从彩门下通过，载着输向欧洲去的精致而又充满着东方智慧的产品，驶向大道，朝火车站出发。

第三十章 赤子之心

离开发车仪式现场，在前往俱乐部的路上，迎面过来一帮人。

这帮人，一左一右，各是一面直径达一米五左右的牛皮大鼓开路。那大鼓安放在简易的轮式车上被一左一右两个人推着，紧跟在后的人身穿大红袍，头裹紫金纱，拳头那么大的两个鼓槌儿系着红缨子，上下翻飞，把大鼓擂得震天动地。大鼓后边是铜器队、舞狮队和秧歌队，欢腾跳跃着沿着大路过来了。

这场面是人们没想到的。还当是挡了路，杨老和刘振国等人正要把路让开，一个掂着小锣打扮得十分英俊利落的彩头到了面前。那彩头对着杨老深施一礼，然后举起手里的小锣往空中一划，铜器队、腰鼓队正打的鼓点立时便停下来。

掂小锣的彩头上前一步，对杨老道："杨老，您猜猜我是谁？"

见杨老细看了下没认出来，那彩头把头上的装饰一摘，露出真容。

"牛二娃！"杨老一下子就认出来了。

"就是他！想当年，为个租地款，就是他领着人，堵工厂的大门，还开着叉车到车间里要拆咱的机器，把顾厂长的头还磕了个窟窿。"季健中笑着指着牛二娃道。

"咦，都别再提啦！"牛二娃羞得无地自容，"季厂长，您现在是集团老总了，我给您说一声。为那件事，前半生我都后悔死了，难道您还要我再后悔后半生吗？"

众人听了，呵呵笑起来。笑声中，牛二娃真诚地道："想当年，是季厂长和各位专家帮着把快要倒闭的炭材厂发展起来了，俺们四里营人也跟

314

着沾了光。还有俺那一束束小小的绢花呀，也早已开到外国人的客房里去啦！现在呢，在乡村振兴的路上，集团又给我们以极大的帮扶，环境干净了美了，人也变得跟城里人一样讲究了。"说罢，牛二娃还没完，又喜不能禁地对杨老道，"先前出去在外地工作的几个叔伯爷们儿，回村里一看，嘿，都不走了，把老房子收拾收拾在村里养老哩！"牛二娃说到这里，弯腰向健中和杨老等人深施一礼，然后转过身去，两只胳膊高高举起往两旁一分，紧接着小锣喤唥一响，这些个铜器队、舞狮队、腰鼓队和秧歌队，在震天动地的响声中分列两旁把路让开了。

是的，在鲁阳炭材发展壮大的同时，也带动和帮扶了当地农村的经济发展，为乡村振兴，为鲁阳脱贫做出了重大贡献。为此，老实厚道的四里营人，要用这种特殊方式表达心意。

杨老和刘振国等老专家、老领导们走在铜器队、舞狮队、腰鼓队和秧歌队夹道欢迎的路上，一个个笑得乐开了花。

集团俱乐部门前。伴随着美妙的迎宾曲，人们看到，一群身穿崭新的"鲁阳群星"标志服装的人，像列队一样在那里站着。蕴含着鲁阳炭材人心声的巨幅对联，张贴在俱乐部大门两旁——

栉风沐雨历经改革艰辛路
卧薪尝胆走上重组艳阳天

横批"重铸辉煌"四个遒劲有力的大字在正门上方高高地挂着。

会场外张贴着各种各样的"隆重庆祝鲁阳炭材创业三十周年"宣传标语。

蓝天白云下，金秋时节的中原大地天地间都充盈着丰硕与温馨。

庆祝鲁阳炭材创业三十周年大会，是发车仪式之后，赶在上午十点，在俱乐部里召开的。

三十年大庆搞得再简朴不过了，但它同样不失大气、庄重和热烈。

此刻，除了一线赶工期的员工外，集团上下所有员工几乎都来了。俱乐部里人山人海，一个个笑逐颜开。

舞台中央，紫红色的金丝绒大幕上，悬挂着"庆祝鲁阳炭材创业三十周年大会"会标。

舞台两侧的上、下联分别是——

改革开放扬帆起航风生水起创大业
抓大放小企业重组满盘皆活结硕果

随着鞭炮声和播音喇叭里激昂的迎宾曲，杨逸菡、张铁山等老专家，还有刘振国、马青云、安跃生，当然还有被特意请来的赵亮、冯建义、杨文忠等，大老远便受到早在台阶下等候的安心平、肖汉伟、王远山、刘昌盛和郑光荣等集团主要领导，以及炭材厂上一届老领导和老工人代表奚道强、邢留义、顾永强、余华星、秦明杰等人的热情相迎。他们相互拥抱在一起，一个个喜不自禁。

同时，因中风落下后遗症的何百松坐在轮椅上由集团派人推着也来了。老专家向他问安，何百松高兴得一个劲儿地点头揖手，欢迎大家回来看看。

这时，随着摩托车喇叭声，一位年轻的邮递员喊着"贺电贺电"到了面前。

杨老见季健中喜滋滋地看电报，老人猜测着对一旁的张总说："准是行业协会领导发来的贺电。"说了这话，他憋不住就逗趣地道，"季总，别只顾自己高兴了，是不是北京发来的贺电？说出来让我们这些老头子也分享分享呀！"

季健中道："几个部门领导的贺电昨天就到了。"

王红珠道："那这封贺电是哪儿来的？"

"这呀——"季健中挥了挥手里的贺电，道，"是四川我们的老客户发来的。"

去年五月，四川汶川发生大地震，尽管鲁阳群星炭材集团在震区损失了三百多万元，但集团上下踊跃捐款又拿出一百万元，为灾区冶金企业重建献上了绵薄之力。

联想到鲁阳炭材人在企业破产清算中一分不少地清偿了那么多本应清零的债务，这些老专家无不打心眼儿里感到佩服。

一片赞叹声中，众人朝会场走来。

立时，人们一个个从座位上站起来，和着节拍鼓掌，欢迎季健中等人进场。

人们的喜悦之情溢于言表。

会场上，除了集团员工、部分家属外，还有当年健中和心平的老同学宋一莲、王二怪，他们下乡时的大队干部张枣根的闺女桐花，想马河畔的三春娘，以及秦明杰的战友——那个在企业最困难的时候，转了几次手借钱支持炭材厂的转业兵等十几位与鲁阳炭材最亲密的人，也在前排就座。他们的脸上都挂满了掩饰不住的笑容。

是的，企业能够发展到今天，除了改革开放的大环境，也与关心、支持和无私帮助鲁阳炭材的亲人们密不可分。这一点，鲁阳炭材人，到什么时候都不能忘记。

舞台上大幕徐徐拉开，集团团委书记、国际市场部主任章晓琳和海星公司董事长石惊天作为主持人，款款走上前台主持了庆祝大会。

大会在庄严的国歌声中开始。

首先，两位主持人介绍了莅临大会的相关部门领导，宣读了有关单位、企业发来的贺电、贺信，接下来，集团理事长、总经理兼党委书记季健中在热烈的掌声中致了简短的开幕词之后，安跃生县长和嘉宾、劳模及职工代表登台祝贺。

三十年过去了，有坎坷，也有收获；有回顾，也有展望。不管是领导讲话，还是代表发言，句句都说到了人们心里，让人倍受鼓舞和激励。

大会进行第二项是颁奖仪式。

在《中国人民解放军进行曲》音乐声中，肖汉伟、王远山、石惊天、刘昌盛和牛志刚等五大"创业功臣"，赵三春、杨长根、李德昌以及杨主任的两个徒弟——程文渊和卢鹏远等五位"技术能手"佩戴大红花走上前台，在外地时任市长的刘振国为他们颁发荣誉证书及奖杯、奖金。

大会进行第三项是受聘仪式。

在欢庆吉祥的音乐声中，在礼仪人员的搀扶下，杨逸菡、张铁山、唐运生、曹晖、吕继忠五位老专家缓缓走上前台。县人民政府县长安跃生亲自上前，为五位老科技工作者颁发终身顾问聘书，并授予"鲁阳县荣誉市民"。

大会进行第四项是举行集体婚礼仪式。这场面更热闹。在过去的工作中，由于聚少离多，赵三春和王红珠等九对新人，因工作把婚期一推再推。现在，赶在鲁阳炭材三十周年大喜日子，在集团工会和团委共同策划下举办集体婚礼。

在《婚礼之歌》音乐声中，看着新人们一对对走上台了，想想和天天这三十多年来的个人生活，健中心里百感交集。他多么想让当下的新人们长相守，永不离。作为证婚人，季健中是在热泪盈眶中为新人证完婚的。

接下来，按议程是集团员工自编自演的文艺节目。可是，当主持人章晓琳走上台就要宣布演出开始的时候，县农村信用社的胡海潮主任满脸兴奋地从外边走进来。他放眼看了下，掩饰不住地大声道："各位！有个事情，耽误大家一点儿时间。"说着，胡主任在众人瞩目中走上前台。他对章晓琳小声说了一下，遂接过对方递给他的麦克风，笑着看了下观众席。显然，由于太激动，他一时说不出话来。

这几年，由于受金融危机的影响，一些地方偏离了市场经济规律，迫使农信社发放指定性贷款、救济性贷款等，在"贷款行为行政化"和"信贷资金财政化"的压力面前，地方金融互助合作组织的农村信用社，资金运行质量恶化，不良贷款居高不下，严重影响到农信社的生存和发展。鲁阳农信社对改制中的鲁阳群星炭材集团所采取的"债转贷"做法，使曾被一些人认为是"逃废"农信社债权的一千五百万元"悬空"贷款落地生财，无疑就成了农信社工作中的亮点。

为了这件事，胡海潮主任早几年都成了全市金融系统的"明星"。眼下，围绕地方中小企业做优做强，他又有了新的举措，遂于昨天下午就被市联社叫走了。一听让他到郑州交流经验，而且怎么也推不掉，胡主任忙了大半夜赶写材料，本来是一大早就要赶回来的。毕竟他是炭材厂的特邀嘉宾，他怎么能迟到呀！可是，市联社的领导们要亲自审查材料，这就耽

庆祝鲁阳炭材创业三十周年大会

误了时间。紧赶慢赶回到鲁阳，正碰上天天来办理业务。一看是为群星炭材集团注入的企业发展基金，胡主任激动得好一会儿才反应过来。

此刻，他满面笑容地看着舞台下边的人们，停了一下，这才道："同志们，按照金融管理规定，本来是应该保密的。但我征求了当事人的意见，就登上了这个舞台。因为，有个大好消息，我必须告诉大家。"说着，他拿出一张存单底联往空中一挥，又道，"就在刚刚，我们鲁阳县农村信用社，收到了自建社以来最大一笔外汇存款——五百万美金，折合人民币是三千多万元呀！"

在人们的议论声中，胡主任道："这是人家给咱们鲁阳群星炭材集团注入的企业发展基金。"

会场上立时沸腾了。

就在人们兴高采烈、争相议论之时，胡主任放眼一看，抑制不住激动的心情，大声道："投资设立发展基金的人过来啦！"

顺着胡主任手指的方向看去，人们发现一位气质非凡的女士进了会场。

那天，同健中说了发展基金的事，天天就加紧准备。按她的设想，是要赶在庆祝大会之前不声不响办妥此事的。可是，有些事情看着容易，办起来却非常难。这样，就在刚刚，天天才接到远在美国的黄志峰老先生辗转汇到账的款项。同时农信社打破常规，特事特办，这就紧着给办理了，并言明是鲁阳群星炭材集团的企业发展基金。

此刻，天天知道集团俱乐部里正在举办庆祝大会。她早已把自己当成是鲁阳炭材的一员，遇到这么大的喜事，她岂能缺席呀！可是，刚走进来，人们就把眼光盯住了她。

一个三千多万元的集团发展基金，可以说是为发展中的鲁阳群星炭材集团增添了巨大的后劲。

天天被当上了新娘的王红珠和主持人章晓琳一帮人从台下簇拥到了台上。会场里又一次沸腾了，雷鸣般的掌声再一次响起来。

面对塞到手里的麦克风，天天自报了家门，又谢过与会者，发自内心地道："三十多年前，我撇下丈夫跟着母亲远渡重洋到了美国。本想着要不了几天，丈夫就会找我的。可他几次说来却没有来。后来我才真正明白，是他舍不掉困境中和他同舟共济、咬着牙一道坚持下来的好兄弟、好姐妹们，还有他的炭砖梦！"说到这里，天天满含热泪，由于激动，她的手都有些微微发抖，道，"我不懂炭砖，帮不上什么忙。但这么多年来我清楚地认识到，但凡企业过不去了，一个最大的困难就是资金链发生了问题。假如炭材厂有足够的资金储备，企业就不会那么困难，我丈夫和他的这帮兄弟也不会那么无助。五百万美金，虽然不多，可它是我的一点心意，也是我在大洋彼岸奋斗这么多年的心血。今天，在我们隆重庆祝鲁阳炭材创业三十周年之际，我这个漂泊海外的游子终于回来了。我衷心地祝愿我们伟大的祖国繁荣昌盛！衷心地祝福我们的鲁阳群星炭材集团兴旺发达！也衷心地祝福在座的每一个家庭的亲人们幸福安康！"

俱乐部里再一次爆发出经久不息的掌声。

掌声中，文艺演出开始了。

一段由集团公司一线员工自编自演的《喜乐在今朝》开场舞后，是集团办公室根据早几年炭材厂职工和四里营村民联合抗洪一事编写的小品《在洪水到来之时》。

节目到最后的时候，是海星公司董事长石惊天和集团团委书记、国际市场部部长章晓琳合作的配乐诗朗诵——《痴心》：

> 这个只有零点一平方公里的厂院，
> 我丈量了二十年。
> 一年三百六十五天，
> 一天丈量两遍。
> …………

在时而温馨、时而舒缓、时而低沉、时而激昂的配乐声中，早两年从季健中内心深处流淌出来，眼下又略加修改这篇叙事体诗章，赢来了一阵又一阵掌声，朗诵到真情处，鲁阳群星炭材集团员工们的脸颊上，无一不留下辛酸过后幸福的泪痕。

　　《痴心》像浑厚激越的时代钟声，在大厅里响彻，在天地间回荡，久远！久远!! 久远!!!

二〇二二年十二月

一部当代中小企业发展的"创业史"

何 弘

《痴心》是一部现实主义力作，让读者以经验的方式理解当下社会，理解自身，不断向更广处开拓、向更深处挖掘，既展现时代精神、表达时代理想，又让读者看到现实背后所蕴藏的巨大能量，看到未来的亮光，殊为难得。

《痴心》再现了中小企业在改革开放浪潮中奋勇搏击、不畏沉浮的英雄气概，生动地展示了时代拓荒者"苟利国家生死以，岂因祸福避趋之"的凌云壮志，深情抒发了企业家们"三十功名尘与土，八千里路云和月"的报国热忱，真切描绘了敢为天下先的英才们在风起云涌的时代"怀英雄本色，破万重危局"的艰难跋涉，读来令人心潮起伏、不胜感怀。

传递正能量

作品以地方国营鲁阳炭材厂的发展历程为主线，描写了地方企业历经坎坷走向辉煌的艰辛，表现了企业家不屈不挠的奋斗精神。鲁阳炭材厂是沐浴着党的十一届三中全会的春风成立的，在一没人才、二没技术、三无市场的困难情况下，走科研院所与企业横向联合之路，经过 20 年奋斗，成为年上缴利税数百万元的纳税大户。由于体制上的约束，企业发展受到制约，在金融危机中败下阵来。在党的十五届四中全会精神引领下，主人公季健中克服重重困难，突破层层障碍，终于使濒临倒闭的企业又一次浴火重生，成为中国最大的炉用炭砖生产基地。

作品主人公季健中始终在炭材厂党总支书记奚道强、工会主席何百松的支持下开展工作，用集体的力量来战胜困难，用集体的智慧来化解矛盾，使企业一步步做大做强。从 1979 年到 2009 年，企业能在 30 年的奋斗中，不管遇到多大的风浪始终屹立在鲁阳的大地上，成为我国炼铁高炉内衬材料制造业的排头兵，是季健中用团队的团结、领头人的坚持、班子的智慧和工人的力量，共同写就了一段传奇。

作者用大量的笔墨歌颂正面人物，在彰显正能量的同时也不回避严肃的社会问题。王远山主政耐材厂，因使用高利贷，在一个风雪之夜被人拳打脚踢后，丢在荒郊野外废弃的砖窑里。炭材厂从成立到发展壮大，特别是企业遇到困难的时候，始终为资金所累。因融资困难不得不借助高利贷，因高利贷导致营商环境恶化，甚至演变为严重的社会问题。金融政策如何服务实体经济发展？怎么解决长期困扰企业融资难、融资成本高的问题？这在今天仍然是制约企业特别是中小微企业发展的重要问题。《痴心》用很大的篇幅来反映这个现象，今天仍具有重要的现实意义。

一个人敢于担责，可以挽救一个企业；一个企业敢于担当，可以稳定一个地区。炭材厂通过破产清算，甩掉了包袱、轻装上阵、浴火重生后没有忘记回报社会。这是小说最精彩的部分。在"铁肩担道义"这一章里，新组建的公司从法律角度上与原炭材厂的债务已没有一点关系，但为了职工利益，为了社会稳定，为了鲁阳的投融资环境，新企业毅然还清了职工和"三会一部"（农村合作基金会、互助储金会、光彩基金会，供销社股金服务部）的 1700 万元的债务，承担了农村信用社因无国家政策而成为坏账的 1500 万元贷款。这种担当精神，不仅是对中华民族"诚信"和"道义"传统的良好传承，更是作者在市场经济大潮中，为重塑道德观、价值观树起一座金字灯塔。

作品用两个章节描写我国加入 WTO 后，东西方文化的激烈碰撞。在我国中小企业管理、技术粗放，欧洲工程技术人员对产品以及生产流程要求严苛，二者正面交锋时，我们的传统思维模式和工作程序受到了前所未有的冲击，造成了业务上的冲突。这迫使我们和世界先进技术接轨，实施更科学、更严格的企业管理，实现企业技术和管理的现代化，提高产品竞争力，使产品出口到欧美国家。这样的情节的描写，体现了主人公在不同历史时期把握政治方向、经济走向、政策导向的能力。同时，作品对核心技术的表述，很好地营造了典型环境，使作品更加厚重、可靠，并为人物鲜明个性的塑造奠定了坚实的基础，成为作品的一大亮点。

人物形象鲜明生动

作品在集中笔墨描写季健中带领企业取得一个又一个成绩的同时，不回避他个人及周围人面临的困境，使人物的内心成长得以很好表达，从而塑造了一组形象丰满、个性鲜明的人物群像。

季健中为企业的生存和发展倾注了大量的心血，当自己的爱人郑天天和女儿到美国去的时候，他毅然决然地留在了国内。企业遇到困难，他仍然不离不弃，坚持到底。在数次带领企业走出困境的同时，厄运总是和他形影相随。他先后被纪委调查两次，被检察院立案审查三次，被全国性的大报点名批评。在一次又一次的谎言、举报与诬陷中，他愈挫愈勇，对事业的坚持更加执着。

季健中以人为本，把工人利益和企业利益紧密联系在一起。他把员工当作自己的亲兄弟，组织机关工作人员为困难职工收麦种秋，抬棺葬母。哪怕放弃晋升机会，季健中也坚决抵制影响干群关系的"用三铁（铁面孔、铁手腕、铁心肠）破三铁（铁饭碗、铁交椅、铁工资）"的错误做法，彰显了企业家"不跟风""不唯上"的人格魅力，表现了作者秉持的不矫情、不媚俗，追求真善美、紧跟时代步伐、珍惜当下生活的良苦用心。同时，作者通过具体的人物和事件，表达了作为企业家只有时刻把群众利益放在心上，才能创立良好的"和顺"文化，才能在最困难的时候得到广大职工倾心相助渡过难关的理念。

季健中的岳父郑寒光是大学教授，下放农村后，为做将要辍学的学生家长的工作，在家访归途中遭遇洪水不幸身亡。妻子郑天天因家庭问题，上高中的名额被人顶替，初中毕业就进入队办工厂做工。岳母梁婉君因父亲的历史问题给丈夫、女儿带来了无尽的痛苦，一家人移居美国后跳出纠结，捐弃前嫌，仍然心系故土，至诚不渝，表现了爱国华侨与祖国心心相印的拳拳之心、殷殷之情。材料专家杨逸荫，为了将自己研究的专利产品，在我国的大型高炉上推广应用，倾注了毕生精力。为了事业，退休后再一次远离大城市生活，屈身来到国家级贫困县鲁阳，并把自己的积蓄拿出来，帮炭材厂渡过难关。张铁山为了大型炼铁高炉的长寿敢为人先，冒着极大的风险，排除重重困难，大胆进行技术创新，终于创造了独一无二的新型炭砖—陶瓷砌体复合炉衬技术，为我国大型高炉的安全、节能、高效、长寿和冶金工业的发展做出了巨大贡献。曾先后担任常务副县长、县长、县委书记的刘振国为发展鲁阳经济，运筹帷幄、殚精竭虑，为县玉雕厂引资脱困，为炭材厂说服税务局解封扣压的专用货物，在企业兼并重组、国企改革中发现、任用、保护干部，展现了一个党员领导干部忠诚于党的事业，既光明磊落又坦荡无私的高尚情操。

作品通过这些正面人物形象的塑造，使作品内涵更加丰富，导向更加明确。同时，作品也成功地塑造了一些反面人物形象，如曾任鲁阳县常务副县长的"两面人"封春发和不法地产商"黑蝎子"云霄翔，相互勾结，用看似合法的手段，以改革为名，蚕食国有和集体资产，导致地方传统企业工人下岗、工厂消失。这些反面人物形象的塑造，不仅使作品的冲突更加激烈，故事更为精彩，也为全面从严治党、加强制度设计和干部使用等提供了有益的启示。

冲突激烈，故事精彩

作品围绕鲁阳炭材厂的成长与发展，以及"鲁阳炭材"这个金字招牌"保"与"弃"的斗争，描写了一群有理想、有担当的时代骄子。他们为民族工业的生存与发展，为地方经济的振兴与崛起，为苍生黎民的饭碗与福祉，投身波澜壮阔的伟大时代，表现出了勇敢的使命与担当精神。

作品采用平叙、插叙、倒叙相结合的手段，把各个事件巧妙地串联起来，避免了叙事的单调平淡。小说情节跌宕起伏、悬念不断，事件的发生与结尾，常常在意料之外，又在情理之中，达到了扣人心弦的效果，加强了作品的可读性。

正义与非正义的激烈冲突是这部小说的一个看点。鲁阳炭材厂的成长与发展的过程，既是季健中和对立人物云霄翔持续斗争的过程，又是正义战胜邪恶、国家利益得到维护的过程。季健中为维护国家利益、捍卫集体财产做出了巨大的牺牲，终于取得了最后的胜利；云霄翔虽一时得逞大发不义之财，但最终得到了应有的惩罚。这条主线使作品情节的推进，始终保持着对读者的吸引力。

同时，作品也描写了李延强、赵亮、杨文忠等优秀党员干部立足现实、为振兴一方经济而付出的辛劳，以及他们与贪官污吏的斗争；描写了优秀工人代表一心为厂、爱岗敬业、勇于奋进、敢于担当、为企业发展倾注无限激情的动人事迹；像党总支书记奚道强、工会主席何百松、老工人代表余华星和中生代安心平、王远山以及新生代肖汉伟、王红珠、刘昌盛、石惊天、牛志刚，以及刚刚走出大学校门的技术员程文渊和杜鹏远等。这些人物及其事迹的描写，扩大了作品的容量，也使故事更为丰富精彩。

塑造典型环境中的典型人物

《痴心》既追求故事的精彩、表达的流畅，又努力通过结构、语言、叙事的处理，完成对当下社会问题有难度的表达。

作品寻求用核心技术和典型事件营造典型环境，进而塑造典型人物。作品注意用专业语言来描写工业生产和产品应用等，以更好地将读者带入作品环境当中。如鲁阳新型炭砖的研发以及推广和应用，大高炉为什么能够采用？采用后为什么能够达到良好的效果？这些都是专业性问题，着墨多了枯燥乏味，不写又体现不出作品所要表现的核心技术优势和典型环境氛围。作者很好地将这些核心技术体现在事件当中，既丰富了作品内涵，又为环境营造提供了有力支撑。

作品关注政治和经济社会的大背景，放眼经济全球化的时代进程，很好地把故事的发展放在党的十一届三中全会、十五届四中全会、加入 WTO

这样的大背景下，关注我国金融体制及金融改革适应不适应地方中小企业发展问题。作品还把企业的命运紧紧地和世界经济融汇到一起，如 1987 年的世界金融危机、1997 年的亚洲金融危机等，对中小企业的极大冲击都在作品中体现出来。鲁阳炭材厂在这样的背景下，苦练内功，提高抗风险能力，向市场要规模，向管理要效益。2007 年世界金融危机席卷全球的时候，鲁阳炭材走出了"逢九"必衰，十年一个兴衰轮回的阴影，在更大的市场背景中得到更好的发展。这些政治性、政策性、时代性非常强的事件，为故事的展开提供了现实逻辑和社会支撑。作者以其真实的亲身经历、丰富的生活实践，以及对国家政策及法律法规的学习、认识和了解，很好地将故事放在大背景下讲述，体现出作品的时代意义。

现实主义文学是一种有力量的文学，它的力量就来自对国家和民族的关注。莫言在谈到长篇小说创作时说："长度、密度和难度，是长篇小说的标志，也是这伟大文体的尊严。"《痴心》力求通过一个企业几十年来的发展历程，以一系列人物和事件，以富有难度的艺术表达，表现改革开放以来时代的变迁，在筑起一个精神大坝的同时，也为人们重塑正确的思想观念立下了标杆，从而体现出作品的社会和艺术价值。尽管作品在表达上存在不足，但它关注实体经济、关注地方中小企业成长、关注基层一线产业工人所思所想及喜怒哀乐，体现了文学的社会意义，难能可贵。

2021 年 3 月 24 日于北京

（本文系河南省文学院院长何弘为两卷本《痴心》所作"代序"）

难忘那个火热的年代

——写在路程、朱六轩长篇纪实小说《痴心》付梓之际

张殿有

正值新冠肺炎疫情暴发，全国人民响应政府号召，全力进行人民战、阻击战、总体战，宅在家里不出门的时候，突然接到老朋友的电话。他说，围绕二十世纪九十年代初新型炭砖（自焙炭砖）炉衬材料在大型炼铁高炉上的应用，以及地方中小企业在困境中发展、壮大为主要故事情节，写了一部纪实性长篇小说，并给我发了电子邮件。我这个朋友，可以说是搞了一辈子企业，不仅是企业高管，而且还是一位高级工程师。在几十年的企业奋斗进程中，围绕炭质炉衬材料的研发、生产和应用，在全国同行业创造了多个第一。而当下却突发奇想，坐下来搞创作，并写起了长篇小说，这是我从没想到的。就是这么一种好奇心，让我迫不及待地打开邮件，回到了那个怎么也无法忘怀的火热的年代。

在《痴心》这部作品中，作者讲述的我国炼铁高炉炉衬使用寿命短的问题，在二十世纪八十年代末、九十年代初，是困扰我国冶金行业的一个老大难。为此，有些企业靠进口炭砖来解决这个难题，但是进口炭砖也发生过炉缸烧穿事故，在我国冶金界震动很大。同时，发展我国的钢铁事业，总不能完全靠引进国外的产品，而且国外炭砖价格昂贵，这对于我国冶金界来说，一般的企业是难以承受的。况且高炉使用寿命是一个系统工程，既有耐火材料的质量问题，又有施工的质量问题，还有投产后的维护问题。显然，这是个综合性的问题。那么，如何解决这个难以突破的问题呢？实践告诉我们，既要解决复杂的技术问题，又要解决创新与守旧的思想认识问题。

在改革开放的初级阶段，创新难，有时难于上青天。新型炭砖—陶瓷砌体复合炉衬技术，能够在我国炼铁界的龙头企业——北方钢铁炼铁厂两千五

百八十立方米高炉上成功应用，这里有个很关键的问题就是材料生产单位，不仅需要研究者踏实苦干，创造出好产品、好技术，还要管理者瞄准市场定位、冲破各种阻力，把方方面面的人际关系协调好，千方百计推广新产品、新技术；而使用单位的决策者们，还要有敢于担责、勇于创新的精神。

这就是改革开放初期中国的现状。《痴心》所反映的新型炭砖在高炉上的成功应用，绝不是偶合，而是很多敢于创新的科技人员共同努力的结果。

笔者认为，一项新技术在应用时即使不成功，只要不比原来的差，就可以大胆地进行尝试。在实施中，除了有科学的分析和进行充分的技术论证外，还要考虑好每一个细节，充分认识"细节决定成败"这个关键，做到万无一失。

世界上没有第一个吃螃蟹的人，哪有现在餐桌上螃蟹这种美味佳肴？如果患得患失，不求有功但求无过，跟在别人的后面爬行，科技如何进步？企业如何发展？国家何时才能强盛？这便是《痴心》这部作品在技术创新方面提出的，既现实又无可回避的问题。

实践证明，北钢炼铁厂在第一座两千五百八十立方米高炉上首次采用"新型炭砖—陶瓷砌体复合炉衬技术"后，由于炉衬保温性能好，炉温得到了有效提升，冶炼每吨生铁所消耗的焦炭与原来的炉衬技术比，降低了六千克至八千克。仅此一项，就在行业内引起了巨大轰动。随后，当北钢炼铁厂第二座两千五百八十立方米现代化高炉改造时，针对第一座高炉结构中存在的不足，又进行了必要的改进和创新，使这项技术更加完善和成熟。

从北钢炼铁厂头两座高炉使用情况看，第一座高炉达到了十一年半的使用寿命，第二座更是达到了十三年零八个月的使用寿命（而且这两座炉子是因市场原因和易地改迁而停炉，停炉时炉衬并未发生异常侵蚀，仍可继续使用）。与原来北钢炼铁厂一代炉役平均四年零六个月寿命相比，提高了两倍还多。可以毫不夸张地说，鲁阳的"新型炭砖—陶瓷砌体复合炉衬技术"，使我国大型炼铁高炉炉衬寿命一举达到了世界先进水平。于是，这项材料和技术很快便在全国炼铁高炉上得到推广，成为一枝独秀。

有业内人士算过一笔账，这种结构，除了解决了高炉炉衬寿命短这个重大难题外，保守说，按冶炼每吨生铁降低六千克焦炭计算，我国每年生铁产量都在八亿吨上下，其中百分之八十是用这种炉衬结构的高炉生产的，每年可节约焦炭三百八十多万吨。当下，随着炭素材料的不断进步，原先的新型炭砖也逐步发展到微孔炭砖加陶瓷砌体或超微孔炭砖加陶瓷砌体复合炉衬技术等。时至今日，该项技术在我国大中型高炉上已经成功应用了二十七年，且还一直在普遍应用，其经济效益真的是十分可观。

在过去很长一段时间里，耐火材料行业鱼龙混杂。在供大于求的情况下，一些钢铁企业不仅低价竞争，而且在多种困难面前缺乏强有力的应对措施，甚至一度靠拖欠货款填补自身的流动资金缺口，无可避免地给鲁阳炭材厂这样的一批中小企业造成了很大的困难。如何战胜这些困难，并一步步把企业发展壮大起来，《痴心》为我们再现了当年的情景，既耐人寻味，又给人力量，是一部在困境中看到希望，在探索中畅想未来、缔造辉煌成就的好作品。不仅让我们这些过来人感到欣慰，更像一杯既浓又醇的壮行酒，为当下和未来的厂长、经理及万千创业者，立足当下、面向未来，去勇敢地开辟属于自己的新天地鼓劲壮胆。

《痴心》这部作品，为我国的高炉长寿、节能和可持续发展放歌，不仅难能可贵，而且令人鼓舞。

作品中的人物和情节，是以现实中的真人真事为原型塑造的，讴歌了这一代人披肝沥胆、革故鼎新和敢于担当、乐于奉献的精神。作者虽然对其进行了艺术加工，但并不影响书中情节的真实性。

在故事架构和情节安排上，书中虽然没有波澜壮阔的宏大场面，但是主人公临危受命，带领员工克服重重困难，使濒临走投无路的鲁阳炭材厂一步一步走出困境，并逐步发展壮大，这种对事业的追求痴心不改、奋斗的意志坚韧不拔和自始至终的责任担当精神，会感动每一位读者。

2020 年 4 月 18 日于鞍山

（张殿有，鞍钢集团公司炼铁厂教授级高级工程师、原总工程师。本文原收入两卷本《痴心》）

"痴心"业者锲而不舍的执着追求

姜　华

　　以我与李健伟先生二十多年的交往和对他的了解，如果不是手捧着小说《痴心三部曲》，我无论如何也不会把这位儒雅、勤勉的企业家与小说家画上等号。

　　看完小说后，我又翻到其中感兴趣的部分细细品读，仿佛是在闲暇时光品着一杯清茶，倾听着这位兄长在把他那不平凡的经历，一桩桩一件件娓娓道来：有发展中的曲折与艰辛，有成功背后的崎岖与坎坷，有生活中的刚毅与柔情，感受更深的则是一种对事业追求的孜孜不倦和坚韧不拔。小说取名"痴心三部曲"恰如其分。

　　由于工作和专业的原因，我有缘结识了李健伟先生，对其企业的发展历程也有所了解，所以在阅读小说《痴心三部曲》的过程中，会情不自禁地把人物、场景、事件等一一对号入座。

　　小说《痴心三部曲》反映的是从 1989 年到 2019 年的二十年间，主人公季健中把一家濒临倒闭的国营企业，发展壮大为行业中的标杆性企业的艰辛历程。这二十年，正是我国改革开放、高速发展的二十年。二十年中，社会在变革，在发展，人们的观念和意识也在发生着深刻的变化。小说全景式反映了地方国营中小企业的转型、变革和发展过程，尤其是在企业管理水平的提高、产品质量的提升、国内外市场的拓展等方面，纪实性地展示了我国专业型中小型制造企业的发展成长之路，令人感受尤为深刻。

　　小说《痴心三部曲》，虽说是一部小说，但我更愿意理解为一部纪实性报告文学、一部文学性自传，是作者把辛酸苦辣的创业历程诉诸笔墨的一种排解，是作者把企业升级和产品提质获得国内外市场认可的喜悦分享给读者的一个过程。品读小说的过程中，看着小说中主人公"季健中""肖汉伟""石惊天""牛志刚"等一众人物的名字，脑海中浮现的却是企业中的"李健伟""肖伟""石欣""牛天仓"等一批熟悉的骨干形象；看着小说中"恒星""双星""海星""吉星"等相关公司和"群星炭材集团"，脑海中印刻的却是"亚星""瑞星""航星""新星"和"方圆炭素集团"。尤其是作为小说专业背景被提及的"高炉""自焙炭砖"等专业术语，马上就把我拉回到专业角色中去。看着这些不断出现在小说中的专业名词，一种偶遇知音般的亲切和兴奋油然而生。

方圆炭素集团是在原国有企业平顶山市鲁山联营炭素厂的基础上改制组建并发展壮大的专业型企业，起步于一种特殊的炭素材料——"自焙炭砖"。这是 20 世纪 70 年代在国家科学技术委员会和冶金工业部支持下，由我国科技人员研究发明的一种新型炭质炉衬材料技术，产品主要适用于炼铁高炉风口带以下的炉缸区域。其基本理论依据是：初步成型的炭砖，砌筑于高炉的炉缸和炉底后，由烘炉和生产过程中炉内的热量，对炭砖进行二次高温加热，完成炭砖的"炉内烧成"，实现炭砖在使用过程中的高温"自焙"改性，相关的性能得以改善提高，以满足高炉长期安全生产运行的需要。同时，由于这种"自焙炭砖"的制造工艺流程相对较短，制造全工序能源消耗量和污染物排放相对较少，产品的制造成本相对较低，这在当今形势下也符合低碳经济发展的理念。小说《痴心三部曲》便再现了以季健中为代表的企业员工，数十年如一日"痴心"于此、孜孜不倦的艰辛发展历程。

记得有一次和李健伟先生聊天时谈及企业的发展，借喻了"蛋黄和蛋白"的关系，如果把"蛋黄"比作企业的核心技术，"蛋白"则是企业走近客户的配套技术和服务等软实力。企业如果在注重"蛋黄"成功的过程中忽视了"蛋白"的成型和发展，"荷包蛋"将是不完美的和存在缺陷的。在钢铁行业发展逐步社会化、专业化的背景下，作为钢铁企业的主要社会专业配套支撑行业之一，需要关注和培育"荷包蛋"边叶的形状和扩张度，体系化地服务于钢铁行业。李健伟先生早期就深刻意识到，建立和培育"自焙炭砖"推广应用相关配套服务内容，将有助于企业的持续发展。这种管理思路和经营理念在当年的社会背景下是十分超前的，这些都是李健伟先生长期跟踪学习国外的先进管理理念和经验、综合分析自身企业和关联行业的特点、结合国情潜心研究企业发展的结果。经过二十多年的研究、改革和发展，当年的鲁山联营炭素厂已经发展成为一个集科研、设计、生产、销售、砌筑施工和用户综合服务等相关业务于一体，拥有八家独立法人分公司的专业化公司，成为国内主要的高炉炭砖专业化生产基地之一，企业的资产和生产效率获得了质的飞跃；通过不断完善对用户综合性的"无忧服务"，提升服务质量和效果，在为用户解决好高炉生产的安全性、可靠性、耐久性和经济性等问题、实现其价值提升的同时，也实现了企业自身的持续发展。

小说书名中的"痴心"二字，高度浓缩了小说的主题。一个濒临倒闭的企业，因为一位"痴心"人带领一群同样具有"痴心"的志同道合者，实现了企业的凤凰涅槃；一项曾经不被看好的技术，由于这些"痴心"于炭材行业的从业者锲而不舍的执着追求，在为用户实现价值提升的同时，实现了企业的创新和发展。

习近平总书记在党的二十大报告中提出，要"建设现代产业体系""加快建设制造强国、质量强国""支持专精特新企业发展"。在我国全面推进高质量发展的进程中，正需要大批充满爱国情怀、拥抱初心的"痴心"业者踔厉奋发。正是有了这样一群"痴心"人，正在并将继续极大地推动我们中华民族的伟大复兴、国家的快速发展和实现中国梦的伟大进程。

再次祝贺李健伟、朱六轩两位作者，祝贺小说《痴心三部曲》的出版。

2023 年 4 月于上海

（姜华，教授级高级工程师，享受国务院政府特殊津贴专家，宝钢集团有限公司终身技术业务专家。现任宝山钢铁股份有限公司首席工程师）

后　记

2017 年 7 月 1 日，河南省作协会员、平顶山市作协卫东分会副主席朱六轩老师，来到国家级贫困县、我国炭质炉衬材料研究与开发及生产的骨干企业——鲁山炭素厂回访。

想来还是 20 年前的秋天，朱老师为写一篇报告文学，第一次来到鲁山炭素厂。那时候，朱老师感到的是惊讶，没想到山沟里一家小企业，竟然是我国钢铁界的长子——鞍山钢铁公司大型炼铁高炉内衬材料的供货商，并且新技术、新材料一举使鞍钢高炉炉衬一代炉役平均寿命由 4.6 年，提高到 13 年 8 个月无大修的记录。20 年后再来，朱老师感到的则是震撼，因为原鲁山炭素厂已经发展为旗下拥有 8 家分公司的河南方圆炭素集团，是我国乃至亚洲最大的炉用炭砖生产基地，产品出口欧美等 30 多个国家和地区，并且创造了全国同行业多个第一。

我和朱老师都下过乡，当过工人。相似的经历和爱好，使我们相见恨晚，遂对鲁山炭素的创业史、发展史，在内心深处产生了强烈的共鸣，那就是克服一切困难，也要把这一段激情澎湃的岁月记录下来。

然而在当下，信息化、网络化使人类社会进入泛文学时代。人们追求美感、快感，催生出西方的奇幻、魔幻，中国的玄幻、诡异和穿越重生类文学作品及电影、电视剧成了"王炸"。而我们要用现实主义写作手法，以鲁山炭素厂创业史为蓝本，写一部关于地方中小企业成长、我国炭质耐火材料行业发展的纪实性长篇小说，显然是逆势而动。同时，我们更感到创作这样的作品，不是有一定的难度，而是像在攀登文学圣殿里的珠穆朗玛峰。但一辈子埋头苦干，从知青到普通工人；从厂长、总经理、董事长、高级工程师，到集团党委书记，一干就是 50 年，至今还在企业东奔西忙，见证了国家级贫困县的鲁山炭素厂由小到大、从小高炉到当今世界最大的炼铁高炉用上自己的产品，心情是多么的激动和自豪。对企业、员工这份难以割舍的深情厚谊，以及刻在心灵深处的家国情怀，使我们更加坚定了这个信心，再苦再累也要实现这个愿望。若不然，那就会愧对家乡的父老乡亲和成千上万个在我国冶金及建材界默默耕耘的前辈和后人。

作为笔者，我们真切地目睹和经历了无数个地方中小企业崛起，倒下，再崛起，再倒下，再重新崛起的悲壮之举；感受和亲身体会过无数个勤劳朴实而又无怨无悔的工人兄弟"厂兴我荣，厂衰我耻"，与企业同呼吸、共命运，在平凡的工作中，脚踏实地书写真实人生的万千感慨和荣耀。特别是在当今市场经济的浪潮中，透过万千个厂长、经理为了企业的生存和发展，把身家性命全都押上也在所不惜的那种舍我其谁的牺牲精神，我们不仅真实地感受到改革开放以来，万众创业，激流勇进时代大潮的巨大冲击，更看到了华夏民族复兴路上的星火燎原。

他们痴迷于企业发展。他们所遇到的艰难和困苦是常人无法想象的，他们的付出也是常人难以承受的。他们有顺风顺水时的欢笑，但更多的是胶着、煎熬中的无奈和困顿。他们是民族工业发展的拓荒牛，是华夏民族的脊梁！

我国的中小企业从手工作坊到集体企业，从国有企业再到改革开放后的民营股份制企业，经历了前所未有的变革。今天，中小企业为国民经济的发展提供了 50% 以上的税收、60% 以上的 GDP、70% 以上的技术创新、80% 以上的城镇劳动就业岗位、90% 的市场主体、100% 以上的贸易顺差，为我国经济的发展和社会文明与进步做出了重大贡献。不管体制如何变化，成千上万家地方中小企业就像我们伟大祖国百花园中的一棵棵小草，虽然没有国企、央企那样光艳夺目，也没有大型民企、特大型民企那样姹紫嫣红，但它们在创业的路上，任凭风吹雨打，从不退缩，所展现的是同样的芳华。

然而，据有关部门统计，我国中小企业的平均寿命不到 3 年。这是为什么？万千家中小企业为什么不能成为百年老厂？而且又很少创下百年品牌呢？中小企业难，究竟难在哪里？中小企业的生存环境究竟怎样？厂长、经理们的真实生活又是何等的艰辛？无助时又会有什么样的渴求？怎样从体制、机制、政策、法规及营商环境等多方位着手来解决这些问题？因此，我们立足于中小企业发展、变革中的现实生活，试图从文学的角度来审视这个严肃的课题，用抽丝剥茧的耐心寻找问题的症结，以杜鹃啼血的方式呼唤社会一起努力，为地方中小企业和在夹缝中谋求发展与进步的创业人点亮前进路上的明灯。

与企业现状相关的另一个话题——中小企业生存的文化氛围也值得关注。多少年来，反映地方中小企业的文学作品鲜为人见。难道这数以千万计的中小企业没有亮点？这些为我们创造财富的企业家没有值得让人们去讴歌的地方吗？

显然不是！而且并非从事文学创作者视野上存有盲区。当下，经济全球化，又适逢百年未有之大变局，生活节奏进一步加快，致使人们很难俯下身子、沉下心来去认真地观察和体验工厂的生活。而中小企业的亲历者面对改革开放的一江春水，又大都处在百舸争流的航程中无暇顾及。再加上工业题材的政策性、专业性、技术性障碍，因此关注和描写地方中小企业，特别是具体到某一个行业的发展进程，挖掘企业家内心深处所蕴含的能源宝藏，反映和抒发创业人的真实生活及感情，的确有一定的难度。

面对这种现状，衷肠满腹的我们就跃跃欲试了。

说句实话，当我们开始策划，并付诸创作的时候，我们对大多数文学工作者不轻易涉足这样的题材，终于有了一定程度上的理解。反映中小企业题材的小说绝非仅有文学创作能力和一腔热血就能实现的。没有真实生活上的体验，没有从客观到主观全方位的认识与剖析，显然无法真实地反映现代企业和员工们的真实生活。它不仅需要大量的生活积累，更需要作者走出书斋，化身为企业的一员，用亲身感受，讲述企业在时代大潮中跌宕起伏的前进历程，领悟员工们在艰苦创业生活中的喜怒哀乐，为读者塑造出有血有肉、可亲可敬的新时代正能量劳动者的形象，激励和鞭策我们手挽起手来，抚摸时代的脉搏，感触我们伟大民族复兴路上历史车轮滚滚向前的震颤！

历时两年半，披星戴月、宵衣旰食，翻阅了大量与作品有关的文章、记录、史料、文献等，数易其稿，到2019年年底，这部拙作的初稿终于收笔了。停下手来，为使作品在情节上的推进和细节上的描述更加符合内在逻辑，我们决定将初稿交给这些事件的亲历者。他们有企业的厂长、经理，也有长期在企业摸爬滚打的工友；有20多岁的大学生、研究生，也有我国冶金界70多岁的老前辈、老厂长、高级工程师；有县委书记、科局长，也有学校教师、专家教授；也不乏法律工作者、文学爱好者和海外侨胞……让他们从不同的角度对初稿放心大胆地找毛病，直言不讳地提意见。特别是作品的原发生地——鲁山炭素厂创业和发展过程中亲历者的意见和建议，对作品在故事架构、矛盾冲突、情节展现和人物塑造上的，让我们更加自信且受益匪浅。

我们书写我国冶金建材业特别是地方中小企业的创业史、发展史，讴歌万千企业家和长期在生产一线忙碌的无数员工可歌可泣的光彩人生，从中享受到了付出艰辛劳动后的快乐与幸福。

一个国家、一个民族，工业强则国富民强。只有把一个个产品做好了，时代才能发展，国家才能进步，民族才能复兴，才能不断满足人民物质文化上的需要。小到家庭生活用品，大到国防战略重器，哪一个也离不开工业、工厂、工人。他们不仅是创造财富、推动人类社会文明与进步的"老黄牛"，他们身上还蕴含着发掘不完的现实主义文学创作的源泉，理应受到全社会的青睐和景仰！

在此，仅以我们赤诚的心，向他们、向所有从事实体经济的人致敬！

2021年10月16日，平顶山市作家协会在平顶山市总工会大楼举办了长篇小说《痴心》推介会。2022年6月11日，河南省文学院、河南省小说研究会、河南大学出版社在郑州弘润华夏大酒店共同主办了研讨会。会上，专家、学者对作品给予了充分的肯定，同时对作品的缺憾和不足也提出了中肯的意见和建议。

在此基础上，为了打造一部让文学爱好者和社会大众较为满意、经得起时间和历史检验的作品，我们就作品存在的问题，又用了半年多时间进行了修改、充实、完善。将原来的《痴心》两卷本修订为《痴心三部曲》——《破冰》《苦恋》《圆梦》。就这样，我们依托 50 年岁月的沉淀，以及 5 年的辛苦付出，经过不懈努力、用心打磨，《痴心三部曲》终于脱稿了。

值此付梓之际，我们特别感谢鞍山钢铁集团公司炼铁厂原总工程师张殿有、宝山钢铁股份有限公司首席工程师姜华；中共鲁山原县委书记刘全新，鲁山县文学艺术联合会主席郭伟宁，鲁山县作家协会主席叶剑秀，中共鲁山县委党校教师、驻村第一书记刘丹丹，鲁山县教师进修学校教师黄林生，鲁山县法律工作者蔺景伦；浙江农林大学研究生石忆潇；哈尔滨师范大学播音与主持艺术专业研究生石鑫；宁波超锻工程技术有限公司总经理张琳琳；郑州从事出版编辑工作的邹磊；河南方圆炭素集团副总经理石欣，总工程师牛天仓，团委书记、国际市场部部长高磊媛，办公室主任郭小转；美国俄亥俄州凯斯西部大学商务学院研究生、星普利公司总经理李笑帆等对《痴心三部曲》一书所给予的大力支持与帮助。

但由于笔者水平有限、力有不逮，错误和缺憾之处在所难免，敬请社会各界和读者朋友们不吝赐教。

李健伟　朱六轩

2022 年 12 月